U0141310

JLPT
新日檢

N3

合格實戰模擬題

일단 합격하고 오겠습니다 - JLPT일본어능력시험 실전모의고사 N3
Copyright © by HWANG YOCHAN & PARK YOUNGMI
All rights reserved.
Traditional Chinese Copyright © 2024 by GOTOP INFORMATION INC.
This Traditional Chinese edition was published by arrangement with Dongyang Books Co., Ltd.
through Agency Liang.

前言

JLPT（日本語能力測驗）是由國際交流基金和日本國際教育支援協會共同舉辦的全球性日語能力測驗。這項考試自 1984 年開始，專為母語非日語的學習者設計，是唯一由日本政府認證的日語檢定考試。JLPT 目前每年舉行兩次，成績被廣泛應用於大學升學、特殊甄選、企業錄用、公務員考試等多個領域。

至 2023 年為止，全球報考 JLPT 人數已超過 148 萬人，創下歷史新高，其中台灣的報考人口密度更高居全球第二。應試目的包括自我能力測試、求職、晉升、大學升學及海外就業等。近年來，隨著 2020 年東京奧運會的舉辦及日本就業市場的活躍，JLPT 的影響力與日俱增。成績優異者將有利於大學入學的特殊甄選，在國內外企業的就業中也具有絕對的優勢。

本書正是為了快速應對這樣的社會需求而編寫，希望考生在考前能透過大量的練習題來積累自信和經驗。我認為熟悉考試題型，是取得好成績的關鍵之一。此外，為了方便自學者，本書的解析部分不僅提供正確答案，還包括同義詞與考試要點的詳細說明，是任何考生在考前必備的參考書籍。

透過本書的五回模擬試題，希望所有考生都能增強信心，在正式考試中能取得優異成績。最後，特別感謝出版社相關人士對本書出版的協助，謹此致上誠摯謝意。

作者　黃堯燦　朴英美

關於 JLPT（日本語能力測驗）

❶ JLPT 概要

JLPT（Japanese-Language Proficiency Test，日本語能力測驗）是用於評估與認證非日語母語者日語能力的測驗，由國際交流基金與日本國際教育支援協會共同主辦，自 1984 年開始實施。隨著考生群體的多樣化及應試目的的變化，自 2010 年起，JLPT 進行了全面改版，固定每年舉行兩次（7 月與 12 月）。

❷ JLPT的級數和認證基準

級別	測驗內容		認證基準
	測驗科目	時間	
N1	言語知識（文字‧語彙‧文法）‧讀解	110 分鐘	難易度比舊制 1 級稍難 【讀】能閱讀且理解較爲複雜及抽象的文章，還能閱讀話題廣泛的新聞或評論，並理解其文章結構及詳細內容。 【聽】能聽懂一般速度且連貫的對話、新聞、課程內容，並且掌握故事脈絡、登場人物關係或大意。
	聽解	55 分鐘	
	合計	165 分鐘	
N2	言語知識（文字‧語彙‧文法）‧讀解	105 分鐘	難易度與舊制 2 級相當 【讀】能看懂一般報章雜誌內容，閱讀並解說一般簡單易懂的讀物，並可理解事情的脈絡及其表達意涵。 【聽】能聽懂近常速且連貫的對話、新聞，並能理解其話題走向、內容及人物關係，並掌握其大意。
	聽解	50 分鐘	
	合計	155 分鐘	
N3	言語知識（文字・語彙）	30 分鐘	難易度介於舊制 2 級與 3 級之間（新增） 【讀】能看懂日常生活相關內容具體的文章。能掌握報紙標題等概要資訊。能將日常生活情境中接觸難度稍高的文章換句話說，並理解其大意。 【聽】能聽懂稍接近常速且連貫的對話，結合談話內容及人物關係後，可大致理解其內容。
	言語知識（文法）・讀解	70 分鐘	
	聽解	40 分鐘	
	合計	140 分鐘	
N4	言語知識（文字・語彙）	25 分鐘	難易度與舊制 3 級相當 【讀】能看懂以基本語彙及漢字組成、用來描述日常生活常見話題的文章。 【聽】能大致聽懂速度稍慢的日常會話。
	言語知識（文法）・讀解	55 分鐘	
	聽解	35 分鐘	
	合計	115 分鐘	
N5	言語知識（文字・語彙）	20 分鐘	難易度與舊制 4 級相當 【讀】能看懂平假名、片假名或日常生活中基本漢字所組成的固定詞句、短文及文章。 【聽】在日常生活中常接觸的情境中，能從速度較慢的簡短對話中獲得必要資訊。
	言語知識（文法）・讀解	40 分鐘	
	聽解	30 分鐘	
	合計	90 分鐘	

❸ JLPT測驗結果表

級別	成績分項	得分範圍
N1	言語知識（文字・語彙・文法）	0 ～ 60
	讀解	0 ～ 60
	聽解	0 ～ 60
	總分	0 ～ 180
N2	言語知識（文字・語彙・文法）	0 ～ 60
	讀解	0 ～ 60
	聽解	0 ～ 60
	總分	0 ～ 180
N3	言語知識（文字・語彙・文法）	0 ～ 60
	讀解	0 ～ 60
	聽解	0 ～ 60
	總分	0 ～ 180
N4	言語知識（文字・語彙・文法）・讀解	0 ～ 120
	聽解	0 ～ 60
	總分	0 ～ 180
N5	言語知識（文字・語彙・文法）・讀解	0 ～ 120
	聽解	0 ～ 60
	總分	0 ～ 180

❹ 測試結果通知範例

如下圖，分成①「分項成績」及②「總分」，為了日後的日語學習，還會標上③參考資訊及④百分等級排序。

* 範例：報考 N3 的 Y 先生，收到如下成績單（可能與實際有所不同）

① 分項成績			② 總分
言語知識（文字・語彙・文法）	讀解	聽解	
50/60	30/60	40/60	120/180

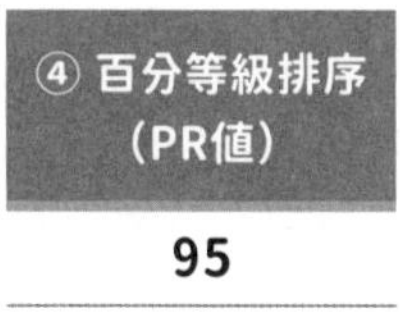

③ 參考資訊	
文字・語彙	文法
A	B

③ 參考資訊並非判定合格與否之依據。

A：表示答對率達 67%（含）以上

B：表示答對率 34%（含）以上但未達 67%

C：表示答對率未達 34%

PR 值爲 95 者，代表該考生贏過 95% 的考生。

❺ JLPT證書範例

N3

日本語能力認定書

CERTIFICATE
JAPANESE-LANGUAGE PROFICIENCY

氏名
Name

生年月日(y/m/d)
Date of Birth

受験地　台北　Taipei
Test Site

上記の者は　年　月に、台湾において、公益財団法人日本台湾交流協会が、独立行政法人国際交流基金および公益財団法人日本国際教育支援協会と共に実施した日本語能力試験 N3 レベルに合格したことを証明します。

年　月　日

This is to certify that the person named above has passed Level N3 of the Japanese-Language Proficiency Test given in Taiwan in December 20XX, jointly administered by the Japan-Taiwan Exchange Association, the Japan Foundation, and the Japan Educational Exchanges and Services.

公益財団法人　日本台湾交流協会
理事長　谷崎泰明
Tanizaki Yasuaki
President
Japan-Taiwan
Exchange Association

独立行政法人　国際交流基金
理事長　梅本和義
Umemoto Kazuyoshi
President
The Japan Foundation

公益財団法人　日本国際教育支援協会
理事長　井上正幸
Inoue Masayuki
President
Japan Educational
Exchanges and Services

目錄

在這裡寫下你的目標分數！

以　　　　分通過N3日本語能力考試！

設定目標並每天努力前進，就沒有無法實現的事。請不要忘記初衷，將這個目標深刻記在心中。希望你能加油，直到通過考試的那一天！

實戰模擬試題
第 1 回

N3

げんごちしき（もじ・ごい）

（30ぷん）

ちゅうい
Notes

1. しけんが　はじまるまで、この　もんだいようしを　あけないで　ください。
Do not open this question booklet until the test begins.

2. この　もんだいようしを　もって　かえる　ことは　できません。
Do not take this question booklet with you after the test.

3. じゅけんばんごうと　なまえを　したの　らんに、じゅけんひょうと　おなじように　かいて　ください。
Write your examinee registration number and name clearly in each box below as written on your test voucher.

4. この　もんだいようしは、ぜんぶで　5ページ　あります。
This question booklet has 5 pages.

5. もんだいには　かいとうばんごうの　1、2、3 … が　ついて　います。かいとうは、かいとうようしに　ある　おなじ　ばんごうの　ところに　マークして　ください。
One of the row numbers 1, 2, 3 … is given for each question. Mark your answer in the same row of the answer sheet.

じゅけんばんごう　Examinee Registration Number	

なまえ　Name	

問題 1 ＿＿＿＿のことばの読み方として最もよいものを、1・2・3・4・5 から一つえらびなさい。

第1回

1 その事件の背景（はいけい）を知ると、興味がわいてきた。

1 うみ　　2 きょうみ　　3 こうび　　4 きょうび

2 詳しいことが決まりましたら、またご連絡申（もう）し上（あ）げます。

1 くやしい　　2 くわしい　　3 しょうしい　　4 そうしい

3 彼は、多額（たがく）の借金（しゃっきん）を抱えている。

1 くわえて　　2 とらえて　　3 つかまえて　　4 かかえて

4 この書類に名前と住所を記入してください。

1 きにゅう　　2 ぎにゅう　　3 きにゅ　　4 ぎにゅ

5 最近、インフルエンザが流行っている。

1 りゅうこうって　　2 はやって　　3 うつって　　4 にぶって

6 独身主義なので、結婚しません。

1 とくしん　　2 とくみ　　3 どくしん　　4 どくみ

7 手術は無事終了しました。

1 むじ　　2 ぶじ　　3 むごと　　4 ぶごと

8 このレストランではバイトを募集しています。

1 もうしゅう　　2 ぼうしゅう　　3 もしゅう　　4 ぼしゅう

問題２　＿＿＿＿のことばを漢字で書くとき、最もよいものを、１・２・３・４から一つえらびなさい。

9　私はみどり色がすきです。

1　録　　2　祿　　3　縁　　4　緑

10　お休みの日のちゅうしょくは何を作っていますか？

1　中食　　2　昼食　　3　注食　　4　駐食

11　また日をあらためて話し合いましょう。

1　修めて　　2　違めて　　3　正めて　　4　改めて

12　ぶんぼうぐやオフィス用品の通販（つうはん）なら、にこにこの公式サイトで！

1　分房具　　2　文房具　　3　文坊具　　4　分坊具

13　くやしい気持ちが人を成長させる。

1　詳しい　　2　悲しい　　3　悔しい　　4　寂しい

14　ストレスでたおれることもあるという。

1　倒れる　　2　至れる　　3　到れる　　4　討れる

問題3　（　　　）に入れるのに最もよいものを、1・2・3・4から一つえらびなさい。

15　大切な方からもらったものは、ジュエリーボックスに大切に（　　　）あります。

1　はいって　　2　だして　　3　しまって　　4　おりて

16　きのうのパーティーは、（　　　）楽しくなかった。

1　とても　　2　すこし　　3　ひじょうに　　4　ちっとも

17　真面目(まじめ)な人は、いつも最善(さいぜん)を（　　　）。

1　つくします　　2　いれます　　3　もやします　　4　あげます

18　有効（　　　）は、ポイントの種類(しゅるい)によって異(こと)なります。

1　期日　　2　期末　　3　期限　　4　期待

19　子供たちは、雑巾(ぞうきん)で自分の机を（　　　）いた。

1　あらって　　2　ふいて　　3　ぬぐって　　4　みがいて

20　お会計は、（　　　）で30,000円になります。

1　合同　　2　合計　　3　割合　　4　合致

21　首相(しゅしょう)の就任演説(しゅうにんえんぜつ)を聞いて、私は（　　　）しました。

1　感心(かんしん)　　2　感想(かんそう)　　3　感染(かんせん)　　4　感覚(かんかく)

22　彼女は、英語もフランス語も（　　　）で、うらやましいですよ。

1　ほくほく　　2　しくしく　　3　べらべら　　4　ぺらぺら

23 野菜を（　　　）と栄養素がほとんどなくなる、というのは間違っています。

1　にぎる　　2　ゆでる　　3　つかむ　　4　なげる

24 車の修理の（　　　）の内訳が、実際にどうなっているのか、詳しく知りたくなった。

1　みおくり　　2　みあい　　3　みつもり　　4　みあわせ

25 ここでは、子どもが（　　　）していられない理由をタイプ別に分類し、タイプに合った対処法を具体的にお教えします。

1　じっと　　2　ずっと　　3　ざっと　　4　ぞっと

第1回

問題4 ＿＿＿＿の意味が最も近いものを、1・2・3・4から一つえらびなさい。

26 私たちは10年間、たえず連絡を取り合ってきた。

1 たまに　2 いつも　3 たびたび　4 無理に

27 みなさんはものすごく頭にきたとき、どうしますか。

1 悲しくなった　2 寂しくなった　3 がっかりした　4 怒った

28 面接において、長所はよく聞かれます。

1 いいところ　2 わるいところ

3 すんでいるところ　4 すみたいところ

29 お電話によるお問い合わせは、可能な限り避けていただき、メールでお願いします。

1 抗議　2 質問　3 申し込み　4 受付

30 日ごろから、家庭や地域などで、災害に対する備えをしておきましょう。

1 行動　2 覚悟　3 買い物　4 準備

問題5　つぎのことばの使い方として最もよいものを、1・2・3・4から一つえらびなさい。

31　つながる

1　彼は、毎日電車に乗って会社につながっている。

2　2つの建物(たてもの)は地下通路(ちかつうろ)でつながっている。

3　今日は道がつながっています。

4　荷物(にもつ)はホテルにつながっておきました。

32　さかんだ

1　彼の仕事は相当(そうとう)さかんなようだ。

2　この荷物(にもつ)はとてもさかんで、女性一人では持てないだろう。

3　田中君は夏休みにハワイへ行くと言っている。本当(ほんとう)にさかんだ

4　ヨーロッパでさかんに行(おこな)われているスポーツについて記述(きじゅつ)してみた。

33　うながす

1　子供のやる気をうながすコミュニケーション方法を考えている。

2　ストーブをつけたら、体がうながされて気持ちよくなった。

3　寝る前にシャワーをうながしたら、ぐっすり寝ることができた。

4　今の大人は、子供にうながしすぎる。もっと厳(きび)しくすべきだと思う。

34　おちつく

1　店内の照明(しょうめい)は暗(くら)く、おちついた雰囲気(ふんいき)だった。

2　このパン、ちょっとおちついてみて。

3　もし、宝(たから)くじがおちついたら何がしたい？

4　私の趣味(しゅみ)は切手(きって)をおちつくことです。

35　いまのところ

1　彼のいまのところは、まだ誰(だれ)も知らないようだ。

2　鈴木君(すずきくん)の家のいまのところは、学校から2時間もかかるところにある。

3　いまのところ、大きなトラブルはないようです。

4　うちの会社のいまのところの経営(けいえい)は、うまくいっているらしい。

N3

言語知識（文法）・読解

（70分）

注意 Notes

1. 試験が始まるまで、この問題用紙を開けないでください。
   Do not open this question booklet until the test begins.
2. この問題用紙を持って帰ることはできません。
   Do not take this question booklet with you after the test.
3. 受験番号と名前を下の欄に、受験票と同じように書いてください。
   Write your examinee registration number and name clearly in each box below as written on your test voucher.
4. この問題用紙は、全部で19ページあります。
   This question booklet has 19 pages.
5. 問題には解答番号の 1 、 2 、 3 … が付いています。解答は、解答用紙にある同じ番号のところにマークしてください。
   One of the row numbers 1, 2, 3 … is given for each question. Mark your answer in the same row of the answer sheet.

受験番号 Examinee Registration Number	

名前 Name	

問題1　つぎの文の（　　　）に入れるのに最もよいものを、1・2・3・4から一つえらびなさい。

1　人間は、自然（しぜん）からの恵（めぐ）みに（　　　）暮らしてきたことを決して忘れてはならない。

1　対して　　2　よって　　3　くわえて　　4　して

2　日本は中学校までが義務教育（ぎむきょういく）だが、現在、高等学校（　　　）進学率（しんがくりつ）は97パーセントを超（こ）えている。

1　との　　2　までの　　3　には　　4　への

3　父の誕生日に、心を（　　　）編（あ）んだセーターを贈（おく）りました。

1　こめて　　2　ちゅうしんとして
3　とおして　　4　はじめとして

4　このパソコン、先週買った（　　　）、もう壊（こわ）れるなんて信じられない。

1　ばかりなのに　　2　ばかりだから
3　あとなのに　　4　あとだから

5　A「すみません、紳士服（しんしふく）売り場（ば）は何階ですか。」
B「4階に（　　　）。」

1　いらっしゃいます　　2　おります
3　もうしあげます　　4　ございます

6　A「冷（さ）めない（　　　）、どうぞ。」
B「はい、いただきます。」

1　まえに　　2　までに　　3　あいだに　　4　うちに

7 やり（　　　）ことは、最後(さいご)までやり抜(ぬ)こう。

1　ぬけた　　2　とった　　3　かけた　　4　きめた

8 パソコンの電源(でんげん)が入らない（　　　）。コンセントが抜(ぬ)けているぞ。

1　わけか　　2　わけだ　　3　ものか　　4　ものだ

9 屋根(やね)の上で、朝早くから日が沈(しず)む（　　　）働いてくれる太陽光(たいようこう)パネルは、うちで１番の働き者だ。

1　まで　　2　までに　　3　あいだ　　4　あいだに

10 太っている（　　　）、体のラインを隠(かく)す服を着る必要はないと思います。

1　にもかかわらず　　2　からといって
3　とはかぎらず　　4　にしたがって

11 この１週間、かぜ（　　　）で調子(ちょうし)が悪い。

1　がち　　2　っぽい　　3　ぎみ　　4　ほど

12 田中(たなか)「明日の会議(かいぎ)の資料(しりょう)を読んで（　　　）。」
北川「はい、わかりました。」

1　おいてあげられませんか　　2　おいていただけませんか
3　おきたいと思いませんか　　4　おきたいと思えますか

13 皆さんがお好きだとうかがったので持ってまいりました。
よろしければ（　　　）。

1　お召(め)し上(あ)がってください　　2　召(め)し上(あ)がってください
3　召(め)し上(あ)がりください　　4　お召(め)し上(あ)がりしてください

問題2　つぎの文の＿＿★＿＿に入る最もよいものを、1・2・3・4から一つえらびなさい。

（問題例（れい））

つくえの ＿＿＿ ＿＿＿ ＿★＿ ＿＿＿ あります。

1　が　　2　に　　3　上　　4　ペン

（解答（かいとう）のしかた）

1．正しい答えはこうなります。

つくえの ＿＿＿ ＿＿＿ ＿★＿ ＿＿＿ あります。
3　上　2　に　4　ペン　1　が

2．＿★＿に入る番号（ばんごう）を解答（かいとう）用紙にマークします。

（解答（かいとう）用紙）　（例（れい））　①　②　③　●

14　最近うちの祖母（そぼ）は、2週間 ＿＿＿ ＿＿＿ ＿★＿ ＿＿＿ もらっています。

1　病院に　　2　行って　　3　診（み）て　　4　おきに

15　ランニングマシーン ＿＿＿ ＿＿＿ ＿★＿ ＿＿＿、また全然使わなくなってしまうだろう。

1　買った　　2　で　　3　なんて　　4　ところ

16 テレビのグルメ番組（ばんぐみ）で紹介されてから、このレストランには、

＿＿＿＿ ＿★＿ ＿＿＿＿ ＿＿＿＿ 客が来るようになった。

1　いっそう　　2　の　　3　多く　　4　より

17 実は、コーヒーが ＿＿＿＿ ＿＿＿＿ ＿★＿ ＿＿＿＿、疲れたから

ちょっと座りたいだけです。

1　飲みたい　　2　いう　　3　と　　4　より

18 A「スマップを知らない日本人はたぶんいないでしょうね。」

B「そうですね、みんなが ＿＿＿＿ ＿＿＿＿ ＿★＿ ＿＿＿＿

でしょう。知らない人もいると思います。」

1　とは　　2　いる　　3　知って　　4　限らない

問題3　つぎの文章を読んで、文章全体の内容を考えて、19 から 23 の中に入る最もよいものを、1・2・3・4から一つえらびなさい。

約束の時間より早く着いたら

私は、人間関係の基本は、時間を守ることだと思っています。時間を守ることは、信用を守ることになるからです。19 時間をきちんと守ってくれる人は、約束も守ってくれると思います。ときどき、私の友達でも時間に遅れてくる人がいて、残念に思うときがあります。私も、信用を大切にしたいから、必ず時間を守るようにしています。

ところで、もし約束の時間より早く、特に15分以上も早く着いてしまった場合、みなさんはどうしますか。相手に連絡しますか。

私は早く着いても、約束の時間まで待って連絡しません。相手が仲の良い友人でも、20 待つことにしています。あまりにも早く着いた場合は、近所をぶらぶらしたり、スマホを見ながら時間をつぶすが、相手に連絡はしません。

先日、仕事関係で取引先のAという人と会うことになりました。ところで、約束の時間の20分前に「すみません、もう着いて待ってるんですが」とAさんから電話がきました。私は慌てて約束の場所に 21 行きました。一瞬、私が時間を間違えたかと思いましたが、約束の時間を確認したら、そうではありませんでした。

自分の都合で早く着いたのに、それを相手に伝えることに何の意味があるのか分かりません。相手も時間を見て出発しているわけなのに、自分の都合しか考えていないのではないでしょうか。

約束の時間より前でも、自分が後に着けば「22」と言いますが、正直言って納得できません。二人で相談して決めた約束の時間だから、早く着いたからといって、連絡しないで 23 のです。

19

1 しかし　2 それで　3 とはいっても　4 むしろ

20

1 連絡したら　2 連絡してみて　3 連絡しても　4 連絡しないで

21

1 ゆっくり　2 そろそろ　3 ふらふら　4 急いで

22

1 お待たせしました　2 はじめまして
3 こんにちは　4 おさきに失礼します

23

1 みたい　2 あげる　3 ほしい　4 あげたい

問題4　つぎの（1）から（4）の文章を読んで、質問に答えなさい。答えは、1・2・3・4から最もよいものを一つえらびなさい。

（1）

皆さんは、旅行というと何を思い浮かべますか。

多くの人にとって旅行とは、観光スポットを見て回り、おいしいものを食べて……、と考えられがちです。しかし、旅行は五感を持つ人間が行う行為だと考えれば、視覚、味覚の行為だけを取り上げるべきではありません。つまり、旅行とは、風景を見る、その土地の食べ物を食べる、方言を聞く、その土地のにおいをかぐ、地元文化に触れる……、そういういろいろな魅力のあるすばらしい行為であると思います。

24　本文の内容と合っているのはどれか。

1　旅行の一番の魅力は、観光スポットを見て回ることだ。

2　人間の五感というのは、旅行以外ではあまり役に立たない。

3　旅行においては、視覚、味覚は最も重要な要素になる。

4　人間は五感を持っているから、旅行の多様な魅力を味わえる。

（2）

私は６年前に結婚して４歳の息子（むすこ）が一人いる。仕事は辞めないで、息子（むすこ）はゼロ歳から保育園（ほいくえん）に行かせて、フルタイムで働いている。

ところで最近、知り合いから「親が子供とご飯を一緒に食べないと、子供が不安定になる」という話を聞いて、悩んでいる。私の仕事は、朝９時に始まって17時に終わる。その後、保育園（ほいくえん）に息子（むすこ）を迎（むか）えに行って、家に帰るのは17時半頃。家に帰ってから晩ご飯を食べさせるのは18時頃だが、息子（むすこ）が一人でご飯を食べている間に、私は洗濯や掃除、次の日の準備などで忙しい。私も息子（むすこ）と一緒にご飯を食べたいが、これができるのはこの時間しかない。ゆっくりご飯を食べる時間もなくて、立って少し食べるぐらいだ。食事が終わったら息子（むすこ）をお風呂に入れて、絵本を読んで20時頃に寝る。経済的な理由で仕事は辞められないので、どうすればいいのか悩（なや）んでいる。

25 これが指しているのはどれか。

1　ご飯を食べること

2　家事をすること

3　絵本を読むこと

4　お風呂に入ること

（3）

最近キャンピングカーがブームになっています。湖（みずうみ）を目の前にして家族や仲間とおいしいバーベキューを食べる、夜は星空（ほしぞら）を見上げる、車の中のベッドで寝る、考えただけでもワクワクしてきますね。

でも、キャンピングカーは高そうだし、また、普通の車とは違う特別な免許（めんきょ）が必要ではないかと思っている人も多いかもしれません。しかし、そんな心配は要りません。キャンピングカーはレンタルできるし、キャンピングカーの運転もそんなに難しくありません。運転するうちに、慣（な）れるから心配しなくてもいいです。

キャンピングカーユーザーに、その旅行の楽しみを聞いてみたら、「解放感」をあげる人が多かったです。すばらしい景色を見ていると、旅行の疲れがとれてよかったそうです。みなさんもキャンピングカー旅行をしてみませんか。

26 内容と合っているのはどれか。

1 キャンピングカーの運転は難しくて、だれでもできるわけではない。

2 キャンピングカーで旅行に行けば、絶対にすばらしい景色を見ることができる。

3 キャンピングカーを持っていなくても、キャンピングカー旅行に行ける。

4 キャンピングカー旅行をするためには、必ず特別な運転免許（めんきょ）が必要だ。

（4）

私は掃除が大きらいだ。だが、周りを見ると、掃除が好きだという人がけっこういてびっくりしている。それで、どうして掃除が好きなのか聞いてみたことがある。

まず、「掃除好き」というより「きれい好き」という人が多かったが、一番多かったのは、「汚い中で生活しているのがいやだ」という人だった。きれいにしていれば、どこに何があるか、すぐわかるけど、汚いと気持ちも落ち着かなくなって、いらいらする場合もあるという。それに掃除したら、部屋もすっきりするし、気持ちもすっきりするから掃除が好きなのだという。

もちろん、私もきれいな部屋は好きだ。しかし、きれいな部屋にするためにしなければならないこと、つまり、掃除するのが面倒くさくてたまらないのだ。

27 内容と合っているのはどれか。

1 掃除が好きな人は、きれいにすることには興味がないようだ。

2 掃除が好きな人は、きれいになると気持ちが落ち着くようだ。

3 いらいらするから、掃除が好きだという人もいるようだ。

4 この人は、これからはがんばって掃除すると言っている。

問題５　つぎの(1)と(2)の文章（ぶんしょう）を読んで、質問に答えなさい。答えは、１・２・３・４から最もよいものを一つえらびなさい。

（1）

日本で海外旅行が一般化し始めたのは1970年代からで、1972年には海外旅行者の数が100万人を超（こ）えた。1980年代からは、円高（えんだか）などをきっかけに、①海外旅行者が急増（きゅうぞう）するようになり、今も海外旅行に出かける日本人は多い。

ところで、こんなブームの中でも旅行会社のターゲットにならない年齢層（ねんれいそう）があるが、それは20歳後半から30歳後半の夫婦である。ちょうど②この年齢層（ねんれいそう）は、育児で忙しく、海外旅行に行く余裕（よゆう）などぜんぜんないと思われているからである。確かに育児に疲れている夫婦に、海外旅行に行く余裕（よゆう）などないと思う。それに、まだ子供が小さいうちは、一緒に飛行機に乗るのも心配だ。長時間、飛行機の中で子供と過ごすのは大変なことだが、もっと大変なのは、海外で子供が病気やけがをしたときだ。言葉も通じない海外で、病院へ行くのは本当に不安なものだ。

ところが、去年、東京にあるスカイ旅行社がベビーシッターつきのツアーを始めた。まず日本人に人気の韓国のソウルやハワイ、台湾（たいわん）の台北（タイペイ）など３コースがある。ホテルには日本語のできるベビーシッターがいて、旅行中の子供の世話はもちろん、子供の病気やけがのときには一緒に現地の病院へ行ってもらえる。このベビーシッターのおかげで、夫婦は安心して旅行を楽しめるのだ。

ベビーシッター代を払わなければならないので、料金は普通の旅行より高くなるが、子供のことを心配しないですむのが、なによりのメリットだと言える。

28 ①海外旅行者が急増（きゅうぞう）するようになりとあるが、その理由として考えられるのはどれか。

1　海外旅行ブームで、行きたがる人が多くなったため

2　海外旅行が一般化して、多くの日本人が行くようになったため

3　子供の教育のために、海外旅行に行くようになったため

4　円の価値（かち）が上がって、海外旅行が安くなったため

29 ②この年齢層（ねんれいそう）について正しいのはどれか。

1　まだ幼（おさな）い子供を持つ若い親が多い。

2　仕事が忙しくて海外旅行に行けない。

3　お金の余裕（よゆう）がなくて海外旅行に行けない。

4　海外で病気やけがをするのを心配している。

30 本文の内容と合っているのはどれか。

1　日本で海外旅行が一般化し始めたのは、1980年代からだと言える。

2　現在日本では、海外旅行に出かける人が少なくなって心配だ。

3　最近、小さな子供がいても安心して行ける海外旅行商品が出た。

4　海外で子供が病気やけがをしたら、すぐ日本へ帰ってくればいい。

（2）

現在、バイトをしている高校生や大学生を対象に、バイトを「する理由」と「しない理由」について調べてみた。まず、「バイトは経験すべきか」と聞くと、約90％以上の人が①<u>そうだ</u>と答えていて、しなくてもいいと答えた人は約10％ぐらいしかいなかった。

「バイトは経験すべき」と答えた人に、その理由を聞いてみたところ、最も多かったのは「社会経験」で58％だった。バイトをすると、社会勉強にもなるし、働くことの大切さや人間関係、マナーなどを学べるというのだ。その次は、「就職や将来」で21％だった。学校を卒業して社会に出る前にバイトをすれば、就職に有利になるし、また何が自分に合う仕事なのか考えるとき、バイトの経験が役に立ったという意見もあった。

ところで、「お金」のためにバイトをしていると答えた人は7％で、意外に少ないことがわかった。「お金」と回答した人も、「学費や生活費のため」ではなく、「お金の大切さを知ることができるから」とか「お金をかせぐ大変さが分かるから」といった②<u>理由</u>をあげていた。つまり遊ぶお金をかせぐためというよりも、お金の勉強のためと言えるだろう。

一方、バイトをしていない人にその理由を聞くと、大学生、高校生全体では「バイトをする時間がないから」が約30％で最も多かった。大学生は「今バイトを探しているから」と「いいバイトがなかったから」が合わせて約67％だったが、高校生の約半数は「学校で禁止されているから」と答えた。

バイトを「する」理由と「しない」理由は人それぞれだが、高校生や大学生のほとんどは、しっかり理由をもってバイトをしていることがわかった。

31 ①そうだとあるが、そう答えた理由として合わないのはどれか。

1 遊ぶためのお金がほしいから

2 社会勉強になるから

3 就職(しゅうしょく)に有利(ゆうり)になるから

4 人間関係の勉強になるから

32 ②理由とあるが、なんの理由か。

1 学費のためにバイトする理由

2 遊ぶお金のためにバイトする理由

3 お金のためにバイトする理由

4 マナーを学ぶためにバイトする理由

33 本文の内容と合っているのはどれか。

1 高校生や大学生の多くは、バイトすることに否定的(ひていてき)だった。

2 大学生のほとんどは、学費のためにバイトをしている。

3 高校生のほとんどは、学校で禁止(きんし)されていてバイトができない。

4 社会経験(けいけん)のために、バイトを経験(けいけん)すべきと思う人は多いようだ。

問題6　つぎの文章を読んで、質問に答えなさい。答えは、1・2・3・4から最もよいものを一つえらびなさい。

現在の日本人にとっては、24時間営業は、もはや当たり前になっている。実際、コンビニやファミレス、ファーストフード店が一晩中営業している姿は、日本各地で目にすることができる。でも、はたして、24時間営業する必要があるのか。もちろん、①現代人のライフスタイルも変化して、遅い時間まで働く人や活動する人が増えたのは事実であるが、24時間、店を開けておく必要はないと思う。深夜2時までで十分ではないか。

ところで最近、②この営業形態を見直そうという動きが、一部の企業で始まっている。コンビニ大手のニコニコマートは、24時間営業の見直しを検討していることを明らかにした。このように、24時間営業を見直すようになった要因として「少子高齢化」が最も大きな要因として挙げられる。この少子高齢化は、働き手の減少、つまり人手不足につながるようになった。深夜のバイトは時給も比較的良いものの、やはり負担が大きいからか、なかなか人が集まりにくいという。それでその時間に働いてくれる人を探すためには相当時給を上げなければいけない。

それに、その時間にコンビニやファミレスを利用する人が少なくなったことも考えられる。たとえ昼間より少なくても、少しでもお客さんを確保するために営業しているのに、お客さんが来なければ高いコスト（人件費や電気代など）をかけて③営業する理由もなくなる。また、夜中に遊びに出かける人が少なくなったこともあるようである。

もし、コンビニやファミレスで当たり前だった24時間営業が停止されると、私たちの生活にはどのような影響を及ぼすか。深夜働く人にとっては、夜中に食事をとるにも事前に準備しておかなければならないなど、不便な部分もあるだろう。

一方、24時間営業のないライフスタイルが定着すれば、夜の活動が制限されるため、多くの人は深夜の活動をやめ、なるべく早い時間にやるべきことを終えるのが習慣となり、今以上に深夜の売り上げは落ちることが予想される。

今回の一部の企業における24時間営業の見直しは、効率よく深夜営業を行うための実験であると考えられる。効率の良い営業を続けていくために、必要な対策を立てようとする動きであると考えるのが現実的と言えるだろう。

34 ①現代人のライフスタイルも変化してとあるが、どう変化したか。

1 深夜に、仕事や活動などをする人が増えるようになった。

2 深夜に、コンビニなどをよく利用するようになった。

3 コンビニやファミレスの24時間営業が、当たり前のようになった。

4 一晩中営業している店を、日本各地で見ることができるようになった。

35 ②この営業形態とあるが、なにか。

1 コンビニやファミレスなどが、深夜2時まで営業していること

2 コンビニやファミレスなどが、深夜のバイトの時給を上げて営業していること

3 コンビニやファミレスなどが、24時間営業していること

4 コンビニやファミレスなどが、人手不足なのに営業していること

36 ③営業する理由もなくなるとあるが、なぜか。

1 少しでもお客さんを確保するために営業していたから

2 夜中に遊びに出かける人が少なくなったから

3 かけるコストに比べて、上げる利益が少ないから

4 当たり前だった24時間営業が停止されるから

37 この文章の全体のテーマはなにか。

1 24時間営業の問題点について

2 24時間営業の見直しについて

3 24時間営業のメリットについて

4 24時間営業の停止について

問題7　右のページは、あるホテルの宿泊プランの案内である。これを読んで、下の質問に答えなさい。答えは、1・2・3・4から最も よいものを一つえらびなさい。

38　今年61歳になった鈴木さんはこの宿泊プランに参加したいと思っている。鈴木さんがこのホテルに行くとき、必ず持っていかなければならないものは何か。

1　パスポート　　2　タオル　　3　身分証明書　　4　スマホ

39　この宿泊プランの案内文と合わないものはどれか。

1　60歳以上の人は、9,000円に割引してもらえる。

2　利用する前の日は、予約できない。

3　家族なら60歳未満の人でも、同じ料金で泊まれる。

4　このホテルのチェックインは、11：00からできる。

宿泊(しゅくはく)プランのご案内

ABCホテルでゆっくり休んでみませんか。

＊60歳以上の方におすすめ！シニア割引(わりびき)プラン実施中(じっしちゅう)！

- **プラン内容**：60歳以上の方を対象(たいしょう)とした「シニアプラン」は、ご夫婦やお仲間で温泉や旅行を楽しめるシニアの方にお得なプランです。
- **期間**：2018年3月1日(木)から3月31日(土)
- **料金**：通常料金より10％割引(わりびき)(1泊2食つき)（＊通常料金：1名10,000円）
- **朝食**：7:00～9:30
  和食(わしょく)と洋食(ようしょく)のバイキングをご用意しております。
- **夕食**：18:00～20:30
  和食(わしょく)と洋食(ようしょく)のバイキングをご用意しております。
- **チェックイン**：15：00～
- **チェックアウト**：～11：00
- **温泉**：12:00～23:00 ／ 5：00～10:00
  タオルは、お部屋にバスタオルとフェイスタオルをご準備いたしております。
- ご予約は、電話、Eメールで、ご利用日の３日前までにお願いいたします。
- **お問い合わせ**
  TEL：123-456-7890 ／ Eメール：ABCHOTEL@coolmail.com

※ 予約時、60歳以上の方を代表者(だいひょうしゃ)にしてください。当日、受付の際に身分証明書(みぶんしょうめいしょ)の確認をさせていただきます。

ご家族やご友人の方は60歳未満でも、同じ料金でご利用いただけます。

N3

ちょうかい
聴解

(40分)

注 Notes 意

1. 試験が始まるまで、この問題用紙を開けないでください。
   Do not open this question booklet until the test begins.

2. この問題用紙を持って帰ることはできません。
   Do not take this question booklet with you after the test.

3. 受験番号と名前を下の欄に、受験票と同じように書いてください。
   Write your examinee registration number and name clearly in each box below as written on your test voucher.

4. この問題用紙は、全部で13ページあります。
   This question booklet has 13 pages.

5. この問題用紙にメモをとってもいいです。
   You may make notes in this question booklet.

受験番号　Examinee Registration Number	

名前　Name	

問題 1

問題1では、まず質問を聞いてください。それから話を聞いて、問題用紙の1から4の中から、最もよいものを一つえらんでください。

れい

1　1階

2　2階

3　3階

4　4階

1ばん

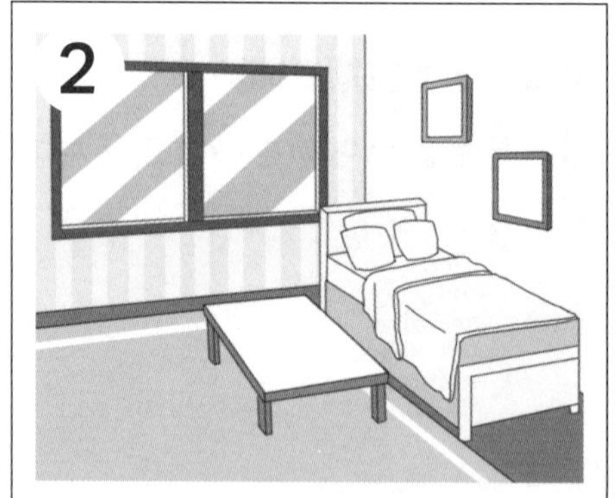

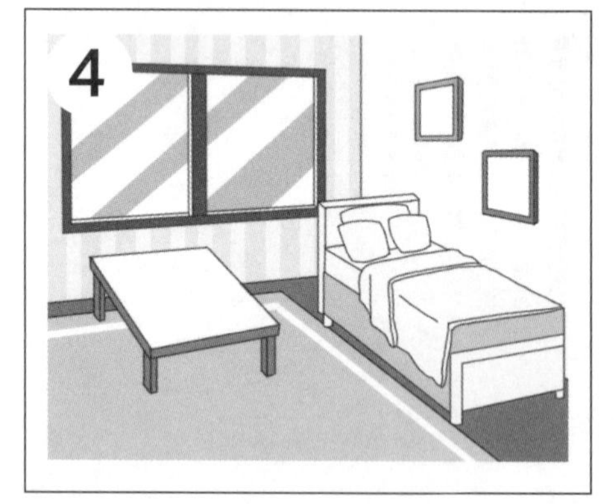

2ばん

1 木村さんが戻ったら、西本工業に電話するように言う

2 木村さんが戻ったら、東京機械に電話するように言う

3 木村さんが戻ったら、西本工業からの電話を待つように言う

4 木村さんが戻ったら、東京機械からの電話を待つように言う

3ばん

1　電話でフロントに文句を言う

2　他の旅館に行く

3　隣の部屋が静かになるのを待つ

4　他の部屋に替えてもらう

4ばん

1　今日の会議で使う資料を作る

2　明日の会議で使う資料を作る

3　会社で12時まで残業する

4　部長に先月の売り上げを報告する

5ばん

1　本を全部捨てて、新しい本を買う

2　本を置くため、新しい本棚を買う

3　女の人にあげるつもりだ

4　引っ越すつもりだ

6ばん

1　車で石田部長を迎えに行く

2　事故の処理のために出かける

3　帰らないで石田部長を待つ

4　病院へお見舞いに行く

問題 2

問題２では、まず質問を聞いてください。そのあと、問題用紙を見てください。読む時間があります。それから話を聞いて、問題用紙の１から４の中から、最もよいものを一つえらんでください。

れい

1　早く映画の情報が知りたいから

2　キャンペーンに応募してチケットをもらいたいから

3　限定グッズをもらって人に見せたいから

4　レビューを読んで、話題の映画が見たいから

1ばん

1　交通(こうつう)の便(べん)があまりよくないから

2　隣(となり)の部屋(へや)に変(へん)な人(ひと)が住(す)んでいるから

3　大家(おおや)さんが隣(となり)の部屋(へや)に住(す)んでいるから

4　大家(おおや)さんが家賃(やちん)をあげるから

2ばん

1　毎日遅(まいにちおそ)くまで会社(かいしゃ)で残業(ざんぎょう)すること

2　行(い)きたくない飲(の)み会(かい)へ行(い)くこと

3　部長(ぶちょう)に怒(おこ)られること

4　報告書(ほうこくしょ)をうまく作(つく)れないこと

3ばん

1 実家へ帰ることにしたから

2 ハワイへ行くことにしたから

3 夏休みがキャンセルになったから

4 体の調子がよくないから

4ばん

1 満員電車に乗りたくないから

2 早く会社へ行って散歩したいから

3 朝のラッシュアワーを避けたいから

4 仕事に遅れたくないから

5ばん

1　付き合っている人がいるから

2　お酒とコーヒーが嫌いだから

3　残業しなければならないから

4　胃の調子がよくないから

6ばん

1　駅前で１時半に会う

2　駅前で４時に会う

3　みどりデパートの前で１時半に会う

4　みどりデパートの前で４時に会う

もんだい
問題 3

問題３では、問題用紙に何もいんさつされていません。この問題は、ぜんたいとしてどんなないようかを聞く問題です。話の前に質問はありません。まず話を聞いてください。それから、質問とせんたくしを聞いて、１から４の中から、最もよいものを一つえらんでください。

— メモ —

問題 4

問題４では、えを見ながら質問を聞いてください。やじるし（➡）の人は何と言いますか。１から３の中から、最もよいものを一つえらんでください。

れい

1ばん

2ばん

3ばん

4ばん

問題 5

問題５では、問題用紙に何もいんさつされていません。まず文を聞いてください。それから、そのへんじを聞いて、１から３の中から、最もよいものを一つえらんでください。

— メモ —

實戰模擬試題
第 2 回

N3

げんごちしき（もじ・ごい）

（30ぷん）

ちゅうい
Notes

1. しけんが　はじまるまで、この　もんだいようしを　あけないで　ください。
Do not open this question booklet until the test begins.
2. この　もんだいようしを　もって　かえる　ことは　できません。
Do not take this question booklet with you after the test.
3. じゅけんばんごうと　なまえを　したの　らんに、じゅけんひょうと　おなじように　かいて　ください。
Write your examinee registration number and name clearly in each box below as written on your test voucher.
4. この　もんだいようしは、ぜんぶで　５ページ　あります。
This question booklet has 5 pages.
5. もんだいには　かいとうばんごうの　1、2、3 … が　ついて　います。かいとうは、かいとうようしに　ある　おなじ　ばんごうの　ところに　マークして　ください。
One of the row numbers 1, 2, 3 … is given for each question. Mark your answer in the same row of the answer sheet.

じゅけんばんごう　Examinee Registration Number	

なまえ　Name	

問題１ ＿＿＿＿のことばの読み方として最もよいものを、1・2・3・4から一つえらびなさい。

1 彼女は結婚したら仕事を辞(や)めて、専業(せんぎょう)<u>主婦</u>になりました。

1 しゅふ　　2 しゅうふ　　3 しゅふう　　4 しゅうふう

2 全品<u>半額</u>セールを開催(かいさい)いたします。

1 はんかく　　2 はんがく　　3 なかかく　　4 なかがく

3 A高校とB高校が、決勝(けっしょう)で優勝(ゆうしょう)を<u>争う</u>ことになるだろう。

1 あらそう　　2 さからう　　3 あらう　　4 うたがう

4 <u>努力</u>は実(みの)る。

1 どりょく　　2 どうりょく　　3 のうりょく　　4 あつりょく

5 この野菜(やさい)には、ビタミンAが<u>豊富</u>に含(ふく)まれています。

1 ふうふ　　2 ほうふ　　3 ふうふう　　4 ほうふう

6 意見や<u>感想</u>を述(の)べる力、質問に応答する力をつけるために効果的(こうかてき)な方法を考えています。

1 けんしょう　　2 けんそう　　3 かんしょう　　4 かんそう

7 空港(くうこう)で荷物(にもつ)を<u>預ける</u>際の注意点(ちゅういてん)について紹介(しょうかい)します。

1 さずける　　2 かたむける　　3 あずける　　4 むける

8 これを持ち帰りたいので<u>包んで</u>もらえますか。

1 うらんで　　2 つつしんで　　3 つつんで　　4 ならんで

問題2　＿＿＿＿のことばを漢字で書くとき、最もよいものを、1・2・3・4から一つえらびなさい。

9　与党(よとう)と野党(やとう)は、26日から予算案(よさんあん)しんぎに入ることで合意(ごうい)した。

1　審義　　2　審議　　3　深儀　　4　深議

10　彼は進学(しんがく)か就職(しゅうしょく)かでまよっているらしい。

1　疑って　　2　洗って　　3　払って　　4　迷って

11　でんちは大きく化学(かがく)でんちと物理(ぶつり)でんちに分類(ぶんるい)される。

1　電池　　2　電知　　3　電地　　4　電値

12　狭(せま)い部屋を有効に活用するためには、インテリアのはいちが重要なポイントとなる。

1　配値　　2　配置　　3　背置　　4　背値

13　次の絵は、学校で見られるきけんな場面(ばめん)です。

1　危剣　　2　危研　　3　危険　　4　危検

14　風邪薬(かぜぐすり)を飲んだらねむくなるので車の運転をしてはいけない。

1　冒く　　2　寝く　　3　眼く　　4　眠く

問題3　（　　　　）に入れるのに最もよいものを、1・2・3・4から一つえらびなさい。

15　ATMを使ってお金を（　　　）機会（きかい）が増えてきています。

1　ふりかえる　　2　ふりこむ　　3　ふりむく　　4　ふりだす

16　父は最近、階段、（　　　）道、坂道（さかみち）などを歩くのを楽しんでいる。

1　あいまい　　2　ふらふら　　3　いらいら　　4　でこぼこ

17　（電車の中で）ちょっとすみませんが、（　　　）もらえませんか。

1　つめて　　2　むけて　　3　だして　　4　みとめて

18　最近は自分でも（　　　）ほど、お菓子（かし）、特にチョコレートをたくさん食べている。

1　あやしい　　2　うらやましい　　3　あきれる　　4　うながす

19　見るなと言われると（　　　）見たくなるのは人間の心理である。

1　もっとも　　2　よけいに　　3　ただし　　4　あらかじめ

20　娘（むすめ）の担任（たんにん）は先生に（　　　）の新任（しんにん）で、事務作業のミスが続き、保護者（ほごしゃ）の不満（ふまん）が爆発（ばくはつ）した。

1　あらた　　2　あきらか　　3　なって　　4　なりたて

21　今年の５月からほぼ毎日、一日中頭が（　　　）する状況（じょうきょう）が続いています。

1　くらくら　　2　どきどき　　3　ほくほく　　4　うきうき

22　子猫（こねこ）は、（　　　）泣き出しそうな悲しい顔をしていた。

1　いまと　　2　いまも　　3　いまにも　　4　いまで

23 その試合は２対２の（　　　）に終わって、延長戦に入った。

1　ひきだし　　2　ひきわけ　　3　ひきうけ　　4　ひきあげ

24 日曜日の夜や連休が（　　　）前日の夜、次の日から仕事が始まると思うと何となく暗い気持ちになる。

1　はじまる　　2　つづく　　3　つながる　　4　あける

25 （　　　）のよい商品と悪い商品をセット販売するのは、不公正な取引方法に当たる。

1　うれゆき　　2　うりきれ　　3　しなぎれ　　4　しなもの

問題4　＿＿＿＿の意味が最も近いものを、1・2・3・4から一つえらびなさい。

26　グラフをごらんください。

1　見(み)てください　　2　描(か)いてください

3　作(つく)ってください　　4　消(け)してください

27　六本木(ろっぽんぎ)で偶然(ぐうぜん)、高校時代の同級生(どうきゅうせい)に会った。

1　たまに　　2　よく　　3　たまたま　　4　ひさしぶりに

28　その映画は、西部劇(せいぶげき)としては近年まれに見るヒット作となった。

1　よくある　　2　めずらしい　　3　人気のある　　4　最大の

29　今年のくれに、温泉(おんせん)に家族旅行に行くことにしました。

1　やすみ　　2　年末(ねんまつ)　　3　おぼん　　4　お正月(しょうがつ)

30　山村(やまむら)さんは学生時代から、女にもてる男だった。

1　きらわれる　　2　同情(どうじょう)される　　3　さけられる　　4　人気(にんき)のある

問題5　つぎのことばの使い方として最も良いものを、1・2・3・4から一つえらびなさい。

31　おもわず

1　おもわず事件が発生(はっせい)して、みんな驚(おどろ)いている。

2　おもわず写真を撮(と)りたくなるようなきれいなところでした。

3　次から次へとアクシデントが起き、人生(じんせい)がおもわず方向(ほうこう)へと向(む)かっていった。

4　学生のおもわず答えに、先生は何も言えなかった。

32　めったに

1　うちの母は、めったにデパートへ買い物に行きます。

2　私は高校時代の同級生(どうきゅうせい)たちとめったに会います。

3　真理(まり)さんの彼氏(かれし)は、近所(きんじょ)に住んでいるのでめったに会うそうです。

4　ベテラン講師(こうし)から指導(しどう)を受けられることはめったにないチャンスだ。

33　そなえる

1　日頃(ひごろ)から災害(さいがい)にそなえて、対策(たいさく)を立てておくことが大切だ。

2　毎日同じものばかり食べていたら、そなえてしまった。

3　すみません、この席(せき)そなえていますか。

4　彼は子供のころから、東京にそなえていた。

34　たいして

1　たいしていいから、また遊びに来てください。

2　たいして意味のない話なので、深く考えなかった。

3　ここでもうたいしてお待ちいただけませんか。

4　社長はたいして大声(おおごえ)で怒鳴(どな)り始(はじ)めました。

35 きつい

1 きついものは食べない方がいいと思います。

2 部屋がきつすぎる。掃除(そうじ)でもしようかな。

3 昼ご飯を食べたあとは、きつくなって仕事ができない。

4 ゴミ収集(しゅうしゅう)のバイトは、時給(じきゅう)は高いけど、仕事がきつい。

N3

言語知識（文法）・読解

（70分）

注意 Notes

1. 試験が始まるまで、この問題用紙を開けないでください。
Do not open this question booklet until the test begins.

2. この問題用紙を持って帰ることはできません。
Do not take this question booklet with you after the test.

3. 受験番号と名前を下の欄に、受験票と同じように書いてください。
Write your examinee registration number and name clearly in each box below as written on your test voucher.

4. この問題用紙は、全部で19ページあります。
This question booklet has 19 pages.

5. 問題には解答番号の 1 、 2 、 3 … が付いています。解答は、解答用紙にある同じ番号のところにマークしてください。
One of the row numbers 1 , 2 , 3 … is given for each question. Mark your answer in the same row of the answer sheet.

受験番号 Examinee Registration Number	

名前 Name	

問題１　つぎの文の（　　　　）に入れるのに最もよいものを、1・2・3・4から一つえらびなさい。

1　すみません、お手洗いを（　　　　）。

1　お借りになりますか　　2　お借りになれますか
3　お借りできますか　　4　お借りいたしますか

2　今日は12時に池袋で、彼女と（　　　　）ことになっています。

1　あう　　2　あえる　　3　あって　　4　あった

3　私は日本料理（　　　　）、まず、すしやみそしるが思い浮かびますね。

1　ときたら　　2　というと　　3　にしては　　4　によって

4　おそれいりますが、お名前を（　　　　）よろしいでしょうか。

1　うかがっても　　2　おっしゃっても
3　まいっても　　4　いらっしゃっても

5　働く女性が多くなった今日（　　　　）、日本にはまだ、女性は家事をして当然という考えが残っている。

1　でも　　2　へも　　3　とも　　4　での

6　この本は、読む（　　　　）元気がもらえます。

1　だけあって　　2　たびに　　3　とおり　　4　うちに

7 A「新しいプロジェクトは誰に任せましょうか。」

B「木村君（　　　　）どう？」

1　ほど　　2　として　　3　なんて　　4　なんか

8 約束の時間までまだ３時間もあるから、そんなに急ぐ（　　　　）。

1　ことにする　　2　ことになる　　3　ことはない　　4　ものはない

9 小説家としての私の夢は、世界中の（　　　　）愛される名作を書くことです。

1　誰からも　　2　誰も　　3　誰かも　　4　誰とも

10 今度韓国へいらっしゃった際には、ぜひ我が家に（　　　　）。

1　おとまりください　　2　とまりください

3　おとまりしてください　　4　とまりしてください

11 会社の上司に（　　　　）、敬語を使わなければなりません。

1　ついては　　2　つき　　3　対しては　　4　関しては

12 彼は大学受験に合格するために、１日も休む（　　　　）勉強に励んでいる。

1　あまり　　2　ことなく　　3　うちに　　4　かわりに

13 社長、お客さま２名が（　　　　）。

1　ごらんになりました　　2　ごらんにしました

3　お見えになりました　　4　お見せになりました

問題２　つぎの文の ＿＿★＿＿ に入る最もよいものを、１・２・３・４から一つえらびなさい。

（問題例）

つくえの ＿＿＿ ＿＿＿ ＿★＿ ＿＿＿ あります。

1 が　　2 に　　3 上　　4 ペン

（解答のしかた）

1．正しい答えはこうなります。

つくえの ＿＿＿ ＿＿＿ ＿★＿ ＿＿＿ あります。
3 上　2 に　4 ペン　1 が

2．＿★＿ に入る番号を解答用紙にマークします。

（解答用紙）　（例）　①　②　③　●

---

14 私が富士山の写真を ＿＿＿ ＿＿＿ ＿★＿ ＿＿＿、バッグからさいふをすられてしまいました。

1　間　　2　いる　　3　に　　4　とって

15 ただいま、Webサイトに ＿＿＿ ＿＿＿ ＿★＿ ＿＿＿ が発生しております。

1　づらい　　2　障害　　3　アクセス　　4　し

16 先日買ってきたこの野菜、＿＿＿ ＿＿＿ ＿★＿ ＿＿＿、早く食べた方がいいと思う。

1 なり　　2 いるから　　3 かけて　　4 悪く

17 歯をみがくときは、水を ＿＿＿ ＿＿＿ ＿★＿ ＿＿＿、コップに水をくんでみがくようにしましょう。

1 っぱなし　　2 せず　　3 に　　4 出し

18 A「このサプリメントを飲むだけで、誰でも３ヶ月で10kg減量できるって。」

B「へえ～、本当かな。そんな ＿＿＿ ＿＿＿ ＿★＿ ＿＿＿ 信用できないわ。」

1 なんか　　2 うそ　　3 っぽくて　　4 の

問題3　つぎの文章を読んで、文章全体の内容を考えて、[19] から [23] の中に入る最もよいものを、1・2・3・4から一つえらびなさい。

　先日、引っ越しの準備をしながら家をかたづけていたら、小学生のころの日記が出てきました。[19] 読んでみたら、子供のころのいろいろなことが思い出されました。そのころは、買ってもらいたいものもたくさんありました。

　小学生が買ってもらいたいものと言えば、[20] おもちゃですよね。最近の子供たちは、どんなおもちゃが好きなのでしょうか。たぶん、私の子供のころとあまりかわらないのではないでしょうか。私も、ほしかったおもちゃはたくさんありました。ロボットのおもちゃや家庭用テレビゲーム機などなど…。でも当時の我が家は [21] ので、何も買ってもらえませんでした。

　それで、おじいさんやおばあさん、親類などから「何か買ってあげようか」と言われると本当にうれしかったです。[22] うちの親は、誰かにそんなことを言われたら「図々しいからそういう時は断りなさい」と言いました。そういう教育を受けていたので、私はいつも「ううん、何も要らない、ありがとう」と [23]。

　でもある日、おばあさんにまたそう言って断ると、おばあさんはとてもさびしそうな顔をしました。家に帰って母にそれを言うと、母は「おばあさんは、何か買ってあげたかったのよね…」と言いました。それでやっと、買ってもらってもいいと言ってくれて、ほしかったテレビゲーム機を買ってもらいました。今でもあの時のうれしさはよく覚えています。

19

1　うつくしくて　　2　なつかしくて

3　いそがしくて　　4　すばらしくて

20

1　なるほど　　2　はたして

3　かなり　　4　やっぱり

21

1　めずらしかった　　2　まずしかった

3　さわやかだった　　4　やさしかった

22

1　でも　　2　それから

3　そして　　4　それとも

23

1　言うだけありませんでした　　2　言うばかりありませんでした

3　言うしかありませんでした　　4　言うものありませんでした

問題4　つぎの（1）から（4）の文章を読んで、質問に答えなさい。答えは、1・2・3・4から最もよいものを一つえらびなさい。

（１）

　いつからか、私たちは野菜ジュースは絶対健康にいいと思うようになった。まるで神話のように信じている。それはたぶん、テレビやネット、雑誌などの広告のせいだろう。では野菜ジュースは本当に健康にいいのか？　結論から言うと、それはうそだ。健康に良さそうに見えるが、実は健康に悪い飲み物なのだ。健康のためと言って、毎日１本飲んでいる人も多いだろう。私のまわりにもいる。

　実は、市販の野菜ジュースには、農薬をたくさん使った、しかも産地もはっきりしない野菜が使われている。さらに野菜に熱を加えて作るので、栄養もなくなってしまっている。また、味をよくするために砂糖などもたくさん入れて作られている。つまり、飲めば飲むほど健康に悪い。野菜ジュースを飲みたいなら、家でジューサーを使って直接作るようにしよう。

24　内容と合わないのはどれか。

1　野菜ジュースは健康にいいと信じる人は少ないようだ。

2　野菜ジュースに対する情報は、メディアから得ているようだ。

3　野菜ジュースの味を決めるのは、野菜だけではないようだ。

4　野菜ジュースをおいしくするために、砂糖を入れているようだ。

（2）

リーダーシップやプレゼン能力、セールスのスキルなどが、有能なビジネスマンに最も必要な要素だと言われている。ところが、私は「時間を守ること」がもっと重要だと思っている。

では、なぜ時間を守ることが大切なのか？　時間を守る人は、「絶対に時間を無駄にしない」という意識がある人で、自分の時間も相手の時間も決して無駄にしない。仕事が出来る人ほど、ビジネスで時間がどんなに重要なのかを知っている。時間は貴重で大切なものなので、絶対に無駄にはできない。いくらすばらしいアイデアや、説得力のある提案を持っていても、もしその人がプレゼンテーションに遅刻してしまえば、すべては水の泡になる。それが1分でも1秒でも、約束の時間に遅れたことで、人から信頼されなくなるのだ。

25　人から信頼されなくなるとあるが、その理由として考えられるのはどれか。

1　有能なビジネスマンではないので

2　プレゼンテーションに行けないので

3　すばらしいアイデアがないので

4　時間を大切にしていないので

（３）

ひで君、入園（にゅうえん）おめでとう。

何でも食べて、いっぱい遊んで、元気に楽しく過ごしてください。

先生やお父さん、お母さんの言うこともよく聞いてね。

それから新しいお友達をいっぱい作って、お友だちと仲良（なかよ）く元気（げんき）に過（す）ごしてください。

おじいちゃん、おばあちゃんより。

26 この手紙からどんなことがわかるか。

1　子供に友だちができなくて心配だ。

2　子供が病院に入院することになった。

3　孫（まご）が小学校（しょうがっこう）に入ることになった。

4　孫（まご）が幼稚園（ようちえん）に入ることになった。

（４）

ぼくの家では犬を一匹飼っています。名前はシロと言います。家の前に捨てられて、箱の中にいたシロを母が拾って来たのです。シロは本当に小さい子犬でした。

最初は、シロは悲しそうな顔をしていて、ぜんぜん元気がありませんでした。ぼくは、そんなシロが、かわいそうでたまりませんでした。ぼくはそんなシロのために、まずシロという名前をつけてあげました。最初は、ぼくが「シロ～」と呼んでも反応しませんでしたが、すぐ自分の名前だとわかって、ぼくを見ながらしっぽを振るようになりました。それから子犬用のミルクを買ってきてあげました。子犬用のミルクはちょっと高いので、ぼくのおこづかいだけでは無理でしたが、母と父がミルク代の半分を出してくれて買うことができました。今シロはすっかり元気になって、ぼくとよく遊んでくれています。

27 内容と合っているのはどれか。

1　シロという名前は、親につけてもらった。

2　ぼくは、シロのミルクを直接作っていた。

3　シロは家の中より、外で遊ぶのが好きだ。

4　シロが、どこで生まれたのかわからない。

問題5　つぎの(1)と(2)の文章を読んで、質問に答えなさい。答えは、1・2・3・4から最もよいものを一つえらびなさい。

（1）

小学生のころ、毎日日記を書く宿題があったが、私は①この宿題が本当にいやだった。まだ子供だったので、何をどう書けばいいのかわからなかったし、それも毎日書くのは、子供にとっては大変なことだった。また、その日記の内容というのもたいてい、「最初は何をして、次に何をして、次にどこどこ行って、何々した。それでおもしろかった、よかった」という内容だった。感じたことやどんな気持ちだったとかは書かないで、ただ、その日にあったことを並べる感じの日記だった。

ところで不思議なことに、30歳を過ぎてから②急に日記を書きたくなったのだ。ずっと日記は面倒くさいものと思っていたのに、少しずつ日記へのイメージが変わり、考えも変わったのだ。短い日記を書くことで、１日の反省ができることがいいと思った。つまり、ちょっとだけ反省することで、自分を客観的にみることができ、もっと計画的な人生を送れると思うようになったのが一番のきっかけだったのだ。

今も毎日、日記を書いているが、日記を書いていると、なんだか気持ちが落ち着く。その日の反省とともに、気持ちよく寝ることができるのだ。

28 ①この宿題(しゅくだい)が本当にいやだったとあるが、なぜいやだったのか。

1　もともと学校の宿題(しゅくだい)がいやだったから

2　学校の宿題(しゅくだい)があまりにも多かったから

3　毎日日記を書くのが大変だったから

4　学校の宿題(しゅくだい)はおもしろくなかったから

29 ②急に日記を書きたくなったのだとあるが、その理由として考えられるのはどれか。

1　その日あったことを並(なら)べる日記を書くのはいやだったから

2　日記を書くとき、どんな気持ちだったのか書きたくなったから

3　その日、反省(はんせい)しなければならないことが多くなったから

4　より計画的(けいかくてき)な人生を送(おく)ることができると思ったから

30 本文の内容と合っているのはどれか。

1　この人は子供のころ、日記を書くのが好きだった。

2　この人は子供のころ、日記に感(かん)じたことを書いていた。

3　この人は現在(げんざい)、日記を書くのがいやになっている。

4　この人は現在(げんざい)、毎日欠(か)かさないで日記を書いている。

（２）

田中さん、お元気ですか。

私は今、北海道に来ています。東京も寒かったですが、ここはもっと寒いです。気温はマイナス10度くらいで、風も強くて冷たいです。こんな寒さは、生まれて初めてです。こんな寒さの中でも、北海道のみなさんは普通に生活しています。私はかぜをひいてしまって、おとといときのうはどこへも出かけないで、ずっとホテルにいました。ゆうべ、知り合いにかぜ薬を買ってきてもらい、それを飲んでぐっすり寝たら、体調もだいぶ良くなりました。

かぜで二日間寝てばかりいましたが、明日からは、また論文資料探しに出かけようと思っています。さくら大学に行けば、アイヌ民族の歴史に関する資料がたくさんあると聞いたので、明日は、さくら大学に行ってみようと思っています。

もともとは１週間の予定で来たので、明日、帰る予定でしたが、かぜで資料探しができなかったので、もうちょっといるつもりです。資料探しが終わったら、実家に帰ろうと思っています。いろいろ大変だったのでお正月は実家でゆっくり休みたいです。それから、お正月休みが終わったら、すぐ東京に戻ろうと思っています。ではまた東京で会いましょう。

31 おとといときのうはどこへも出かけないで、ずっとホテルにいましたとあるが、なぜか。

1　あまりにも寒かったので

2　体調(たいちょう)がよくなかったので

3　薬を飲まなかったので

4　お金がなかったので

32 この人が北海道(ほっかいどう)へ来た一番の理由はなにか。

1　論文(ろんぶん)を書くための資料(しりょう)を探(さが)すために

2　アイヌ民族(みんぞく)に会うために

3　北海道(ほっかいどう)の知り合いに会うために

4　疲(つか)れたのでゆっくり休むために

33 本文の内容と合っているのはどれか。

1　この人は、もうすぐで論文作業(ろんぶんさぎょう)が終(お)わる。

2　田中(たなか)さんに、かぜ薬を買ってきてもらった。

3　この人は、明日実家に帰る予定だ。

4　この手紙(てがみ)を書いたのは、12月のようだ。

第2回

問題６　つぎの文章を読んで、質問に答えなさい。答えは、１・２・３・４から最もよいものを一つえらびなさい。

秋も終わり、本格的に寒くなり始めた。冬になると、寒くて何もしたくない、何もできないと言っている人が多いが、特に女性たちの多くは、寒さ対策に頭を悩ませることになる。厚着をしてみたり、カイロを使ったりと、①いろいろな工夫をするが、こんなことより、できれば基本的な体作りからしてほしい。そこで今日は、寒さに負けない体作りの４つのコツを紹介したい。

まず一つ目は、②運動。

意識的に運動をすることで、体が冷えにくくなる。まずは軽い散歩から始めよう。そしてウォーキング、次にジョギングまでレベルアップする。寒さ対策のためには、さまざまな運動のなかから、特に筋肉トレーニングを勧めたい。ちょっとした筋肉トレーニングでもいいので、筋肉を使うことを意識すればいい。

二つ目は、規則正しい生活。

日ごろから規則正しい生活をすれば、健康的な体作りができる。生活が規則正しくなければ、どうしても体を冷やす原因となってしまうので気をつけよう。それから、もちろんここには十分な睡眠も含まれる。

三つ目は、バランスのとれた食事。

やはり日ごろから、③バランスのとれた食事をしっかりとることもとても重要である。寒いからといって肉ばかりを食べるのは決してよくない。実は野菜の中にも、体を温めるものがある。その野菜を食べると寒さに負けない体が作れるのである。にんにくやとうがらし、しょうが、かぼちゃ、にら、ねぎ、玉ねぎなどがその代表的な野菜である。

最後に、お風呂に入ることを勧めたい。

最近の若い人の中にはお風呂に入らず、シャワーだけですませる人が多いようである。寒い冬こそ、ゆっくりお風呂に入って、体を温めておく必要がある。このようにお風呂に入って体が温まれば、体も冷えにくくなるから効果的だと言える。

体が冷えたままでいると、かぜをひきやすくなり、体の機能が落ちて、インフルエンザにもかかりやすくなってしまう。日ごろ、上記の方法で体を温めておくと、インフルエンザの予防にも役立つから、みなさんもぜひ試してほしい。

34 ①いろいろな工夫とあるが、たとえばどんな工夫か。

1 よく食べること
2 基本的な体作りすること
3 厚い洋服を着ること
4 ダイエットすること

35 ②運動とあるが、筆者が特に強調していることは何か。

1 軽い散歩
2 ウォーキング
3 ジョギング
4 筋肉トレーニング

36 ③バランスのとれた食事とあるが、ここでは主にどうすることを勧めているか。

1 肉だけでなく、野菜も食べること
2 肉の量を増やして食べること
3 野菜を温めて食べること
4 野菜を家で直接育てること

37 この文章で筆者が最も言いたいことは何か。

1 シャワーだけではなくお風呂にちゃんと入ろう。
2 体作りを通して、寒さを乗り切ろう。
3 バランスのとれた食事の重要性
4 筋肉トレーニングとインフルエンザとの関係

問題7　右のページは、ある似顔絵教室の生徒募集案内である。これを読んで、下の質問に答えなさい。答えは、１・２・３・４から最もよいものを一つえらびなさい。

38　大学生の山口さんはこの似顔絵教室に参加しようと思っている。開講日までにしておかなければならないことは何か。

1　似顔絵を描く練習をしておく。

2　40,000円を払っておく。

3　友人へ送るカードを作っておく。

4　申込書をメールで送っておく。

39　この案内文の内容と合うものはどれか。

1　受講料と材料費は、開講日までに支払えばいい。

2　授業は週３回で、午前中はやっていない。

3　大学生は、この似顔絵体験教室に参加できない。

4　参加できる人数に、制限はない。

にこにこ似顔絵教室　生徒大募集！！

＊にこにこ似顔絵教室では、2018年度秋のクラス講座開講にあたり、生徒さんを募集します。

にこにこ似顔絵教室では、こんな方を募集しています。

- 絵を描くのがとにかく大好きな方
- 絵を描くことに興味を持っている方
- 絵を描くためのスキルを身につけたい方
- 友人や知人へのメッセージカードなどに似顔絵を入れたい方

みなさん、ぜひご応募ください。

1. **期間**：2018年10月1日（月）～11月30日（金）
2. **授業時間**：毎週　月水金　19時～21時（1回2時間の授業）
3. **料金**：受講料　40,000円（＊入会費不要）
   材料費　2,000円
   合計　42,000円（税込み）
   ＊開講日の３日前までにお支払いください。
4. **定員**：15名
5. **参加できる方**：高校生以上
6. **申し込み方法**：ホームページから申込書をダウンロードして、ファックスかメールで開講日の１週間前までにお送りください。
   ファックス：088-123-4567　（担当：池田）
   メール：IKEDA@NIGAOE.COM
7. **場所**：〒678-2345
   さくら市みどり区２丁目５番地
   さくらビル　２階
   にこにこ似顔絵体験教室

N3

聴解（ちょうかい）

（40分）

注 Notes 意

1. 試験が始まるまで、この問題用紙を開けないでください。
   Do not open this question booklet until the test begins.

2. この問題用紙を持って帰ることはできません。
   Do not take this question booklet with you after the test.

3. 受験番号（じゅけんばんごう）と名前を下の欄（らん）に、受験票（じゅけんひょう）と同じように書いてください。
   Write your examinee registration number and name clearly in each box below as written on your test voucher.

4. この問題用紙は、全部（ぜんぶ）で13ページあります。
   This question booklet has 13 pages.

5. この問題用紙にメモをとってもいいです。
   You may make notes in this question booklet.

受験番号（じゅけんばんごう） Examinee Registration Number	

名 前 Name	

問題 1

問題1では、まず質問を聞いてください。それから話を聞いて、問題用紙の1から4の中から、最もよいものを一つえらんでください。

第2回

れい

1　1階
2　2階
3　3階
4　4階

1ばん

2ばん

1　結婚(けっこん)をやめて、仕事(しごと)をやり続(つづ)ける

2　結婚(けっこん)しても、仕事(しごと)をやり続(つづ)ける

3　結婚(けっこん)したら、彼氏(かれし)と一緒(いっしょ)に仕事(しごと)をやめる

4　結婚(けっこん)したら、彼氏(かれし)と一緒(いっしょ)に農業(のうぎょう)をする

3 ばん

1　駅から遠くても安いアパートにする

2　駅から遠くて高いアパートにする

3　高くても駅から近いアパートにする

4　安くて駅から近いアパートにする

4 ばん

1　山下工業の近くまで行って電話をかける

2　山下工業へ行って女の人に直接会う

3　山下工業にまた電話をかける

4　山下工業の電話番号を確認する

5ばん

1 男(おとこ)の人(ひと)と一緒(いっしょ)にジョギングを始(はじ)める

2 一人(ひとり)でウォーキングを始(はじ)める

3 男(おとこ)の人(ひと)と一緒(いっしょ)にダイエットを始(はじ)める

4 一人(ひとり)でジョギングを始(はじ)める

6ばん

1 今日(きょう)は何(なに)も買(か)わずに帰(かえ)る

2 グレーのコートを買(か)う

3 40,000円(えん)を払(はら)ってコートを買(か)う

4 黒(くろ)い色(いろ)のコートを買(か)う

問題 2

問題２では、まず質問を聞いてください。そのあと、問題用紙を見てください。読む時間があります。それから話を聞いて、問題用紙の１から４の中から、最もよいものを一つえらんでください。

れい

1　早く映画の情報が知りたいから

2　キャンペーンに応募してチケットをもらいたいから

3　限定グッズをもらって人に見せたいから

4　レビューを読んで、話題の映画が見たいから

1ばん

1　二人で試験勉強をすることにしたから

2　工事の音がうるさくて何もできないから

3　道路工事のバイトをすることになったから

4　板橋君の家では、よく眠れるから

2ばん

1　学生時代にやっていたから

2　韓国の支店に行くことになったから

3　韓流ファンになったから

4　韓国に旅行に行きたくなったから

3ばん

1 古い商品の紹介が入っていたから

2 もう生産しない商品の紹介が入っていたから

3 間違いだらけの書類だから

4 もう、この書類は要らなくなったから

4ばん

1 経済的負担が大きくなったから

2 自分の健康のことを考えたから

3 医者にやめるように言われたから

4 タバコの値段が安くなったから

5ばん

1　思ったより値段が高いから

2　次のセールで買うことにしたから

3　重くて家まで持って帰れないから

4　トイレットペーパーが要らないから

6ばん

1　料理がおいしくなかったこと

2　店員が親切ではなかったこと

3　ご飯の量が少なかったこと

4　店がきれいではなかったこと

問題 3

問題３では、問題用紙に何もいんさつされていません。この問題は、ぜんたいとしてどんなないようかを聞く問題です。話の前に質問はありません。まず話を聞いてください。それから、質問とせんたくしを聞いて、１から４の中から、最もよいものを一つえらんでください。

— メモ —

問題（もんだい）4

問題（もんだい）4では、えを見（み）ながら質問（しつもん）を聞（き）いてください。やじるし（➡）の人（ひと）は何（なん）と言（い）いますか。1から3の中（なか）から、最（もっと）もよいものを一（ひと）つえらんでください。

れい

1ばん

2ばん

3ばん

4ばん

問題5

問題5では、問題用紙に何もいんさつされていません。まず文を聞いてください。それから、そのへんじを聞いて、1から3の中から、最もよいものを一つえらんでください。

— メモ —

第2回

實戰模擬試題
第 3 回

N3

げんごちしき（もじ・ごい）

（30ぷん）

ちゅうい
Notes

1. しけんが　はじまるまで、この　もんだいようしを　あけないで　ください。
   Do not open this question booklet until the test begins.
2. この　もんだいようしを　もって　かえる　ことは　できません。
   Do not take this question booklet with you after the test.
3. じゅけんばんごうと　なまえを　したの　らんに、じゅけんひょうと
   おなじように　かいて　ください。
   Write your examinee registration number and name clearly in each box below as written on your test voucher.
4. この　もんだいようしは、ぜんぶで　5ページ　あります。
   This question booklet has 5 pages.
5. もんだいには　かいとうばんごうの　1、2、3 … が　ついて　います。
   かいとうは、かいとうようしに　ある　おなじ　ばんごうの　ところに
   マークして　ください。
   One of the row numbers 1, 2, 3 … is given for each question. Mark your answer in the same row of the answer sheet.

じゅけんばんごう　Examinee Registration Number	

なまえ　Name	

問題１　＿＿＿＿のことばの読み方として最もよいものを、１・２・３・４から一つえらびなさい。

1　このプールは浅いから子供が泳(およ)いでも大丈夫(だいじょうぶ)だ。

1　かるい　　2　ぬるい　　3　あさい　　4　うすい

2　地球温暖化(ちきゅうおんだんか)になる主な原因は何だと考えていますか。

1　しゅな　　2　おもな　　3　しゅうな　　4　かもな

3　この道をまっすぐ行くと交差点に出ます。

1　こうさてん　　2　こうざてん　　3　こさてん　　4　こざてん

4　この問題に対するあなたの正直な意見が聞きたいです。

1　しょうじきな　　2　しょじきな　　3　せなおな　　4　せいなおな

5　さっき子供がジュースをこぼして服が汚れています。

1　たおれて　　2　おぼれて　　3　かくれて　　4　よごれて

6　募集を出したら、100人以上の応募があってびっくりした。

1　ぼうしゅう　　2　ぼしゅう　　3　ほうしゅ　　4　ほしゅ

7　彼女のあたたかい心が伝わってきた。

1　もうかって　　2　つたわって　　3　たすかって　　4　あやまって

8　健康(けんこう)を保つには定期的(ていきてき)に運動したほうがいいでしょう。

1　かつ　　2　さきだつ　　3　たもつ　　4　わかつ

問題２　＿＿＿＿のことばを漢字で書くとき、最もよいものを、1・2・3・4から一つえらびなさい。

9　谷藤(たにふじ)さんはびっくりするほど、お父さんににていますね。

1　以て　　2　似て　　3　攸て　　4　此て

10　重大な責任(せきにん)をせおっていると、ストレスも多いだろう。

1　世負って　　2　背負って　　3　正負って　　4　生負って

11　９時になったら、この問題用紙(もんだいようし)をくばってください。

1　渡って　　2　映って　　3　配って　　4　絞って

12　うちの上司(じょうし)はこまかいことまで気にして指摘(してき)するから疲れてしまう。

1　温かい　　2　柔かい　　3　短かい　　4　細かい

13　人間は本を読むことによって、そうぞうする力が伸(の)びるそうです。

1　想像　　2　想象　　3　相像　　4　相象

14　彼は海外で有名なけんちくデザイナーとして活躍(かつやく)している。

1　建築　　2　健築　　3　建蘗　　4　健蘗

問題３　（　　　　）に入れるのに最もよいものを、1・2・3・4から一つえらびなさい。

15　よく足を（　　　）と姿勢（しせい）は悪くなります。

1　振（ふ）る　　2　交（か）わす　　3　絡（から）む　　4　組（く）む

16　赤ちゃんの歯（は）は生まれて、３～９ヶ月ごろ（　　　）そうです。

1　出す　　2　生きる　　3　生える　　4　育つ

17　私が旅行に出かけている間、ペットの（　　　）もらえますか。

1　世話（せわ）になって　　2　世話（せわ）をして　　3　世話（せわ）が焼（や）けて　　4　世話（せわ）をかけて

18　腕（うで）を少し（　　　）だけでも、とても痛い。

1　動かす　　2　落とす　　3　離す　　4　渡す

19　新しく入った会社は（　　　）がかかる仕事が多くて疲れる。

1　手間（てま）　　2　努力（どりょく）　　3　苦労（くろう）　　4　役割（やくわり）

20　利益（りえき）が増（ふ）えたなんて（　　　）。今赤字（あかじ）で困（こま）っているのにそんなはずがない。

1　腹がたつ　　2　うっとうしい　　3　頭に来る　　4　とんでもない

21　あまりにも仕事が忙しくて、いい（　　　）な返事（へんじ）を返してしまった。

1　適当（てきとう）　　2　加減（かげん）　　3　中途（ちゅうと）　　4　半端（はんぱ）

22 あなたは地球温暖化を（　　　）ために、どんな努力をするべきだと思いますか。

1　防ぐ　　2　止む　　3　除く　　4　断つ

23 飲み会のとき、上司に（　　　）同僚だけで二次会に行ったことがある。

1　騙して　　2　叱られて　　3　隠れて　　4　避けて

24 目を（　　　）想像してごらん。

1　覚まして　　2　閉めて　　3　通して　　4　閉じて

25 この風邪薬は（　　　）のか、咳が止まらない。

1　無駄な　　2　優れない　　3　無用な　　4　効かない

問題4 ＿＿＿＿の意味が最も近いものを、1・2・3・4から一つえらびなさい。

26 彼は地下鉄の窓に映った自分の顔をぼーっと見ていた。

1 反射した　2 移した　3 表した　4 表現した

27 インターネットやカタログで注文すると家まで配達してくれる。

1 アルカリして　2 デリバリーして
3 イコールして　4 リフレッシュして

28 砂糖を少し加えると、さらにおいしくなります。

1 あくまで　2 およそ　3 きっと　4 もっと

29 彼は世界の歴史や地理にとても詳しい。

1 よく調べている　2 よく通じている
3 よく比べている　4 よく知っている

30 私が部屋に入ると、彼は急に何かを引出しに収めた。

1 入った　2 隠した　3 しまった　4 止めた

問題5　つぎのことばの使い方として最も良いものを、1・2・3・4から一つえらびなさい。

31　行方（ゆくえ）

1　このサイトを見ると、国内のツアーを行方（ゆくえ）別に紹介しています。

2　海でつりをしていた男性の行方（ゆくえ）が分からなくなり、警察（けいさつ）が調（しら）べている。

3　このパンケーキ屋に入るためには、長い行方（ゆくえ）を覚悟（かくご）しなければならない。

4　バスの中に行方（ゆくえ）のアナウンスが流（なが）れている。

32　余（あま）る

1　私は会社に余（あま）って仕事を片付（かたづ）けてから帰ります。

2　まだ、時間はたくさん余（あま）っているから、カフェにでも行きませんか。

3　職場（しょくば）の飲み会で会費（かいひ）が余（あま）ったら、どうすればいいですか。

4　全部（ぜんぶ）食べ切れない時は余（あま）ってもかまいません。

33　空（あ）く

1　隣（となり）の人が引（ひ）っ越（こ）したばかりなので、まだ部屋は空（あ）いていると思います。

2　朝から何も食べていなくて、いますごくお腹（なか）が空（あ）いています。

3　彼は部屋を飛（と）び出（だ）して、夜（よる）が空（あ）くまで帰ってこなかった。

4　コンビニは24時間空（あ）いているので、とても便利（べんり）です。

34　改札（かいさつ）

1　新年（しんねん）を迎（むか）え、条約（じょうやく）を改札（かいさつ）する必要があります。

2　悪い生活習慣（せいかつしゅうかん）を改札（かいさつ）すると、健康（けんこう）な体が作れます。

3　ベランダをカフェ風に改札（かいさつ）してみたいです。

4　スイカカードで改札（かいさつ）が通れないときは、ピーという音が出ます。

35　枝（えだ）

1　私はインコを2枝（えだ）飼っています。

2　セロリの栄養（えいよう）は枝（えだ）に多いと言われている。

3　強い風のせいでたくさんの枝（えだ）が折（お）れてしまった。

4　植物（しょくぶつ）を支（ささ）えている枝（えだ）はとても柔（やわ）らかい。

N3

言語知識（文法）・読解

（70分）

注意 Notes

1. 試験が始まるまで、この問題用紙を開けないでください。
   Do not open this question booklet until the test begins.
2. この問題用紙を持って帰ることはできません。
   Do not take this question booklet with you after the test.
3. 受験番号と名前を下の欄に、受験票と同じように書いてください。
   Write your examinee registration number and name clearly in each box below as written on your test voucher.
4. この問題用紙は、全部で19ページあります。
   This question booklet has 19 pages.
5. 問題には解答番号の 1 、 2 、 3 … が付いています。解答は、解答用紙にある同じ番号のところにマークしてください。
   One of the row numbers 1, 2, 3 … is given for each question. Mark your answer in the same row of the answer sheet.

受験番号 Examinee Registration Number	

名前 Name	

問題1　つぎの文の（　　　）に入れるのに最もよいものを、1・2・3・4から一つえらびなさい。

1　お客さんから頼まれた（　　　）最後まで責任を果たします。

1　以上に　　2　以上は　　3　上に　　4　上には

2　「外国での忘れ（　　　）経験」と題したコラムを書いている。

1　かねる　　2　がたい　　3　かねない　　4　かわりに

3　内容が難しくて、最後まで読み（　　　）本も多かった。

1　きらなかった　　2　かねなかった　　3　きれなかった　　4　ことはなかった

4　二日間の徹夜の（　　　）何もやる気が起きない。

1　せいで　　2　くせで　　3　わりに　　4　わけに

5　この学院が始まって（　　　）最大の事件が発生した。

1　以降　　2　以下　　2　以後　　4　以来

6　後悔することがあっても、私は彼女に言われた（　　　）したいと思う。

1　どころを　　2　どころが　　3　とおりに　　4　とおりで

7　私が留学のことを言い出したら、親は反対する（　　　）。

1　と相違ない　　2　と間違いない　　3　に相違しない　　4　に違いない

8　医学が進歩するに（　　　）、人間の平均寿命ものびている。

1　したがい　　2　比べ　　3　関わり　　4　こたえ

9 本日は祝日（　　　）、ランチ営業はいたしません。

1　について　　2　のとおり　　3　とともに　　4　につき

10 考えれば考える（　　　）、ますます分からなくなった。

1　ほど　　2　はず　　3　わけ　　4　もと

11 これからは間違（まちが）えない（　　　）、しっかり覚えてください。

1　ことに　　2　ほどに　　3　すえに　　4　ように

12 お金のことにうるさい彼があんなに高いものを買う（　　　）。

1　ほかがない　　2　ことがない　　3　はずがない　　4　ようがない

13 留守（るす）の（　　　）どろぼうに入られてしまった。

1　あいだに　　2　あいだ　　3　おりに　　4　おりには

問題2　つぎの文の＿＿★＿＿に入る最もよいものを、1・2・3・4から一つえらびなさい。

(問題例)

つくえの ＿＿＿ ＿＿＿ ＿★＿ ＿＿＿ あります。

1　が　　2　に　　3　上　　4　ペン

(解答のしかた)

1. 正しい答えはこうなります。

つくえの ＿＿＿ ＿＿＿ ＿★＿ ＿＿＿ あります。
3 上　2 に　4 ペン　1 が

2. ＿★＿ に入る番号を解答用紙にマークします。

(解答用紙)　| (例) | ① ② ③ ● |

---

14 海外旅行から ＿＿＿ ＿＿＿ ＿★＿ ＿＿＿ この申告書を提出していただいています。

1　際　　2　の　　3　には　　4　帰国

15 迷惑メール ＿＿＿ ＿★＿ ＿＿＿ ＿＿＿ しまった。

1　つつ　　2　つい　　3　と知り　　4　クリックして

16 その事件について ＿＿＿ ＿＿＿ ＿★＿ ＿＿＿ ふりをした。

1 知らない　　2 詳しく　　3 ながら　　4 知ってい

17 実験の結果がよくないので、これで ＿＿＿ ＿★＿ ＿＿＿ ＿＿＿ と思う。

1 ない　　2 より　　3 ほか　　4 諦める

18 世論調査の ＿＿＿ ＿＿＿ ＿★＿ ＿＿＿ 今後の政策を変えていきたい。

1 にして　　2 を　　3 結果　　4 もと

問題3　つぎの文章を読んで、文章全体の内容を考えて、[19]から[23]の中に入る最もよいものを、1・2・3・4から一つえらびなさい。

　ある人から相談に乗ってほしいと言われた。その人は就職活動中の大学４年生で、[19]就職活動をしたが、内定が一つも取れなかったという。そんなある日、親のコネで行ける会社を見つけたが、友達に反対されて悩んでいるとのことだった。

　友達は「自分の実力で会社に入れるのに、親の力を借りる理由が分からない」「会社に入って実績をあげても、皆に『あの人はコネだからね』と認められない」などと言っているらしい。

　確かにその友達の心配も分かるような気がする。

　大学を卒業して社会人になるというのは、自分の力で全てのことを解決していく時期になったということだ。[20]、親のコネで入社したということは、この先も親に[21]、入社しても周りから正当な評価を得られない可能性もある。

　しかし、ここで問題になるのは友達の意見や周りの視線ではなく、自分自身だと思う。[22]その人は、そういう親がいて恵まれた人かもしれない。そもそも「コネ」というのも人間関係から始まる。その人の親が、うまく人間関係を作ってきた人だからこそ、まわりに自分の子どもを紹介することができたのではないだろうか。

　[23]、自分の人生を生きていきたいなら、まじめに勤めるしかない。努力して自分の実力を人に証明するしかないのだ。

19

1 猛烈に　　2 切実に　　3 真剣で　　4 必死で

20

1 それなのに　　2 それから　　3 ただし　　4 なお

21

1 頼り始めることになり　　2 頼り続けることになり

3 頼ったばかりで　　4 頼られかねない

22

1 のみならず　　2 むしろ

3 そればかりか　　4 どうしても

23

1 周りの意見なんか無視して　　2 周りの意見が気になって

3 周りの意見を気にせず　　4 周りの意見に気をつけて

問題4　つぎの(1)から(4)の文章を読んで、質問に答えなさい。答えは、1・2・3・4から最もよいものを一つえらびなさい。

（1）

これは社会人向けの教養講座を紹介する文である。

社会人の皆さん、まだまだ自分をもっと成長させたいのに現実は学ぶ環境ではないと思っていませんか。そういう方に有名大学の教授が教えている教養講座を紹介させていただきます。最近、学ぶ機会が減ったり、ニュースや新聞を読んでも社会的な背景が理解できなくなっていませんか。他人より情報収集力をアップさせたい、自分の教養にもっと自信を持ちたいと思っている方は、ぜひ、こちら『朝日オピニオン』を1ヶ月無料でお試しください。

24　この紹介文の正しい説明はどれか。

1　「朝日オピニオン」では会社で必要な知識を教えてくれる。

2　「朝日オピニオン」では社会人になるための教養を教えてくれる。

3　「朝日オピニオン」では社会人になっても学び続けたい人の欲望を充足させてくれる。

4　「朝日オピニオン」では有名大学の教授が人生の意味を充足させてくれる。

（２）

これはある会社からのお詫びの文である。

日ごろはビボレー各店をご利用いただきまして、誠にありがとうございます。この度、青森産の缶詰の一部に異物の検出が認められました。したがって、同商品の販売は７月１日で終了させていただきます。お客様の手元にこの商品がございましたら、最寄の店で返金させていただきます。お客様には大変ご迷惑をおかけして申し訳ございません。これからは品質管理に万全を期するとともに、お客様に安全な食事をお届けするために最善をつくしてまいります。

25 内容から分からないことは何か。

1 缶詰の生産地

2 販売が終わる時期

3 缶詰の中身

4 返金の方法

（３）

これは結婚予定のカップルのためのイベントの文である。

ブライダルフェア

本番の挙式が見学できるBIGフェアです。ご希望者はご希望のお時間にご予約ください。

＊参加者全員にエステサロンの割引券

＊先着100名様に最大１万円分のプレゼントが当たる

＜日時＞平成30年4月1日 9:00～18:00

＜場所＞東京センタービル

＜定員＞ペア500組

＜参加費＞無料

＜予約受付期限＞ネットでは前日18時までで、電話での予約は当日も可能

26 このフェアの正しい説明はどれか。

1　このフェアの予約をした人のうち、先着100名に１万円のプレゼントを差し上げる。

2　このフェアに参加した人に抽選で最大１万円分のプレゼントを差し上げる。

3　このフェアに女性は最大250人参加できる。

4　このフェアの予約は当日でもできる。

（４）

これはある製品の注意事項を知らせる文である。

ご使用上の注意

＊ 製品にはとがった部分があるので、周囲の安全を確認してご使用ください。

＊ 安全のために手元や骨が壊れたまま使用しないでください。

＊ ステッキ代わりに使用するなど、本来の目的以外には使用しないでください。

＊ 強風の際、製品が壊れる恐れがあるので使用しないでください。

＊ ご使用後は製品を乾かしてから、おしまいください。

27 これはどの製品に対しての注意点か。

1 傘

2 ステッキ

3 杖

4 ラケット

問題5　つぎの(1)と(2)の文章を読んで、質問に答えなさい。答えは、１・２・３・４から最もよいものを一つえらびなさい。

（１）

朝から晩までスマホを手から放せなくて、スマホがなかったら一日も過ごせないあなた、「スマホ依存症」になっていませんか。「スマホ依存症」とはいつもスマホを触ったり、スマホがないと心配になって他のことに集中できなくなったりすることです。

現代人にはスマホ依存症の人がたくさんいます。家族で外食するとき、各自が自分のスマホに夢中になっている姿をよく見かけます。また、歩きながらスマホを見る人やお風呂やトイレにまでスマホを持って行く人もいます。しかし、スマホの使いすぎは心にも体にもよくありません。スマホを操作するとき、親指をたくさん使って手首が痛くなったり、「ストレートネック」になって肩こりがひどくなったり、頭痛を起こしたりするそうです。「ストレートネック」というのは頭が肩より前に出るため、首の骨がまっすぐになってしまう状態を言います。

また、最近は寝る直前までスマホを触っている人がいますが、スマホの強い光は睡眠障害を起こす可能性があります。睡眠不足はうつ病や生活習慣病にもつながるとも言うので、ベッドにまでスマホを持ち込まないで、寝る１時間前からは手から放すことをおすすめします。

28 「スマホ依存症(いぞんしょう)」とはどんな現象か。

1 スマホで朝から晩まで会社の仕事をすること

2 スマホがなかったら、不安でいらいらすること

3 スマホがなかったら、生活習慣病(せいかつしゅうかんびょう)になること

4 スマホを長く見ると、頭が痛くなること

29 スマホを使いすぎるとどんな影響(えいきょう)があるのか。

1 スマホに夢中(むちゅう)になって、家族の関係が悪くなる。

2 首の骨が前に曲がってしまう。

3 スマホの強い光で目が悪くなる。

4 姿勢(しせい)が悪くなり、病気を起こしかねない。

30 著者(ちょしゃ)がもっとも言いたいのは何か。

1 スマホの使いすぎは、心身ともに悪い影響を受ける可能性がある。

2 スマホの使いすぎは、よくないことばかりなので、今すぐ止めたほうがいい。

3 スマホの使いすぎは、すべての病気の原因になる。

4 スマホの使いすぎは、眠れなくなるもっとも大きな理由だ。

（２）

最近「テレビをほとんど見なくなった」という人が増えている。特に若者を中心にテレビ離れが進んでいるようだが、①その理由は何だろうか。

まず、仕事やスケジュールが忙しくて、テレビを見る時間がないという人がいる。相当なインパクトがない限り、始まる時間を守るのは難しいし、話題になるほどおもしろい番組があれば録画して後からゆっくり見ればいいという。また、最近はメディアが多様化したことで、若者はネット上でほとんどの情報を得るようになった。つまり、ネットの情報がもっと充実していて効率もいいと思っている人が増えているのだ。それに、情報量だけでなく、エンタメ性でもテレビのほうが落ちている。楽しさを求め、ネットでの動画やWeb漫画、ケータイのゲームを楽しんでいる人がどんどん増加している。

もちろん、テレビ局もテレビ離れを止めるために様々な工夫をしているが、これは②時代の流れで、今後もこの流れに逆らうのは難しいと思う。しかし、テレビ離れした人たちでも話題の番組の最終回はしっかり見たとか、オリンピックやワールドカップはどうしても見たいという人がいるそうだ。もしかすると現代の人々がテレビに求めているのは情報量やエンタメ性ではなく「感動」かもしれない。

31 ①その理由として考えられないのは何か。

1　人々は仕事が忙しくて、テレビを見る余裕(よゆう)が無くなった。

2　最近の若者(わかもの)はテレビより、ネットのほうで楽しさを見つけるようになった。

3　大手(おおて)企業で働く人が増え、テレビを見る時間など無くなった。

4　最近の若者(わかもの)は知識(ちしき)を増やすためには、ネットのほうが有利(ゆうり)だと思うようになった。

32 ②時代の流れとはどんな流れか。

1　これから若者(わかもの)は全然テレビを見ないようになる。

2　これから若者(わかもの)はネット上にだけ楽しさを求(もと)めるようになる。

3　これからも若者(わかもの)は多様(たよう)なメディアを使い、楽しさを求(もと)めるようになる。

4　これからも若者(わかもの)はテレビから感動を見つけるのは難しくなる。

33 この文章の内容と合っているのはどれか。

1　現代の人々がテレビに求(もと)めている役割(やくわり)は変わっているようだ。

2　人々がテレビに求(もと)めているのは情報(じょうほう)なのに、テレビ局はそのニーズを理解しなかった。

3　テレビ局はテレビ離れを止めるための努力がまだまだ足りない。

4　テレビ離れを止めようとするのは、もはや時代の流れだ。

問題6　つぎの文章を読んで、質問に答えなさい。答えは、１・２・３・４から最もよいものを一つえらびなさい。

人は誰でもみんなに「いい人」だと思われたいと思っています。他人に好かれて認められるために、「いい人」になろうとしています。ところが、それが行き過ぎてストレスを感じ、心が病気になっていませんか。ある研究によると、気ままに自分が言いたいことが言える人より、「いい人」の方が健康状態を悪くすることが多いそうです。

会社で本当は自分の意見があるのに黙って上司に従ったり、仕事でのミスを隠そうとしたり、SNSにのせられた人の悩みを自分のことのようにアドバイスしたり、いったん怒ると人格が変わる人は①「いい人症候群」の可能性があるそうです。しかし、いつまでも自分がしたいことを我慢したり、自分の意見を主張しないと、心身が疲れて病気になりがちです。

それでは②「いい人症候群」にならないためにはどうしたらいいでしょうか。まず、人と会話をするときに相手に失礼にならない程度に自分の本音を話してみるのはどうですか。相手に気を使いすぎて、自分らしさをなくしてはいけないということです。

次に自分の短所を直すより、長所を伸ばすように努力しましょう。人はそれぞれ短所と長所を持っているにもかかわらず、「いい人」は自分の短所ばかり気になってそれを直そうと必死になります。けれども、魅力的な人間は短所より長所が大きく見える人だというのを忘れないでほしいです。

③何より大事なのが考え方を変えることですが、「いい人になろう」から「悪い人ではない」という前提から始めてみましょう。時には周りに流されない「自分はこう思う」という強い意志も大事です。

（注）症候群：同時に起きる一群の症候のこと。

34 ①「いい人症候群」の可能性がない人は誰か。

1 普段上司と違う意見があっても、部下だからそれに従うべきだと思う人

2 仕事でミスがあれば、誰にも言わないで自分一人で解決しようとする人

3 相手と違う意見があれば、相手に失礼ではなかったら正直に言う人

4 会社の同僚に嫌われるのが怖くて自分の意見が言えない人

35 ②「いい人症候群」にならないためにはどうすればいいか。

1 自分らしさを無くさないように、ある程度自分の考えを相手に伝えたほうがいい。

2 会話をするときは、相手に気を使うのは止めてもいい。

3 普段から自分の短所と長所を、はっきり知っておいた方がいい。

4 魅力的な人になるために、何が必要なのか考えたほうがいい。

36 ③何より大事なのは何か。

1 いい人になろうという努力を今すぐ止めること

2 いい人ではなくてもいいという考え方からスタートすること

3 悪い人でもいいという強い意志を持つこと

4 周りの人に反対されても強い意志を見せること

37 この文章の内容と合っていないのはどれか。

1 人は他人に好かれるためにいい人になろうとする。

2 いい人になりたい気持ちが強すぎると、心が病気になるかもしれない。

3 周りの人に自分の意思や考えを分かってもらうことも大事だ。

4 世の中はいい人ではない方が魅力的だと思うようだ。

問題7　右のページは、美容室(びようしつ)の移転(いてん)オープンのお知らせである。これをよく読んで、下の質問に答えなさい。答えは、1・2・3・4の中から最もよいものを一つえらびなさい。

38　このお知らせを見て、料金を割り引きしてもらうためにはどうすればいいか。

1　この葉書を持ってルーアビルの3階に行く。

2　この葉書を持って12月26日までに行く。

3　この葉書を持って月曜日、午後2時に行く。

4　この葉書を持って友達と一緒に10月24日に行く。

39　この葉書を持って10月5日、Aさんはカットを、Aさんの友だちのBさんはカットとカラーを、Bさんの6歳の子供はカットをしに行く。三人は全部でいくら払えばいいか。

1　7326円

2　8140円

3　9026円

4　9840円

移転リニューアルOPENのお知らせ

平素はアシュードをご利用いただき、誠にありがとうございます。

この度は平成30年10月をもって、商業ビルkikoとの契約満了のため、平成30年9月25日新店舗に移転し、リニューアルオープンすることとなりました。

移転場所はビルkikoの近くの場所ですので、地図をご参照ください。

移転オープン後３ヶ月間、この葉書をご持参のお客様にオープン記念割引をいたします。

今後もお客様によりいっそうの技術やサービスをご提供できますよう、努力いたします。皆様のご来店をお待ちしております。

▶ **割引料金**：カット 3000円 → 2550円(税込み)

カット＋カラー 7500円 → 5590円(税込み)

カット＋デジタルコスメパーマ 10500円 → 8500円(税込み)

※お友達と来店すればこの金額からさらに10％割引いたします。

(但し、オープン後１ヶ月間)

※小学生以下のヘアカット1700円(割引の適用外)

▶ **新店舗住所**：つくば市東新7－15 ルーアビル１F(つくば駅から徒歩８分)

▶ **営業時間**：10:00～20:00

▶ **定休日**：月曜日

N3

聴解（ちょうかい）

（40分）

注意
Notes

1. 試験が始まるまで、この問題用紙を開けないでください。
Do not open this question booklet until the test begins.

2. この問題用紙を持って帰ることはできません。
Do not take this question booklet with you after the test.

3. 受験番号（じゅけんばんごう）と名前を下の欄（らん）に、受験票（じゅけんひょう）と同じように書いてください。
Write your examinee registration number and name clearly in each box below as written on your test voucher.

4. この問題用紙は、全部（ぜんぶ）で13ページあります。
This question booklet has 13 pages.

5. この問題用紙にメモをとってもいいです。
You may make notes in this question booklet.

受験番号（じゅけんばんごう） Examinee Registration Number	

名前 Name	

問題 1

問題 1 では、まず質問を聞いてください。それから話を聞いて、問題用紙の 1 から 4 の中から、最もよいものを一つえらんでください。

れい

1　1階

2　2階

3　3階

4　4階

1ばん

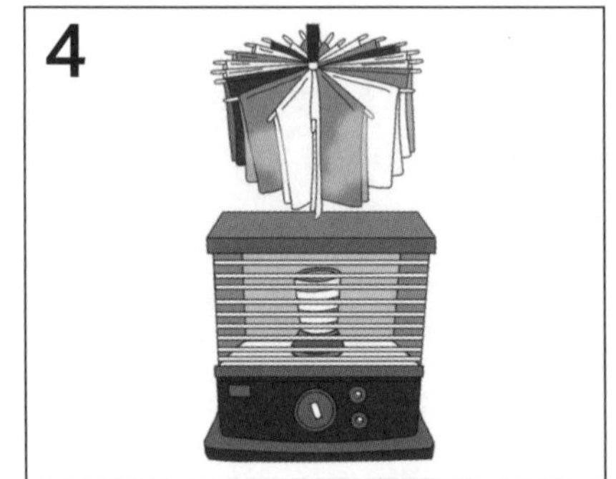

2ばん

1　一言（ひとこと）でつけるもの

2　タイトルの位置（いち）

3　授業名（じゅぎょうめい）の順番（じゅんばん）

4　レポートの題名（だいめい）

3ばん

1　東京に引っ越す

2　本人が直接図書館に電話する

3　東京に登録する

4　借りたい資料を登録する

4ばん

1　今日、ホームページに入ってポイントの移動の手続きをする

2　明日A社に電話して、ポイントの移動の手続きをする

3　後でホームページに入って、ポイントの移動の手続きをする

4　面倒くさいから、諦める

5ばん

1 タバコが吸えないグリーン席

2 タバコが吸えるグリーン席

3 タバコが吸えない指定席

4 タバコが吸える指定席

6ばん

1 髪を濡らさないでトリートメントをつける

2 乾いたままの髪にリンスをつける

3 お風呂の間、ずっと髪にトリートメントをつけておく

4 シャンプとリンスの後に、トリートメントをつける

問題 2

問題2では、まず質問を聞いてください。そのあと、問題用紙を見てください。読む時間があります。それから話を聞いて、問題用紙の1から4の中から、最もよいものを一つえらんでください。

れい

1　早く映画の情報が知りたいから

2　キャンペーンに応募してチケットをもらいたいから

3　限定グッズをもらって人に見せたいから

4　レビューを読んで、話題の映画が見たいから

1ばん

1　自分の子供がいい大学に合格したから

2　息子がいい大学に合格したから

3　息子が部長が望んでいた学科に入ったから

4　息子が部長の大学の後輩になったから

2ばん

1　動けないほど、ひどい運動をしたから

2　パソコンの前に座ってばかりいたから

3　無理なダイエットをしたから

4　食事のとき、栄養を考えていなかったから

3ばん

1　就職が難しい時代を生きているから

2　なるべくたくさん飲み会に参加したいから

3　一番大切にしたい順位が自分や友達だから

4　男同士で遊んだほうが効果的だから

4ばん

1　誰にも邪魔されず、思いっきりラーメンを楽しみたいから

2　店の中で会話をするのは失礼なことだから

3　狭い店でケータイを使うと、店の人に悪いから

4　大きな声でしゃべると、ラーメンを作った人に失礼だから

5ばん

1　昇進してから、それによるストレスをひどく感じているから

2　チーム長になってから、全然休みがなかったから

3　気が休まらないほど、残業が多いから

4　最近のことが原因で、悩みが増えたから

6ばん

1　進学のために、宿題をなまけるのはいけないから

2　お金で買った宿題は先生にばれるに決まっているから

3　他の子供の宿題をお金で買うのはだめだから

4　子供のときから、人をだますような経験をさせるのは悪いことだから

問題3

問題3では、問題用紙に何もいんさつされていません。この問題は、ぜんたいとしてどんなないようかを聞く問題です。話の前に質問はありません。まず話を聞いてください。それから、質問とせんたくしを聞いて、1から4の中から、最もよいものを一つえらんでください。

— メモ —

問題4

問題4では、えを見ながら質問を聞いてください。やじるし(➡)の人は何と言いますか。1から3の中から、最もよいものを一つえらんでください。

れい

1ばん

2ばん

3ばん

4ばん

問題5

問題5では、問題用紙に何もいんさつされていません。まず文を聞いてください。それから、そのへんじを聞いて、1から3の中から、最もよいものを一つえらんでください。

— メモ —

第3回

實戰模擬試題
第 4 回

N3

げんごちしき（もじ・ごい）

（30ぷん）

ちゅうい
Notes

1. しけんが　はじまるまで、この　もんだいようしを　あけないで　ください。
   Do not open this question booklet until the test begins.
2. この　もんだいようしを　もって　かえる　ことは　できません。
   Do not take this question booklet with you after the test.
3. じゅけんばんごうと　なまえを　したの　らんに、じゅけんひょうと　おなじように　かいて　ください。
   Write your examinee registration number and name clearly in each box below as written on your test voucher.
4. この　もんだいようしは、ぜんぶで　5ページ　あります。
   This question booklet has 5 pages.
5. もんだいには　かいとうばんごうの　1、2、3 … が　ついて　います。かいとうは、かいとうようしに　ある　おなじ　ばんごうの　ところに　マークして　ください。
   One of the row numbers 1, 2, 3 … is given for each question. Mark your answer in the same row of the answer sheet.

じゅけんばんごう　Examinee Registration Number	

なまえ　Name	

問題1　＿＿＿＿のことばの読み方として最もよいものを、1・2・3・4から一つえらびなさい。

1　人形町(にんぎょうちょう)駅に新しい改札口を作りました。

1　かいさつぐち　　2　かいざつくち　　3　がいまいぐち　　4　かいまいくち

2　彼女に会いたくないので、私は留守だと言ってください。

1　るしゅ　　2　るす　　3　るいしゅ　　4　るいしゅう

3　大会の参加の有無はメールで返事していただけませんか。

1　うむ　　2　ゆうむ　　3　うぶ　　4　ゆうぶ

4　妹は意志(いし)が弱くて他人の意見に左右されやすいから、いつも心配だ。

1　ざゆ　　2　ざゆう　　3　さゆ　　4　さゆう

5　高校生のとき、腕(うで)を折って入院したことがあります。

1　ひらって　　2　まもって　　3　おって　　4　けって

6　私は寒くなると、セーターを2枚も重ねて着たりする。

1　まねて　　2　おもねて　　3　かさねて　　4　むねて

7　友人の入院のお見舞いには、どんな物を持っていけばいいでしょうか。

1　おみあい　　2　おみまい　　3　おみかい　　4　おみない

8　この薬はあまりにも苦くて飲みにくいですね。

1　つらくて　　2　くるしくて　　3　うすくて　　4　にがくて

問題2　＿＿＿＿のことばを漢字で書くとき、最もよいものを、1・2・3・4から一つえらびなさい。

9　祖父(そふ)から庭に木をうえる方法を教えてもらった。

1　直える　　2　埴える　　3　植える　　4　殖える

10　ぬれた手で電気のスイッチを触(さわ)るのはだめですよ。

1　馬目　　2　駄目　　3　駐目　　4　䭾目

11　人間のけつえきは体重の約８％を占めているそうだ。

1　皿夜　　2　皿液　　3　血夜　　4　血液

12　「ふしぎの国のアリス」という童話(どうわ)を読んだことがありますか。

1　付思義　　2　付思議　　3　不思義　　4　不思議

13　日曜日の朝、新幹線(しんかんせん)で東京をたつ予定です。

1　発つ　　2　出つ　　3　経つ　　4　立つ

14　晴れているうちに布団(ふとん)をほしたほうがいいと思います。

1　汗した　　2　乾した　　3　干した　　4　渇した

問題3 （　　　　）に入れるのに最もよいものを、1・2・3・4から一つえらびなさい。

15 夜中に皿が（　　　）音がしてびっくりしたよ。

1 割れる　　2 壊れる　　3 破れる　　4 倒れる

16 今まで作成した文章を（　　　）しないで閉じてしまいました。

1 貯保　　2 保存　　3 存蓄　　4 貯蔵

17 近年、外国人を（　　　）する会社が増えています。

1 募集　　2 選択　　3 応募　　4 選考

18 彼女は洗濯物を（　　　）から、夕食の支度を始めた。

1 包んで　　2 畳んで　　3 折れて　　4 囲んで

19 夜中に目が（　　　）から、そのまま眠れないときがあります。

1 開けて　　2 つぶって　　3 覚めて　　4 閉じて

20 こんな手土産を買ってくるなんて、吉田さんは（　　　）。

1 気が付きますね　　2 気がしますね

3 気が引けますね　　4 気が利きますね

21 子供の時は思いっきり遊んで、服を（　　　）しまったことも多かった。

1 破れて　　2 溺れて　　3 負けて　　4 汚して

22 辛くても（　　　）笑顔でいるように努力しています。

1　めったに　　2　なるべく　　3　およそ　　4　あいにく

23 私が（　　　）ほど、彼女は歩くのが速かった。

1　追い出せない　　2　付き合わせない

3　追い付けない　　4　付け込めない

24 机に足を（　　　）、あざができました。

1　ぶつけて　　2　はなれて　　3　たずねて　　4　あふれて

25 彼を犯人だと（　　　）理由は何ですか。

1　怖がる　　2　外れる　　3　あつかう　　4　うたがう

問題4 ＿＿＿＿の意味が最も近いものを、1・2・3・4から一つえらびなさい。

26 短気(たんき)な性格で得をすることはないと思います。

1 気になる　2 気が早い　3 気を遣う　4 気が付く

27 販売台数(はんばいだいすう)でドイツに1位の座をうばわれてしまった。

1 つたえられて　2 とられて

3 うしなわれて　4 ささえられて

28 人生で何もかもやる気をなくしたときもあったが、全部乗り越えてきた。

1 一切　2 もっとも　3 常に　4 いっそう

29 この容器(ようき)のガラスは薄くて割れやすいので、気をつけてください。

1 入れ物　2 小物　3 見物　4 産物

30 健康食品がブームとはいえ、食べすぎにはご用心。

1 肝心(かんじん)　2 注目　3 注意　4 用務

問題5　つぎのことばの使い方として最もよいものを、1・2・3・4から一つえらびなさい。

31　合図(あいず)

1　大津市(おおつし)で合図(あいず)異常で車がぶつかる事故が起こった。

2　二人は何か隠しているように目で合図(あいず)を送った。

3　合図(あいず)で表すことで、内容が分かりやすくなる。

4　聞き上手な人はとても合図(あいず)が上手だという。

32　現す

1　気持ちや本心は態度に現すものです。

2　雲に隠れていた月が次第に姿を現し始めた。

3　ご乗車の際は、駅の人に切符をお現しください。

4　彼はこの業界で重要な役割(やくわり)を現している。

33　小包(こづつみ)

1　子供の小包(こづつみ)はいつから渡せばいいでしょうか。

2　これ、プレゼント用で小包(こづつみ)してもらえますか。

3　友達に小包(こづつみ)を送りたいですが、一番安い発送方法は何ですか。

4　小包(こづつみ)を使いきれず、家に貯めておく。

34　明らかに

1　近視とは近くは明らかに見えるが、遠くはぼけて見えることだ。

2　これは血圧(けつあつ)を明らかに測るとき使います。

3　その事件が起こったのは明らかに去年の９月だったような気がする。

4　今回の失敗は明らかに彼の責任に違いない。

35　おとなしい

1　隣がうるさくて、おとなしい部屋に引っ越したいと思う。

2　お風呂の時間はなるべく心をおとなしくして、心身を休ませたい。

3　父は子供のとき貧しかったらしく、お金のことにはとてもおとなしい。

4　ロシアンブルーという猫はおとなしくて飼いやすい。

N3

言語知識（文法）・読解

（70分）

注意
Notes

1. 試験が始まるまで、この問題用紙を開けないでください。
   Do not open this question booklet until the test begins.
2. この問題用紙を持って帰ることはできません。
   Do not take this question booklet with you after the test.
3. 受験番号と名前を下の欄に、受験票と同じように書いてください。
   Write your examinee registration number and name clearly in each box below as written on your test voucher.
4. この問題用紙は、全部で19ページあります。
   This question booklet has 19 pages.
5. 問題には解答番号の 1 、 2 、 3 … が付いています。解答は、解答用紙にある同じ番号のところにマークしてください。
   One of the row numbers 1 , 2 , 3 … is given for each question. Mark your answer in the same row of the answer sheet.

受験番号 Examinee Registration Number	

名前 Name	

問題1　つぎの文の（　　　　）に入れるのに最もよいものを、1・2・3・4から一つえらびなさい。

1　1週間（　　　　）病院に行って、医者にみてもらっています。

1　ほどに　　2　あいだに　　3　おきに　　4　くらいに

2　ひどいけんかをした（　　　　）、あの二人は仲が悪くなった。

1　ものに　　2　ものを　　3　ことには　　4　ことで

3　このお子様ランチは大人（　　　　）食べたくなりますね。

1　だと　　2　だの　　3　だって　　4　だが

4　どうぞご遠慮（えんりょ）（　　　　）、どんどん召（め）し上（あ）がってください。

1　なく　　2　なくて　　3　ないで　　4　ない

5　今回の発表は待ち（　　　　）待ったチャンスなので、絶対に逃（のが）せない。

1　の　　2　に　　3　で　　4　も

6　この製品はB級品なので、半額（　　　　）提供いたします。

1　のに　　2　ので　　3　なら　　4　にて

7　もし宴会（えんかい）に遅れる（　　　　）なら、事前に知らせてください。

1　よう　　2　こと　　3　もの　　4　はず

8　大事な試合を（　　　　）、友達に応援（おうえん）のメッセージを送った。

1　ひかえて　　2　たよって　　3　すすめて　　4　まえとして

9 ちょっと（　　　　）ことがありますが、お時間いただけますか。

1　おたずねになりたい　　2　ごらんになりたい

3　お借りしたい　　4　うかがいたい

10 A「女性用のトイレはどちらですか。」

B「3階（　　　　）。」

1　いらっしゃいます　　2　でございます

3　まいります　　4　いたします

11 その件についてはよく考えた（　　　　）、ご返信(へんしん)いたします。

1　以上は　　2　以上に　　3　うえには　　4　うえで

12 何に対しても言(い)い訳(わけ)が多い人は信用し（　　　　）。

1　ねばならない　　2　かねない

3　かねる　　4　ずにはいられない

13 何かを成功させるためには、とにかく挑戦(ちょうせん)してみる（　　　　）。

1　はずだ　　2　ことだ

3　ということだ　　4　にすぎない

問題2　つぎの文の＿★＿に入る最もよいものを、1・2・3・4から一つえらびなさい。

（問題例）

つくえの ＿＿ ＿＿ ＿★＿ ＿＿ あります。

1　が　　2　に　　3　上　　4　ペン

（解答のしかた）

1．正しい答えはこうなります。

つくえの ＿＿ ＿＿ ＿★＿ ＿＿ あります。
3　上　2　に　4　ペン　1　が

2．＿★＿に入る番号を解答用紙にマークします。

（解答用紙）　（例）　① ② ③ ●

14　大事な書類 ＿＿ ＿＿ ＿★＿ ＿＿ ご連絡くださいますか。

1　な　　2　受け取り　　3　ので　　4　次第

15　＿＿ ＿＿ ＿★＿ ＿＿、自分で決めた道を進みたい。

1　出会っても　　2　困難に　　3　どんな　　4　たとえ

第4回

16 田舎（いなか） ＿＿＿＿ ＿＿＿＿ ＿★＿ ＿＿＿＿ 遊びもあるのだ。

1　できる　　2　から　　3　こそ　　4　だ

17 分析結果が ＿＿＿＿ ＿★＿ ＿＿＿＿ ＿＿＿＿ 段階では何とも言えない。

1　からで　　2　出て　　3　ないと　　4　今の

18 彼は ＿＿＿＿ ＿★＿ ＿＿＿＿ ＿＿＿＿ 返事さえしない冷たい人だ。

1　メール　　2　電話　　3　の　　4　どころか

問題3　つぎの文章を読んで、文章全体の内容を考えて、[19]から[23]の中に入る最もよいものを、1・2・3・4から一つえらびなさい。

世界7ヶ国の10代前半から20代後半の男女を対象に実施した意識調査によると、日本は「自国に役に立ちたいが、自信がない」と考える若者が最も多かった。対象国は、米国、英国、フランス、ドイツ、スウェーデン、韓国、日本で、インターネットで調査を行った。

「自分に満足している」と答えたのは米国が86.0％で一番高く、日本は45.8％でとても低かった。また「自分に長所がある」とか「自分の将来に希望を持っている」と答えた[19]も日本が最も低かった。

この調査で最近の日本の若者は自分自身に自信がない[20]、将来に対してもあまり希望を持っていないということが分かった。

また、最近の若者はテレビも見ないし、新聞も読まない、高級品を買わない、部屋には物を置かない、恋愛や結婚にも興味がないというふうに「まさに無欲時代に入った」と心配する声もある。ぜいたくをしたり、お金の無駄づかいをする余裕がない、不景気が続いてきたからやる気をなくしたのは当たり前だという反論もある。もちろん今の時代は「終身雇用」とか「安定した仕事」なんかは、だんだんなくなっているかもしれない。

[21]将来への不安感のため、現状に満足し、大きな野望や将来の達成目標まで失ってしまうのは困る。[22]不景気というのは全世界的な問題なので、若者だからこそ、[23]。

19

1 割合（わりあい）　2 比較（ひかく）　3 様子（ようす）　4 順番（じゅんばん）

20

1 ばかりで　2 からには　3 ようなら　4 だけでなく

21

1 すなわち　2 だからといって　3 いわゆる　4 そればかりか

22

1 それとも　2 それで　3 そもそも　4 そのかわり

23

1 簡単に負けないでほしいと思う　2 負けないのは当たり前だと思う

3 いちいち気にすべきだと思う　4 真剣（しんけん）に考えたほうがいいと思う

問題4　つぎの（1）から（4）の文章を読んで、質問に答えなさい。答えは、1・2・3・4から最もよいものを一つえらびなさい。

（1）

これはパートを募集する文である。

パート募集

当店は東京の大田区にある回転寿司屋でホールスタッフとして働けるパートさんを募集しています。初心者でも学生でも大歓迎です。勤務時間は11：00～15：00、または17:00～23:00のうち、希望者のライフスタイルに合わせて気軽にご相談ください。時給は1200円で、夜10時以降は1400円です。交通費は全額支給し、制服もお貸しします。長期で働いてくだされば時給も上がり、正社員として採用される可能性もあります。ご興味のある方はまず電話で相談後、履歴書をお送りください。

24　どの人が申し込めるか。

1　半年働いてから、正社員になりたい人

2　昼間働いても1200円以上もらいたい人

3　すし職人として働きたい人

4　なるべく一日長く働きたい人

（２）

これはある図書館を利用するときの規則である。

さくら図書館ご利用のお願い

＊　身分証や学生証が入館のとき必要なので、必ず持ってきてください。

＊　図書館の資料を館外に持ち出すときは、必ずカウンターでお話しください。

＊　自分が借りた資料を他人に貸さないでください。

＊　館内で利用した資料は、使用後、必ず戻してください。

＊　資料は大切にお使いください。資料を汚したり、なくしたりしたときは弁償（べんしょう）していただきます。

＊　館内で食べたり、飲んだり、タバコを吸ったりする行為（こうい）は禁止されています。他人に迷惑（めいわく）をかけないようにお気をつけください。

25　この図書館でできることは何か。

1　借りた資料を、図書館の中で友達と一緒に見ること

2　資料の使用後、そのまま置いていくこと

3　館内で借りた資料を、使い終わったら、カウンターに持っていくこと

4　資料に水をこぼしたら、カウンターに話すこと

（３）

これは地震が起きたらどうするのか説明する文である。

皆さん、地震はいつ起こるかわかりません。自分の身を安全に守るために、日ごろから注意をしなければなりません。まず、屋内で地震が起きたら、丈夫（じょうぶ）なテーブルや机の下にもぐって、クッションや座布団（ざぶとん）で頭を保護してください。寝ているときに地震が起きたら、ベッドの下に入るのが安全でしょう。暗くなった部屋で割れたガラスなどで怪我（けが）をしないように気をつけてください。また、調理中に地震が起きたら慌（あわ）てて火を止めようとしますが、このとき、火傷（やけど）をする危険があります。最後に地震が起きたからといって慌（あわ）てて外に飛び出すのは危険なので、安全な場所に避難（ひなん）し、揺（ゆ）れが収（おさ）まるのを待ちましょう。

26 地震のときにしてはいけないことはどれか。

1　寝ているときに地震が起きたら、ベッドの下に入って頭を保護する。

2　地震のときは割れたり、飛んできたガラスに注意する。

3　地震が発生したら、まず外に避難（ひなん）する。

4　外に出ようとしないで、安全なところで待つ。

（４）

この文は教養講座の受講が決定されたことを知らせる文である。

お知らせ

先日、申し込んだ教養講座の受講が決まったのでご連絡いたします。

1　受講名：哲学

2　受講日時：毎週火曜日と木曜日

17:00〜18:30

3　受講料：15,000円（１ヶ月分）

4　その他：

(1)　この講座は３ヶ月コースで開設されています。

(2)　あなたの最初の受講日は３月５日(火)です。

(3)　５週ある月の５週目の講義は休講（きゅうこう）します。

(4)　都合（つごう）により、欠席（けっせき）される場合は事前にご連絡ください。

27　この文の内容と合っているものはどれか。

1　この講座は１ヶ月コースになっている。

2　この講座を終了するためには、45,000円を払わなければならない。

3　遅刻（ちこく）や欠席（けっせき）は許されない。

4　この講座を受けるためには、必ず火曜日か木曜日に行かなければならない。

第4回

問題５　つぎの(1)と(2)の文章を読んで、質問に答えなさい。答えは、１・２・３・４から最もよいものを一つえらびなさい。

（１）

①「シェアハウス」に興味を持っている若者が増えている。ドラマや漫画で主人公がシェアハウスで他人と関わり、悩みを解決しながら成長していく姿が描かれることで、若者を中心にいいイメージが作られているようだ。

シェアハウスには年齢や職業が違う人々が集まって共同生活しているので、一人暮らしではできないいろいろな人との出会いがある。今の時代はSNSでの友達は増えつつあるが、リアルな人間関係は狭くなる一方だ。遅く帰っても「おかえり」と迎えてくれる住人がいて、月に一回はパーティーをしながらわいわい過ごすことができる。進学や就職のため実家を出て一人暮らしを始めたとしても、話し相手もいない生活に耐えるのは無理だろう。②今の若い世代が求めているのは、シェアハウスのように自分のプライベートも守り、人との適度なコミュニティーも楽しみたいのではないだろうか。

また、女性は部屋探しをする時、立地や防犯を最優先する。女性にとって駅からの帰り道の安全や部屋のセキュリティーが気になるのは当たり前かもしれない。しかし立地がよく、セキュリティー面も充実している部屋なら家賃は高いはずだ。けれどもシェアハウスならば、初期費用や家賃をある程度安くすることができるのだ。

28 ①「シェアハウス」に興味を持っている若者が増えているとあるが、どうして増えているのか。

1　共同生活をすると全然寂(さび)しくならないから

2　進学(しんがく)や就職(しゅうしょく)に役立つ人々に会えるから

3　夜道での犯罪(はんざい)から自分を守りたいから

4　リアルな人とのつながりを体験したいから

29 ②今の若い世代が求めているのはとあるが、それは何か。

1　何もかも住人と情報を交換(こうかん)すること

2　一人の時間を楽しみながら、ほどよい人間関係を保つこと

3　寂しさを感じないように、話し相手をたくさん見つけること

4　一人暮らしに慣れるまで共同生活をしてみること

30 この文章の内容と合っていないのはどれか。

1　最近のほとんどの若者は仕事や進学(しんがく)のために実家(じっか)を出ているようだ。

2　今の若者はテレビや漫画でシェアハウスに住んでいる主人公(しゅじんこう)に憧(あこが)れているようだ。

3　女性が部屋探しをするとき一番大事だと思うのは安全性のようだ。

4　一人暮らしをしても仕事から帰ると、あたたかく迎えてくれる人は必要なようだ。

（２）

24時間開いていて、飲みたいときに飲んで、食べたいときに食べられるところ、「コンビニ」は、もはや私たちの生活で欠かせない存在になっています。

コンビニ業界の３強といえば、１位がセブン＆アイ・HD(セブンイレブン)、２位がローソン、そして３位はファミリーマートだそうです。特にセブンイレブンの場合、１年で商品の70％を入れ替えています。それは、世の中の変化やお客様の要求の変化が激しいからだと思われます。そのためか私はコンビニに行くと、なんとなく楽しくなります。「最近はこんなのが出たか。こんなのも売れているんだ。また、今度食べてみよう」と思ってしまうからです。

ところで、社会が期待するコンビニの役割は、ただ食べ物や飲み物が買える便利なところだけではないようです。高齢社会になるにつれ、お年寄り向けの商品を増やしてほしいとか、行政の代行サービスもやってほしいという意見も増えています。外国人のための通訳サービスやスポットの道案内もしてほしいという声もあります。やはり24時間の便利さでお客様の要求も多様化していくようですね。私も今後、コンビニが、より地域社会と密接な関係を持ち、地域のコミュニティーの場になれることを期待します。

31 **そのため**とはどんな意味か。

1　コンビニのものの量が多すぎるため

2　客の意見がどんどん多くなっていくため

3　お客様のニーズがどんどん多様化しているため

4　世の中の変化に客はついていけないため

32 今の社会がコンビニに望んでいるのは何か。

1　お客のニーズどおり商品を、なるべくたくさん並べてほしい。

2　コンビニは、お年寄りに必要な存在だというのをわかってほしい。

3　消費者のニーズが多様化した理由を理解してほしい。

4　地域社会の人々の意見を聞き、人々に優しい環境になってほしい。

33 この文章の内容と合っているのはどれか。

1　いままでのコンビニは、お年寄りのための商品はほとんどなかった。

2　これからのコンビニは、地域住民と交流する機会を作らなければならない。

3　コンビニは、外国人のための通訳や道案内の役割もするべきだ。

4　社会が期待するコンビニの役割は、24時間ものが買える便利さだけではないかもしれない。

問題6　つぎの文章を読んで、質問に答えなさい。答えは、1・2・3・4から最もよいものを一つえらびなさい。

近頃、職場でキレる人が多いという声を聞く。仕事にミスがあったり、思い通りにいかなかったり、相手とちょっとでも意見が違うことで、自分の感情をコントロールできず怒鳴ったりする人がいる。毎日のように上司に怒鳴られて、仕事に自信をなくし、プライドが傷つき、転職まで考えている人がいるようだ。必要以上にビクビクしていまい、仕事に集中できなくてミスを繰り返してしまう悪循環になる。

脳科学者によると、すぐキレる原因は、3つぐらいあるそうだ。まず、脳の最前部にある前頭前野が活性化していなかったり、発達していない状態にあるのが一番大きい原因だそうだ。人間の脳は使わないと発達しないので、子供のころ自分の欲求を我慢せずに育つと、この部分の発達が弱くなる。2つ目の原因はセロトニンが不足しているからだ。この物質は前頭前野の機能をスムーズにする役割もしているが、ストレスや疲れ、運動不足などが原因で、現代人はセロトニン神経の働きが弱くなっているという。3つ目の原因は、朝ごはんを食べないまま出社し、昼ごはんの前に甘い飲み物やお菓子やパンを食べるよくない食習慣だ。甘いものを食べ過ぎると、インスリンが出すぎて結局は低血糖になってしまい、人はイライラする。

原因はどうであれ、すぐキレる人が上司なら、周りの人は辛い日々を送っているはずだ。それではその怒りを避けるためにはどうすればいいのか。まず相手が感情的になっても、冷静になることだ。そして、仕事にミスがあれば謝るのはいいが、必要以上に謝りすぎないこと、また普段から相手の目をしっかり見て話すことも大事だそうだ。

34 職場ですぐキレる人とはどんな人か。

1　会社の同僚（どうりょう）と意見が合わないことで、すぐ怒ってしまう人

2　部下の大きなミスを厳（きび）しく叱（しか）る人

3　会社の業績（ぎょうせき）が悪くてイライラしている人

4　子供のころの悪い環境で育った人

35 毎日のように上司に怒鳴（どな）られると人はどうなるか。

1　上司の怒りが原因で病気になる。

2　まともに仕事ができなくて他の会社に移ることを考えるようになる。

3　プライドを傷つけられ、仕事がまったく進まなくなる。

4　仕事に同じミスが増えるようになる。

36 人がすぐキレるようになる原因はなにか。

1　子供のころから家庭教育が悪かったから

2　他人より脳の発達が全体的に遅れているから

3　ストレスや疲労が原因でセロトニンが出ないから

4　お腹が空いている時間が長く、つい甘いものを食べてしまうから

37 すぐキレる人を対処（たいしょ）するためにはどうすればいいか。

1　なるべく相手を怒（おこ）らせないように気をつける。

2　仕事にミスがあれば、何回も謝る。

3　相手が感情的（かんじょうてき）になっても、理性的（りせいてき）に考える。

4　普段からの会話は、相手の目を見ながら優しい言い方にする。

問題7　右のページは、図書館の利用案内文である。これを読んで、下の質問に答えなさい。答えは、1・2・3・4から最もよいものを一つえらびなさい。

38　この図書館で資料が借りられる人は誰か。

1　発給してから1年以上の利用者カードを持って雑誌を借りたい会社員

2　発給してから1年未満の利用者カードを持ってDVDを借りたい主婦

3　発給してから1年未満の利用者カードを持ってCDを借りたい小学6年生

4　友達の利用者カードを持って本を借りたい高校生

39　Aさんは12月10日に本を借りて、Bさんは12月15日に雑誌を借りた。AさんとBさんの正しい返し方はどれか。

1　Aさん：12月25日、18時にカウンターに返す
　　Bさん：1月4日、18時にカウンターに返す

2　Aさん：1月11日、17時にブックポストに返す
　　Bさん：1月7日、18時にカウンターに返す

3　Aさん：1月8日、19時にカウンターに返す
　　Bさん：12月30日、20時にブックポストに返す

4　Aさん：12月20日、20時にブックポストに返す
　　Bさん：12月31日、20時にブックポストに返す

桜図書館の利用案内

ご利用していただくためには必ず利用者登録が必要です。住所・氏名・生年月日を確認できるものを持参し、本人が来館し、図書館のカウンターで登録してください。登録時に利用者カードを発給します。このカードの有効期限は1年で、本人以外は使うことができません。登録内容に変更がある場合、カウンターで変更届けを提出してください。利用者カードを盗まれたり、なくした場合はすぐに図書館にご連絡ください。資料は種類によって貸し出し期間が違うので、ご注意ください。

資料の種類	貸出期間	注意
本	1ヶ月	禁帯出資料は貸出できません
雑誌	3週間	最新号は貸出できません
CD	2週間	新館のカウンターでのみ貸出できます
DVD	2週間	新館のカウンターでのみ貸出できます
レコード	1週間	カウンターでのみ貸出できます

※CDなど視聴覚資料は、小学生以下の方のご利用はできません。

資料を借りるときは利用者カードと借りたい資料を図書館のカウンターへお持ちください。資料をお返しになるときもカウンターへお持ちください。返却時、利用者カードは必要ではありません。図書館が閉まっている時間に図書を返却するときはブックポストをご利用ください。但し、資料が壊れる恐れがあるため、雑誌や視聴覚資料はブックポストに返却できないので、ご協力お願いします。開館時間は9:00〜19:00で、国民の祝日・休日、年末年始は休館日なので、ご注意ください。

N3

聴解（ちょうかい）

（40分）

注意 Notes

1. 試験が始まるまで、この問題用紙を開けないでください。
   Do not open this question booklet until the test begins.

2. この問題用紙を持って帰ることはできません。
   Do not take this question booklet with you after the test.

3. 受験番号（じゅけんばんごう）と名前を下の欄（らん）に、受験票（じゅけんひょう）と同じように書いてください。
   Write your examinee registration number and name clearly in each box below as written on your test voucher.

4. この問題用紙は、全部（ぜんぶ）で13ページあります。
   This question booklet has 13 pages.

5. この問題用紙にメモをとってもいいです。
   You may make notes in this question booklet.

受験番号（じゅけんばんごう） Examinee Registration Number	

名前 Name	

問題 1

問題 1 では、まず質問を聞いてください。それから話を聞いて、問題用紙の 1 から 4 の中から、最もよいものを一つえらんでください。

れい

1　1階

2　2階

3　3階

4　4階

1ばん

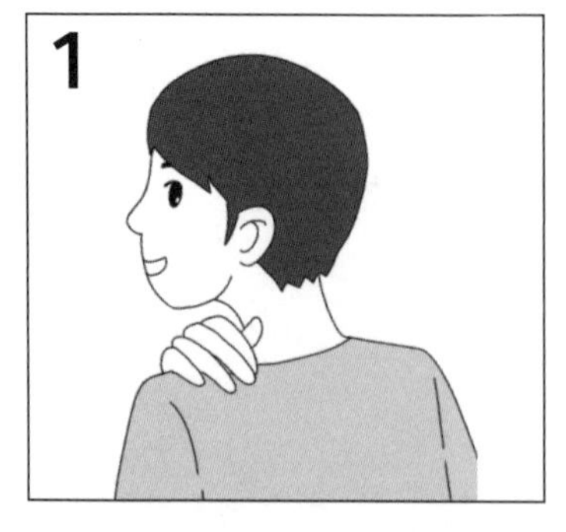

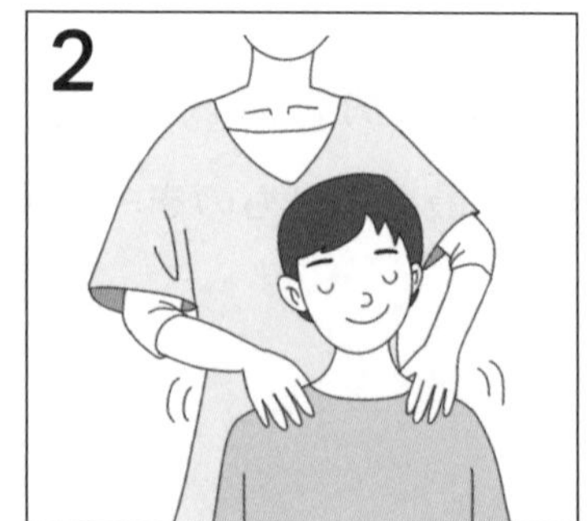

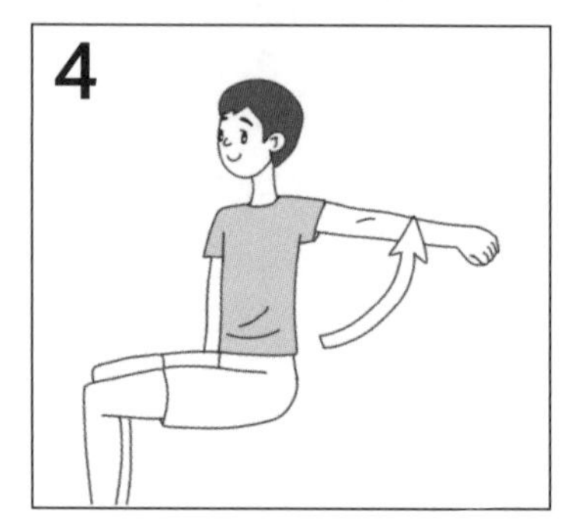

2ばん

1　「お客様(きゃくさま)の情報(じょうほう)」に、８桁(けた)のパスワードを入力(にゅうりょく)する

2　ホームページから「お客様(きゃくさま)の情報(じょうほう)」をクリックする

3　申込書(もうしこみしょ)を入(い)れた場所(ばしょ)を思(おも)い出(だ)す

4　申込書(もうしこみしょ)から４桁(けた)のパスワードを確認(かくにん)する

3ばん

1　どうしてお礼状が遅れたのかその理由

2　気を使っていただいたことに対しての感謝の気持ち

3　お歳暮をいただいたことに対しての感謝の気持ち

4　お礼状が遅れたことに対するお詫びの言葉

4ばん

1　桜シネマ、午後７時５分

2　桜シネマ、午後９時20分

3　東京シネマ、午後８時15分

4　東京シネマ、午後10時30分

5ばん

1　会員登録して、Suica定期券を買う

2　会員登録しないで、利用する定期券の種類だけを決める

3　ネットで申し込んで、実際に使う日までに買う

4　ネットで申し込んだ当日に買う

6ばん

1　ネットでブルー系のシャツを購入する

2　この店でブルー系のシャツを購入する

3　もっと気に入るシャツを探してみる

4　試着してもいいか、店の人に質問する

問題2

問題2では、まず質問を聞いてください。そのあと、問題用紙を見てください。読む時間があります。それから話を聞いて、問題用紙の1から4の中から、最もよいものを一つえらんでください。

れい

1　早く映画の情報が知りたいから

2　キャンペーンに応募してチケットをもらいたいから

3　限定グッズをもらって人に見せたいから

4　レビューを読んで、話題の映画が見たいから

1ばん

1　外国人がお年寄りの人だから

2　外国人の友達が年を取ったから

3　外国人に日本の雰囲気を分かってもらいたいから

4　外国人の友達が女性だから

2ばん

1　どの会社でも人間関係は複雑だから

2　努力したから成功したという事実は認めたほうがいいから

3　上の世代が言っていることは、いいことばかりだから

4　上の世代の説教は聞いた方がいいから

3ばん

1 そろそろ結婚記念日が近づいてくるから

2 おしゃれなレストランで食事するのを自慢したかったから

3 フルコースを楽しみながら、結婚記念日を祝うことができるから

4 みんながうらやましがっているレストランで食事ができるから

4ばん

1 いいことをよく言っていると、その影響でいいことが起こるから

2 就職できるためには、口癖を直したほうがいいから

3 自分の夢を口に出したら、必ずその夢が叶うから

4 何より「やればできる」という意志は必要だから

5ばん

1　子供が甘えるのを許してくれるから

2　頑固なところがまったく無くなったから

3　お父さんに家事とか育児を全部任してもいいから

4　家族の話をよく聞いてくれて、話しやすいから

6ばん

1　新幹線の予約を便利に使いたいから

2　ホテルやレンタカーを安く予約したいから

3　貯まったポイントで買い物がしたいから

4　新幹線に乗って、おいしい弁当を食べたいから

問題3

問題3では、問題用紙に何もいんさつされていません。この問題は、ぜんたいとしてどんなないようかを聞く問題です。話の前に質問はありません。まず話を聞いてください。それから、質問とせんたくしを聞いて、1から4の中から、最もよいものを一つえらんでください。

— メモ —

問題4

問題4では、えを見ながら質問を聞いてください。やじるし（➡）の人は何と言いますか。1から3の中から、最もよいものを一つえらんでください。

れい

1ばん

2ばん

3ばん

4ばん

問題5

問題5では、問題用紙に何もいんさつされていません。まず文を聞いてください。それから、そのへんじを聞いて、1から3の中から、最もよいものを一つえらんでください。

— メモ —

第4回

實戰模擬試題
第 5 回

N3

げんごちしき（もじ・ごい）

（30ぷん）

ちゅうい
Notes

1. しけんが　はじまるまで、この　もんだいようしを　あけないで　ください。
   Do not open this question booklet until the test begins.
2. この　もんだいようしを　もって　かえる　ことは　できません。
   Do not take this question booklet with you after the test.
3. じゅけんばんごうと　なまえを　したの　らんに、じゅけんひょうと　おなじように　かいて　ください。
   Write your examinee registration number and name clearly in each box below as written on your test voucher.
4. この　もんだいようしは、ぜんぶで　5ページ　あります。
   This question booklet has 5 pages.
5. もんだいには　かいとうばんごうの　1、2、3 … が　ついて　います。かいとうは、かいとうようしに　ある　おなじ　ばんごうの　ところに　マークして　ください。
   One of the row numbers 1, 2, 3 … is given for each question. Mark your answer in the same row of the answer sheet.

じゅけんばんごう　Examinee Registration Number	

なまえ　Name	

問題１　＿＿＿＿のことばの読み方として最もよいものを、１・２・３・４から一つえらびなさい。

1　途中下車のできる乗車券(じょうしゃけん)は以下のとおりです。

1　かしゃ　　2　げしゃ　　3　かじゃ　　4　げじゃ

2　世界には驚くような変わった趣味を持つ人々も多い。

1　しゅみ　　2　しゅうみ　　3　しゅあじ　　4　しゅうあじ

3　中小企業(ちゅうしょうきぎょう)の存続(そんぞく)が日本経済を支えている。

1　かぞえて　　2　つかえて　　3　とらえて　　4　ささえて

4　スポーツ用品企業の競争は、さらに激しくなってきた。

1　けいしょう　　2　きょうしょう　　3　けいそう　　4　きょうそう

5　日本からドイツまで小包を送るとき、料金はどのくらい掛かりますか。

1　こづつみ　　2　こつつみ　　3　おづつむ　　4　おつつむ

6　私は会社の方針(ほうしん)に従って判断しただけです。

1　たたかって　　2　あやまって　　3　したがって　　4　からかって

7　FAO統計(とうけい)データベースによると、小麦(こむぎ)の生産量の１位は中国だそうだ。

1　せんざんりょ　　2　せいざんりょう

3　せんさんりょ　　4　せいさんりょう

8　このプログラムを使うと、一々入力する手間(てま)を省くことができる。

1　のぞく　　2　ひらく　　3　はぶく　　4　かわく

第5回

問題2　＿＿＿＿のことばを漢字で書くとき、最もよいものを、1・2・3・4から一つえらびなさい。

9　新発売(しんはつばい)の切手・はがきや、かこに発売された切手の情報を掲載(けいさい)しています。

1　課去　　2　過去　　3　過居　　4　加去

10　会員とうろくを行うと、就活(しゅうかつ)に役立つさまざまなサービスを無料で受けることができます。

1　登録　　2　統録　　3　登緑　　4　討録

11　娘の料理は味がうすい。

1　浅い　　2　深い　　3　狭い　　4　薄い

12　子供のとき祖母からあんでもらったセーターを今も持っています。

1　紙んで　　2　編んで　　3　約んで　　4　維んで

13　今日習ったことを実生活(じっせいかつ)におうようしてみるのはどうですか。

1　応用　　2　応要　　3　追用　　4　追要

14　コインを投げておもてが出たら、僕が行くことにするよ。

1　裏　　2　末　　3　緒　　4　表

問題3　（　　　　）に入れるのに最もよいものを、1・2・3・4から一つえらびなさい。

15　履歴書（りれきしょ）の提出は、郵送しても（　　　）してもかまいません。

1　持続　　2　持参　　3　支持　　4　維持

16　今日は時間がないので、また（　　　）ゆっくりお話しましょう。

1　次　　2　今　　3　しばらく　　4　今度

17　子供のころ、（　　　）しながら、サーカスを見ていた。

1　そわそわ　　2　はらはら　　3　がっかり　　4　ぼんやり

18　母は口が（　　　）ので、長年（ながねん）付（つ）き合（あ）ってる友人が多く、特に女性からの信頼（しんらい）が厚い。

1　かるい　　2　わるい　　3　かたい　　4　はやい

19　主人公（しゅじんこう）は不良（ふりょう）だが、むずかしい数学の問題を、（　　　）簡単に解くほどの天才として描（か）かれている。

1　いとも　　2　むしろ　　3　および　　4　逆に

20　（　　　）が止まらなくて、夜も眠れず、ひどく苦しいです。

1　ためいき　　2　あざ　　3　つば　　4　せき

21　（　　　）ばかり言わないで、もっと努力してみたらどうですか。

1　ひも　　2　言葉　　3　あわ　　4　文句

22 石川さんはお兄さんに（　　　）ですね。双子かと思うくらいです。

1　そっくり　　2　ぴったり　　3　がっかり　　4　あっさり

23 植物や動物を（　　　）ことは、子供に責任感を持たせるきっかけになると言われている。

1　建てる　　2　預ける　　3　育てる　　4　占める

24 本を箱に（　　　）詰め込んで、運ぶのも大変だった。

1　ばったり　　2　ぎっしり　　3　がりがり　　4　きちんと

25 体が（　　　）なれるように毎日ストレッチをしています。

1　うらやましく　　2　いちじるしく　　3　やわらかく　　4　すがすがしく

問題4 ＿＿＿＿の意味が最も近いものを、1・2・3・4から一つえらびなさい。

26 今のアパートは前のアパートに比べて、家賃（やちん）がやや安い。

1 とても　　2 けっこう　　3 だいぶ　　4 ちょっと

27 この映画のあらすじを教えてください。

1 タイトル　　2 大体の内容　　3 主人公　　4 上映館

28 警察（けいさつ）は犯人の手がかりを掴（つか）むために最善（さいぜん）を尽（つ）くした。

1 アドレス　　2 クラウド　　3 カテゴリ　　4 ヒント

29 職場（しょくば）に何でもないことですぐどなる人がいて困る。

1 怒る　　2 驚（おどろ）く　　3 叩（たた）く　　4 曲げる

30 おそらく、彼は二度と実家（じっか）に戻ってこないだろう。

1 だいぶ　　2 まもなく　　3 けっして　　4 たぶん

第5回

問題5　つぎのことばの使い方として最もよいものを、1・2・3・4から一つえらびなさい。

31　夢中

1　友達の信二君は最近、アイドルに夢中している。

2　勉強に夢中できなくて、成績は落ちるばかりだ。

3　うちの息子は最近、テレビゲームに夢中になっている。

4　彼はゴルフに夢中していて、仕事もさぼっているという。

32　のべる

1　伝えたいことを、論理的にのべることが最も重要です。

2　夜遅くなったので、彼女を車で家までのべてあげることにした。

3　彼女は30年前のことをまだのべている。すごい記憶力だ。

4　机の下に身をのべようとしている子供の姿が見えた。

33　しっかり

1　揺れるからしっかりつかまっていてください。

2　物事をしっかり言う性格は短所とも長所とも言えない。

3　試験に失敗して、しっかり落ち込んでいると思った。

4　私にとって彼女はしっかり理想的な人だと言えるだろう。

34　懐かしい

1　「懐かしい川も深く渡れ」ということわざがあります。

2　彼の運転が懐かしくてとてもおどろいた。

3　青春時代を思い出す、懐かしい曲ばかりですね。

4　懐かしい片思いをしたときは、本当に辛かった。

35　支える

1　日本の経済を支えているのは大企業ではなく中小企業だ。

2　家を支えられる面積は土地の60％だ。

3　大人になってから時間の支えるのが早いと感じるようになった。

4　彼は大きな事故に遭ったが、幸い命は支えた。

N3

言語知識（文法）・読解

（70分）

注意
Notes

1. 試験が始まるまで、この問題用紙を開けないでください。
   Do not open this question booklet until the test begins.
2. この問題用紙を持って帰ることはできません。
   Do not take this question booklet with you after the test.
3. 受験番号と名前を下の欄に、受験票と同じように書いてください。
   Write your examinee registration number and name clearly in each box below as written on your test voucher.
4. この問題用紙は、全部で19ページあります。
   This question booklet has 19 pages.
5. 問題には解答番号の 1 、 2 、 3 … が付いています。解答は、解答用紙にある同じ番号のところにマークしてください。
   One of the row numbers 1, 2, 3 … is given for each question. Mark your answer in the same row of the answer sheet.

受験番号 Examinee Registration Number	

名前 Name	

問題1　つぎの文の（　　　　）に入れるのに最もよいものを、1・2・3・4から一つえらびなさい。

1　日本では、家に入るとき、まず玄関でくつを脱(ぬ)ぎ、（　　　　）部屋に入る。

1　そろえるから　　　　2　そろえたから

3　そろえてから　　　　4　そろえていたから

2　読書(どくしょ)がきらいになった理由を考えてみると、二つの原因があります。一つは常に強制(きょうせい)されること。二つ目は読書感想文(どくしょかんそうぶん)を（　　　　）ことでした。

1　書かせられる　　　　2　書かさせられる

3　書かれる　　　　4　書かせる

3　学生「先生、申し訳ございません。先週、先生に貸して（　　　　）資料を家に忘れてきてしまって…。」

先生「その資料なら明日でもいいから。」

1　くださった　　　　2　さしあげた

3　おっしゃった　　　　4　いただいた

4　お金が（　　　　）、ほしいものを買っておこうと思います。

1　残るうちに　　　　2　残っているうちに

3　残るまでに　　　　4　残っているまでに

5　かぜをひいたときは温かくして、ゆっくり（　　　　）。

1　やすむものだ　　　　2　やすむことだ

3　やすんだものだ　　　　4　やすんだことだ

6 もし、コンビニへ行くなら、(　　　　　)タバコ買ってきてくれない？

1　ついでに　　2　といっても　　3　そのかわり　　4　おもわず

7 中学校に入学してから、毎日が楽しすぎて(　　　　　)。

1　しかたがなかった　　2　つまらなかった

3　たりなかった　　4　きまっていた

8 面接(めんせつ)(　　　　　)基本的な注意事項(ちゅういじこう)は何があるでしょうか。

1　にあたっての　　2　のあたり　　3　の際して　　4　に際する

9 今回の新製品(しんせいひん)はお客様のご希望に(　　　　　)新しいデザインにしました。

1　くらべて　　2　こたえて　　3　つれて　　4　ともなって

10 これが実話(じつわ)(　　　　　)作られた映画だというのは信じがたい。

1　をきっかけで　　2　のきっかけに

3　のもとづき　　4　にもとづいて

11 このノートパソコンは直し(　　　　　)ほど壊れている。

1　しかたがない　　2　わけがない

3　ようがない　　4　はずがない

12 近くまでいらっしゃった(　　　　　)は、ぜひご連絡ください。

1　おりに　　2　おきに　　3　あいだに　　4　ごとに

13 妹は好き(　　　　　)嫌い(　　　　　)、わがままばかり言う。

1　だか／だか　　2　でも／でも　　3　だの／だの　　4　やら／やら

問題2　つぎの文の＿★＿に入る最もよいものを、1・2・3・4から一つえらびなさい。

（問題例）

つくえの ＿＿ ＿＿ ＿★＿ ＿＿ あります。

1　が　　2　に　　3　上　　4　ペン

（解答のしかた）

1．正しい答えはこうなります。

つくえの ＿＿ ＿＿ ＿★＿ ＿＿ あります。
3 上　2 に　4 ペン　1 が

2．＿★＿に入る番号を解答用紙にマークします。

（解答用紙）　（例）　①　②　③　●

14　今世田谷に住んでいるが、＿＿ ＿＿ ＿★＿ ＿＿ 静かで住み心地もいいところでけっこう気に入っている。

1　して　　2　に　　3　は　　4　都心

15　鈴木さんの話によると、青山ビルはこの辺にある ＿＿ ＿＿ ＿★＿ ＿＿、どこだか全然わからなかった。

1　こと　　2　との　　3　が　　4　だ

第5回

16 彼は、交通事故（こうつうじこ） ＿＿＿＿ ＿★＿ ＿＿＿＿ ＿＿＿＿、生きる意欲（いよく）を失ってしまった。

1　両親を　　2　で　　3　以来　　4　なくして

17 初めての海外 ＿＿＿＿ ＿★＿ ＿＿＿＿ ＿＿＿＿ 会見が行われる予定だ。

1　に　　2　先立ち　　3　記者　　4　コンサート

18 店員の態度が悪かった ＿＿＿＿ ＿＿＿＿ ＿★＿ ＿＿＿＿ いられなかった。

1　では　　2　ので　　3　言わない　　4　一言

問題3　つぎの文章を読んで、文章全体の内容を考えて、[19]から[23]の中に入る最もよいものを、1・2・3・4から一つえらびなさい。

皆さんはアメリカ、イギリス、ドイツ、カナダ、メキシコ、日本、この6ヶ国の中で日本が一番、睡眠時間が短いということを知っていますか。「昼間の30分以内の昼寝は[19]」と言われている。そのためか、最近、「昼寝制度」を導入している企業が増え始めているそうだ。業務中でも眠くなったら、堂々と机の上で寝るのはもちろん、営業会議や全社員会議の間に昼寝休憩をとっても[20]。会社に申請する必要も無い、20分以内でいつでも自由に睡眠をとればいいそうだ。

企業で「昼寝制度」が認められるといったら、そのユニークさだけに興味が[21]が、昼寝をさせることには、もっと深い意味があるそうだ。まず、自分のコンディションに合わせて業務を進めるが、その結果は自分が責任をとらなければならないということだ。また、会社に入ったら[22]になりかねないが、もっと自己管理能力を育てるという意味もあるという。自分のことは自分で責任をとる、もっと主体性を持ち、仕事の能率を上げようとがんばる。これが企業が「昼寝制度」を導入する本当の理由のようだ。実際に「昼寝制度」を導入してから細かいミスも減って、業務効率も改善されたという報告がある。疲れがたまって眠気があるのに、それを我慢して[23]仕事を続けるより、「昼寝制度」の導入で集中力を高めて仕事を進めたほうがよっぽどいいと思う。

また、「昼寝制度」を導入する会社が増えるにしたがって、社内にリラックスするスペースを作るために必要なものをサポートする新しい事業が現れることも期待されている。

19

1　業務の速度を速める
2　作業の効率をあげられる
3　健康づくりに役立つ
4　気持ちをすっきりさせる

20

1　無理しないほどだ
2　気が付かないほどだ
3　かまわないほどだ
4　こだわらないほどだ

21

1　持ちにくい
2　持たれがちだ
3　持ちかねる
4　持ちつつある

22

1　ルールばかり守る人間
2　ルールを逆らわない人間
3　指示ばかりに反応する人間
4　指示待ちの人間

23

1　だらだら　2　うろうろ　3　ぱりぱり　4　わくわく

問題4　つぎの(1)から(4)の文章(ぶんしょう)を読んで、質問に答えなさい。答えは、1・2・3・4から最もよいものを一つえらびなさい。

（１）

私は、アポなしで訪問する人がとても苦手(にがて)である。人間関係で守るべきマナーは多いが、相手の都合を考えない突然の訪問は失礼に当たると思う。相手のところにお客さんが来ているかもしれないし、これから出かけるところなのかもしれないのに、どうしてアポなしで訪問するのか不思議でならない。だれかを訪ねることになったら、前もって相手の都合を確かめよう。まず電話かメールで訪問の日時、目的、所要時間などを詳しく伝えて、相手の許可を得てから訪問することにしよう。ビジネスだけでなく、身内や家族、友人など、近い関係でも絶対守ってほしいマナーである。

24　親類(しんるい)を訪問するとき、どうするのがいいと言っているか。

1　失礼に当たるから、なるべく訪問しないようにする。

2　あらかじめ相手の都合を聞いておいた方がいい。

3　前もって親類(しんるい)に直接会って、許可を得るようにする。

4　親類(しんるい)だから、事前に連絡をしないで、訪問してもいい。

（2）

当たり前のことだが、上司にとってもっとも頼れる存在は、やはり仕事のできる部下だろう。ところで、上司に命じられた仕事が簡単なことだと、早く終わらせても報告すること自体を忘れている人がいる。それではどんなに仕事のできる部下でも、上司はその人のことを当てにしなくなるだろう。仕事が終わったあと、上司への報告をきちんとしてこそ、その仕事は一段落（いちだんらく）したと言えるはずだ。これは仕事の基本中の基本だ。この基本を忘れないようにしよう。

25 筆者が考えている仕事の基本は何か。

1　上司に命じられた仕事をかたづけて、その結果をきちんと報告すること

2　上司が頼れるような存在になるため、簡単な仕事でも一生懸命にすること

3　上司に命じられた仕事はさっさとかたづけて、他の仕事も処理すること

4　上司に命じられた仕事でいい結果を出したときは、報告しないこと

（３）

これは東京で開かれる写真展を知らせる文である。

写真展についてお知らせいたします。4月31日まで東京のプリンスギャラリーで「世界の平和」を主題に写真展が開かれます。世界一流の写真家、50人あまりの作品が見られる最もいいチャンスだと思います。この展示会は、東京をはじめ、ニューヨーク、パリ、ロンドンなど、各地で巡回される予定です。特に、この展示会では写真家の作品以外にも、ポスター、ポストカードも販売します。入場料は無料で、月曜日は休みです。興味のある方はぜひ、お越しください。

26 このお知らせと合っているものはどれか。

1 この展示会は東京だけで開催される。

2 この展示会では一流の写真家の作品だけが販売される。

3 この写真展に入る際、お金は払わなくてもいい。

4 この写真展では50人の写真家の作品が見られる。

（4）

これはある会社が社員を募集している文である。

2018年４月入社の募集です。今回、当社では意欲的に働いていただける方々を募集しております。あなたが夢見た生き方を「山田製薬」で描いてみませんか。

本社：東京都中央区

支社：大阪府大阪市

＊募集要項

1．採用人員：大卒 10名

2．資格：2018年3月卒業見込者

3．職種：営業・マーケティング・事業開発など

4．勤務地：本社または支社

5．提出書類：履歴書・卒業見込証明書・健康診断書

27 この掲示文の内容と合っていないのはどれか。

1 応募できる人は新卒でも経歴者でもかまわない。

2 この会社では積極的に働いてくれる人を募集している。

3 勤務先は東京になるか、大阪になるかまだ分からない。

4 応募に必要な書類は履歴書や健康診断書などだ。

問題5　つぎの(1)と(2)の文章を読んで、質問に答えなさい。答えは1・2・3・4から最もよいものを一つえらびなさい。

（1）

石田さんは今年大学を卒業して、IT企業に就職しました。石田さんは子どものころから、テレビゲームやパソコンゲームなどが大好きでした。大人になったら、おもしろいゲームを作るプログラマーになろうと思いました。それで、高校時代からパソコン教室に通いながらプログラミングの勉強を始めたのですが、パソコンの勉強は、勉強すればするほどおもしろくなりました。

高校３年生のとき、自分でゲームを作ってみたくなりました。パソコン教室の先生が、一番いいのはやはり、自分でプログラムを作ってみることだとアドバイスしてくれたからです。それで、石田さんは自分で直接ゲームを作ってみました。簡単なゲームでしたが、作るのがなかなか大変でした。それに、自分でやってみてもぜんぜんおもしろくありませんでした。石田さんが失望していると、パソコン教室の先生は、「はじめてにしてはよくできた。」とほめてくれました。石田さんはこの言葉を聞いてまた元気が出ました。この先生のおかげで、プログラミングの勉強をやめないで続けることができました。

そして、大学生になって将来の職先を考えるとき、石田さんの頭の中にはIT企業しかありませんでした。石田さんは大学３年生のときから就職活動を始めて、今のIT企業に就職することができました。仕事は大変ですが、石田さんは自分がやりたい仕事ができて、本当によかったと思っています。

28 自分でゲームを作ってみたくなりましたとあるが、なぜそうなったのか。

1　大学卒業後、IT企業に就職が決まったため

2　子供のころから、ゲームが大好きだったため

3　パソコン教室でプログラミングの勉強を始めたため

4　パソコン教室の先生にアドバイスをしてもらったため

29 石田さんは、パソコン教室の先生にほめてもらってどうなったか。

1　プログラミングの勉強を始めたくなった。

2　テレビゲームやパソコンゲームが好きになった。

3　プログラミングの勉強をあきらめないようになった。

4　大学卒業後、IT企業に就職したくなった。

30 本文の内容と合っているのはどれか。

1　石田さんは子どものころから、スポーツが大好きだった。

2　石田さんは、一人でプログラミングの勉強をしてきた。

3　石田さんが初めて作ったゲームは失敗だった。

4　石田さんは、仕事が大変でIT企業に就職したのを後悔している。

（２）

セーラー服を着たおじさんが都内を出歩きしていることで話題になっている。今まで女装をしているおじさんは人気がなかったのに、どうして、このおじさんは若者に大人気なんだろうか。町を歩いていると「一緒に写真を撮りたい」「かわいい」と声を掛けられるそうだ。この「①セーラー服おじさん」と呼ばれているAさん(53歳)は「ただ、かわいいものを着たいだけで女装ではない」と言っている。

確かに、彼は化粧もしていないし、しゃべり方も普通の男だ。実は、彼は大手企業のエンジニアだそうだ。初めて、セーラー服を着たときは「トラブルになったらどうしよう」と思い、ビクビクしていたが、社会の反応は意外なほどよかったそうだ。もちろん批判的な人もいるかもしれない。

人は、それぞれ考え方や価値観が違うのは当たり前だ。もし、あなた自身が人と違う趣味を持つことで悩んでいるなら、みんなが決めた「普通」という先入観を捨て、②自分だけの人生を生きてみるのはどうだろうか。

31 ①セーラー服おじさんの説明として正しいのはどれか。

1　セーラー服を着る理由は、自分がかわいくなりたいからだ。

2　セーラー服を着ることで、自分自身も最初は社会的な反応が気になった。

3　セーラー服を着て出歩いても、批判的に思う若者はいないようだ。

4　セーラー服を着ることで、社会的に反応がいいと予想していた。

32 ②自分だけの人生を生きてみる人とはどんな人か。

1 周りからの批判を無視する人

2 人と違う趣味であまり悩まない人

3 みんなが決めた「普通」に従わない人

4 自分と違う考え方を持った人をばかにする人

33 この文章の内容と合っているのはどれか。

1 自分だけの人生を生きるために、人々が決めた「普通」はあまり気にしなくてもいい。

2 最近は人と違う趣味を持つことで悩んでいる人が大勢(おおぜい)いる。

3 「セーラー服のおじさん」が若者に人気がある理由は中年の男性が女装(じょそう)をしているからだ。

4 自分の人生を生きるために一番重要なことは先入観(せんにゅうかん)を捨てることだ。

問題6　つぎの文章を読んで、質問に答えなさい。答えは、1・2・3・4から最もよいものを一つえらびなさい。

夏になって食欲がなかったり、体がだるかったりして体の調子がよくないことを「夏バテ」というが、夏バテの原因は何だろうか。

私たちの体は一定の温度を保とうとしているが、夏になると室内外の温度差がはげしくなり、必要以上にたくさんのエネルギーを使うため、体に負担が掛かってしまい、体の調子が悪くなる。また、夏は軽い作業をしても１日２～３リットルの汗をかくので水分が不足して、頭が痛くなったり、鼻水が出たりする。そして、暑いからといって冷たい飲み物や食べ物ばかり食べると、お腹をこわして下痢をしたりするのだ。また、夏は暑くて眠れないので、睡眠不足になり疲れがとれなくなるのも夏バテの原因になるのだ。

夏バテを防ぐためには食事や生活習慣に気をつけなければならない。豚肉やうなぎ、豆類、野菜、果物など栄養の高いものを食べるのが効果的だ。また室内外の温度差が５℃以上になるのはよくないので、エアコンの温度を調節したり、上着を着たりして体温調節をすること。質のいい睡眠をとるために早めに寝たり、寝る30分～１時間の前にぬるめのお風呂に入ったりすること。不足しがちな水分はしっかりとって、軽い運動をして体力をつけることが大事だ。

寝るときの温度は28度、湿度は50～60％が適切で、一晩中扇風機やエアコンをつけっぱなしにしないこと。水分をとる時はのどが渇く前に、少しずつ飲んでおくこと。運動するときは気温が低く、日差しも弱い朝や夕方以降にすることがポイントだそうだ。

34　夏バテを引き起こす原因になるのはどれか。

1　毎日アイスコーヒーを一杯ずつ飲んでいる。

2　毎朝、20～30分ぐらい公園を散歩している。

3　荷物を運ぶ仕事をしているのに、水分はあまりとらないでいる。

4　寝る前にエアコンのタイマーをセットして寝ている。

35　夏バテを防ぐためにはどうすればいいか。

1　栄養のバランスを考えながら、肉とか魚を食べるようにする。

2　寝る直前にシャワーを浴びたり、お風呂に入るようにする。

3　体力をつけるために体をたくさん動かす運動するようにする。

4　睡眠不足(すいみんぶそく)にならないために、なるべくたくさん寝るようにする。

36　夏バテの予防のために食事や生活習慣のポイントではないのはどれか。

1　肉類だけではなく豆類や野菜もとること

2　寝るときは温度(おんど)や湿度(しつど)に気をつけること

3　冷房(れいぼう)が強いところでそでの長い服を着ること

4　のどが渇(かわ)いたら、なるべくたくさん冷たい水を飲むこと

37　この文章の内容と合っていないのはどれか。

1　夏に水を十分飲まないと、頭が痛くなったりする。

2　夏に激しい運動をしたら、１日２～３リットルの汗をかく。

3　寝室の温度(おんど)は28度、湿度(しつど)は55％程度を保ったほうがいい。

4　運動は軽くして、昼間は避(さ)けたほうがいい。

問題7　右のページは、ある会社の省エネに関するお知らせである。これを読んで、下の質問に答えなさい。答えは、1・2・3・4から最もよいものを一つえらびなさい。

38　このお知らせの目的として、もっともふさわしいと考えられるものはどれか。

1　上手なクーラーの使い方

2　事務室のパソコンの管理方法

3　夏服の着用規定

4　上手な省エネの方法

39　今日は金曜日だが、この会社の今年度の創立記念日は月曜日で、休みである。最後に会社を出る人がやるべきこととして正しいのはどれか。

1　退社するとき、クーラーの温度を28度以上に設定してから帰る。

2　退社するとき、コンセントから電源プラグを抜いてから帰る。

3　退社するとき、ノーネクタイやノージャケット、半そでシャツで帰る。

4　退社するとき、快適な事務室の環境のためきれいに掃除してから帰る。

件名:省エネに関するお願い

＊夏の省エネにご協力ください

社員の皆様へ

お疲れ様です。総務部の田村です。省エネに関するお願いです。

毎年、夏はクーラー使用のため電力消費量が増加しています。本格的な夏を迎え、以下の夏の省エネにご協力をお願いします。

記

1. クーラーの設定温度は、28度としましょう。
2. 会議室やトイレ、応接室など、使用していない場所の照明は消しましょう。
3. 外出や長時間デスクを離れる場合、パソコンの電源を切りましょう。
4. お昼休みの1時間、ファックスを除いて、事務室の電気を消すことにしましょう。
5. 退社時や週末、連休前は、パソコンやプリンター、エアコン、コピー機などの電源を切って、必ず電源プラグをコンセントから抜いておきましょう。
6. 服装は基本的に、
   男性であればノーネクタイやノージャケット、半そでシャツが良いでしょう。
   女性の場合は、半そでシャツやブラウスなどを着るのがおすすめです。
   通気性が良く、涼しく快適に過ごせるものを着用して28度設定でも業務効率を落とさないようにしましょう。

以上よろしくお願いいたします。

総務部 田村洋介

N3

聴解（ちょうかい）

（40分）

注意 Notes

1. 試験が始まるまで、この問題用紙を開けないでください。
Do not open this question booklet until the test begins.

2. この問題用紙を持って帰ることはできません。
Do not take this question booklet with you after the test.

3. 受験番号（じゅけんばんごう）と名前を下の欄（らん）に、受験票（じゅけんひょう）と同じように書いてください。
Write your examinee registration number and name clearly in each box below as written on your test voucher.

4. この問題用紙は、全部（ぜんぶ）で13ページあります。
This question booklet has 13 pages.

5. この問題用紙にメモをとってもいいです。
You may make notes in this question booklet.

受験番号（じゅけんばんごう） Examinee Registration Number	

名前 Name	

問題1

問題1では、まず質問を聞いてください。それから話を聞いて、問題用紙の1から4の中から、最もよいものを一つえらんでください。

れい

1　1階
2　2階
3　3階
4　4階

第5回

1ばん

2ばん

1　ここをやめて、他(ほか)のホテルに替(か)える

2　このホテルからの連絡(れんらく)を待(ま)つ

3　直接(ちょくせつ)このホテルへ行(い)って予約(よやく)する

4　ホテルに泊(とま)るのをやめる

3ばん

1　自分で直接ロシア出張に行く

2　清水君を一人でロシア出張に行かせる

3　小川君と清水君をロシア出張に行かせる

4　小川君を一人でロシア出張に行かせる

第5回

4ばん

1　課長の車で一緒に通勤することにした

2　家から歩いて通勤することにした

3　電動自転車で通勤することにした

4　課長の電動自転車を買うことにした

5ばん

1　咳が止まるように、部屋の空気を入れ替える

2　風邪が治るように、部屋の空気をきれいにする

3　喉が乾燥しないように、マスクをする

4　部屋が乾燥しないように、ぬれた洗濯物を干す

6ばん

1　今からカードの持ち主を調べてから、電話を掛けなおす

2　自分の代わりに父が電話するようにする

3　父にカードの種類を聞いてから、また自分が電話する

4　もう一度問い合わせ先を確認してから、電話をかける

問題 2

問題 2 では、まず質問を聞いてください。そのあと、問題用紙を見てください。読む時間があります。それから話を聞いて、問題用紙の 1 から 4 の中から、最もよいものを一つえらんでください。

れい

1　早く映画の情報が知りたいから

2　キャンペーンに応募してチケットをもらいたいから

3　限定グッズをもらって人に見せたいから

4　レビューを読んで、話題の映画が見たいから

1ばん

1　会議に行かなければならないから

2　急に海外出張が決まったから

3　会社で残業しなければならないから

4　井上さんは知らない人だから

2ばん

1　宿題を持っていくのを忘れたから

2　学校で友達とけんかしたから

3　授業中に騒いだから

4　かばんを持っていくのを忘れたから

3ばん

1　温泉

2　ペンション

3　シティーホテル

4　まだわからない

4ばん

1　大勢の女性は自分が作ったチョコレートの味に満足しているから

2　男性を満足させるには手作りのものが一番いいから

3　誰もが手作りの義理チョコが嬉しいとは限らないから

4　店で売っているチョコレートの方がおいしいと考える男性が多いから

5 ばん

1 浮気をしているのは女性のほうが少ないから

2 女性はすぐ恋に落ちるから

3 物事に対する気持ちを正直に言うから

4 恋をする心も感情も変わりやすいから

6 ばん

1 仕事のことで反省したり、計画を立てたりすることができるから

2 お風呂に入っていると、全ての悩みが消えるから

3 後悔のない人生を生きることができるから

4 仕事のミスがなくなるから

問題（もんだい）3

問題（もんだい）3では、問題用紙（もんだいようし）に何（なに）もいんさつされていません。この問題（もんだい）は、ぜんたいとしてどんなないようかを聞（き）く問題（もんだい）です。話（はなし）の前（まえ）に質問（しつもん）はありません。まず話（はなし）を聞（き）いてください。それから、質問（しつもん）とせんたくしを聞（き）いて、1から4の中（なか）から、最（もっと）もよいものを一（ひと）つえらんでください。

― メモ ―

問題 4

問題４では、えを見ながら質問を聞いてください。やじるし（■）の人は何と言いますか。１から３の中から、最もよいものを一つえらんでください。

れい

1ばん

2ばん

3ばん

4ばん

問題 5

問題5では、問題用紙に何もいんさつされていません。まず文を聞いてください。それから、そのへんじを聞いて、1から3の中から、最もよいものを一つえらんでください。

— メモ —

第5回

memo

裁剪線

N3 第1回 日本語能力試験 模擬テスト 解答用紙

げんごちしき（もじ・ごい）

じゅけんばんごう Examinee Registration Number	

なまえ Name	

〈ちゅうい Notes〉

1. くろい えんぴつ（HB、No.2）で かいて ください。
（ペンや ボールペンでは かかないで ください。）
Use a black medium soft (HB or No.2) pencil.
(Do not use any kind of pen.)
2. かきなおす ときは、けしゴムで きれいに けして ください。
Erase any unintended marks completely.
3. きたなく したり、おったり しないで ください。
Do not soil or bend this sheet.
4. マークれい Marking examples

よい れい Correct Example	わるい れい Incorrect Examples
●	⊗ ○ ◎ ⓪ ⊜ ◐ ●

問題 1				
1	①	②	③	④
2	①	②	③	④
3	①	②	③	④
4	①	②	③	④
5	①	②	③	④
6	①	②	③	④
7	①	②	③	④
8	①	②	③	④
問題 2				
9	①	②	③	④
10	①	②	③	④
11	①	②	③	④
12	①	②	③	④
13	①	②	③	④
14	①	②	③	④
問題 3				
15	①	②	③	④
16	①	②	③	④
17	①	②	③	④
18	①	②	③	④
19	①	②	③	④
20	①	②	③	④
21	①	②	③	④
22	①	②	③	④
23	①	②	③	④
24	①	②	③	④
25	①	②	③	④

問題 4				
26	①	②	③	④
27	①	②	③	④
28	①	②	③	④
29	①	②	③	④
30	①	②	③	④
問題 5				
31	①	②	③	④
32	①	②	③	④
33	①	②	③	④
34	①	②	③	④
35	①	②	③	④

N3 第1回 日本語能力試験 模擬テスト 解答用紙

げんごちしき（ぶんぽう）・どっかい

じゅけんばんごう Examinee Registration Number	

なまえ Name	

〈ちゅうい Notes〉

1. くろい えんぴつ（HB、No.2）で かいて ください。（ペンや ボールペンでは かかないで ください。）
Use a black medium soft (HB or No.2) pencil.
(Do not use any kind of pen.)
2. かきなおす ときは、けしゴムで きれいに けして ください。
Erase any unintended marks completely.
3. きたなく したり、おったり しないで ください。
Do not soil or bend this sheet.
4. マークれい Marking examples

よい れい Correct Example	わるい れい Incorrect Examples
●	⊗ ◯ ◯ ⓪ ⊖ ◐ ●

問題 1				
1	①	②	③	④
2	①	②	③	④
3	①	②	③	④
4	①	②	③	④
5	①	②	③	④
6	①	②	③	④
7	①	②	③	④
8	①	②	③	④
9	①	②	③	④
10	①	②	③	④
11	①	②	③	④
12	①	②	③	④
13	①	②	③	④
問題 2				
14	①	②	③	④
15	①	②	③	④
16	①	②	③	④
17	①	②	③	④
18	①	②	③	④
問題 3				
19	①	②	③	④
20	①	②	③	④
21	①	②	③	④
22	①	②	③	④
23	①	②	③	④

問題 4				
24	①	②	③	④
25	①	②	③	④
26	①	②	③	④
27	①	②	③	④
問題 5				
28	①	②	③	④
29	①	②	③	④
30	①	②	③	④
31	①	②	③	④
32	①	②	③	④
33	①	②	③	④
問題 6				
34	①	②	③	④
35	①	②	③	④
36	①	②	③	④
37	①	②	③	④
問題 7				
38	①	②	③	④
39	①	②	③	④

裁剪線

N3 第1回　日本語能力試験 模擬テスト 解答用紙

ちょうかい

じゅけんばんごう Examinee Registration Number	

なまえ Name	

〈ちゅうい Notes〉

1. くろい えんぴつ（HB、No.2）で かいて ください。（ペンや ボールペンでは かかないで ください。）
   Use a black medium soft (HB or No.2) pencil.
   (Do not use any kind of pen.)
2. かきなおす ときは、けしゴムで きれいに けして ください。
   Erase any unintended marks completely.
3. きたなく したり、おったり しないで ください。
   Do not soil or bend this sheet.
4. マークれい Marking examples

よい れい Correct Example	わるい れい Incorrect Examples
●	⊗ ◯ ◎ ⓪ ⊖ ① ◉

問題 1				
れい	①	②	●	④
1	①	②	③	④
2	①	②	③	④
3	①	②	③	④
4	①	②	③	④
5	①	②	③	④
6	①	②	③	④

問題 2				
れい	①	●	③	④
1	①	②	③	④
2	①	②	③	④
3	①	②	③	④
4	①	②	③	④
5	①	②	③	④
6	①	②	③	④

問題 3				
れい	①	②	③	●
1	①	②	③	④
2	①	②	③	④
3	①	②	③	④

問題 4			
れい	●	②	③
1	①	②	③
2	①	②	③
3	①	②	③
4	①	②	③

問題 5			
れい	①	●	③
1	①	②	③
2	①	②	③
3	①	②	③
4	①	②	③
5	①	②	③
6	①	②	③
7	①	②	③
8	①	②	③
9	①	②	③

N3 第2回 日本語能力試験 模擬テスト 解答用紙

げんごちしき（もじ・ごい）

じゅけんばんごう Examinee Registration Number	

なまえ Name	

〈ちゅうい Notes〉

1. くろい えんぴつ（HB、№2）で かいて ください。
（ペンや ボールペンでは かかないで ください。）
Use a black medium soft (HB or No.2) pencil.
(Do not use any kind of pen.)
2. かきなおす ときは、けしゴムで きれいに けして ください。
Erase any unintended marks completely.
3. きたなく したり、おったり しないで ください。
Do not soil or bend this sheet.
4. マークれい Marking examples

よい れい Correct Example	わるい れい Incorrect Examples
●	⊗ ◯ ◎ ⓪ ⊜ ⦶ ◍

問題 1				
1	①	②	③	④
2	①	②	③	④
3	①	②	③	④
4	①	②	③	④
5	①	②	③	④
6	①	②	③	④
7	①	②	③	④
8	①	②	③	④
問題 2				
9	①	②	③	④
10	①	②	③	④
11	①	②	③	④
12	①	②	③	④
13	①	②	③	④
14	①	②	③	④
問題 3				
15	①	②	③	④
16	①	②	③	④
17	①	②	③	④
18	①	②	③	④
19	①	②	③	④
20	①	②	③	④
21	①	②	③	④
22	①	②	③	④
23	①	②	③	④
24	①	②	③	④
25	①	②	③	④

問題 4				
26	①	②	③	④
27	①	②	③	④
28	①	②	③	④
29	①	②	③	④
30	①	②	③	④
問題 5				
31	①	②	③	④
32	①	②	③	④
33	①	②	③	④
34	①	②	③	④
35	①	②	③	④

裁剪線

N3 第2回 日本語能力試験 模擬テスト 解答用紙

げんごちしき（ぶんぽう）・どっかい

じゅけんばんごう Examinee Registration Number		なまえ Name	

〈ちゅうい Notes〉

1. くろい えんぴつ（HB、No2）で かいて ください。（ペンや ボールペンでは かかないで ください。）
   Use a black medium soft (HB or No.2) pencil.
   (Do not use any kind of pen.)
2. かきなおす ときは、けしゴムで きれいに けして ください。
   Erase any unintended marks completely.
3. きたなく したり、おったり しないで ください。
   Do not soil or bend this sheet.
4. マークれい Marking examples

よい れい Correct Example	わるい れい Incorrect Examples
●	⊘ ◯ ◯ ◯ ◯ ◯ ●

問題 1				
1	①	②	③	④
2	①	②	③	④
3	①	②	③	④
4	①	②	③	④
5	①	②	③	④
6	①	②	③	④
7	①	②	③	④
8	①	②	③	④
9	①	②	③	④
10	①	②	③	④
11	①	②	③	④
12	①	②	③	④
13	①	②	③	④
問題 2				
14	①	②	③	④
15	①	②	③	④
16	①	②	③	④
17	①	②	③	④
18	①	②	③	④
問題 3				
19	①	②	③	④
20	①	②	③	④
21	①	②	③	④
22	①	②	③	④
23	①	②	③	④

問題 4				
24	①	②	③	④
25	①	②	③	④
26	①	②	③	④
27	①	②	③	④
問題 5				
28	①	②	③	④
29	①	②	③	④
30	①	②	③	④
31	①	②	③	④
32	①	②	③	④
33	①	②	③	④
問題 6				
34	①	②	③	④
35	①	②	③	④
36	①	②	③	④
37	①	②	③	④
問題 7				
38	①	②	③	④
39	①	②	③	④

N3 第2回　日本語能力試験 模擬テスト 解答用紙

ちょうかい

じゅけんばんごう Examinee Registration Number	

なまえ Name	

〈ちゅうい Notes〉

1. くろい えんぴつ（HB、No.2）で かいて ください。（ペンや ボールペンでは かかないで ください。）
   Use a black medium soft (HB or No.2) pencil.
   (Do not use any kind of pen.)
2. かきなおす ときは、けしゴムで きれいに けして ください。
   Erase any unintended marks completely.
3. きたなく したり、おったり しないで ください。
   Do not soil or bend this sheet.
4. マークれい Marking examples

よい れい Correct Example	わるい れい Incorrect Examples
●	⊘ ◯ ⊖ ⓪ ⊜ ◑ ●

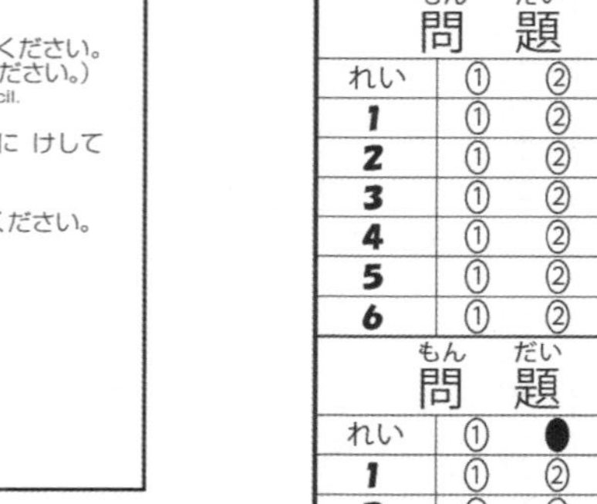

問題（もんだい） 1				
れい	①	②	●	④
1	①	②	③	④
2	①	②	③	④
3	①	②	③	④
4	①	②	③	④
5	①	②	③	④
6	①	②	③	④
問題（もんだい） 2				
れい	①	●	③	④
1	①	②	③	④
2	①	②	③	④
3	①	②	③	④
4	①	②	③	④
5	①	②	③	④
6	①	②	③	④
問題（もんだい） 3				
れい	①	②	③	●
1	①	②	③	④
2	①	②	③	④
3	①	②	③	④

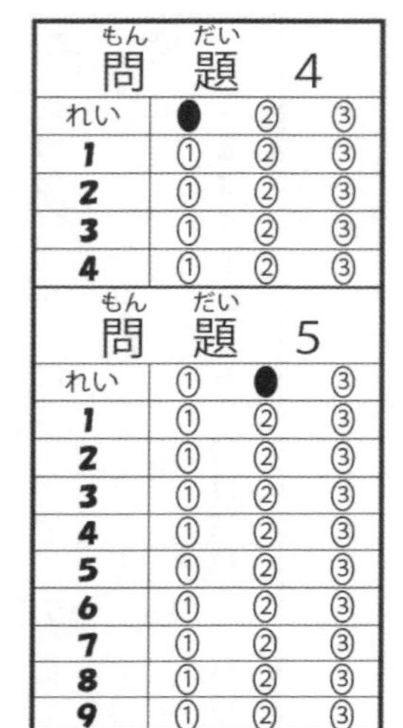

問題（もんだい） 4			
れい	●	②	③
1	①	②	③
2	①	②	③
3	①	②	③
4	①	②	③
問題（もんだい） 5			
れい	①	●	③
1	①	②	③
2	①	②	③
3	①	②	③
4	①	②	③
5	①	②	③
6	①	②	③
7	①	②	③
8	①	②	③
9	①	②	③

裁剪線

N3 第３回 日本語能力試験 模擬テスト 解答用紙

げんごちしき（もじ・ごい）

じゅけんばんごう Examinee Registration Number		なまえ Name	

〈ちゅうい Notes〉
1. くろい えんぴつ（HB、No.2）で かいて ください。（ペンや ボールペンでは かかないで ください。）
Use a black medium soft (HB or No.2) pencil.
(Do not use any kind of pen.)
2. かきなおす ときは、けしゴムで きれいに けして ください。
Erase any unintended marks completely.
3. きたなく したり、おったり しないで ください。
Do not soil or bend this sheet.
4. マークれい Marking examples

よい れい Correct Example	わるい れい Incorrect Examples
●	⊗ ◯ ⊖ ⓪ ⊜ ◐ ●

問題1				
1	①	②	③	④
2	①	②	③	④
3	①	②	③	④
4	①	②	③	④
5	①	②	③	④
6	①	②	③	④
7	①	②	③	④
8	①	②	③	④
問題2				
9	①	②	③	④
10	①	②	③	④
11	①	②	③	④
12	①	②	③	④
13	①	②	③	④
14	①	②	③	④
問題3				
15	①	②	③	④
16	①	②	③	④
17	①	②	③	④
18	①	②	③	④
19	①	②	③	④
20	①	②	③	④
21	①	②	③	④
22	①	②	③	④
23	①	②	③	④
24	①	②	③	④
25	①	②	③	④

問題4				
26	①	②	③	④
27	①	②	③	④
28	①	②	③	④
29	①	②	③	④
30	①	②	③	④
問題5				
31	①	②	③	④
32	①	②	③	④
33	①	②	③	④
34	①	②	③	④
35	①	②	③	④

N3 第3回 日本語能力試験 模擬テスト 解答用紙

げんごちしき（ぶんぽう）・どっかい

じゅけんばんごう Examinee Registration Number	

なまえ Name	

〈ちゅうい Notes〉

1. くろい えんぴつ（HB、No.2）で かいて ください。（ペンや ボールペンでは かかないで ください。）
   Use a black medium soft (HB or No.2) pencil.
   (Do not use any kind of pen.)
2. かきなおす ときは、けしゴムで きれいに けして ください。
   Erase any unintended marks completely.
3. きたなく したり、おったり しないで ください。
   Do not soil or bend this sheet.
4. マークれい Marking examples

よい れい Correct Example	わるい れい Incorrect Examples
●	⊘ ◯ ◯ ⓪ ⊖ ◐ ●

問題 1				
1	①	②	③	④
2	①	②	③	④
3	①	②	③	④
4	①	②	③	④
5	①	②	③	④
6	①	②	③	④
7	①	②	③	④
8	①	②	③	④
9	①	②	③	④
10	①	②	③	④
11	①	②	③	④
12	①	②	③	④
13	①	②	③	④
問題 2				
14	①	②	③	④
15	①	②	③	④
16	①	②	③	④
17	①	②	③	④
18	①	②	③	④
問題 3				
19	①	②	③	④
20	①	②	③	④
21	①	②	③	④
22	①	②	③	④
23	①	②	③	④

問題 4				
24	①	②	③	④
25	①	②	③	④
26	①	②	③	④
27	①	②	③	④
問題 5				
28	①	②	③	④
29	①	②	③	④
30	①	②	③	④
31	①	②	③	④
32	①	②	③	④
33	①	②	③	④
問題 6				
34	①	②	③	④
35	①	②	③	④
36	①	②	③	④
37	①	②	③	④
問題 7				
38	①	②	③	④
39	①	②	③	④

裁剪線

N3 第3回　日本語能力試験 模擬テスト 解答用紙
ちょうかい

じゅけんばんごう Examinee Registration Number	

なまえ Name	

〈ちゅうい Notes〉
1. くろい えんぴつ (HB、No.2) で かいて ください。
(ペンや ボールペンでは かかないで ください。)
Use a black medium soft (HB or No.2) pencil.
(Do not use any kind of pen.)
2. かきなおす ときは、けしゴムで きれいに けして ください。
Erase any unintended marks completely.
3. きたなく したり、おったり しないで ください。
Do not soil or bend this sheet.
4. マークれい Marking examples

よい れい Correct Example	わるい れい Incorrect Examples
●	⊘ ○ ◎ ⦶ ⊜ ⓪ ●

問題 1				
れい	①	②	●	④
1	①	②	③	④
2	①	②	③	④
3	①	②	③	④
4	①	②	③	④
5	①	②	③	④
6	①	②	③	④

問題 2				
れい	①	●	③	④
1	①	②	③	④
2	①	②	③	④
3	①	②	③	④
4	①	②	③	④
5	①	②	③	④
6	①	②	③	④

問題 3				
れい	①	②	③	●
1	①	②	③	④
2	①	②	③	④
3	①	②	③	④

問題 4			
れい	●	②	③
1	①	②	③
2	①	②	③
3	①	②	③
4	①	②	③

問題 5			
れい	①	●	③
1	①	②	③
2	①	②	③
3	①	②	③
4	①	②	③
5	①	②	③
6	①	②	③
7	①	②	③
8	①	②	③
9	①	②	③

N3 第４回　日本語能力試験 模擬テスト 解答用紙

げんごちしき（もじ・ごい）

じゅけんばんごう Examinee Registration Number	

なまえ Name	

〈ちゅうい Notes〉

1. くろい えんぴつ（HB、No.2）で かいて ください。（ペンや ボールペンでは かかないで ください。）
   Use a black medium soft (HB or No.2) pencil.
   (Do not use any kind of pen.)
2. かきなおす ときは、けしゴムで きれいに けして ください。
   Erase any unintended marks completely.
3. きたなく したり、おったり しないで ください。
   Do not soil or bend this sheet.
4. マークれい Marking examples

よい れい Correct Example	わるい れい Incorrect Examples
●	⊘◯◎⦶⊜◐◉

問題 1				
1	①	②	③	④
2	①	②	③	④
3	①	②	③	④
4	①	②	③	④
5	①	②	③	④
6	①	②	③	④
7	①	②	③	④
8	①	②	③	④
問題 2				
9	①	②	③	④
10	①	②	③	④
11	①	②	③	④
12	①	②	③	④
13	①	②	③	④
14	①	②	③	④
問題 3				
15	①	②	③	④
16	①	②	③	④
17	①	②	③	④
18	①	②	③	④
19	①	②	③	④
20	①	②	③	④
21	①	②	③	④
22	①	②	③	④
23	①	②	③	④
24	①	②	③	④
25	①	②	③	④

問題 4				
26	①	②	③	④
27	①	②	③	④
28	①	②	③	④
29	①	②	③	④
30	①	②	③	④
問題 5				
31	①	②	③	④
32	①	②	③	④
33	①	②	③	④
34	①	②	③	④
35	①	②	③	④

裁剪線

N3 第4回 日本語能力試験 模擬テスト 解答用紙

げんごちしき（ぶんぽう）・どっかい

じゅけんばんごう Examinee Registration Number	

なまえ Name	

〈ちゅうい Notes〉

1. くろい えんぴつ（HB、No.2）で かいて ください。（ペンや ボールペンでは かかないで ください。）
   Use a black medium soft (HB or No.2) pencil.
   (Do not use any kind of pen.)
2. かきなおす ときは、けしゴムで きれいに けして ください。
   Erase any unintended marks completely.
3. きたなく したり、おったり しないで ください。
   Do not soil or bend this sheet.
4. マークれい Marking examples

よい れい Correct Example	わるい れい Incorrect Examples
●	⊗ ○ ◎ ⓪ ⊖ ◐ ●

問題 1				
1	①	②	③	④
2	①	②	③	④
3	①	②	③	④
4	①	②	③	④
5	①	②	③	④
6	①	②	③	④
7	①	②	③	④
8	①	②	③	④
9	①	②	③	④
10	①	②	③	④
11	①	②	③	④
12	①	②	③	④
13	①	②	③	④
問題 2				
14	①	②	③	④
15	①	②	③	④
16	①	②	③	④
17	①	②	③	④
18	①	②	③	④
問題 3				
19	①	②	③	④
20	①	②	③	④
21	①	②	③	④
22	①	②	③	④
23	①	②	③	④

問題 4				
24	①	②	③	④
25	①	②	③	④
26	①	②	③	④
27	①	②	③	④
問題 5				
28	①	②	③	④
29	①	②	③	④
30	①	②	③	④
31	①	②	③	④
32	①	②	③	④
33	①	②	③	④
問題 6				
34	①	②	③	④
35	①	②	③	④
36	①	②	③	④
37	①	②	③	④
問題 7				
38	①	②	③	④
39	①	②	③	④

N3 第4回 日本語能力試験 模擬テスト 解答用紙

ちょうかい

じゅけんばんごう Examinee Registration Number	

なまえ Name	

〈ちゅうい Notes〉

1. くろい えんぴつ（HB、No.2）で かいて ください。（ペンや ボールペンでは かかないで ください。）
   Use a black medium soft (HB or No.2) pencil.
   (Do not use any kind of pen.)
2. かきなおす ときは、けしゴムで きれいに けして ください。
   Erase any unintended marks completely.
3. きたなく したり、おったり しないで ください。
   Do not soil or bend this sheet.
4. マークれい Marking examples

よい れい Correct Example	わるい れい Incorrect Examples
●	⊘ ◯ ◯ ⓪ ⊜ ⦶ ●

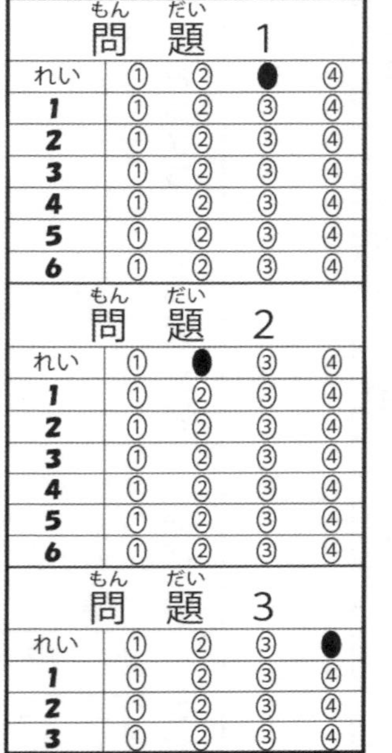

問題(もんだい) 1				
れい	①	②	●	④
1	①	②	③	④
2	①	②	③	④
3	①	②	③	④
4	①	②	③	④
5	①	②	③	④
6	①	②	③	④

問題(もんだい) 2				
れい	①	●	③	④
1	①	②	③	④
2	①	②	③	④
3	①	②	③	④
4	①	②	③	④
5	①	②	③	④
6	①	②	③	④

問題(もんだい) 3				
れい	①	②	③	●
1	①	②	③	④
2	①	②	③	④
3	①	②	③	④

問題(もんだい) 4			
れい	●	②	③
1	①	②	③
2	①	②	③
3	①	②	③
4	①	②	③

問題(もんだい) 5			
れい	①	●	③
1	①	②	③
2	①	②	③
3	①	②	③
4	①	②	③
5	①	②	③
6	①	②	③
7	①	②	③
8	①	②	③
9	①	②	③

裁剪線

N3 第5回 日本語能力試験 模擬テスト 解答用紙

げんごちしき（もじ・ごい）

じゅけんばんごう Examinee Registration Number	

なまえ Name	

〈ちゅうい Notes〉

1. くろい えんぴつ（HB、No.2）で かいて ください。
（ペンや ボールペンでは かかないで ください。）
Use a black medium soft (HB or No.2) pencil.
(Do not use any kind of pen.)
2. かきなおす ときは、けしゴムで きれいに けして ください。
Erase any unintended marks completely.
3. きたなく したり、おったり しないで ください。
Do not soil or bend this sheet.
4. マークれい Marking examples

よい れい Correct Example	わるい れい Incorrect Examples
●	⊗ ○ ◎ ⓪ ⊜ ⦶ ●

問題 1				
1	①	②	③	④
2	①	②	③	④
3	①	②	③	④
4	①	②	③	④
5	①	②	③	④
6	①	②	③	④
7	①	②	③	④
8	①	②	③	④
問題 2				
9	①	②	③	④
10	①	②	③	④
11	①	②	③	④
12	①	②	③	④
13	①	②	③	④
14	①	②	③	④
問題 3				
15	①	②	③	④
16	①	②	③	④
17	①	②	③	④
18	①	②	③	④
19	①	②	③	④
20	①	②	③	④
21	①	②	③	④
22	①	②	③	④
23	①	②	③	④
24	①	②	③	④
25	①	②	③	④

問題 4				
26	①	②	③	④
27	①	②	③	④
28	①	②	③	④
29	①	②	③	④
30	①	②	③	④
問題 5				
31	①	②	③	④
32	①	②	③	④
33	①	②	③	④
34	①	②	③	④
35	①	②	③	④

N3 第5回 日本語能力試験 模擬テスト 解答用紙

げんごちしき（ぶんぽう）・どっかい

じゅけんばんごう Examinee Registration Number	

なまえ Name	

〈ちゅうい Notes〉

1. くろい えんぴつ（HB、No.2）で かいて ください。（ペンや ボールペンでは かかないで ください。）
   Use a black medium soft (HB or No.2) pencil.
   (Do not use any kind of pen.)
2. かきなおす ときは、けしゴムで きれいに けして ください。
   Erase any unintended marks completely.
3. きたなく したり、おったり しないで ください。
   Do not soil or bend this sheet.
4. マークれい Marking examples

よい れい Correct Example	わるい れい Incorrect Examples
●	⊗ ◯ ◎ ⓪ ⊖ ⦶ ●

問題 1				
1	①	②	③	④
2	①	②	③	④
3	①	②	③	④
4	①	②	③	④
5	①	②	③	④
6	①	②	③	④
7	①	②	③	④
8	①	②	③	④
9	①	②	③	④
10	①	②	③	④
11	①	②	③	④
12	①	②	③	④
13	①	②	③	④
問題 2				
14	①	②	③	④
15	①	②	③	④
16	①	②	③	④
17	①	②	③	④
18	①	②	③	④
問題 3				
19	①	②	③	④
20	①	②	③	④
21	①	②	③	④
22	①	②	③	④
23	①	②	③	④

問題 4				
24	①	②	③	④
25	①	②	③	④
26	①	②	③	④
27	①	②	③	④
問題 5				
28	①	②	③	④
29	①	②	③	④
30	①	②	③	④
31	①	②	③	④
32	①	②	③	④
33	①	②	③	④
問題 6				
34	①	②	③	④
35	①	②	③	④
36	①	②	③	④
37	①	②	③	④
問題 7				
38	①	②	③	④
39	①	②	③	④

裁剪線

N3 第5回 日本語能力試験 模擬テスト 解答用紙

ちょうかい

じゅけんばんごう Examinee Registration Number	

なまえ Name	

〈ちゅうい Notes〉

1. くろい えんぴつ（HB、No.2）で かいて ください。（ペンや ボールペンでは かかないで ください。）
   Use a black medium soft (HB or No.2) pencil.
   (Do not use any kind of pen.)
2. かきなおす ときは、けしゴムで きれいに けして ください。
   Erase any unintended marks completely.
3. きたなく したり、おったり しないで ください。
   Do not soil or bend this sheet.
4. マークれい Marking examples

よい れい Correct Example	わるい れい Incorrect Examples
●	⊗ ○ ⊖ ⦶ ⊘ ◐ ●

問題 1				
れい	①	②	●	④
1	①	②	③	④
2	①	②	③	④
3	①	②	③	④
4	①	②	③	④
5	①	②	③	④
6	①	②	③	④

問題 2				
れい	①	●	③	④
1	①	②	③	④
2	①	②	③	④
3	①	②	③	④
4	①	②	③	④
5	①	②	③	④
6	①	②	③	④

問題 3				
れい	①	②	③	●
1	①	②	③	④
2	①	②	③	④
3	①	②	③	④

問題 4			
れい	●	②	③
1	①	②	③
2	①	②	③
3	①	②	③
4	①	②	③

問題 5			
れい	①	●	③
1	①	②	③
2	①	②	③
3	①	②	③
4	①	②	③
5	①	②	③
6	①	②	③
7	①	②	③
8	①	②	③
9	①	②	③

N3 日本語能力試験 模擬テスト 解答用紙（練習用）

げんごちしき（もじ・ごい）

じゅけんばんごう Examinee Registration Number	

なまえ Name	

〈ちゅうい Notes〉

1. くろい えんぴつ（HB、No.2）で かいて ください。（ペンや ボールペンでは かかないで ください。）
   Use a black medium soft (HB or No.2) pencil.
   (Do not use any kind of pen.)
2. かきなおす ときは、けしゴムで きれいに けして ください。
   Erase any unintended marks completely.
3. きたなく したり、おったり しないで ください。
   Do not soil or bend this sheet.
4. マークれい Marking examples

よい れい Correct Example	わるい れい Incorrect Examples
●	⊗ ◯ ◯ ⓪ ⊖ ◯ ●

問 題 1				
1	①	②	③	④
2	①	②	③	④
3	①	②	③	④
4	①	②	③	④
5	①	②	③	④
6	①	②	③	④
7	①	②	③	④
8	①	②	③	④
問 題 2				
9	①	②	③	④
10	①	②	③	④
11	①	②	③	④
12	①	②	③	④
13	①	②	③	④
14	①	②	③	④
問 題 3				
15	①	②	③	④
16	①	②	③	④
17	①	②	③	④
18	①	②	③	④
19	①	②	③	④
20	①	②	③	④
21	①	②	③	④
22	①	②	③	④
23	①	②	③	④
24	①	②	③	④
25	①	②	③	④

問 題 4				
26	①	②	③	④
27	①	②	③	④
28	①	②	③	④
29	①	②	③	④
30	①	②	③	④
問 題 5				
31	①	②	③	④
32	①	②	③	④
33	①	②	③	④
34	①	②	③	④
35	①	②	③	④

裁剪線

N3 日本語能力試験 模擬テスト 解答用紙（練習用）

げんごちしき（ぶんぽう）・どっかい

じゅけんばんごう Examinee Registration Number	

なまえ Name	

〈ちゅうい Notes〉

1. くろい えんぴつ（HB、No.2）で かいて ください。（ペンや ボールペンでは かかないで ください。）
Use a black medium soft (HB or No.2) pencil.
(Do not use any kind of pen.)
2. かきなおす ときは、けしゴムで きれいに けして ください。
Erase any unintended marks completely.
3. きたなく したり、おったり しないで ください。
Do not soil or bend this sheet.
4. マークれい Marking examples

よい れい Correct Example	わるい れい Incorrect Examples
●	⊘ ◯ ◯ ⓪ ⊖ ◯ ●

問題 1				
1	①	②	③	④
2	①	②	③	④
3	①	②	③	④
4	①	②	③	④
5	①	②	③	④
6	①	②	③	④
7	①	②	③	④
8	①	②	③	④
9	①	②	③	④
10	①	②	③	④
11	①	②	③	④
12	①	②	③	④
13	①	②	③	④
問題 2				
14	①	②	③	④
15	①	②	③	④
16	①	②	③	④
17	①	②	③	④
18	①	②	③	④
問題 3				
19	①	②	③	④
20	①	②	③	④
21	①	②	③	④
22	①	②	③	④
23	①	②	③	④

問題 4				
24	①	②	③	④
25	①	②	③	④
26	①	②	③	④
27	①	②	③	④
問題 5				
28	①	②	③	④
29	①	②	③	④
30	①	②	③	④
31	①	②	③	④
32	①	②	③	④
33	①	②	③	④
問題 6				
34	①	②	③	④
35	①	②	③	④
36	①	②	③	④
37	①	②	③	④
問題 7				
38	①	②	③	④
39	①	②	③	④

N3 日本語能力試験 模擬テスト 解答用紙（練習用）

ちょうかい

じゅけんばんごう Examinee Registration Number	

なまえ Name	

〈ちゅうい Notes〉

1. くろい えんぴつ（HB、No.2）で かいて ください。（ペンや ボールペンでは かかないで ください。）
   Use a black medium soft (HB or No.2) pencil. (Do not use any kind of pen.)
2. かきなおす ときは、けしゴムで きれいに けして ください。
   Erase any unintended marks completely.
3. きたなく したり、おったり しないで ください。
   Do not soil or bend this sheet.
4. マークれい Marking examples

よい れい Correct Example	わるい れい Incorrect Examples
●	⊗ ◯ ⊖ ⓪ ⊜ ◐ ●

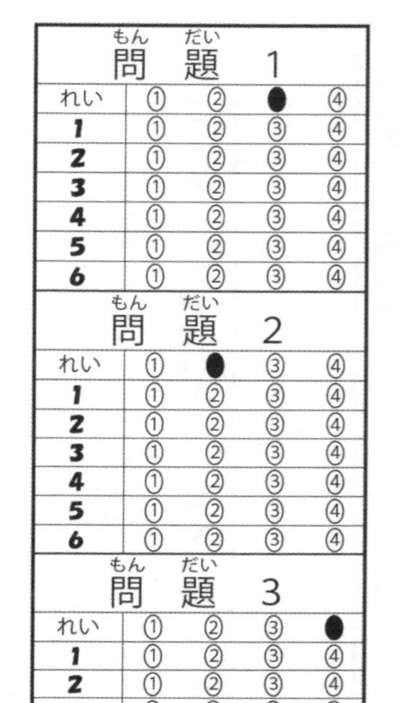

もんだい 問題 1				
れい	①	②	●	④
1	①	②	③	④
2	①	②	③	④
3	①	②	③	④
4	①	②	③	④
5	①	②	③	④
6	①	②	③	④
もんだい 問題 2				
れい	①	●	③	④
1	①	②	③	④
2	①	②	③	④
3	①	②	③	④
4	①	②	③	④
5	①	②	③	④
6	①	②	③	④
もんだい 問題 3				
れい	①	②	③	●
1	①	②	③	④
2	①	②	③	④
3	①	②	③	④

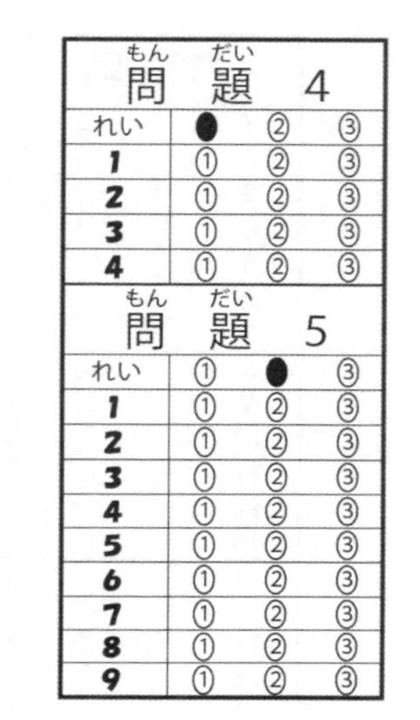

もんだい 問題 4			
れい	●	②	③
1	①	②	③
2	①	②	③
3	①	②	③
4	①	②	③
もんだい 問題 5			
れい	①	●	③
1	①	②	③
2	①	②	③
3	①	②	③
4	①	②	③
5	①	②	③
6	①	②	③
7	①	②	③
8	①	②	③
9	①	②	③

JLPT
新日檢

N3

合格實戰模擬題

解析

目錄

我的分數？

共 ＿＿ 題正確

若是分數差強人意也別太失望，看看解說再次確認後重新解題，如此一來便能慢慢累積實力。

JLPT N3 第1回 實戰模擬試題解答

第1節 言語知識〈文字・語彙〉

問題1 [1] 2 [2] 2 [3] 4 [4] 1 [5] 2 [6] 3 [7] 2 [8] 4

問題2 [9] 4 [10] 2 [11] 4 [12] 2 [13] 3 [14] 1

問題3 [15] 3 [16] 4 [17] 1 [18] 3 [19] 2 [20] 2 [21] 1 [22] 4 [23] 2
[24] 3 [25] 1

問題4 [26] 2 [27] 4 [28] 1 [29] 2 [30] 4

問題5 [31] 2 [32] 4 [33] 1 [34] 1 [35] 3

第2節 言語知識〈文法〉

問題1 [1] 2 [2] 4 [3] 1 [4] 1 [5] 4 [6] 4 [7] 3 [8] 2 [9] 1
[10] 2 [11] 3 [12] 2 [13] 2

問題2 [14] 2 [15] 4 [16] 1 [17] 2 [18] 1

問題3 [19] 2 [20] 4 [21] 4 [22] 1 [23] 3

第2節 讀解

問題4 [24] 4 [25] 2 [26] 3 [27] 2

問題5 [28] 4 [29] 1 [30] 3 [31] 1 [32] 3 [33] 4

問題6 [34] 1 [35] 3 [36] 3 [37] 2

問題7 [38] 3 [39] 4

第3節 聽解

問題1 [1] 4 [2] 2 [3] 3 [4] 1 [5] 4 [6] 3

問題2 [1] 4 [2] 2 [3] 1 [4] 2 [5] 4 [6] 4

問題3 [1] 3 [2] 1 [3] 2

問題4 [1] 3 [2] 1 [3] 1 [4] 2

問題5 [1] 1 [2] 2 [3] 1 [4] 3 [5] 2 [6] 2 [7] 2 [8] 1 [9] 2

第1回 實戰模擬試題 解析

第1節 言語知識〈文字・語彙〉

問題 1　請從 1、2、3、4 中選出 ______ 這個詞彙最正確的讀法。

1　その事件の背景を知ると、興味がわいてきた。

1　うみ　　2　きょうみ　　3　こうび　　4　きょうび

一旦知道那個事件的背景，就會開始產生興趣。

詞彙　事件（じけん）事件 | 背景（はいけい）背景 | わく 產生

✚「興」有兩種讀音，分別是「きょう」和「こう」。

振興（しんこう）振興 | 復興（ふっこう）復興

2　詳しいことが決まりましたら、またご連絡申し上げます。

1　くやしい　　2　くわしい　　3　しょうしい　　4　そうしい

詳細內容一旦確定，會再與您聯絡。

詞彙　詳（くわ）しい 詳細 | 決（き）まる 決定 | 連絡（れんらく）聯絡 | お（ご）～申（もう）し上（あ）げる 謙讓語，用於自己的動作上 | 悔（くや）しい 懊悔、悔恨

✚ 詳細（しょうさい）詳情

3　彼は、多額の借金を抱えている。

1　くわえて　　2　とらえて　　3　つかまえて　　4　かかえて

他背負著鉅額債務。

詞彙　多額（たがく）鉅額 | 借金（しゃっきん）債務 | 抱（かか）える 背負（債務、問題等）| 加（くわ）える 添加 | とらえる 捕捉、抓住 | 捕（つか）まえる 捉拿、逮捕

4　この書類に名前と住所を記入してください。

1　きにゅう　　2　ぎにゅう　　3　きにゅ　　4　ぎにゅ

請在這份文件填寫姓名和地址。

詞彙　書類（しょるい）文件 | 住所（じゅうしょ）地址 | 記入（きにゅう）填寫

5 最近、インフルエンザが流行っている。

1 りゅうこうって　2 はやって　3 うつって　4 にぶって

最近流行性感冒正在流行中。

詞彙 インフルエンザ 流行性感冒 | 流行る 流行 | 流行する 流行

6 独身主義なので、結婚しません。

1 とくしん　2 とくみ　3 どくしん　4 どくみ

我是單身主義，所以不會結婚。

詞彙 独身 單身 | 主義 主義 | 結婚 結婚

7 手術は無事終了しました。

1 むじ　2 ぶじ　3 むごと　4 ぶごと

手術平安結束了。

詞彙 手術 手術 | 無事 平安 | 終了 結束

8 このレストランではバイトを募集しています。

1 もうしゅう　2 ぼうしゅう　3 もしゅう　4 ぼしゅう

這間餐廳正在招募工讀生。

詞彙 募集 招募

✚ 要注意「募」的讀音不是長音。

応募 應徵、報名參加

問題 2　請從 1、2、3、4 中選出最適合＿＿＿＿的漢字。

9　私はみどり色がすきです。

1　録　　2　禄　　3　縁　　4　緑

我喜歡綠色。

詞彙　色（いろ） 顏色 | すきだ 喜歡

✚「緑（みどり）（綠色）」和「縁（えん）（緣分）」是容易混淆的漢字，要特別注意。

10　お休みの日のちゅうしょくは何を作っていますか？

1　中食　　2　昼食　　3　注食　　4　駐食

假日的午餐要煮什麼呢？

詞彙　休み（やすみ） 休假 | 作る（つくる） 煮（菜）、做（飯）

✚ 日文的午餐是使用「昼食（ちゅうしょく）」這個詞彙。

朝食（ちょうしょく） 早餐 | 夕食（ゆうしょく） 晚餐

11　また日をあらためて話し合いましょう。

1　修めて　　2　違めて　　3　正めて　　4　改めて

改天再來討論吧！

詞彙　改めて（あらためて） ① 再次 ② 重新 | 話し合う（はなしあう） 討論、商議

✚「また日（ひ）を改（あら）めて」是慣用語，指「改天再～」。

例 また日（ひ）を改（あら）めてうかがいます。我改天再來拜訪。

12　ぶんぼうぐやオフィス用品の通販なら、にこにこの公式サイトで！

1　分房具　　2　文房具　　3　文坊具　　4　分坊具

如果要郵購文具或辦公用品，請到 NICONICO 的官方網站！

詞彙　文房具（ぶんぼうぐ） 文具（書寫用具、紙張等） | 用品（ようひん） 用品 | 通販（つうはん）「通信販売（つうしんはんばい）（郵購）」的縮寫 | 公式（こうしき）サイト 官方網站

13　くやしい気持ちが人を成長させる。

1　詳しい　　2　悲しい　　3　悔しい　　4　寂しい

悔恨的心情使人成長。

詞彙 悔しい 懊悔、悔恨｜成長 成長｜詳しい 詳細的｜悲しい 悲傷、難過｜寂しい 寂寞、孤獨

14 ストレスでたおれることもあるという。

1 倒れる　2 至れる　3 到れる　4 討れる

聽說壓力也會使人病倒。

詞彙 倒れる 病倒

✚ 試著區分記住以下容易混淆的字詞。

至 ▶ 至る 來到、達到｜到 ▶ 到着 到達、抵達｜到達 到達

問題3　請從1、2、3、4中選出最適合填入（　　　）的選項。

15 大切な方からもらったものは、ジュエリーボックスに大切に（　　）あります。

1 はいって　2 だして　3 しまって　4 おりて

從重要的人那裡收到的東西，都珍惜地收在珠寶盒裡。

詞彙 大切だ 珍惜｜しまう 收拾

✚「入る（進入）」是自動詞，所以不能和「あります」一起使用。

16 きのうのパーティーは、（　　）楽しくなかった。

1 とても　2 すこし　3 ひじょうに　4 ちっとも

昨天的派對一點都不好玩。

詞彙 ちっとも～ない 一點都（不）

例 3月なのにちっとも暖かくならない。都已經3月了，卻一點都不溫暖。

17 真面目な人は、いつも最善を（　　）。

1 つくします　2 いれます　3 もやします　4 あげます

認真的人總是盡力做到最好。

詞彙 真面目だ 認真｜最善 最好｜つくす 盡力

✚（最善・ベスト・義務を）尽くす 盡力做到（最好、最好、義務）

18 有効（　　）は、ポイントの種類によって異なります。

1 期日　2 期末　3 期限　4 期待

有效期限會依點數種類而異。

詞彙 有効期限 有效期限｜種類 種類｜異なる 不同、不一樣｜期日 日期｜期末 期末｜期待 期待

19 子供たちは、雑巾で自分の机を（　　）いた。

1 あらって　2 ふいて　3 ぬぐって　4 みがいて

孩子們拿抹布擦了自己的桌子。

詞彙 雑巾 抹布｜拭く 擦拭（使用拖把等清潔的概念）｜洗う 清洗、吸｜拭う 擦拭（汗水、淚水等）｜磨く 磨光、擦亮（主要用於玻璃、鞋子、家電、汽車、牙齒等的拋光或上光）

20 お会計は、（　　）で30,000円になります。

1 合同　2 合計　3 割合　4 合致

結帳金額總計 30,000 日圓。

詞彙 お会計 ① 結帳（在餐廳、酒吧等）② 會計｜合計 總計｜合同 聯合｜割合 比例｜合致 一致、吻合

21 首相の就任演説を聞いて、私は（　　）しました。

1 感心　2 感想　3 感染　4 感覚

聽了首相的就職演說，我感到很佩服。

詞彙 首相 首相｜就任演説 就職演說｜感心する 佩服｜感想 感想｜感染 感染｜感覚 感覺

22 彼女は、英語もフランス語も（　　）で、うらやましいですよ。

1 ほくほく　2 しくしく　3 べらべら　4 ぺらぺら

她的英文和法文都說得很流利，真叫人羨慕。

詞彙 ぺらぺら 流利（能說流利的語言（外語）等）｜うらやましい 羨慕｜ほくほく 歡喜、喜悅｜しくしく 抽泣（哭泣時）｜べらべら 喋喋不休、口若懸河

23 野菜を（　　）と栄養素がほとんどなくなる、というのは間違っています。

1　にぎる　　2　ゆでる　　3　つかむ　　4　なげる

「蔬菜水煮後，幾乎失去所有營養素」這種說法是錯誤的。

詞彙 野菜（やさい） 蔬菜｜ゆでる 煮、燙｜栄養素（えいようそ） 營養素｜間違う（まちがう） 錯誤｜握る（にぎる） 抓、捏｜つかむ 抓住｜投げる（なげる） 投、拋

24 車の修理の（　　）の内訳が、実際にどうなっているのか、詳しく知りたくなった。

1　みおくり　　2　みあい　　3　みつもり　　4　みあわせ

我想詳細了解修車**估價**的詳細內容實際上是怎樣的。

詞彙 修理（しゅうり） 修理｜見積もり（みつもり） 估價、報價｜内訳（うちわけ） 明細｜見送り（みおくり） ① 送別 ② 靜觀｜見合い（みあい） 相親｜見合わせ（みあわせ） ① 互看 ② 對照

25 ここでは子どもが（　　）していられない理由をタイプ別に分類し、タイプに合った対処法を具体的にお教えします。

1　じっと　　2　ずっと　　3　ざっと　　4　ぞっと

在此將根據孩子無法保持**安靜**的原因進行分類，並具體教授適合每種情況的應對方法。

詞彙 じっと 安靜、一動不動｜分類（ぶんるい） 分類｜対処法（たいしょほう） 應對方法｜具体的（ぐたいてき） 具體的｜ずっと ① 一直 ② 更加｜ざっと 粗略地、大致｜ぞっと 毛骨悚然

問題 4　請從 1、2、3、4 中選出與＿＿＿＿意思最接近的選項。

26 私たちは10年間、たえず連絡を取り合ってきた。

1　たまに　　2　いつも　　3　たびたび　　4　無理に

我們在這 10 年裡，一直不斷保持聯絡。

詞彙 たえず 不斷地、總是｜連絡を取り合う（れんらくをとりあう） 保持聯絡｜いつも 總是、經常｜たまに 偶爾｜たびたび 屢次、再三｜無理に（むりに） 強迫、硬要

27 みなさんはものすごく頭にきたとき、どうしますか。

1 悲しくなった　2 寂しくなった　3 がっかりした　4 怒った

大家感到非常生氣的時候，會怎麼做呢？

詞彙 ものすごく 非常｜頭(あたま)にくる 生氣、憤怒｜怒(おこ)る 生氣｜悲(かな)しい 悲傷、難過｜寂(さび)しい 寂寞、孤獨｜がっかりする 失望、垂頭喪氣

28 面接において、長所はよく聞かれます。

1 いいところ　2 わるいところ

3 すんでいるところ　4 すみたいところ

面試時，經常會被問到長處是什麼？

詞彙 面接(めんせつ) 面試｜長所(ちょうしょ) 長處、優點 ↔ 短所(たんしょ) 短處、缺點

29 お電話によるお問い合わせは、可能な限り避けていただき、メールでお願いします。

1 抗議　2 質問　3 申し込み　4 受付

請盡量避免透過電話洽詢，請透過電子郵件聯繫。

詞彙 お問(と)い合(あ)わせ 洽詢、詢問｜可能(かのう)な限(かぎ)り 盡可能地｜避(さ)ける 避免、避開｜抗議(こうぎ) 抗議｜申(もう)し込(こ)み 報名、申請｜受付(うけつけ) 受理

30 日ごろから、家庭や地域などで、災害に対する備えをしておきましょう。

1 行動　2 覚悟　3 買い物　4 準備

平時就應該在家庭和社區等地方做好應對災害的準備。

詞彙 日(ひ)ごろ 平時、平常｜地域(ちいき) 地區｜災害(さいがい) 災害｜備(そな)え 準備、防備 ▶ 備(そな)える 準備｜行動(こうどう) 行動｜覚悟(かくご) 心理準備

問題5 請從1、2、3、4中選出下列詞彙最適當的使用方法。

31 つながる 連接、聯繫

1 彼は、毎日電車に乗って会社につながっている。

2 2つの建物は地下通路でつながっている。

3 今日は道がつながっています。

4 荷物はホテルにつながっておきました。

1 他每天搭電車連接公司。
2 兩棟建築物透過地下通道連接。
3 今天道路是相連的。
4 行李已經連結到飯店了。

解說 選項 1 應使用「通う（往返）」，選項 3 應使用「空く（空）」，選項 4 應使用「預ける（寄放）」。

詞彙 建物 建築物｜地下通路 地下通道｜荷物 行李

32 さかんだ 盛行、旺盛、積極

1 彼の仕事は相当さかんなようだ。
2 この荷物はとてもさかんで、女性一人では持てないだろう。
3 田中君は夏休みにハワイへ行くと言っている。本当にさかんだ。
4 ヨーロッパでさかんに行われているスポーツについて記述してみた。

1 他的工作好像相當旺盛。
2 這件行李非常盛大，一個女生可能拿不動。
3 田中說他暑假要去夏威夷，真的很積極。
4 試著敘述在歐洲盛行的運動。

解說 選項 1 用「きつい（吃力）」較為恰當，選項 2 用「重い（重）」較為恰當，選項 3 應使用「羨ましい（羨慕）」。

詞彙 相当 相當｜記述 敘述

33 うながす 催促、促進

1 子供のやる気をうながすコミュニケーション方法を考えている。
2 ストーブをつけたら、体がうながされて気持ちよくなった。
3 寝る前にシャワーをうながしたら、ぐっすり寝ることができた。
4 今の大人は、子供にうながしすぎる。もっと厳しくすべきだと思う。

1 正在思考促進孩子幹勁的溝通方法。
2 打開暖爐後，身體被催促了，感覺好舒服。
3 睡前促進淋浴後，就能睡得很熟。
4 現在的大人對小孩過於催促，我認為應該要更加嚴格一點。

解說 選項 2 應使用「温まる（暖和）」，選項 3 應使用「浴びる（淋）」，選項 4 用「甘い（寵溺、嬌慣）」較為恰當。

詞彙 やる気 動力、幹勁｜ぐっすり寝る 熟睡｜厳しい 嚴格｜～べきだ 應該要～

34 おちつく 沉著、穩重、平靜

1 店内の照明は暗く、おちついた雰囲気だった。
2 このパン、ちょっとおちついてみて。
3 もし、宝くじがおちついたら何がしたい？
4 私の趣味は切手をおちつくことです。

1 店裡面燈光昏暗，氣氛很平靜。
2 你稍微冷靜看看這個麵包。
3 如果彩券平靜下來，你想做什麼？
4 我的興趣是平息郵票。

解說 選項2應使用「食べる（吃）」，選項3用「当たる（中獎）」較為恰當，選項4用「集める（蒐集）」較為恰當。

詞彙 店内 店裡面｜照明 燈光、照明｜雰囲気 氣氛｜宝くじが当たる 中彩券｜趣味 興趣｜切手 郵票

35 いまのところ 現階段、目前

1 彼のいまのところは、まだ誰も知らないようだ。
2 鈴木君の家のいまのところは、学校から2時間もかかるところにある。
3 いまのところ、大きなトラブルはないようです。
4 うちの会社のいまのところの経営は、うまくいっているらしい。

1 似乎還沒有人知道他現階段的情況。
2 鈴木家目前在距離學校要花2小時的地方。
3 現階段似乎沒有出現重大的問題。
4 我們公司現階段的經營狀況似乎還滿一帆風順的。

解說 選項1用「消息（消息）」較為恰當，選項2要刪除「のいまのところ」，選項4要刪除「いまのところの」。

詞彙 経営 經營｜うまく行く 順利、一帆風順

第2節 言語知識〈文法〉

問題1 請從1、2、3、4中選出最適合填入下列句子（　　　）的答案。

1 人間は、自然からの恵みに（　　　）暮らしてきたことを決して忘れてはならない。

1 対して　　2 よって　　3 くわえて　　4 して

人類絕對不能忘記自己是仰賴大自然的恩惠度日。

文法重點！ ⊘～によって：仰賴～　⊘～に対して：對於～　⊘～にくわえて：除了～之外

詞彙 人間 人、人類｜自然 大自然｜恵み 恩惠｜決して 絕對（不）｜～てはならない 不能～

2 日本は中学校までが義務教育だが、現在、高等学校（　　　）進学率は97パーセントを超えている。

1 との　　2 までの　　3 には　　4 への

日本的義務教育只到國中，但現在唸到高中的升學率超過97%。

文法重點！ ⊘～への：到～的、往～的 例 平和への道 前往和平的道路

詞彙 義務教育 義務教育｜現在 現在｜高等学校 高中｜進学率 升學率｜超える 超過

3 父の誕生日に、心を（　　　）編んだセーターを贈りました。

1 こめて　　2 ちゅうしんに　　3 とおして　　4 はじめとして

父親生日時，我送了一件用心編織的毛衣。

文法重點！ ⊘～をこめて：傾注～ 例 愛をこめて 傾注愛情

詞彙 編む 編織｜贈る 贈送

4 このパソコン、先週買った（　　　）、もう壊れるなんて信じられない。

1 ばかりなのに　　2 ばかりだから　　3 あとなのに　　4 あとだから

這台電腦上週才剛買的，竟然已經壞了，真叫人不敢相信。

文法重點！ ⊘～たばかりだ：才剛～

例 今始まったばかりです。現在才剛開始。

詞彙 先週 上週｜壊れる 壞掉｜～なんて（表示意外）竟然～

5 A「すみません、紳士服売り場は何階ですか。」
B「4階に（　　　）。」

1 いらっしゃいます　2 おります
3 もうしあげます　4 ございます

A 「不好意思，請問男裝賣場在幾樓？」
B 「在４樓。」

文法重點！ ⊘ござる：「ある（在）」的鄭重語　⊘いらっしゃる：「行く（去）、来る（來）、いる（在）」的尊敬語　⊘おる：「いる（在）」的謙讓語　⊘申し上げる：「言う（說）」的謙讓語

詞彙 紳士服売り場 男裝賣場

6 A「冷めない（　　　）、どうぞ。」
B「はい、いただきます。」

1 まえに　2 までに　3 あいだに　4 うちに

A 「請趁還沒冷掉的時候享用。」
B 「好的，那我就開動了。」

文法重點！ ⊘～ないうちに：趁還沒～的時候
例 雨が降らないうちに 趁還沒下雨的時候｜暗くならないうちに 趁還沒天黑的時候

詞彙 冷める 變冷、變涼

7 やり（　　　）ことは、最後までやり抜こう。

1 ぬけた　2 とった　3 かけた　4 きめた

將做到一半的事情做到最後吧！

文法重點！ ⊘動詞ます形（去ます）＋かける：①～進行到一半 ②正要開始～
例 食べかけのパン 吃到一半的麵包｜読みかけた本 讀到一半的書

詞彙 最後 最後｜やり抜く 做到底、完成

8 パソコンの電源が入らない（　　　）。コンセントが抜けているぞ。

1 わけか　2 わけだ　3 ものか　4 ものだ

怪不得電腦沒有開機。插頭拔掉了啊！

文法重點！ ⊘～わけだ：難怪、怪不得

詞彙 電源が入る 開啟電源｜抜ける 脫落、掉下

9 屋根の上で、朝早くから日が沈む（　　　）働いてくれる太陽光パネルは、うちで1番の働き者だ。

1 まで　2 までに　3 あいだ　4 あいだに

在屋頂上，從早上工作到太陽下山的太陽能板是我們家最勤勞的人。

文法重點！ ⊘ ～から～まで：從～到～

例 説明会は1時から3時まで行われます。說明會從 1 點舉行到 3 點。

⊘ までに：在～之前、到～為止

例 30日までに提出してください。請在 30 號之前提交。

詞彙 屋根 屋頂｜日が沈む 太陽西沉｜太陽光パネル 太陽能板｜働き者 勤勞的人

10 太っている（　　　）、体のラインを隠す服を着る必要はないと思います。

1 にもかかわらず　2 からといって　3 とはかぎらず　4 にしたがって

雖說發胖了，但我覺得沒必要穿隱藏身體線條的衣服。

文法重點！ ⊘ ～からといって：雖說～但是～　⊘ ～にもかかわらず：雖然～但是～、儘管

⊘ ～とはかぎらず：不一定、未必　⊘ ～にしたがって：隨著～

詞彙 太る 發胖｜隠す 隱藏

11 この1週間、かぜ（　　　）で調子が悪い。

1 がち　2 っぽい　3 ぎみ　4 ほど

這個星期有點感冒，身體狀況不太好。

文法重點！ ⊘ ～ぎみだ：有～的傾向

例 最近太り気味だ。最近有點發胖。

最近疲れ気味だ。最近感覺有點累。

⊘ ～がちだ：容易～、常常～

例 彼は休みがちだ。他常常請假。

雨がちだ。多雨、常常下雨。

くもりがちだ。多雲、常常陰天。

詞彙 調子 狀態

12 田中「明日の会議の資料を読んで（　　　　）。」
北川「はい、わかりました。」

1 おいてあげられませんか　　2 おいていただけませんか
3 おきたいと思いませんか　　4 おきたいと思えますか

田中「明天會議的資料可以請您先看過嗎？」
北川「好，我知道了。」

文法重點！ ⊘ ～ていただけませんか：可以請您～嗎？

例 窓を開けていただけませんか。可以請您開窗嗎？
手伝っていただけませんか。可以請您幫忙嗎？

詞彙 会議 會議｜資料 資料

13 皆さんがお好きだとうかがったので持ってまいりました。よろしければ（　　　　）。

1 お召し上がってください　　2 召し上がってください
3 召し上がりください　　4 お召し上がりしてください

我聽說大家都喜歡這個，所以特地帶來，不介意的話請享用。

文法重點！ ⊘ 選項1要刪除「お」，改成「召し上がってください」。
⊘ 選項3要改成「お＋動詞ます形（去ます）＋ください」，變成「お召し上がりください」。
⊘ 選項4要刪除「して」，改成「お召し上がりください」。

詞彙 うかがう「聞く（聽、問）」的謙讓語｜召し上がる「食べる（吃）」的尊敬語

問題2　請從1、2、3、4中選出最適合填入下列句子＿＿★＿＿中的答案。

14 最近うちの祖母は、2週間 ＿＿＿ ＿＿＿ ＿★＿ ＿＿＿ もらっています。

1 病院に　　2 行って　　3 診て　　4 おきに

最近我奶奶每隔2週就會去醫院接受檢查。

正確答案 最近うちの祖母は、2週間おきに病院に行って診てもらっています。

文法重點！ ⊘ ～おきに：每隔～

例 一日おきにジムに行きます。每隔一天去健身房。

詞彙 うちの祖母 我奶奶｜診る 看（病）、診察

15 ランニングマシーン ＿＿ ＿＿ ★＿＿ ＿＿、また全然使わなくなってしまうだろう。

1 買った　2 で　3 なんて　4 ところ

就算買了跑步機，之後應該也完全不會使用吧。

正確答案 ランニングマシーンなんて買ったところで、また全然使わなくなってしまうだろう。

文法重點! ⊙ ～たところで：就算～也、即使～也

例 今から行ったところで、もう間に合わないだろう。就算現在去，應該也來不及了吧。

詞彙 全然 完全（不）、一點兒也（不）｜～なんて ①～之類的 ②～這樣的東西

16 テレビのグルメ番組で紹介されてから、このレストランには、＿＿ ★＿＿ ＿＿ ＿＿ 客が来るようになった。

1 いっそう　2 の　3 多く　4 より

自從在電視美食節目中被介紹後，這間餐廳有更多客人來了。

正確答案 テレビのグルメ番組で紹介されてから、このレストランには、よりいっそう多くの客が来るようになった。

文法重點! ⊙ よりいっそう：更加、更多

例 よりいっそうがんばります。我會更加努力。

詞彙 グルメ番組 美食節目｜グルメ 美食｜番組 節目｜紹介 介紹

17 実は、コーヒーが ＿＿ ＿＿ ★＿＿ ＿＿、疲れたからちょっと座りたいだけです。

1 飲みたい　2 いう　3 と　4 より

其實與其說想喝咖啡，倒不如說只是因為累了想坐一下而已。

正確答案 実は、コーヒーが飲みたいというより、疲れたからちょっと座りたいだけです。

文法重點! ⊙ ～というより：與其說～倒不如說

例 彼は政治家というより、ビジネスマンという感じがする。與其說他是個政治家，倒不如說感覺更像個商人。

詞彙 実は 其實｜疲れる 累、疲勞｜座る 坐

18 A「スマップを知らない日本人はたぶんいないでしょうね。」

B「そうですね、みんなが ＿＿＿ ＿＿＿ ＿★＿ ＿＿＿ でしょう。知らない人もいると思います。」

1 とは　2 いる　3 知って　4 限らない

A 「應該沒有不知道 SMAP 的日本人吧。」

B 「嗯……未必每個人都知道吧。我覺得還是有人不認識他們。」

正確答案 そうですね、みんなが知(し)っているとは限(かぎ)らないでしょう。

文法重點! ⊘ ～とは限(かぎ)らない：不一定、未必

例 自由(じゆう)が幸(しあわ)せだとは限(かぎ)らない。自由不一定幸福。

詞彙 知(し)る 知道、認識｜たぶん 大概

問題 3 請閱讀下列文章，並根據內容從 1、2、3、4 中選出最適合填入 19～23 的答案。

如果早於約定時間到達

我認為人際關係的基本原則是守時，因為守時就是守信用。所以19我認為能夠確實遵守時間的人，也能夠遵守承諾。有時候，我朋友中也有會遲到的人，讓我感到遺憾。我也希望重視信用，所以我必定會守時。

然而，如果比約定的時間提前，尤其是早到 15 分鐘以上的情況，各位會怎麼做呢？會聯絡對方嗎？

就算我提早抵達，也會繼續等到約好的時間，不會先聯絡。即使對方是親近的朋友，我也不會20聯絡，而是繼續等。如果太早到，我就會到附近去晃晃，或是滑手機打發時間，但不會聯絡對方。

前幾天，由於工作關係，我和客戶 A 先生見面。可是 A 先生在約定時間前 20 分鐘打來電話說：「不好意思，我已經到了，正在等你。」我慌張地急忙趕往約定地點。那一瞬間，我還以為是我搞錯時間，但確認了約定時間後，才發現並非21如此。

明明是自己早到，卻要告訴對方，我不懂這到底有什麼意義。照理說對方也是看時間出發的，這種人是不是只考慮到自己方便呢？

即使在約定時間之前，如果我來得比對方晚，我會說句「讓你久等了」，但老實說我很22難理解這種做法。既然是兩人商量後確定的約定時間，所以希望23對方就算早到，也不要先聯絡我。

詞彙 人間関係(にんげんかんけい) 人際關係｜基本(きほん) 基本｜守(まも)る 遵守｜信用(しんよう) 信用｜きちんと 確實｜残念(ざんねん)だ 遺憾｜ところで 可是｜相手(あいて) 對方｜連絡(れんらく) 聯絡｜仲(なか)の良(よ)い友人(ゆうじん) 交情好的朋友｜近所(きんじょ) 附近｜ぶらぶらする 蹓躂、閒晃｜スマホ 智慧型手機｜時間(じかん)をつぶす 消磨時間｜先日(せんじつ) 前幾天｜取引先(とりひきさき) 客戶｜慌(あわ)てる 慌張｜一瞬(いっしゅん) 一瞬間｜間違(まちが)える 搞錯、弄錯｜確認(かくにん) 確認｜都合(つごう)

理由、方便｜伝える 告訴、傳達｜～わけだ 照理說～｜正直言って 老實說｜納得 接受、理解

19　1 しかし　2 それで　3 とはいっても　4 むしろ

文法重點！ ⊘しかし：然而、但是　⊘それで：所以　⊘とはいっても：雖說～但是
⊘むしろ：與其～倒不如、寧可

解說 前面提到「守時就是守信用」的觀點，後面則提到「我認為能夠確實遵守時間的人，也能夠遵守承諾」，所以使用「それで」接續比較通順自然。

20　1 連絡したら　2 連絡してみて　3 連絡しても　4 連絡しないで

文法重點！ ⊘連絡したら：如果聯絡的話　⊘連絡してみて：試著聯絡看看
⊘連絡しても：就算聯絡了也～　⊘連絡しないで：不聯絡

解說 前面提到「私は早く着いても、約束の時間まで待って連絡しません（就算我提早抵達，也會繼續等到約好的時間）」，因此後面接續「不聯絡」比較通順自然。

21　1 ゆっくり　2 そろそろ　3 ふらふら　4 急いで

文法重點！ ⊘ゆっくり：慢慢地　⊘そろそろ：漸漸、慢慢地　⊘ふらふら：搖搖晃晃地
⊘急いで：急忙

解說 作者雖然注重時間觀念，但一聽說對方已經到達，就不得不匆忙前往。因此這裡使用「急忙」較為恰當。

22　1 お待たせしました　2 はじめまして
3 こんにちは　4 おさきに失礼します

文法重點！ ⊘お待たせしました：讓你久等了　⊘はじめまして：初次見面
⊘こんにちは：你好　⊘おさきに失礼します：我先失陪了

解說 雖然在約定時間之前抵達，但自己還是比對方晚到，因此這裡要使用「讓你久等了」這種說法。

23　1 みたい　2 あげる　3 ほしい　4 あげたい

文法重點！ ⊘みたい：好像是～　⊘あげる：給　⊘ほしい：希望　⊘あげたい：想要給予

解說 這是作者最想強調的部分，因為是兩人共同約定的時間，希望對方能準時赴約，不要提前抵達後打電話說自己已經到了，因此只能使用「～ないでほしい（請不要做～）」這個表達方式。

第2節 讀解

問題4　閱讀下列 (1) ～ (4) 的內容後回答問題，從 1、2、3、4 中選出最適當的答案。

(1)

說到「旅行」，各位會想到什麼呢？

對大多數人來說，旅行常常會聯想到遊歷觀光景點，吃吃美食……。然而，如果我們將旅行視為擁有五感的人類所進行的行為，就會覺得不應該僅僅提及視覺和味覺。換句話說，我認為旅行是觀賞風景、品嘗當地美食、聆聽當地方言、嗅聞當地氣味、接觸當地文化……像這樣擁有多元魅力的美好行為。

24　以下何者符合本文內容？

1　旅行最大的魅力是遊歷觀光景點。
2　人類的五感在旅行以外的時候，很少派上用場。
3　在旅行中，視覺和味覺是最重要的要素之一。
4　因為人類擁有五感，才能夠體驗旅行的多元魅力。

詞彙　思い浮かべる（おもいうかべる） 回想起｜多く（おおく）の～ 很多的～｜～にとって 對～而言｜～とは 所謂的～｜観光（かんこう）スポット 觀光景點｜見て回る（みてまわる） 遊歷｜～がちだ 容易～、常常～｜五感（ごかん） 五感｜人間（にんげん） 人、人類｜行う（おこなう） 進行｜行為（こうい） 行為｜視覚（しかく） 視覺｜味覚（みかく） 味覺｜取り上げる（とりあげる） 提起｜～べきではない 不應該～｜つまり 總而言之、也就是說｜風景（ふうけい） 風景｜土地（とち） 土地｜方言（ほうげん） 方言｜においをかぐ 聞味道｜地元文化（じもとぶんか） 當地文化｜～に触れる（ふれる） 接觸～｜魅力（みりょく） 魅力｜要素（ようそ） 要素、因素｜多様（たよう） 各式各樣｜味わう（あじわう） 體驗、品嘗

解說　作者認為人類具有五感，所以在旅行時不應僅依賴視覺和味覺，建議用更多元的方式去感受旅行的魅力。因此答案是選項 4。

(2)

我在 6 年前結婚，有一個 4 歲的兒子。我沒有辭去工作，而是讓兒子從零歲開始就去上托兒所，我繼續做全職工作。

可是，最近我聽一個朋友說：「父母不跟孩子一起吃飯的話，孩子的性情會變得不穩定。」這讓我很煩惱。我的工作是從早上 9 點開始到晚上 5 點結束。下班後我去托兒所接兒子，回家大約是 5 點半。回家後大約 6 點左右讓兒子吃飯，但在兒子一個人吃飯的這段期間，我忙於洗衣、打掃、準備隔天的事情等等。我也很想跟兒子一起吃飯，可是我只有這個時間能做這些事。我連慢慢吃飯的時間都沒有，只能站著吃一點而已。吃完飯後幫兒子洗澡，讀故事書，8 點左右就寢。因為經濟因素，我無法辭去工作，所以我現在很煩惱該怎麼辦才好。

25 這些事是指什麼？

1 吃飯
2 做家事
3 讀故事書
4 洗澡

詞彙 息子 兒子｜ゼロ歳 0歲（不到1歲）｜保育園 托兒所｜フルタイム 全職｜ところで 可是｜知り合い 熟人、朋友｜不安定 不穩定｜悩む 煩惱｜迎える 迎接｜次の日 隔天、翌日｜ゆっくり 慢慢地｜お風呂に入れる 讓（某人）洗澡｜絵本 故事書｜経済的 經濟的｜理由 原因、理由｜辞める 辭職｜家事 家事

解說 文中提到「洗濯や掃除、次の日の準備などで忙しい（忙於洗衣、打掃、準備隔天的事情等等）」，所以答案是選項2。如果知道「家事 家事」這個詞彙即可解題。

(3)

最近掀起了露營車熱潮。跟家人、同伴一起在湖畔享用美味的BBQ，夜晚仰望星空，在車裡的床上入睡，光是想像就令人興奮不已。

可是或許很多人覺得露營車似乎很貴，而且可能需要考取非一般車輛的特殊駕照。但是不用擔心，露營車可以用租的，駕駛起來也沒有那麼困難，開著開著就會熟練了，所以不需要擔心這些事情。

詢問那些露營車使用者這種旅行的樂趣，很多人提到「解放的感覺」。聽說看著美麗的景色，旅行的疲勞都消除了，感覺很愉快。大家要不要也試著開露營車去旅行呢？

26 以下何者符合內容所述？

1 駕駛露營車有難度，不是每個人都能做到。
2 只要開露營車去旅行，一定能看到美麗的風景。
3 即使沒有露營車，也能進行露營車之旅。
4 開露營車旅行一定需要特殊駕照。

詞彙 ブーム 熱潮｜湖 湖｜目の前にする 眼前、前面｜仲間 夥伴｜星空 星空｜見上げる 仰望、抬頭看｜ワクワク 興奮｜普通 普通、一般｜特別な 特別的、特殊的｜免許 駕照｜要る 需要｜レンタル 出租、租賃｜～うちに 在～期間｜すぐに 立刻、馬上｜慣れる 習慣、熟練｜ユーザー 使用者｜楽しみ 樂趣｜解放感 解開束縛的感覺｜挙げる 舉例｜すばらしい 極好、出色｜景色 景色｜旅行 旅行｜疲れがとれる 消除疲勞｜絶対に 一定、絕對

解說 文中提到「露營車可以用租的，駕駛起來也沒有那麼困難」，因此即使沒有自己的露營車，也可以享受露營車之旅，所以答案是選項3。

(4)

我最討厭打掃了。但我看到身邊有滿多人喜歡打掃，覺得很驚訝。所以我曾問過他們喜歡打掃的原因。

首先，有很多人並非「喜歡打掃」，而是「愛乾淨」，當中最多的是「不喜歡在骯髒環境中生活」的人。他們認為只要將環境打掃乾淨，馬上就能知道什麼地方有什麼東西，但也有只要環境一髒亂，心情就無法平靜下來，覺得煩躁的情況。而且打掃後房間也會變得整潔乾淨，心情也會變得很暢快，所以他們說喜歡打掃。

當然我也喜歡乾淨的房間，但是，為了讓房間變乾淨所必須做的事 —— 也就是打掃還是讓我覺得麻煩得不得了。

27 以下何者符合內容所述？

1 喜歡打掃的人，似乎對把環境整理乾淨沒興趣。
2 喜歡打掃的人，似乎只要環境變乾淨，心情就能平靜下來。
3 似乎也有人是因為心情煩躁才喜歡打掃的。
4 此人表示之後會努力打掃。

詞彙 **掃除**(そうじ) 打掃｜**大きらいだ**(だい) 最討厭｜**周り**(まわ) 身邊、周圍｜**けっこう** 相當｜**掃除好き**(そうじず) 喜歡打掃｜**～というより** 與其說～倒不如說｜**きれい好き**(ず) 愛乾淨（的人）｜**落ち着く**(おつ) 平靜、鎮靜｜**いらいらする** 煩躁、焦躁｜**場合**(ばあい) 場合、情形｜**それに** 而且、加上｜**すっきりする** 整潔、暢快｜**つまり** 總而言之、也就是說｜**面倒く**(めんどう) 麻煩｜**～てたまらない** ～得不得了｜**興味**(きょうみ) 興趣

解說 文中提到喜歡打掃的人認為「汚(きたな)いと気持(きも)ちも落(お)ち着(つ)かなくなって、いらいらする場合(ばあい)もある（也有只要環境一髒亂，心情就無法平靜下來，覺得煩躁的情況）」，換句話說，只有環境乾淨整潔時，心情才能變得平靜。

問題 5　閱讀下列 (1) ～ (2) 的內容後回答問題，從 1、2、3、4 中選出最適當的答案。

(1)

日本的海外旅行從 1970 年代開始普及，1972 年海外旅行者人數超過 100 萬人。1980 年代開始，因為日圓上漲等因素，①海外旅行者急速增加，直到現在也有很多日本人去海外旅行。

但是在這樣的熱潮中，也有一個年齡層不是旅行社的目標客群，那就是 20 多歲到 30 多歲的夫妻。因為②這個年齡層正好忙著育兒，被認為完全無暇到海外旅行。確實，人們認為疲於照顧小孩的夫妻沒有閒暇去海外旅行。而且孩子還小的時候，要一起搭飛機也很令人擔心。要長時間和孩子一起在飛機上度過是一件辛苦的事情，但更辛苦的是孩子在國外生病或受傷的時候。在語言不通的國外，去醫院真的會讓人很不安。

可是，去年東京的Sky旅行社推出了保姆隨行的旅遊行程。首先是日本人喜愛的3個行程，包括韓國首爾、夏威夷，以及台灣台北。飯店裡有會說日文的保姆，除了旅途中可以照顧小孩之外，小孩生病或受傷時也能陪同前往當地醫院。多虧有這些保姆，夫妻就可以安心享受旅行。

因為必須支付保姆的費用，所以費用會比一般旅遊還貴，但不用擔心小孩可說是最大的優點。

28 文中提到①海外旅行者急速增加，原因為以下何者？

1 因為海外旅行正處於熱潮中，想去的人變多了。
2 因為海外旅行開始普及，許多日本人開始前往國外。
3 因為為了孩子的教育，開始到海外旅行。
4 因為日圓上漲，海外旅行變便宜了。

解說 前面句子提到「円高（えんだか）などをきっかけに（因為日圓上漲等因素）」，所以日本人去國外時在經濟上變得更有利。

29 關於②這個年齡層，以下何者正確？

1 有很多孩子還小的年輕父母。
2 工作太忙，無法去海外旅行。
3 沒有足夠的金錢，無法去海外旅行。
4 擔心在海外生病或受傷。

解說 文中的「這個年齡層」是指旅行社不將其視為目標客群的年齡層。在本文中，他們被描述為「育児（いくじ）で忙（いそが）しく、海外旅行（かいがいりょこう）に行（い）く余裕（よゆう）などぜんぜんない（因為忙著育兒，完全無暇到海外旅行）」的人。因此這個年齡層指的是有年幼子女的人。

30 以下何者符合本文內容？

1 日本的海外旅遊開始普及化可說是從1980年代開始。
2 現在日本出國旅行的人越來越少，令人擔憂。
3 最近出了一些即使有年幼小孩也能安心出遊的海外旅行商品。
4 小孩在國外生病或受傷，只要馬上回日本就好了。

解說 文中提到有年幼子女的年輕夫妻雖然想要去海外旅行，但因為照顧孩子不能實現這個願望。但有了保姆隨行的行程後，他們便可以放心去旅行了。

詞彙 海外旅行（かいがいりょこう） 海外旅行｜一般化（いっぱんか） 普及化｜～年代（ねんだい） ～年代｜数（かず） 數量｜100万人（まんにん） 100萬人｜超（こ）える 超過｜円高（えんだか） 日圓上漲｜～をきっかけに 以～為契機｜急増（きゅうぞう）する 驟增｜ところで 可是｜

こんな 這樣（的）｜ブーム 熱潮｜旅行会社 旅行社｜ターゲット 目標｜年齢層 年齡層｜後半 後半｜夫婦 夫妻｜育児 育兒｜余裕 從容、餘裕｜確かに 確實、的確｜小さいうちは 在還小的時候｜一緒に 一起｜長時間 長時間｜過ごす 度過｜大変だ 不容易、費力｜もっと 更｜病気 生病｜けがをする 受傷｜言葉 語言｜通じる 理解、通曉｜不安だ 不安、不放心｜ところが 可是、然而｜去年 去年｜旅行社 旅行社｜ベビーシッターつき 附保姆｜ツアー 旅遊｜まず 首先｜人気 受歡迎｜台湾 台灣｜台北 台北｜旅行中 旅遊途中｜世話 照顧｜現地 現場、當地｜～のおかげで 多虧、託福｜楽しめる 能享受｜ベビーシッター代 保姆費用｜払う 支付｜料金 費用｜普通 普通、一般｜～ないですむ 不用～就可以解決｜なにより 最好、比什麼（都好）｜メリット 好處、優點｜価値 價值

(2)

以目前正在打工的高中生和大學生為對象，調查了「打工」和「不打工」的原因。首先，針對「是否應該體驗打工？」的問題，約有 90% 以上的人回答①「是」，回答不需要的人只有 10% 左右。

詢問那些回答「應該要有打工經驗」的人的原因時，最常見的是「社會經驗」，占 58%。他們認為打工可以獲得社會經驗，也能學習工作的重要性和人際關係、禮儀等等。其次是「就業和前途」，占 21%。有些人認為在畢業出社會之前先打工的話，對將來就業會比較有利，而且打工經驗有助於思考自己適合什麼工作。

然而，可以發現只有 7% 的人回答是為了「錢」打工，這是出乎意料地少。回答「錢」的人也不是為了「賺取學費和生活費」，他們給的②理由是「透過打工可以了解金錢的重要性」，或是「可以知道賺錢的辛苦」。換 句話說，可以說他們並非為了賺取玩樂的錢，而是為了學習金錢概念。

另一方面，詢問那些沒打工的人的原因，以「沒有時間打工」的原因最多，大學生、高中生整體約占 30%。大學生當中，「現在正在找打工」和「找不到好的打工機會」加起來約占 67%，高中生則約有一半的人回答「因為學校禁止打工」。

「打工」和「不打工」的原因雖然因人而異，但從此調查中可以得知，大部分的高中生和大學生打工都是有確實的理由。

31 以下何者不是回答①「是」的原因？

1 因為想要錢來玩樂
2 因為可以獲得社會經驗
3 因為對就業有利
4 因為可以學習人際關係

解說 這是針對「是否應該體驗打工？」這個問題的回答，文中提到「遊ぶお金をかせぐためというよりも（並非為了賺取玩樂的錢）」，因此可以知道打工不包含這種目的。

32 ②理由是指什麼理由？

1 為了賺取學費而打工的理由
2 為了賺取娛樂費用而打工的理由
3 **為了錢而打工的理由**
4 為了學習禮儀而打工的理由

解說 前面句子提到「只有 7% 的人回答是為了『錢』打工」，當問及為何為了錢而工作時，他們的回答包括「可以了解金錢的重要性」，或是「可以知道賺錢的辛苦」，以此作為打工的原因。

33 以下何者符合本文內容？

1 很多高中生和大學生對打工抱持否定態度。
2 大部分的大學生都是為了學費打工。
3 大部分的高中生都因為學校禁止而無法打工。
4 **似乎很多人認為，為了學習社會經驗應該要有打工經驗。**

解說 從內文可以得知有九成的人認為應該體驗打工，所以是持積極態度，而且許多人認為與學費或生活費相比，更應該為了社會經驗去打工。另外高中生因學校禁止而無法打工的占比則是一半左右。

詞彙 **現在** 現在｜**バイト** 打工、兼職｜**対象** 對象｜**理由** 原因、理由｜**経験** 經驗｜**～べき** 應該要～｜**以上** 以上｜**最も** 最｜**大切さ** 重要性｜**人間関係** 人際關係｜**マナー** 禮儀｜**学ぶ** 學習｜**次** 其次、下一個｜**就職** 就職｜**将来** 將來、未來｜**有利だ** 有利｜**自分** 自己｜**合う** 適合｜**役に立つ** 有用、有幫助｜**意見** 意見｜**ところで** 可是｜**意外に** 意料之外｜**回答** 回答｜**学費** 學費｜**生活費** 生活費｜**かせぐ** 賺錢｜**大変さ** 辛苦｜**挙げる** 提出、舉出｜**つまり** 總而言之｜**～というよりも** 與其說～倒不如說｜**一方** 另一方面｜**全体** 整體｜**探す** 找｜**合わせて** 合計、共計｜**半数** 半數｜**禁止する** 禁止｜**人それぞれ** 每個人各有不同的～｜**ほとんど** 大部分｜**しっかり** 確實、可靠｜**否定的** 否定的

問題 6 閱讀下面文章後回答問題，從 1、2、3、4 中選出最適當的答案。

對現在的日本人來說，24 小時營業已經變得司空見慣。實際上，在日本各地都能看到便利商店、家庭餐廳、速食店營業一整晚的情況。但是，真的有必要營業 24 小時嗎？當然，①現代人的生活型態已經改變，工作或活動到很晚的人變多了，但我還是認為不需要 24 小時開店。到深夜 2 點不是已經足夠了嗎？

然而，最近一些企業開始企圖重新評估②這種營業型態。大型便利商店 NICONICO MART 已經表明正在重新評估 24 小時營業的情況。像這樣重新評估 24 小時營業最主要的原因就是「少子高齡化」。少子高齡化會導致勞動力減少，也就是人手不足。深夜打工的時薪雖然比較優渥，但可能是因為負擔較大的緣故，很難徵到人。因此為了找到願意在那個時間工作的人，時薪也必須大幅調漲。

另外，還有可能是因為會在這個時間去便利商店和家庭餐廳的人變少了。儘管客人比白天少，還是要在深夜開店是為了盡量吸引一些客人，但如果客人不上門，頂著高成本（人事費用和電費等）③開店的理由也沒了。而且半夜外出遊玩的人似乎也變少了。

如果便利商店和家庭餐廳停止原本理所當然的 24 小時營業，對我們的生活會造成什麼樣的影響呢？對那些在深夜工作的人來說，如果不提前準備深夜的餐點等等，可能會有不便之處。

另一方面，如果非 24 小時營業的生活型態固定下來，晚上的活動會受到限制，許多人就會放棄深夜活動，並養成盡早完成該做的事情的習慣，可以想像深夜的營業額將會比現在下降。

這次部分企業重新評估 24 小時營業的舉動，可能也是為了讓深夜營業更有效率的實驗。為了持續進行高效率的營業活動，可以說試圖制定必要對策是很實際的措施。

34 文中提到①現代人的生活型態已經改變，是指什麼樣的改變？

1 深夜工作和活動的人增加了。
2 人們開始經常在深夜去便利商店等地方。
3 便利商店和家庭餐廳 24 小時營業變得稀鬆平常。
4 開始可以在日本各地看到營業一整晚的店。

解說 後面的句子提到「遅(おそ)い時間(じかん)まで働(はたら)く人(ひと)や活動(かつどう)する人(ひと)が増(ふ)えたの（工作或活動到很晚的人變多了）」，因為與過去情況不同，現在即使深夜也有很多人在活動和工作。因此答案是選項 1。

35 文中提到②這種營業型態，是指什麼型態？

1 便利商店和家庭餐廳等都營業到深夜 2 點的型態
2 便利商店和家庭餐廳等都調漲深夜打工時薪來營業的型態
3 便利商店和家庭餐廳等 24 小時營業的型態
4 便利商店和家庭餐廳等明明人手不足卻還是要營業的型態

解說 從內文可以得知便利商店和家庭餐廳等 24 小時營業已經是理所當然的事情，後面則提到有企業正在重新評估這種營業形態，因此答案是選項 3。

36 文中提到③開店的理由也沒了，這是為什麼？

1 因為原本是為了盡量吸引一些客人而開店的

2 因為半夜外出遊玩的人變少了

3 因為比起花費的成本，增加的利益很少

4 因為原本理所當然的 24 小時營業停止了

解說 雖然是為了賺錢而開始 24 小時營業，但如果沒有客人，就沒有必要花費人力成本等費用。因此答案是選項 3。

37 本篇文章的整體主旨是什麼？

1 關於 24 小時營業的問題

2 關於重新評估 24 小時營業的議題

3 關於 24 小時營業的好處

4 關於停止 24 小時營業的問題

解說 仔細閱讀全文，就會發現作者對於 24 小時營業的做法感到懷疑。由於少子高齡化的現象，導致勞動力減少，而且在深夜活動的人也減少了，所以建議重新評估 24 小時營業的型態，因此答案是選項 2。

詞彙 **現在** 現在｜**～にとっては** 對～而言｜**営業** 營業｜**もはや** 已經｜**当たり前だ** 理所當然｜**実際** 實際上｜**ファミレス** 家庭餐廳（「ファミリーレストラン」的縮寫）｜**一晩中** 整晚｜**姿** 面貌、情況｜**各地** 各地｜**目にする** 看｜**はたして** 果真、到底｜**変化** 變化｜**活動** 活動｜**事実** 事實｜**深夜** 深夜｜**十分だ** 十足、充分｜**ところで** 可是｜**形態** 型態｜**見直す** 重新評估｜**動き** 舉動、動向｜**一部** 一部分｜**企業** 企業｜**大手** 大型｜**検討** 研討、審核｜**明らかにする** 表明｜**要因** 主要原因｜**少子高齢化** 少子高齡化｜**最も** 最｜**挙げる** 列舉、舉出｜**働き手** 勞動力｜**減少** 減少｜**つまり** 總而言之｜**人手不足** 人手不足｜**つながる** 有關連、導致｜**バイト** 打工、兼職（「アルバイト」的縮寫）｜**時給** 時薪｜**比較的** 比較｜**～ものの** 雖然～但是｜**負担** 負擔｜**なかなか** ①相當 ②（後面接否定）（不）容易｜**相当** 相當｜**それに** 而且、加上｜**利用** 利用｜**たとえ～ても** 即使、儘管｜**昼間** 白天｜**少しでも** 盡量｜**確保** 確保｜**コスト** 成本｜**人件費** 人事費｜**電気代** 電費｜**夜中** 半夜｜**停止** 停止｜**影響を及ぼす** 帶來影響｜**食事をとる** 用餐｜**事前に** 事前｜**部分** 部分｜**一方** 另一方面｜**ライフスタイル** 生活型態｜**定着** 固定下來｜**制限** 限制｜**なるべく** 盡量｜**終える** 完成｜**習慣** 習慣｜**売り上げ** 銷售額｜**予想** 預想、預料｜**～における** 在～的｜**効率** 效率｜**続ける** 繼續｜**対策を立てる** 訂定對策｜**現実的** 現實的、實際的

問題 7　右頁是某家飯店住宿方案的介紹。請閱讀文章後回答以下問題，並從 1、2、3、4 中選出最適當的答案。

38　今年滿61歲的鈴木先生想參加這個住宿方案。鈴木先生前往這家飯店時，一定要帶的東西是什麼？

1　護照　　2　毛巾　　3　身分證　　4　智慧型手機

解說　這個住宿方案是提供給 60 歲以上的人的優惠活動，因此必須確認年齡。而且內容提「当日、受付の際に身分証明書の確認をさせていただきます（當天辦理登記時，我們將確認身分證）」，所以必須攜帶身分證。

39　下何者不符合這篇住宿方案介紹文的內容？

1　60 歲以上的人可享 9,000 日圓優惠。
2　無法在住宿前一天預約。
3　未滿 60 歲的家人也能以相同費用入住。
4　這家飯店可以從 11：00 開始辦理入住。

解說　內容提到「チェックイン：15：00 ～（check in：15：00 ～）」，所以入住時間應從下午 3 點開始。也提到 60 歲以上的客人可以享有 10% 的折扣價格，故住宿費用為 9,000 日圓。而預約則必須在使用日期的前 3 天完成，因此無法在前一天預約。同時如果預訂者年齡為 60 歲以上，則同行的旅伴也可以享有相同的優惠價格。

住宿方案介紹

要不要在ABC飯店悠閒地休息一下？

＊推薦給60歲以上的客人！銀髮族優惠方案實施中

● **方案內容**：以60歲以上客人為對象的「銀髮族方案」是夫妻、朋友能一同泡溫泉、旅行的銀髮族優惠方案。

● **期間**：2018年3月1日（星期四）至3月31日（星期六）

● **費用**：一般費用打9折（附一晚住宿和兩餐）（＊一般費用：每人10,000日圓）

● **早餐**：7：00～9：30
備有日式和西式自助百匯。

● **晚餐**：18：00～20：30
備有日式和西式自助百匯。

● check in：15：00～

● check out：～11：00

● **溫泉**：12：00～23：00／5：00～10：00
房間已備妥毛巾，包括有浴巾和洗臉毛巾。

● 請於希望使用日的前3天透過電話或E-mail預約。

● **洽詢方式**
TEL：123-456-7890／E-mail：ABCHOTEL@coolmail.com

● 預約時請以60歲以上的人為代表。當天辦理登記時，我們將確認身分證。
即使您的家人或朋友未滿60歲，也能以相同的費用使用服務。

詞彙 宿泊（しゅくはく） 住宿｜プラン 方案｜案内（あんない） 介紹、指南｜割引（わりびき） 折扣、優惠｜実施（じっし） 實施｜対象（たいしょう） 對象｜夫婦（ふうふ） 夫妻｜仲間（なかま） 同伴、朋友｜温泉（おんせん） 溫泉｜楽しめる（たの） 能享受｜得だ（とく） 划算｜期間（きかん） 期間｜料金（りょうきん） 費用｜通常（つうじょう） 通常、一般｜朝食（ちょうしょく） 早餐｜和食（わしょく） 日本料理｜洋食（ようしょく） 西餐｜用意（ようい） 準備｜夕食（ゆうしょく） 晚餐｜予約（よやく） 預約｜問い合わせる（とあ） 洽詢｜代表者（だいひょうしゃ） 代表｜当日（とうじつ） 當天｜受付（うけつけ） 受理｜身分証明書（みぶんしょうめいしょ） 身分證｜確認（かくにん） 確認｜利用（りよう） 利用

第3節 聽解 

問題 1　先聆聽問題，在聽完對話內容後，請從選項 1 ～ 4 中選出最適當的答案。

れい Track 1-1

女の人と男の人が話しています。男の人はこの後、どこに行けばいいですか。

女：え、それでは、この施設の利用がはじめての方のために、注意していただきたいことがありますので、よく聞いてください。まず決められた場所以外ではケータイは使えません。

男：え？ 10分後に、友達とここで待ち合わせしているのに、どうしよう。じゃ、どこで使えばいいですか。

女：3階と5階に、決められた場所があります。

男：はい、わかりました。友達とお茶を飲んだり、話したりする時はどこに行ったらいいですか。

女：4階にカフェテリアがありますので、そちらをご利用ください。

男：はい、わかりました。さあ、奈々ちゃん、どこまで来たのか電話かけてみるか。

男の人はこの後、どこに行けばいいですか。

1　1階
2　2階
3　3階
4　4階

例

女子和男子正在對話，男子接下來應該要去哪裡？

女：嗯，那麼為了第一次使用本設施的人，有幾件事想提醒大家，請仔細聽好。首先，手機只能在指定場所使用。

男：什麼？可是我跟朋友約好 10 分鐘後要在這裡碰面，怎麼辦？那應該在哪裡使用呢？

女：3 樓和 5 樓有指定的場所。

男：好的，我知道了。那我要跟朋友喝茶、聊天時，可以去哪裡呢？

女：4 樓有一個自助餐廳，請利用那個地方。

男：好的，我知道了。那我打電話問問奈奈她來到哪裡了。

男子接下來應該要去哪裡？

1　1 樓
2　2 樓
3　3 樓
4　4 樓

解說　對話最後男子說要打電話問朋友到哪裡了，所以要去能使用手機的指定場所，也就是 3 樓或 5 樓，因此答案是選項 3。

詞彙　施設 設施 ｜利用 利用 ｜注意 提醒、留意 ｜以外 以外 ｜待ち合わせ 碰面

1ばん Track 1-1-01

男の人と女の人が話しています。二人はテーブルをどこに置きますか。

女：このテーブル、どこに置く？

男：う～ん、そうだな、どこがいいだろう。

女：窓のそばは、どう？

男：窓のそば？ いや～、冬、寒くないかな？

女：そうね。でも明るくていいでしょ。

男：ま、それは、そうだけど…、部屋のまん中はどうだ？

女：部屋のまん中とか、ベッドのそばにこんな大きなテーブル置いたら、ちょっとじゃまになるわ。

男：そうか、どうしようかな…。

女：このテーブルで本も読むし、パソコンで仕事もするでしょ？ だったら、明るいところがいいわよ。

男：うん、そうだね。じゃ、そうしよう。

二人はテーブルをどこに置きますか。

4

第 1 題

男子和女子正在對話，兩人準備將桌子放在哪裡？

女：這張桌子要放在哪裡？

男：嗯～這個嘛，放在哪裡比較好呢？

女：窗戶旁邊怎麼樣？

男：窗戶旁邊？不好吧～冬天不會很冷嗎？

女：也是。可是那邊很明亮挺好的吧！

男：嗯……話是這麼說沒錯……不然放房間正中央怎麼樣？

女：在房間正中間或床旁邊擺這麼大的桌子會有點擋路吧！

男：是嗎？那該怎麼辦……

女：我們會用這張桌子看書，還會開電腦工作對吧？那還是明亮的地方比較好吧！

男：嗯！也是，那就這樣吧！

兩人準備將桌子放在哪裡？

解說 討論桌子的位置時，一開始女子建議放在窗戶旁邊，但男子因為冬天會冷而提出其他地方。然而女子以會擋路的理由反駁，並提到以桌子的用途考量，明亮的地點較適當，最後決定按照女子的意見，所以答案是第 4 個位置。這種問題涉及多個名詞，必須仔細聽取，避免混淆。

詞彙 そば 旁邊、附近｜まん中 正中央｜じゃまになる 干擾、妨礙

2ばん Track 1-1-02

男の人と女の人が話しています。女の人はこれからどうしますか。

（電話の着信音）

女：はい、西本工業でございます。

男：私、東京機械の小川と申しますが、営業の木村部長お願いいたします。

女：東京機械の小川様でいらっしゃいますね。いつもお世話になっております。申し訳ございません、あいにく木村は席を外しておりますが…。

男：あ、そうですか。何時頃お戻りになりますか。

女：午後３時頃、戻る予定でございます。

男：では、戻られましたら、お電話いただけますようにお伝えください。

女：はい、かしこまりました。戻りましたら、木村から小川様へお電話差し上げるように伝えます。

男：はい、よろしくお願いします。

女の人はこれからどうしますか。

1　木村さんが戻ったら、西本工業に電話するように言う

2　木村さんが戻ったら、東京機械に電話するように言う

3　木村さんが戻ったら、西本工業からの電話を待つように言う

4　木村さんが戻ったら、東京機械からの電話を待つように言う

第２題

男子和女子正在對話，女子接下來會怎麼做？

（電話鈴聲）

女：您好，這裡是西本工業。

男：我是東京機械的小川，請找業務部的木村部長。

女：您是東京機械的小川先生啊。一直以來承蒙您照顧了。非常抱歉，很不巧地木村目前不在座位上……

男：啊，這樣啊，大約幾點會回來呢？

女：預計下午３點左右回來。

男：那等他回來後，請告訴他要回電給我。

女：好的，我知道了。等木村回來後我會告訴他要給小川先生打電話。

男：嗯，麻煩您了。

女子接下來會怎麼做？

1　等木村回來後，告訴他要給西本工業打電話

2　等木村回來後，告訴他要給東京機械打電話

3　等木村回來後，告訴他要等待西本工業的來電

4　等木村回來後，告訴他要等待東京機械的來電

解說　對話中男子說：「では、戻られましたら、お電話いただけますようにお伝えください（等他回來後，請告訴他要回電給我）」然後女子說會轉達這個訊息。因此答案是選項２。

詞彙　**工業** 工業｜～でござる「だ」的自謙語｜**機械** 機械｜**営業** 業務｜～でいらっしゃる「だ」的尊敬語｜**いつもお世話になっております** 一直以來承蒙關照（對商業夥伴或客戶使用的應酬用語）｜**あいにく** 不巧｜**席を外す** 不在座位上

第1回

3ばん Track 1-1-03

旅館で夫婦が話しています。二人はこれからどうしますか。

女1：隣の部屋、なんかうるさくない？

男：うん、そうだね。かなりうるさいな。

女1：ちょっと、フロントに言ってみてよ。

男：わかった。電話で言ってみるよ。

(電話の着信音)

男：あ、もしもし。こちら405号室なんですが、隣の部屋が、すごいうるさいんですけど…。

女2：あ、申し訳ございません。すぐ隣の部屋に社員旅行で来られた団体のお客様が泊っていまして…。

男：あ、そうなんだ。もう12時すぎているのに…。じゃ、他の部屋に替えてもらえませんか？このままじゃ眠れないですよ。

女2：少々お待ちください。空いている部屋があるか調べてみます。あ、申し訳ございません。今日は、あいにくいっぱいでございます。

男：え～、じゃ、どうしようかな。

女2：もうすぐ終わるとは思いますが、私が直接行って静かにするように言いますので。

男：それじゃ、お願いします。

女2：はい、まことに申し訳ございません。

二人はこれからどうしますか。

1 電話でフロントに文句を言う
2 他の旅館に行く
3 隣の部屋が静かになるのを待つ
4 他の部屋に替えてもらう

第 3 題

一對夫妻正在旅館對話，兩人接下來會怎麼做？

女 1：隔壁房間是不是有點吵啊？

男：嗯，是啊！滿吵的耶！

女 1：拜託，你去跟櫃台講一下吧！

男：好，我打電話說看看。

(電話鈴聲)

男：喂喂？這裡是 405 號房，我隔壁房間非常吵耶……

女 2：啊，非常抱歉，您隔壁房間住的是來參加員工旅行的的團體客人……

男：喔，是喔。現在都已經超過 12 點了……那可以幫我們換到其他房間嗎？這樣下去我們沒辦法睡。

女 2：請稍等一下，我幫您查查看還有沒有空房間。啊，非常抱歉，今天的房間不巧都已經滿了。

男：欸～那我們該怎麼辦？

女 2：我想他們應該快要結束了，我會直接去請他們保持安靜。

男：那就麻煩妳了。

女 2：好的，真的非常抱歉。

兩人接下來會怎麼做？

1 打電話向櫃台抱怨
2 去其他旅館
3 等隔壁房間安靜
4 拜託櫃台換到其他房間

解說 男子因為隔壁房間太吵，打電話到櫃台詢問情況，得知隔壁房間是一群來員工旅行的客人。因此他要求換房間，但櫃台告知今天已經沒有空房，承諾會請那些客人保持安靜，男子只好接受並等待隔壁房間安靜下來。

詞彙 旅館 旅館｜夫婦 夫妻｜隣の部屋 隔壁房間｜うるさい 吵鬧｜フロント 櫃台｜社員旅行 員工旅行｜団体客 團體客人｜泊る 住宿｜替える 更換｜このまま 照這樣｜空く 空｜直接 直接｜文句を言う 抱怨

4ばん Track 1-1-04

男の人と女の人が話しています。女の人はこれからどうしますか。

男：青山君。

女：はい、部長、お呼びでしょうか。

男：この書類、5時までに作ってもらえるかな？明日の会議で使いたいから、よろしく頼むよ。

女：あ、実は今、課長から頼まれた資料を作っているところなので、5時までにはちょっと難しいかと思いますが…。

男：そう？ どんな資料？

女：今日の午後2時からの会議で使う、先月の売り上げ報告書です。

男：あ、今日の午後か。それじゃ、いつまでにできそう？

女：そうですね、たぶん、今の調子で作れれば明日の12時までにはできると思いますが。

男：明日の会議は3時からだから、それなら間に合いそうだな。じゃ、よろしく。

女：はい、かしこまりました。

女の人はこれからどうしますか。

1 今日の会議で使う資料を作る
2 明日の会議で使う資料を作る
3 会社で12時まで残業する
4 部長に先月の売り上げを報告する

第４題

男子和女子正在對話，女子接下來會怎麼做？

男：青山。

女：是的，部長，請問您在找我嗎？

男：這份文件能在５點前完成嗎？我想在明天開會時使用，麻煩妳了。

女：啊、老實說我現在正在做課長吩咐的資料，５點前可能有點困難……

男：是嗎？是什麼樣的資料？

女：今天下午２點開會要用的，上個月的銷售報告書。

男：啊、今天下午嗎？那什麼時候可以完成？

女：這個嘛……照目前的狀況來看，明天 12 點前應該可以完成。

男：明天的會議是３點開始，這樣應該來得及，那就麻煩妳了。

女：好的，我知道了。

女子接下來會怎麼做？

1 製作今天開會要用的資料
2 製作明天開會要用的資料
3 在公司加班到 12 點
4 向部長報告上個月的銷售

解說 部長需要的文件是明天下午３點才要用的資料，但是課長吩咐的資料是今天下午２點就要用到的。因此這位女子現在必須先製作今天會議所需的資料。而且部長最後有提到「それなら間に合いそうだな」，意思就是「這樣應該來得及」。

詞彙 お呼びでしょうか 您叫我嗎？｜書類 文件、文書｜頼む 拜託｜資料 資料｜売り上げ報告書 銷售報告書｜調子 狀態、情況｜間に合う 來得及、趕得上

5ばん Track 1-1-05

男の人と女の人が話しています。男の人はこれからどうしようと思っていますか。

女：川人さんの部屋は本でいっぱいですよね。

男：ええ、高校時代から本を読むのが好きで、1冊1冊集めていたらこんなになりました。

女：全部で何冊ぐらいあるんですか。

男：そうですね、合わせて3,000冊ぐらいになるかな。

女：へえ、すごいですね。

男：でも、もうこれ以上、置く場所がなくて困っています。まだ読みたい本がたくさんあるので、どうしようかなと悩んでいます。

女：あ、それじゃ、捨てるしかないんですね。

男：いや、捨てるのはもったいないから、そんなつもりはありません。

女：じゃ、どうしますか。

男：ここより、もっと広いところに移ろうかなと思っています。

女：あ、そうですね。捨てるよりはその方がいいかもしれませんね。

男の人はこれからどうしようと思っていますか。

1 本を全部捨てて、新しい本を買う

2 本を置くため、新しい本棚を買う

3 女の人にあげるつもりだ

4 引っ越すつもりだ

第5題

男子和女子正在對話，男子接下來打算怎麼做？

女：川人先生房間裡面有好多書喔。

男：對啊！我從高中時期就很喜歡看書，一本一本蒐集下來就變成這麼多了。

女：總共大概有幾本啊？

男：這個嘛……全部加起來應該有3,000本左右吧！

女：天啊～好驚人！

男：可是已經沒有地方可以放更多書了，覺得很困擾。因為我還有很多想讀的書，所以正煩惱該怎麼辦。

女：啊！那就只能丟了吧？

男：不，丟掉太可惜了，我不打算丟掉。

女：那要怎麼辦？

男：我在考慮搬到比這裡更寬敞的地方。

女：啊！原來如此，這樣也許比把書丟掉好。

男子接下來打算怎麼做？

1 把書全部丟掉後再買新的書

2 買新書架放書

3 打算把書送給女子

4 打算搬家

解說 這個男子的書太多了，現在的住處已經無處可放，但是他覺得可惜不打算丟掉。所以計劃搬到更寬敞的地方，因此答案是選項4。

詞彙 高校時代 高中時期｜1冊 1本｜合わせて 合計、共計｜すごい 厲害、驚人｜悩む 煩惱｜捨てる 丟｜～しかない 只能～｜もったいない 可惜｜移る 遷移｜本棚 書架｜引っ越す 搬家

6ばん Track 1-1-06

男の人と女の人が会社の受付で話しています。男の人はこれからどうしますか。

男：失礼いたします。わたくし、にこにこ産業の佐藤と申しますが、石田部長いらっしゃいますか。

女：佐藤様でございますね。お約束はなさいましたか。

男：はい、2時にお約束いただいております。

女：はい、すぐ呼んでまいりますので、少々お待ちください。

(足の音)

女：申し訳ございません。石田はただいま、外出していて、まだ戻ってきていません。

男：あ、そうですか。

女：何時ごろ戻ってくるか、電話で聞いてみましょうか。

男：はい、お願いします。

(電話の着信音)

女：あ、もしもし、石田部長、今、にこにこ産業の佐藤様がお見えですが……あ、そうですか、わかりました。

(電話を切る音)

女：あの、大変申し訳ございません。車で帰社中、途中で事故にあったようです。

男：えっ!? 部長は大丈夫ですか？

女：ええ、けがはしなかったようですが、ただ事故の処理でちょっと時間がかかるようです。

男：あ、お体が無事でよかったですね。

女：30分後には戻ってこられるそうですが、いかがなさいますか。

男：30分ですか…、じゃ、ここで待っていてもよろしいですか。

女：あ、はい。佐藤様はお時間、大丈夫ですか。

男：はい、次の仕事まで、まだ時間もあるし、大丈夫です。

第 6 題

男子和女子正在公司櫃台對話，男子接下來會怎麼做？

男：打擾了，我是 NICONICO 產業的佐藤，請問石田部長在嗎？

女：佐藤先生對吧？請問您有預約嗎？

男：是的，我們約了 2 點。

女：好的，我馬上叫他過來，請稍待片刻。

(腳步聲)

女：非常抱歉，石田目前外出中，還沒回來。

男：啊，這樣啊？

女：我幫您打電話確認看看他幾點會回來吧！

男：好，麻煩妳了。

(電話鈴聲)

女：喂？石田部長，現在 NICONICO 產業的佐藤先生來了……啊，這樣啊……我知道了。

(掛電話的聲音)

女：那個……非常抱歉，石田在開車回公司的路上出車禍了。

男：什麼？！部長沒事吧？

女：是的，他好像沒有受傷，只是處理事故可能要花一點時間。

男：啊……還好他平安無事。

女：他大概要 30 分鐘後才能回來，您覺得怎麼樣？

男：30 分鐘嗎？那我可以在這裡等嗎？

女：是的，可以的。佐藤先生，您時間沒問題嗎？

男：嗯！離下一個工作還有些時間，沒問題的。

男の人はこれからどうしますか。	男子接下來會怎麼做？
1　車で石田部長を迎えに行く	1　開車去接石田部長
2　事故の処理のために出かける	2　外出處理意外事故
3　帰らないで石田部長を待つ	3　留在原地等石田部長回來
4　病院へお見舞いに行く	4　到醫院去探病

解說　女子表示要等待大約 30 分鐘後，男子回答：「ここで待っていてもよろしいですか（我可以在這裡等嗎？）」因此可以知道男子會留在原地不離開。

詞彙　**わたくし**「わたし（我）」的謙虛說法｜**産業** 產業｜**でございます**「です」的自謙語｜**ただいま** 目前、現在｜**外出** 外出｜**お見えです**「来る（來）」的尊敬語｜**帰社中** 正在回公司｜**途中** 途中、路上｜**ただ** 只是｜**処理** 處理｜**無事** 平安｜**いかがなさいますか** 您覺得怎麼樣呢？｜**迎える** 迎接｜**お見舞い** 探望、慰問

問題 2　先聆聽問題，再看選項，在聽完對話內容後，請從選項 1 ～ 4 中選出最適當的答案。

れい Track 1-2

女の人と男の人が映画のアプリについて話しています。女の人がこのアプリをダウンロードした一番の理由は何ですか。

女：田中君もよく映画見るよね。このアプリ使ってる？

男：いや、使ってないけど…。

女：ダウンロードしてみたら。映画が見たいときにすぐ予約もできるし、混雑状況も分かるよ。

男：へえ、便利だね。

女：映画の情報はもちろん、レビューまで載っているから、すごく参考になるよ。

男：ゆりちゃん、もうはまっちゃってるね。

女：でも、何よりいいことは、キャンペーンでチケットや限定グッズがもらえることだよ。私は、とにかくたくさん映画が見たいから、よく応募してるよ。

男：そうか。いろいろいいね。

女の人がこのアプリをダウンロードした一番の理由は何ですか。

1　早く映画の情報が知りたいから
2　キャンペーンに応募してチケットをもらいたいから
3　限定グッズをもらって人に見せたいから
4　レビューを読んで、話題の映画が見たいから

例

女子和男子正在談論電影的應用程式，女子下載這個應用程式的主要原因是什麼？

女：田中，你也很常看電影吧？你有用這個應用程式嗎？

男：沒有耶……

女：你可以下載看看啊！想看電影的時候就可以馬上預約，還可以知道那裡人潮擁擠的程度。

男：哇！那還真方便。

女：除了電影資訊之外，還有刊登評論，很有參考價值喔！

男：百合，妳已經完全陷進去了吧？

女：不過，它最大的好處就是可以透過活動獲得電影票和限定商品。因為我就是想看很多電影，所以經常參加。

男：這樣啊？好處真多。

女子下載這個應用程式的主要原因是什麼？

1　想快點知道電影資訊
2　**想參加活動並獲得電影票**
3　想獲得限定商品並炫耀給別人看
4　想看電影評價，觀看熱門電影

解說　出現「何よりいいことは（最大的好處是）」之類的表達時，要特別注意後面的說法。女子表示就是想看很多電影，所以可以看出她想要得到電影票的心情。因此答案是選項 2。

詞彙　**混雑** 混雜、擁擠 ｜ **状況** 狀況 ｜ **載る** 刊載 ｜ **参考** 參考 ｜ **はまる** 陷入、沉迷 ｜ **限定** 限定 ｜ **グッズ** 商品 ｜ **とにかく** 總之、反正 ｜ **応募** 應徵、報名參加 ｜ **見せる** 展示 ｜ **話題** 話題

1ばん Track 1-2-01

男の人と女の人が会社で話しています。女の人が引っ越しを決めた一番の理由は何ですか。

女：伊藤さん、私、来月、引っ越すことにしました。

男：引っ越し？ どうして？ 今、住んでるアパートって、きれいだし家賃も安いからって、けっこう気に入ってたじゃん？

女：ええ、確かにそうですけど、ちょっと問題があって…。

男：問題？

女：先日、隣の部屋に変な人が引っ越してきたんですよ。

男：え?! 変な人？ それじゃ、早く引っ越した方がいいよね。

女：でも、それより問題なのは、いきなり大家さんから、来月から家賃を１万円もあげると言われたんです。

男：１万円も？ それはひどい大家さんだな…。

女：ええ、交通の便はあまりよくないですが、引っ越したくはなかったんですけどね。

女の人が引っ越しを決めた一番の理由は何ですか。

1　交通の便があまりよくないから
2　隣の部屋に変な人が住んでいるから
3　大家さんが隣の部屋に住んでいるから
4　大家さんが家賃をあげるから

第１題

男子和女子正在公司對話，女子決定搬家的主要原因是什麼？

女：伊藤先生，我下個月要搬家了。

男：搬家？為什麼？妳不是說現在住的公寓很乾淨，房租又便宜，妳很喜歡的嗎？

女：嗯！確實是這樣沒錯，可是發生了一些狀況……

男：狀況？

女：前幾天有個奇怪的人搬到我隔壁的房間。

男：什麼？！奇怪的人？那還是早點搬走比較好。

女：不過更大的問題是房東突然說下個月起房租要漲１萬日圓。

男：１萬日圓？這房東也太狠了吧……

女：對啊！雖然那裡交通不太方便，但我本來真的很不想搬的。

女子決定搬家的主要原因是什麼？

1　因為交通不太方便
2　因為隔壁房間住了奇怪的人
3　因為房東住隔壁房間
4　因為房東要漲房租

解說　女子談到目前租屋的問題，包括搬到隔壁房間的奇怪人士、交通不便等等，但最重要的原因是房租漲價，所以答案是選項４。

詞彙　引っ越す 搬家｜家賃 房租｜～からって 說因為～｜気に入る 喜歡｜先日 前幾天｜変だ 奇怪、異常｜いきなり 突然｜大家さん 房東｜交通の便 交通便利｜家賃をあげる 漲房租

2ばん Track 1-2-02

男の人と女の人が話しています。男の人は何が一番大変だと言っていますか。

男：ただいま～、ああ、本当に疲れた。

女：お帰りなさい。どうしたの？何かあったの？

男：今朝、部長に出した報告書のことで、すごく怒られちゃったんだ。

女：報告書？その報告書って、先週、毎日毎日、遅くまで残業して作ったものでしょ？

男：うん、そうだけど、気に入らなかったみたいで、やり直せって言われたよ。

女：ひどいね、それで、今日も遅くなったの？

男：いや、報告書はグラフの順番を直すだけだから、すぐ終わったよ。

女：じゃ、どうして？

男：取引先の人との飲み会が急に決まってさ…。もう疲れてて、あまり行きたくなかったんだけど、部長の命令だからしかたなかったんだ。これがなによりも大変だったよ！

女：まあ、お疲れ様…。

男の人は何が一番大変だと言っていますか。

1　毎日遅くまで会社で残業すること

2　行きたくない飲み会へ行くこと

3　部長に怒られること

4　報告書をうまく作れないこと

第 2 題

男子和女子正在對話，男子說最累人的事是什麼？

男：我回來了～唉！真的好累喔！

女：歡迎回來。怎麼了？發生什麼事了？

男：我今天早上交給部長的那份報告書被罵得好慘。

女：報告書？你是指上週那份每天都加班加到好晚才完成的報告書嗎？

男：嗯！對啊！可是他好像不太滿意，要我重做。

女：太過分了，所以你今天也是加班到很晚？

男：不是啦，報告書只要改一下圖表順序就好了，一下子就弄完了。

女：那是為什麼？

男：因為公司突然決定要跟客戶聚餐……我已經很累了不太想去，可是因為是部長命令不得不去，這才是最累人的事啊！

女：這樣啊，辛苦你了……

男子說最累人的事是什麼？

1　每天要在公司加班到很晚

2　要去不想去的聚餐

3　被部長罵

4　報告書做不好

解說　男子因為工作因素加班，並且受到上司的訓斥，有許多事情讓男子感到疲憊不堪，但最累人的是不想參加的聚餐，也就是喝酒的場合。如果內容出現「一番（最）」、「もっとも（最）」、「なにより（も）（最重要的是）」、「なんといっても（不管怎麼說）」等詞彙時就要特別注意，因為這些詞彙通常是決定性的提示詞。

詞彙　**報告書** 報告書｜**怒られる** 挨罵｜**残業** 加班｜**やり直す** 重做｜**順番** 順序｜**直す** 修改｜**取引先** 客戶｜**飲み会** 聚餐｜**命令** 命令｜**なによりも** 最重要的是

3ばん Track 1-2-03

男の人と女の人が事務室で話しています。男の人はどうして韓国旅行をやめましたか。

男：主任は今度の夏休みにどこかへ行きますか。

女：大学時代の友達とハワイに行くわよ。

男：ハワイですか、いいですね。

女：西本君もどこか旅行に行くの？

男：実は、韓国のソウルへ行く予定でしたが、急に田舎の親に呼ばれて、キャンセルしました。

女：あら、そう？ どうしたの？ ご両親に何かあったの？

男：いいえ、親は二人とも元気です。ただ、半年も会っていないから、帰ってこいってうるさいですよ。

女：なんだ、そういうことか。まあ、旅行もいいけど、家族を大切にしなくちゃね。

男：ええ、そうですね。

男の人はどうして韓国旅行をやめましたか。

1 実家へ帰ることにしたから
2 ハワイへ行くことにしたから
3 夏休みがキャンセルになったから
4 体の調子がよくないから

第 3 題

男子和女子正在辦公室裡對話，男子為什麼不去韓國旅行了？

男：主任，這次暑假妳會去哪裡嗎？

女：我要跟我大學時期的朋友去夏威夷。

男：夏威夷啊？真好。

女：西本，你也會去哪裡旅行嗎？

男：老實說，我本來預定要去韓國首爾，可是住在鄉下的爸媽突然叫我回去，就取消了。

女：喔？是嗎？發生什麼事了嗎？你爸媽怎麼了嗎？

男：沒有啦！他們兩個人都很好。只是因為半年沒見面了，所以一直吵著要我回去。

女：原來是這樣啊。旅行雖然也很好，但也要好好珍惜家人喔！

男：嗯，說的也是。

男子什麼不去韓國旅行了？

1 因為要回老家
2 因為要去夏威夷
3 因為暑假取消了
4 因為身體狀況不佳

解說 男子原本計劃去韓國旅行，但父母親突然要求他回家，所以他取消旅行計畫，決定回老家。

詞彙 主任 主任｜大学時代 大學時期｜予定 預定｜田舎 ① 鄉下 ② 故鄉｜キャンセル 取消｜ただ 只是｜半年 半年｜うるさい 吵鬧｜大切だ 珍惜｜体の調子 身體狀況

4ばん Track 1-2-04

男の人と女の人が事務室で話しています。女の人はどうして早く家を出ますか。

男：石川さんの家って、会社から近いですか。

女：そうですね、電車で50分ぐらいだから、そんなに遠くもないけど、近くもないですね。

男：そうですね、通勤に2時間もかかる人もいますしね。で、何時ごろ家を出るんですか。

女：だいたい7時半ぐらいかな…。

男：そんなに早いんですか。仕事は9時からなのにどうして？

女：ラッシュアワーを避けて、少し早めに家を出ることにしています。

男：あ、そうですか。満員電車って大変ですよね。

女：ええ、でもそれより早く会社に着いたら軽く散歩もできるから、それがいいですよ。最近運動不足なので…。

男：散歩か、いいですね。

女の人はどうして早く家を出ますか。

1　満員電車に乗りたくないから

2　早く会社へ行って散歩したいから

3　朝のラッシュアワーを避けたいから

4　仕事に遅れたくないから

第4題

男子和女子正在辦公室對話。女子為什麼要早點出門？

男：石川小姐，妳家離公司近嗎？

女：嗯……搭電車大概50分鐘，不算遠也不算近吧！

男：嗯……畢竟也有人通勤要花2個小時。那妳都大概幾點出門呢？

女：大概7點半左右吧……

男：這麼早？不是9點開始上班嗎？為什麼要這麼早？

女：因為我想避開尖峰時段，所以習慣稍微提早出門。

男：啊，原來如此，擠滿人的電車很可怕。

女：對啊！可是比起這個，如果能早點到公司，我還可以去散散步，這樣挺好的。因為我最近有點運動不足……

男：散步啊……真不錯。

女子為什麼要早點出門？

1　因為不想搭擠滿人的電車

2　因為想早點去公司再散步

3　因為想避開早上的尖峰時段

4　因為不想上班遲到

解說　女子早上提早出門的原因，除了不喜歡上班尖峰時段擁擠的地鐵之外，最主要的原因是為了解決運動不足的問題，而早點到公司後可以去散步。因此，答案是選項2。

詞彙　**だいたい** 大概 ｜ **ラッシュアワー** 尖峰時段 ｜ **避ける** 避免、避開 ｜ **早めに** 提早、提前 ｜ **〜ことにしている** 有〜的習慣 ｜ **満員電車** 擠滿人的電車 ｜ **運動不足** 運動不足 ｜ **遅れる** 遲到

5ばん Track 1-2-05

男の人と女の人が話しています。女の人はどうして飲み会に行きませんか。

男：青山さん、仕事終わったらみんなで飲みに行くんだけど、付き合わない？

女：あ、私はちょっと…。

男：どうしたの？ まだ仕事残ってるの？

女：いいえ、仕事はもう終わりました。ただ…。

男：ただ…？

女：実は、この前、体の調子が悪くて病院へ行って検査を受けたんですが…。

男：それで検査の結果はどうだったの？

女：ええ、お医者さんから、「胃の調子が悪いから、お酒とコーヒーは飲まないように」と言われました。

男：あ、そう…、残業でもするのかと思ったよ。

女：いいえ、今日は、もう帰ります。

女の人はどうして飲み会に行きませんか。

1 付き合っている人がいるから

2 お酒とコーヒーが嫌いだから

3 残業しなければならないから

4 胃の調子がよくないから

第5題

男子和女子正在對話，女子為什麼不去聚餐？

男：青山小姐，工作結束後大家要一起去喝酒，你要不要一起？

女：呃……我不太行……

男：怎麼了？工作還沒做完嗎？

女：不是，工作已經完成了，只是……

男：只是……？

女：老實說，我前陣子身體不太舒服，去醫院做了檢查……

男：檢查結果如何？

女：嗯……醫生告訴我「你胃不太好，要避免喝酒和咖啡」。

男：啊，這樣啊……我還以為妳要加班。

女：不是的，今天我已經要回去了。

女子為什麼不去聚餐？

1 因為有交往的對象

2 因為討厭酒和咖啡

3 因為必須加班

4 因為胃不舒服

解說 同事邀約聚餐，但女子身體狀況不佳，聽從醫生建議不要喝酒和咖啡，因此決定不參加聚餐，所以答案是選項 4。

詞彙 付き合う ① 交往 ② 奉陪｜この前 前陣子｜体の調子が悪い 身體狀況不好｜検査を受ける 接受檢查｜結果 結果｜胃の調子が悪い 胃的狀況不好｜～ないように 不要～

6ばん Track 1-2-06

男の人と女の人が電話で話しています。二人はどこで何時に会いますか。

（電話の着信音）

男：もしもし、順子さん、明日、映画見に行かない？

女：映画？ いいわね、何の映画見るの？

男：『雪の降る街』っていう映画、知ってる？

女：あ、それそれ、知ってるよ。わたしもそれ見たかったの。すごくおもしろいって。

男：2時のと4時半のがあるけど、どっちにする？ 2時のにする？

女：う～ん、映画見てから夕ご飯食べない？

男：あ、それならこっちだね。

女：じゃ、どこで何時に待ち合わせしようか。駅前でいい？

男：いや、駅前はいつもこんでるからやめよう。みどりデパートの前はどう？

女：うん、わかった。じゃ、時間は？

男：映画始まる1時間前でいいかな？

女：いや、ちょっと早すぎる。始まる30分前にしよう。

男：うん、わかった。じゃ、そういうことで。

二人はどこで何時に会いますか。

1 駅前で１時半に会う

2 駅前で４時に会う

3 みどりデパートの前で１時半に会う

4 みどりデパートの前で４時に会う

第 6 題

男子和女子正在講電話，兩人幾點要在哪裡碰面？

（電話鈴聲）

男：喂？順子小姐，明天要不要去看電影？

女：電影？好哇！要看什麼電影？

男：妳知道《雪落下的城市》這部電影嗎？

女：啊，那部我知道。我也很想看那部，聽說很有趣。

男：有 2 點和 4 點半的，要看哪一場？要看 2 點的嗎？

女：嗯～看完電影要去吃晚餐嗎？

男：啊！那就選這場好了。

女：那我們要約幾點在哪裡碰面呢？車站前面可以嗎？

男：不要啦！車站前面總是很擁擠，約在綠百貨公司前面怎麼樣？

女：嗯！我知道了。那時間呢？

男：電影開始前 1 個小時可以嗎？

女：不行，有點太早了，改成開始前 30 分鐘吧！

男：嗯，我知道了，那就這麼決定了。

兩人幾點要在哪裡碰面？

1 1 點半在車站前面碰面

2 4 點在車站前面碰面

3 1 點半在綠百貨公司前面碰面

4 4 點在綠百貨公司前面碰面

解說 電影有 2 點和 4 點半的場次，為了看完電影後吃晚餐，選擇了 4 點半的場次。地點則是在綠百貨公司前面，約定時間是電影開始前 30 分鐘，所以答案是選項 4。

詞彙 **何の映画** 什麼電影 | **待ち合わせ** 碰面、約會 | **そういうことで** 就這麼決定了、就這樣吧

問題 3　在問題 3 的題目卷上沒有任何東西，本大題是根據整體內容進行理解的題型。開始時不會提供問題，請先聆聽內容，在聽完問題和選項後，請從選項 1 ～ 4 中選出最適當的答案。

れい Track 1-3

男の人と女の人が映画を見て話しています。

男：映画、どうだった？

女：まあまあだった。

男：そう？ ぼくは、けっこうよかったと思うけど。主人公の演技もよかったし。

女：うん、確かに。でも、ストーリーがちょっとね…。

男：ストーリー？

女：うん、どこかで聞いたようなストーリーっていうか…。主人公の演技は確かにすばらしかったと思うわ。

男：そう？ ぼくはストーリーもおもしろかったと思うけどね。

女の人は映画についてどう思っていますか。

1　ストーリーも主人公の演技もよかった
2　ストーリーも主人公の演技もよくなかった
3　ストーリーはよかったが、主人公の演技はよくなかった
4　ストーリーはよくなかったが、主人公の演技はよかった

例

男子和女子看著電影在對話。

男：妳覺得這部電影怎麼樣？

女：還可以啦！

男：是嗎？我覺得很好啊！主角的演技也不錯。

女：嗯……是沒錯。可是劇情有點……

男：劇情？

女：嗯，這個劇情好像在哪聽過一樣……不過主角的演技是真的很精湛。

男：是嗎？我覺得劇情也滿有趣的啊！

女子覺得電影怎麼樣？

1　劇情和主角的演技都很好
2　劇情和主角的演技都很差
3　劇情很好，但主角的演技很差
4　劇情很差，但主角的演技很好

解說　女子認為主角的演技很精湛，但劇情好像在哪聽過一樣，所以答案是選項 4。

詞彙　まあまあだ 還好、尚可 ▶ まあまあ 還可以｜主人公 主角｜演技 演技｜確かに 確實、的確｜すばらしい 極好、極優秀

1ばん Track 1-3-01

留守番電話のメッセージを聞いています。

男：もしもし、松山です。明日のクラス会のことだけど、急に接待が入って、行けなくなった。行きたくはないが、大事な取引先だからしかたないよ。ひさしぶりのクラス会なのに本当にごめん。じゃ、みんなによろしく。

松山さんが一番言いたいことは何ですか。

1 クラス会へ参加すること

2 大事な取引先の人に会うこと

3 クラス会へ行けなくなったこと

4 クラス会の場所を変えてほしいこと

第 1 題

正在聽語音信箱的訊息。

男：喂？我是松山。明天的同學會，我突然有應酬，沒辦法去了。雖然我很不想去，但對方是重要的客戶，我也沒辦法。隔了這麼久的同學會，真的很抱歉。那就這樣，幫我向大家問好。

松山最想說的事情是什麼？

1 會去參加同學會

2 要和重要的客戶見面

3 **沒辦法去同學會**

4 希望同學會改地點

解說 因為要招待重要的客戶，所以不能參加同學會。男子最想說的就是由於這個原因無法參加同學會，因此答案是選項 3。

詞彙 留守番電話 語音信箱｜メッセージ 訊息｜クラス会 同學會｜接待が入る 有應酬｜大事だ 重要｜取引先 客戶

2ばん Track 1-3-02

男の人と女の人が喫茶店で話しています。

女：ご注文はお決まりですか。

男：サンドイッチとコーヒーお願いします。

女：コーヒーは、ホットとアイスがございますが、どちらになさいますか。

男：ホットで。

女：はい、かしこまりました。

（しばらくたって）

女：お待たせしました。ご注文のサンドイッチとアイスコーヒーです。

男：あれ？アイスじゃなくてホットを頼みましたが…。

女：あ、どうも失礼しました。

第 2 題

男子和女子正在咖啡廳對話。

女：請問決定好要點什麼了嗎？

男：我要點三明治和咖啡。

女：咖啡有熱的和冰的，您要哪一種呢？

男：熱的。

女：好的，我知道了。

（過一段時間）

女：讓您久等了。這是您點的三明治和冰咖啡。

男：嗯？我是點熱的，不是冰的……

女：啊！非常抱歉。

女の人はなぜ謝りましたか。

1　注文を間違えたから
2　注文を受けなかったから
3　コーヒーしか持ってこなかったから
4　サンドイッチしか持ってこなかったから

女子為什麼要道歉？

1　因為搞錯點餐內容
2　因為沒有接受點餐內容
3　因為只拿了咖啡過來
4　因為只拿了三明治過來

解說　男子點餐內容是三明治和熱咖啡，但女服務生搞錯給了冰咖啡。因此答案是選項 1。

詞彙　**ご注文はお決まりですか** 您決定好要點什麼了嗎？ ｜ **ホット** 熱的（hot）｜ **どちらになさいますか** 請問要哪一種？▶なさる「する（決定）」的尊敬語 ｜ **謝る** 道歉 ｜ **間違える** 搞錯、弄錯

3ばん　Track 1-3-03

男の人と女の人が図書館で話しています。

男：あの、すみません。この本、今日返さなければなりませんが、もう一週間借りてもいいですか。急に用事が出来て、読む時間がなかったんです。

女：この本はもう予約が入っているので、ちょっと…。

男：あ、だめですか。

女：ええ、でも、今予約すれば、一週間後にまた借りられますが、どうしますか。

男：そうですか、じゃ、お願いします。

男の人はこの本をどうしますか。

1　今日はいったん返して、明日また借りに来る
2　今日はいったん返して、同じ本を借りる予約をする
3　今日は返さないで、そのまま持って帰る
4　もう一週間借りて、一週間後に必ず返す

第 3 題

男子和女子正在圖書館對話。

男：那個……不好意思。這本書原本是今天必須還的，我可以再借一週嗎？因為突然有事，沒時間看。

女：這本書已經有人預約了，可能……

男：啊！沒辦法嗎？

女：是的，不過現在預約的話，一週後就能借了，您要怎麼做呢？

男：這樣啊！那就麻煩妳了。

男子要怎麼處理這本書？

1　今天先還，明天再來借
2　今天先還，再預約同一本書
3　今天先不還，直接把書帶回去
4　再借一週，一週後一定會還

解說　男子突然有事沒時間看書，打算續借一週。但是這本書已被預約無法再續借。女子表示如果現在預約，一週後就能再借。他決定採取這個方法，因此答案是選項 2。

詞彙　**返す** 歸還 ｜ **用事が出来る** 有事 ｜ **予約が入る** 有人預約 ｜ **だめだ** 不行 ｜ **いったん** 暫且、姑且 ｜ **そのまま** 照原樣

問題 4　請看圖片並聆聽問題。箭頭（ ➔ ）指向的人應該說什麼？請從選項 1 ～ 3 中選出最適合的答案。

れい Track 1-4

朝、友だちに会いました。何と言いますか。

男：1　おはよう。

　　2　こんにちは。

　　3　こんばんは。

例

早上遇到朋友時要說什麼？

男：1　早安。

　　2　午安。

　　3　晚安。

解說　這是在早上與朋友見面打招呼的場景。對朋友或家人說「おはようございます」時，可以省略為「おはよう」。

詞彙　朝 早上｜友だち 朋友｜会う 見面

1ばん Track 1-4-01

仕事が終わって他の人より先に帰ることになりました。何と言いますか。

男：1　どうぞ、おかけください。

　　2　お世話になりました。

　　3　お先に失礼します。

第 1 題

工作結束後，要比其他人先回去時要說什麼？

男：1　來，請坐。

　　2　承蒙照顧了。

　　3　我先告辭了。

解說　這是你比同事早完成工作並提前下班的場景。

詞彙　仕事 工作｜先 先｜どうぞ 請｜かける 坐｜世話 照顧｜世話になる 承蒙照顧

2ばん Track 1-4-02

レストランにお客さんたちが来ました。店員は何と言いますか。

男：1　お客様、何名様でしょうか？

　　2　ありがとうございました。

　　3　ご注文はこれでよろしいですか。

第 2 題

有客人來餐廳時，店員要說什麼？

男：1　請問客人是幾位？

　　2　謝謝惠顧。

　　3　您點餐的內容是這些對嗎？

解說　這是店員要引導顧客入座的場景，此時需要確認客人有幾位。

詞彙　何名様 幾位｜注文 點餐、訂貨｜よろしい 好、可以

3ばん Track 1-4-03

同じ事務室の仲間が、はさみを貸してほしいと言いました。仲間に何と言いますか。

女：1　ええ、どうぞ。

2　ええ、どうも。

3　ええ、お先に。

第3題

同辦公室的同事要向你借剪刀時，會對同事說什麼？

女：1　可以啊！請拿。

2　可以啊！謝謝。

3　可以啊！我先走了。

解說 這是同事向你借東西時的場景。

詞彙 **同じ** 相同、一樣 | **事務室** 辦公室 | **仲間** 同伴、夥伴 | **はさみ** 剪刀 | **貸す** 借出 | **どうぞ** 請

4ばん Track 1-4-04

家の玄関にお客さんが来ています。お客さんに何と言いますか。

女：1　ではまた、遊びに来てください。

2　どうぞ、お上がりください。

3　今日は、この辺で失礼します。

第4題

家門口有客人來時，會對客人說什麼？

女：1　那麼，請再來玩。

2　請進。

3　今天就在這裡先告辭了。

解說 這是在玄關迎接客人，請對方快進來的場景。

詞彙 **玄関** 玄關、家門口 | **お上がりください** 請進 | **この辺で** 就到這裡

問題 5　在問題 5 的題目卷上沒有任何東西，請先聆聽句子和選項，從選項 1 ～ 3 中選出最適當的答案。

れい Track 1-5	例
男：では、お先(さき)に失礼(しつれい)します。	男：那我就先告辭了。
女：1　本当(ほんとう)に失礼(しつれい)ですね。	女：1　真的很沒禮貌。
2　おつかれさまでした。	2　辛苦了。
3　さっきからうるさいですね。	3　從剛剛就好吵。

解說　男子完成工作後說「お先(さき)に失礼(しつれい)します」，也就是「我先告辭了、我先走了」的意思，所以回答「辛苦了」是最適合的。

詞彙　先(さき)に 先｜失礼(しつれい) ① 告辭 ② 失禮｜さっき 剛才｜うるさい 吵鬧

1ばん Track 1-5-01	第 1 題
男：木村君(きむらくん)、体(からだ)の調子(ちょうし)はどうなの？	男：木村，妳的身體狀況怎麼樣了？
女：1　ええ、だいぶよくなりました。	女：1　嗯，好多了。
2　ええ、体(からだ)の調子(ちょうし)は好(す)きです。	2　嗯，我喜歡身體狀況。
3　ええ、いつでもいいんです。	3　嗯，隨時都可以。

解說　「体(からだ)の調子(ちょうし)はどうなの？」是詢問對方身體狀況的表達方式。

詞彙　体(からだ) 身體｜調子(ちょうし) 狀態｜だいぶ 相當｜いつでも 隨時

2ばん Track 1-5-02	第 2 題
女：しずま君(くん)、タバコはやめた方(ほう)がいいんじゃないの？	女：靜馬，你還是戒菸比較好吧？
男：1　バイトはもうやめたよ。	男：1　我已經辭掉打工了啊。
2　いや、それがなかなか…。	2　唉，這太難了……
3　うん、やめないで続(つづ)けるよ。	3　嗯，我不會放棄，會繼續下去。

解說　這是面對他人勸告自己戒菸時的回答。「それがなかなか…」這句話後面可能省略了「やめられない（無法戒掉）」，表示自己難以戒菸的意思。

詞彙　タバコ 香菸｜バイト 打工、兼職｜なかなか ① 相當 ② （不）容易｜続(つづ)ける 繼續

3ばん Track 1-5-03

男：すみません、加藤は今、外出しておりますが…。

女：1　何時ごろお戻りになりますか。

2　一緒に外出してもいいですか。

3　すぐ戻ってくると思います。

第 3 題

男：不好意思，加藤現在外出中……

女：1　**請問他大概幾點會回來？**

2　我可以跟他一起出去嗎？

3　他應該馬上就會回來了。

解說　女子打算約某人見面，但男子表示對方外出中，所以女子後續詢問大約幾點回來是較合理的表達。

詞彙　外出 外出｜戻る 回來｜一緒 一起、一樣

4ばん Track 1-5-04

女：ちょっと休憩しませんか。

男：1　二日ぐらい休憩したいですね。

2　今度は無理かもしれませんね。

3　いいですね、コーヒーでもどうですか。

第 4 題

女：要不要休息一下？

男：1　我想休息個兩天左右。

2　這次可能不行了。

3　**好耶！要不要喝杯咖啡？**

解說　這是針對別人提議暫時休息的回應方式。日語的「休憩」指較短時間、暫時性的休息。

詞彙　休憩 休息、放鬆

5ばん Track 1-5-05

男：仕事終わったら、一杯どうですか。

女：1　いや、もうお腹いっぱいです。

2　今日はちょっと体調が悪くて…。

3　もう仕事終わりましたか？

第 5 題

男：工作結束之後，要不要去喝一杯？

女：1　不要，我肚子已經很飽了。

2　**我今天身體有點不舒服……**

3　工作已經結束了嗎？

解說　男子提出一起喝一杯的建議，但女子因為身體不舒服而婉拒。

詞彙　体調が悪い 身體不舒服

6ばん Track 1-5-06

女：田中君、もしよかったらこのパソコンの使い方、教えてくれない？

男：1　あとで教えてもらいます。

2　ええ、いいですよ。

3　それ、きのう買ったばかりですよ。

第 6 題

女：田中，如果方便的話，可以教我如何使用這台電腦嗎？

男：1　等一下請教我。

2　嗯，好啊！

3　那個昨天才剛買的。

解說 當別人詢問電腦使用方法時可以如此回答。

詞彙 使い方 使用方法 | 教える 教導 | ～たばかりだ 才剛～

7ばん Track 1-5-07

男：けっこう寒くなってきたよね。

女：1　海へ泳ぎに行きませんか。

2　風も冷たいですね。

3　それで半そでのシャツ買いました。

第 7 題

男：天氣變得相當冷呢！

女：1　要不要去海邊游泳？

2　風也好冷。

3　所以我買了短袖襯衫。

解說 這是有關寒冷天氣的對話。

詞彙 けっこう 相當 | 風 風 | 冷たい 冰冷 | 半そで 短袖

8ばん Track 1-5-08

男：これでこのプロジェクトも終わりか。

女：1　ええ、お疲れさまでした。

2　ええ、長い間お世話になりました。

3　ええ、さっそく始めましょうか。

第 8 題

男：這樣一來，這個專案也要結束了嗎？

女：1　是啊，辛苦了。

2　是啊，長久以來多謝你的照顧。

3　是啊，我們馬上開始吧。

解說 「お疲れさまでした」是完成某項工作後，共同參與的人彼此之間互相致意的問候語。

詞彙 プロジェクト 專案 | 終わり 結束 | 長い間 長久以來 | 世話になる 承蒙照顧 | さっそく 立刻、馬上 | 始める 開始

9ばん Track 1-5-09

男：新井（あらい）さん、報告書（ほうこくしょ）の作成（さくせい）、終（お）わりましたか。

女：1　あ、報告書（ほうこくしょ）なら私（わたし）の机（つくえ）の上（うえ）にあります。

2　あ、すみません、まだですが…。

3　あ、いつ頃（ごろ）できあがりますか。

第 9 題

男：新井小姐，報告書完成了嗎？

女：1　啊，報告書的話在我的桌上。

2　啊，對不起，還沒……

3　啊，什麼時候可以完成？

解說　男子問女子報告是否完成，女子尚未完成，所以答案是選項 2。選項 3 是當男子繼續提出何時可以完成時的表達。

詞彙　報告書（ほうこくしょ） 報告書 ｜ 作成（さくせい） 製作 ｜ 終（お）わる 結束 ｜ 机（つくえ） 桌子 ｜ できあがる 完成

第 1 回

我的分數？

共　　　題正確

若是分數差強人意也別太失望，看看解說再次確認後重新解題，如此一來便能慢慢累積實力。

JLPT N3 第2回 實戰模擬試題解答

第1節 言語知識〈文字・語彙〉

問題 1　[1] 1　[2] 2　[3] 1　[4] 1　[5] 2　[6] 4　[7] 3　[8] 3

問題 2　[9] 2　[10] 4　[11] 1　[12] 2　[13] 3　[14] 4

問題 3　[15] 2　[16] 4　[17] 1　[18] 3　[19] 2　[20] 4　[21] 1　[22] 3　[23] 2　[24] 4　[25] 1

問題 4　[26] 1　[27] 3　[28] 2　[29] 2　[30] 4

問題 5　[31] 2　[32] 4　[33] 1　[34] 2　[35] 4

第2節 言語知識〈文法〉

問題 1　[1] 3　[2] 1　[3] 2　[4] 1　[5] 1　[6] 2　[7] 4　[8] 3　[9] 1　[10] 1　[11] 3　[12] 2　[13] 3

問題 2　[14] 1　[15] 1　[16] 3　[17] 3　[18] 2

問題 3　[19] 2　[20] 4　[21] 2　[22] 1　[23] 3

第2節 讀解

問題 4　[24] 1　[25] 4　[26] 4　[27] 4

問題 5　[28] 3　[29] 4　[30] 4　[31] 2　[32] 1　[33] 4

問題 6　[34] 3　[35] 4　[36] 1　[37] 2

問題 7　[38] 4　[39] 2

第3節 聽解

問題 1　[1] 2　[2] 4　[3] 1　[4] 3　[5] 2　[6] 1

問題 2　[1] 2　[2] 3　[3] 2　[4] 1　[5] 3　[6] 3

問題 3　[1] 3　[2] 4　[3] 2

問題 4　[1] 1　[2] 3　[3] 2　[4] 2

問題 5　[1] 3　[2] 2　[3] 1　[4] 2　[5] 2　[6] 3　[7] 1　[8] 1　[9] 3

第2回 實戰模擬試題 解析

第1節 言語知識〈文字・語彙〉

問題 1 請從 1、2、3、4 中選出＿＿＿＿這個詞彙最正確的讀法。

1 彼女は結婚したら仕事を辞めて、専業主婦になりました。

1 しゅふ　2 しゅうふ　3 しゅふう　4 しゅうふう

她結婚後就辭掉工作，成為一名專業的家庭主婦。

詞彙 専業（せんぎょう） 專業 | 主婦（しゅふ） 家庭主婦

✚ 要注意「主（しゅ）」的讀音不是長音。

主人（しゅじん） 丈夫 | 主張（しゅちょう） 主張 | 民主（みんしゅ） 民主

2 全品半額セールを開催いたします。

1 はんかく　2 はんがく　3 なかかく　4 なかがく

將舉辦全品項半價優惠活動。

詞彙 全品（ぜんぴん） 全品項 | 半額（はんがく） 半價 | 開催（かいさい） 舉辦

✚ 金額（きんがく） 金額

3 A高校とB高校が、決勝で優勝を争うことになるだろう。

1 あらそう　2 さかららう　3 あらう　4 うたがう

A 高中和 B 高中應該會在決賽中爭奪冠軍。

詞彙 決勝（けっしょう） 決賽 | 優勝（ゆうしょう） 冠軍 | 争う（あらそう） 爭奪、競爭 | 逆らう（さからう） 反抗 | 疑う（うたがう） 懷疑

✚ 競争（きょうそう） 競賽、競爭 | 戦争（せんそう） 戰爭

4 努力は実る。

1 どりょく　2 どうりょく　3 のうりょく　4 あつりょく

努力會有結果。

詞彙 努力（どりょく） 努力 | 実る（みのる） 結果、有成果 | 動力（どうりょく） 動力 | 能力（のうりょく） 能力 | 圧力（あつりょく） 壓力

✚ 要注意「努」的讀音是「ど」。

5 この野菜には、ビタミンAが豊富に含まれています。

1 ふうふ　　2 ほうふ　　3 ふうふう　　4 ほうふう

這種蔬菜含有豐富的維他命 A。

詞彙 豊富だ 豐富 | 含む 含有、包括

➕要注意「豊」的讀音不是「ふう」。

豊年 豐年 | 豊作 豐收

6 意見や感想を述べる力、質問に応答する力をつけるために効果的な方法を考えています。

1 けんしょう　　2 けんそう　　3 かんしょう　　4 かんそう

為了培養表達意見和感想的能力、回答問題的能力，正在思考有效的方法。

詞彙 感想 感想 | 述べる 敘述、發表 | 応答 應答 | 力をつける 培養能力 | 効果的 有效的 | 方法 方法

➕感覚 感覺 | 感謝 感謝 | 感動 感動 | 感染 感染 | 共感 同感、共鳴

7 空港で荷物を預ける際の注意点について紹介します。

1 さずける　　2 かたむける　　3 あずける　　4 むける

介紹在機場寄存行李時的注意事項。

詞彙 空港 機場 | 預ける 寄放、寄存 | 際 時候、時機 | 注意点 注意事項 | 傾ける 傾斜 | 向ける 向、朝

➕「預かる」是指「承擔、保管」的意思。另外要注意「預ける」和「預かる」都是他動詞。

8 これを持ち帰りたいので包んでもらえますか。

1 うらんで　　2 つつしんで　　3 つつんで　　4 ならんで

我想外帶這個，可以幫我打包嗎？

詞彙 持ち帰る 外帶、帶回去 | 包む 包裝 | 恨む 恨 | 並ぶ 排列

➕包装 包裝 | 包丁 菜刀 | 小包 包裹

問題 2　請從 1、2、3、4 中選出最適合＿＿＿＿的漢字。

9　与党と野党は、26日から予算案しんぎに入ることで合意した。

1　審義　　2　審議　　3　深儀　　4　深議

執政黨和在野黨同意從 26 日開始審議預算案。

詞彙　与党(よとう) 執政黨｜野党(やとう) 在野黨｜予算案(よさんあん) 預算案｜審議(しんぎ) 審議｜合意(ごうい) 同意、意見一致

＋「議」有商議、討論的意思。

会議(かいぎ) 會議｜不思議(ふしぎ)だ 奇怪、不可思議｜議会(ぎかい) 議會｜議員(ぎいん) 議員

10　彼は進学か就職かでまよっているらしい。

1　疑って　　2　洗って　　3　払って　　4　迷って

他似乎在猶豫要升學還是就業。

詞彙　進学(しんがく) 升學｜就職(しゅうしょく) 就業｜迷(まよ)う 猶豫｜疑(うたが)う 懷疑｜払(はら)う 支付

11　でんちは大きく化学でんちと物理でんちに分類される。

1　電池　　2　電知　　3　電地　　4　電値

電池可分為化學電池和物理電池兩大類。

詞彙　電池(でんち) 電池｜化学(かがく) 化學｜物理(ぶつり) 物理｜分類(ぶんるい) 分類

＋充電(じゅうでん) 充電｜電波(でんぱ) 電波｜発電(はつでん) 發電

12　狭い部屋を有効に活用するためには、インテリアのはいちが重要なポイントとなる。

1　配値　　2　配置　　3　背置　　4　背値

為了有效運用狹小房間，室內裝潢的配置是關鍵要點。

詞彙　有効(ゆうこう) 有效｜活用(かつよう) 活用、運用｜配置(はいち) 配置、布置

＋配(くば)る 分配、安排｜心配(しんぱい) 擔心｜配分(はいぶん) 分配｜配達(はいたつ) 發送、投遞｜手配(てはい) ① 安排 ②（逮捕犯人的）通緝

13　次の絵は、学校で見られるきけんな場面です。

1　危剣　　2　危研　　3　危険　　4　危検

以下這張圖是在學校可能會看到的危險場景。

詞彙 危険(きけん) 危險｜場面(ばめん) 場景、場面

✚「険」這個字會使用於下列詞彙。

保険(ほけん) 保險｜冒険(ぼうけん) 冒險

14 風邪薬を飲んだら<u>ねむく</u>なるので車の運転をしてはいけない。

1 冒く　2 寝く　3 眼く　4 眠く

吃完感冒藥後會<u>想睡覺</u>，所以不能開車。

詞彙 風邪薬(かぜぐすり) 感冒藥｜眠(ねむ)い 發睏、想睡覺

✚「眠」和其他漢字容易混淆，要特別注意。

眼科(がんか) 眼科｜眼鏡(めがね) 眼鏡

問題 3　請從 1、2、3、4 中選出最適合填入（　　）的選項。

15 ATMを使ってお金を（　　）機会が増えてきています。

1 ふりかえる　2 ふりこむ　3 ふりむく　4 ふりだす

用 ATM 匯款的機會逐漸增加。

詞彙 振(ふ)り込(こ)む 匯款｜振(ふ)り返(かえ)る 回顧｜振(ふ)り向(む)く 回頭｜振(ふ)り出(だ)す 開出（票據）

16 父は最近、階段、（　　）道、坂道などを歩くのを楽しんでいる。

1 あいまい　2 ふらふら　3 いらいら　4 でこぼこ

爸爸最近喜歡在樓梯、不平坦的道路和斜坡上走路。

詞彙 でこぼこ 凹凸不平｜坂道(さかみち) 斜坡｜あいまいだ 曖昧、含糊｜ふらふら 搖搖晃晃｜いらいら 煩躁、焦躁

17 (電車の中で)ちょっとすみませんが、（　　）もらえませんか。

1 つめて　2 むけて　3 だして　4 みとめて

（在電車中）不好意思，可以稍微往裡面擠一下嗎？

詞彙 つめる 填滿、塞滿｜向(む)ける 向、朝｜認(みと)める 認可、承認

18　最近は自分でも（　　）ほど、お菓子、特にチョコレートをたくさん食べている。

1　あやしい　　2　うらやましい　　3　あきれる　　4　うながす

最近我吃了大量零食，尤其是巧克力，吃到連自己都覺得**厭煩**的地步。

詞彙　あきれる 厭煩、厭膩｜怪しい 奇怪、可疑｜うらやましい 令人羨慕｜促す 催促、促進

19　見るなと言われると（　　）見たくなるのは人間の心理である。

1　もっとも　　2　よけいに　　3　ただし　　4　あらかじめ

當被告誡不要看的時候，人的心理會**更加**想看。

詞彙　よけいに 更加、分外｜～な（表示禁止）不准、不要 例 行くな。不准去。｜心理 心理｜もっとも 最｜ただし 但是｜あらかじめ 預先

20　娘の担任は先生に（　　）の新任で、事務作業のミスが続き、保護者の不満が爆発した。

1　あらた　　2　あきらか　　3　なって　　4　なりたて

我女兒的導師是**剛成為**老師的新任教師，行政作業頻頻失誤，讓家長的不滿情緒爆發了。

詞彙　担任 導師｜新任 新任｜事務作業 行政作業｜続く 連續｜保護者 家長｜不満 不滿｜爆発 爆發

✚ 動詞ます形（去ます）＋たて表示「剛剛做了某事」的意思。

例 なりたての社会人 剛成為社會人士的人

焼きたてのパン 剛出爐的麵包

21　今年の５月からほぼ毎日、一日中頭が（　　）する状況が続いています。

1　くらくら　　2　どきどき　　3　ほくほく　　4　うきうき

今年５月開始我幾乎每天整天都持續**頭暈**的狀態。

詞彙　頭がくらくらする 頭暈｜状況 狀況｜続く 連續｜どきどき 忐忑不安｜ほくほく 歡欣、喜悅｜うきうき 喜不自禁

22　子猫は、（　　）泣き出しそうな悲しい顔をしていた。

1　いまと　　2　いまも　　3　いまにも　　4　いまで

小貓露出**眼看就要**哭出來的悲傷表情。

詞彙　子猫 小貓｜今にも～そうだ 眼看就要～ 例 今にも雨が降り出しそうだ。眼看就要下起雨來。｜悲しい 悲傷、難過

23 その試合は2対2の（　　）に終わって、延長戦に入った。

1 ひきだし　　2 ひきわけ　　3 ひきうけ　　4 ひきあげ

那場比賽以2比2**平手**結束，進入延長賽。

詞彙 試合 比賽｜引き分け 平手｜延長戦 延長賽｜引き出し ①抽屜 ②抽出｜引き受け 承受｜引き上げ 拉起、提高

24 日曜日の夜や連休が（　　）前日の夜、次の日から仕事が始まると思うと何となく暗い気持ちになる。

1 はじまる　　2 つづく　　3 つながる　　4 あける

週日晚上和連假**結束**的前一天晚上，只要一想到隔天要開始上班，心情就會莫名憂鬱。

詞彙 連休が明ける 連假結束 ▶ 梅雨が明ける 梅雨季結束｜つながる 連接、牽連

25 （　　）のよい商品と悪い商品をセット販売するのは、不公正な取引方法に当たる。

1 うれゆき　　2 うりきれ　　3 しなぎれ　　4 しなもの

將**銷路**好和銷路差的商品組合販售屬於不公平的交易方法。

詞彙 売れ行きがいい 銷路好 ▶ 売れ行きが悪い 銷路差｜商品 商品｜販売 販賣、銷售｜不公正 不公平｜取引方法 交易方法｜当たる 相當於｜売り切れ 賣完｜品切れ 缺貨｜品物 物品、東西

問題4　請從1、2、3、4中選出與________意思最接近的選項。

26 グラフをごらんください。

1 見てください　　2 描いてください　　3 作ってください　　4 消してください

請看圖表。

詞彙 ご覧ください 請看｜描く 畫

✚ ご覧になる「見る（看）」的尊敬語｜拝見する「見る（看）」的謙譲語

27 六本木で偶然、高校時代の同級生に会った。

1 たまに　　2 よく　　3 たまたま　　4 ひさしぶりに

我在六本木**偶然**遇到高中同學。

詞彙 偶然 偶然｜同級生 同學｜たまたま 偶然、碰巧｜ひさしぶりに 隔了好久、許久

✚「たまに」是「有時、偶爾」的意思，注意不要和「たまたま」搞混。

28 その映画は、西部劇としては近年まれに見るヒット作となった。

1 よくある　2 めずらしい　3 人気のある　4 最大の

那部電影是近幾年來西部片中罕見的賣座影片。

詞彙 西部劇（せいぶげき） 西部片｜近年（きんねん） 近年、近幾年｜まれだ 稀少、稀奇｜珍しい（めずらしい） 稀奇的、罕見的

29 今年のくれに、温泉に家族旅行に行くことにしました。

1 やすみ　2 年末　3 おぼん　4 お正月

決定今年年底跟家人一起去溫泉旅行。

詞彙 暮れ（くれ） ① 傍晚 ② 年底｜年末（ねんまつ） 年末、年終｜お盆（ぼん） 盂蘭盆節（日本每年夏天紀念祖先和過世親人的節日）｜お正月（しょうがつ） 新年

30 山村さんは学生時代から、女にもてる男だった。

1 きらわれる　2 同情される　3 さけられる　4 人気のある

山村先生是從學生時期就很受女生歡迎的男性。

詞彙 もてる 有人緣、受歡迎 ▶ もてもてだ 大受歡迎 例 女（おんな）にもてもてだ 深受女生歡迎｜きらう 厭惡｜同情（どうじょう） 同情｜避（さ）ける 躲避、避開

問題 5 請從 1、2、3、4 中選出下列詞彙最適當的使用方法。

31 おもわず 不由得、禁不住

1 おもわず事件が発生して、みんな驚いている。
2 おもわず写真を撮りたくなるようなきれいなところでした。
3 次から次へとアクシデントが起き、人生がおもわず方向へと向かっていった。
4 学生のおもわず答えに、先生は何も言えなかった。

1 發生不由得的事件，讓大家都很震驚。
2 **這是讓人不由得想要拍照的美麗地方。**
3 意外陸續發生，讓人生朝著不由得的方向發展。
4 對於學生不由得的回答，老師整個啞口無言。

解說 選項 1、3、4 都是用「思（おも）いもよらない（出乎意料）」較為恰當。

詞彙 発生(はっせい) 發生｜驚く(おどろく) 驚嘆、驚恐｜次から次へと(つぎからつぎへと) 一個接一個｜アクシデント 意外、事故｜方向(ほうこう) 方向｜向かう(むかう) 向、朝著

32 めったに 幾乎（不）、（不）常（後面接否定表現）

1 うちの母は、めったにデパートへ買い物に行きます。
2 私は高校時代の同級生たちとめったに会います。
3 真理さんの彼氏は、近所に住んでいるのでめったに会うそうです。
4 ベテラン講師から指導を受けられることはめったにないチャンスだ。

1 我的母親幾乎去百貨公司購物。
2 我幾乎跟高中同學見面。
3 真理小姐的男朋友住在附近，所以聽說他們幾乎見面。
4 能夠接受資深講師的指導是難得的機會。

解說 選項1、2、3都是用「よく（經常）」較為恰當。「めったに」後面要接否定表現，表示「幾乎不、不常」的意思。

詞彙 同級生(どうきゅうせい) 同學｜近所(きんじょ) 附近｜講師(こうし) 講師｜指導(しどう) 指導、教導

33 そなえる ①準備、防備 ②具備

1 日頃から災害にそなえて、対策を立てておくことが大切だ。
2 毎日同じものばかり食べていたら、そなえてしまった。
3 すみません、この席そなえていますか。
4 彼は子供のころから、東京にそなえていた。

1 平時就為災害做準備，事先訂定對策是很重要的。
2 每天都吃同樣東西的話，就做好了準備。
3 不好意思，這個位子準備好了嗎？
4 他從小就為東京做準備。

解說 選項2應使用「あきる（厭膩）」，選項3應使用「空く(あく)（空）」，選項4應使用「住む(すむ)（居住）」。

詞彙 日頃(ひごろ) 平時、平常｜災害(さいがい) 災害｜対策を立てる(たいさくをたてる) 訂定對策

34 たいして 並不太、並不怎麼（後面接否定表現）

1 たいしていいから、また遊びに来てください。
2 たいして意味のない話なので、深く考えなかった。
3 ここでもうたいしてお待ちいただけませんか。
4 社長はたいして大声で怒鳴り始めました。

1 因為太好，請再來玩。
2 這是沒有太大意義的話題，所以我沒有深入思考。
3 可以請您在這裡特別稍候一下嗎？
4 社長開始特別大聲怒吼。

解說 選項 1 應使用「いつでも（隨時）」，選項 3 應使用「しばらく（暫時）」，選項 4 應使用「すごい（非常）」。「たいして」後面要接否定表現，例如「たいして～ない」，意思是「並不太、並不怎麼」。

詞彙 大声（おおごえ） 大聲 | 怒鳴る（どなる） 大聲斥責

35 きつい ① 吃力、辛苦 ② 緊緊的

1 きついものは食べない方がいいと思います。
2 部屋がきつすぎる。掃除でもしようかな。
3 昼ご飯を食べたあとは、きつくなって仕事ができない。
4 ゴミ収集のバイトは、時給は高いけど、仕事がきつい。

1 我認為最好不要吃辛苦的食物。.
2 房間太緊了，來打掃一下好了。
3 吃完午餐後，緊到無法工作。
4 收垃圾的打工雖然時薪很高，但工作很辛苦。

解說 選項 1 應使用「古い（ふるい）（舊的）」，選項 2 應使用「汚い（きたない）（髒）」，選項 3 應使用「眠い（ねむい）（發睏、想睡覺）」。

詞彙 ゴミ収集（しゅうしゅう） 收垃圾 | 時給（じきゅう） 時薪

第2節 言語知識〈文法〉

問題1　請從1、2、3、4中選出最適合填入下列句子（　　）的答案。

1　すみません、お手洗いを（　　）。

1　お借りになりますか　　2　お借りになれますか

3　お借りできますか　　4　お借りいたしますか

不好意思，可以借用洗手間嗎？

文法重點！ ⊘因為是自己想使用廁所，所以必須使用謙讓語用法「お＋動詞ます形（去ます）＋する」。如果要改成可能的形式，則要用「お＋動詞ます形（去ます）＋できる」。

⊘お借りになりますか：「お＋動詞ます形（去ます）＋なる」是表達尊敬的形式，用於對方的動作上。

⊘お借りいたしますか：「お＋動詞ます形（去ます）＋いたす」是更有禮貌的謙讓形式，用於自己的動作上。

詞彙 お手洗い（てあらい） 洗手間、廁所

2　今日は12時に池袋で、彼女と（　　）ことになっています。

1　あう　　2　あえる　　3　あって　　4　あった

今天約定12點在池袋和女朋友見面。

文法重點！ ⊘動詞原形、ない形＋ことになっている：按規定～、規定著～

例 この会社（かいしゃ）では、男子社員（だんししゃいん）はみんなネクタイをすることになっている。

這間公司規定所有男性員工都要打領帶。

詞彙 池袋（いけぶくろ） 池袋（地名）

3　私は日本料理（　　）、まず、すしやみそしるが思い浮かびますね。

1　ときたら　　2　というと　　3　にしては　　4　によって

說到日本料理，首先我會想到壽司和味噌湯。

文法重點！ ⊘～というと（～といえば、～といったら）：說到～

詞彙 思い浮かぶ（おもいうかぶ） 想到、想起來

4 おそれいりますが、お名前を（　　　）よろしいでしょうか。

1 うかがっても　　2 おっしゃっても
3 まいっても　　4 いらっしゃっても

不好意思，能請教您的大名嗎？

文法重點！ ⊘ うかがう：「聞く（聽、詢問）/ 訪ねる（訪問）」的謙讓語。
⊘ おっしゃる：「言う（說）」的尊敬語。
⊘ まいる：「行く（去）/ 来る（來）」的謙讓語。
⊘ いらっしゃる：「行く（去）/ 来る（來）/ いる（在）」的尊敬語。

詞彙 おそれいります 不好意思｜よろしい「よい（好的）」的鄭重語

5 働く女性が多くなった今日（　　　）、日本にはまだ、女性は家事をして当然という考えが残っている。

1 でも　　2 へも　　3 とも　　4 での

即使現在工作的女性越來越多，日本仍存在女性理應做家事的想法。

文法重點！ ⊘ 今日でも：即使在今天 ▶ 要注意「今日」的讀音！

詞彙 家事 家事｜当然だ 當然｜残る 殘留

6 この本は、読む（　　　）元気がもらえます。

1 だけあって　　2 たびに　　3 とおり　　4 うちに

每次讀這本書，都會讓我充滿活力。

文法重點！ ⊘ ～たびに：每次、每當 例 会うたびに 每次見面 見るたびに 每次看

詞彙 元気だ 充滿活力

7 A「新しいプロジェクトは誰に任せましょうか。」
B「木村君（　　　）どう？」

1 ほど　　2 として　　3 なんて　　4 なんか

A「新的專案要交給誰呢？」
B「木村（這種的）怎麼樣？」

文法重點！ ⊘ 名詞＋なんか：表示列舉帶有輕視的語氣
⊘ ほど：程度　⊘ として：作為～　⊘ ～なんて：① ～等等、～之類 ② 居然、竟然

詞彙 任せる 委任、託付

8 約束の時間までまだ3時間もあるから、そんなに急ぐ（　　　）。

1　ことにする　　2　ことになる　　3　ことはない　　4　ものはない

距離約定的時間還有 3 小時，不用那麼趕。

文法重點！ ⊘ ～ことはない：沒必要～（前面接動詞原形）

例 何も心配することはない。沒必要擔心任何事情。

詞彙 約束 約定｜急ぐ 趕緊、加快

9 小説家としての私の夢は、世界中の（　　　）愛される名作を書くことです。

1　誰からも　　2　誰も　　3　誰かも　　4　誰とも

我身為小說家的夢想，是寫出世界上任誰都會喜愛的名作。

文法重點！ ⊘ 誰からも：任誰都～

詞彙 小説家 小說家｜夢 夢想｜世界中 全世界｜愛する 喜愛｜名作 名作

10 今度韓国へいらっしゃった際には、ぜひ我が家に（　　　）。

1　おとまりください　　2　とまりください

3　おとまりしてください　　4　とまりしてください

下次來韓國時，請務必來我家住。

文法重點！ ⊘ おとまりください：「お＋動詞ます形（去ます）＋ください」是「～てください（請做～）」的尊敬語用法

例 少々お待ちください。請稍等一下。

詞彙 今度 ① 這次 ② 下次｜際 時候｜ぜひ 務必、一定｜我が家 我家｜泊まる 住宿

11 会社の上司に（　　　）、敬語を使わなければなりません。

1　ついては　　2　つき　　3　対しては　　4　関しては

對公司主管必須使用敬語。

文法重點！ ⊘ 人稱名詞＋に対しては：對～、對於～

例 子供に対して厳しい態度で接している。對孩子採取嚴厲的態度。

⊘「～について」和「～に関して」意思幾乎相同，都表示「有關～」的意思。

詞彙 上司 上司｜敬語 敬語

12 彼は大学受験に合格するために、１日も休む（　　　）勉強に励んでいる。

1　あまり　　2　ことなく　　3　うちに　　4　かわりに

他為了考上大學，每天都不休息，勤奮唸書。.

文法重點！ ⊘ 動詞連體形＋ことなく：表示「不做～」，等同「動詞＋ないで」。

詞彙 受験（じゅけん） 應考、投考｜合格（ごうかく） 合格、考中｜～に励む（はげむ） 勤奮

13 社長、お客さま２名が（　　　）。

1　ごらんになりました　　2　ごらんにしました

3　お見えになりました　　4　お見せになりました

社長，有２位客人來訪。

文法重點！ ⊘ お見（み）えになりました：「お見えなる」是「来（く）る（來）」的尊敬語。

詞彙 ごらんになる「見（み）る（看）」的尊敬語

問題 2　請從 1、2、3、4 中選出最適合填入下列句子 ＿＿★＿＿ 中的答案。

14 私が富士山の写真を ＿＿ ＿＿ ＿★＿ ＿＿、バッグからさいふをすられてしまいました。

1　間　　2　いる　　3　に　　4　とって

我在拍富士山照片的時候，包包裡的錢包被扒走了。

正確答案 私（わたし）が富士山（ふじさん）の写真（しゃしん）をとっている間（あいだ）に、バッグからさいふをすられてしまいました。

文法重點！ ⊘ ～ている間（あいだ）に：在～的期間

例 寝（ね）ている間（あいだ）に泥棒（どろぼう）に入（はい）られた。在我睡覺的時候，有小偷闖了進來。

詞彙 する 扒竊

15 ただいま、Webサイトに ＿＿ ＿＿ ＿★＿ ＿＿ が発生しております。

1　づらい　　2　障害　　3　アクセス　　4　し

目前網站出現難以連結的故障問題。

正確答案 ただいま、Webサイトにアクセスしづらい障害（しょうがい）が発生（はっせい）しております。

文法重點！ ⊘ 動詞ます形（去ます）＋づらい：很難做～

例 A社のキーボードは、使いづらい。A公司的鍵盤很難用。

詞彙 ただいま 目前、現在｜Webサイト 網站｜アクセス（電腦）連結｜障害 故障｜発生 發生

16 先日買ってきたこの野菜、＿＿＿ ＿＿＿ ＿★＿ ＿＿＿、早く食べた方がいいと思う。

1 なり　2 いるから　3 かけて　4 悪く

前幾天買回來的這些蔬菜，因為**快要**壞掉了，我認為最好趕快吃掉。

正確答案 先日買ってきたこの野菜、悪くなりかけているから、早く食べた方がいいと思う。

文法重點！ ⊘ 動詞ます形（去ます）＋かける：① 進行到一半 ② 正要開始

例 このバナナ、腐りかけている。這根香蕉快要腐爛了。

詞彙 先日 前幾天

17 歯をみがくときは、水を ＿＿＿ ＿＿＿ ＿★＿ ＿＿＿、コップに水をくんでみがくようにしましょう。

1 っぱなし　2 せず　3 に　4 出し

刷牙時要用杯子裝水來刷牙，不要讓水一直流。

正確答案 歯をみがくときは、水を出しっぱなしにせず、コップに水をくんでみがくようにしましょう。

文法重點！ ⊘ 動詞ます形（去ます）＋っぱなし：持續～的狀態

例 今日は仕事で、一日中立ちっぱなしだった。 今天因為工作，一整天都站著。

詞彙 歯をみがく 刷牙｜くむ 汲水、打水

18 A「このサプリメントを飲むだけで、誰でも3ヶ月で10kg減量できるって。」

B「へえ～、本当かな。そんな ＿＿＿ ＿＿＿ ＿★＿ ＿＿＿ 信用できないわ。」

1 なんか　2 うそ　3 っぽくて　4 の

A 「聽說只要吃這個營養補給品，任誰都能3個月減10公斤。

B 「是喔？真的嗎？這種話總覺得聽起來**假假的**，好不可信喔！」

正確答案 へえ～、本当かな。そんなのなんかうそっぽくて信用できないわ。

文法重點！ ⊘ ～っぽい：很像～（有某種傾向）

例 あきっぽい 沒耐性　忘れっぽい 健忘　子供っぽい 孩子氣

詞彙 減量 減輕體重｜なんか 總覺得｜うそっぽい 感覺假假的｜信用 信用、信任

問題3　請閱讀下列文章，並根據內容從1、2、3、4中選出最適合填入 19 ～ 23 的答案。

前幾天我一邊準備搬家，一邊整理家裡時，找到了我國小時寫的日記。我覺得很懷念[19]就開始閱讀，想起了童年時期的各種事情。當時，我有很多想讓別人買給我的東西。

說到小學生想讓人買來的東西，果然[20]還是玩具了。最近的小孩喜歡什麼樣的玩具呢？應該跟我小時候差不了多少吧？我也有很多很想要的玩具，像是機器人玩具、家用電視遊樂器等等……可是當時我家很窮[21]，所以什麼都沒有買給我。

所以當爺爺、奶奶或親戚說：「要不要買點東西。」的時候，我真的很高興。可是[22]，我爸媽卻說：「如果有人對你說這種話，就應該回絕，因為這樣太厚臉皮了。」因為受到這樣的教育，所以我總是只能說[23]：「不用了，我什麼都不需要，謝謝。」

然而，有一天，我又這樣拒絕了奶奶之後，奶奶露出非常寂寞的神情。我回家後跟媽媽說這件事，媽媽說：「奶奶大概是很想買些什麼送你吧……」於是她終於答應讓人買東西給我，我得到我一直很想要的電視遊樂器了。至今我仍清楚記得當時的喜悅。

詞彙　先日（せんじつ） 前幾天｜引っ越し（ひっこし） 搬家｜かたづける 整理、收拾｜日記（にっき） 日記｜思い出す（おもいだす） 想起來｜おもちゃ 玩具｜あまり変わらない（かわらない） 沒什麼改變｜家庭用（かていよう） 家用｜ゲーム機（き） 遊戲機｜当時（とうじ） 當時｜我が家（わがや） 我家｜親類（しんるい） 親戚｜うちの親（おや） 我爸媽｜図々しい（ずうずうしい） 厚臉皮｜断る（ことわる） 拒絕｜教育を受ける（きょういくをうける） 接受教育｜要る（いる） 需要｜ある日（ひ） 某日｜やっと 終於、好不容易｜うれしさ 高興、喜悅｜覚える（おぼえる） 記得

19　1 うつくしくて　2 なつかしくて　3 いそがしくて　4 すばらしくて

文法重點！　⊘懐かしい（なつかしい）：① 令人懷念 ② 留戀　⊘美しい（うつくしい）：美麗　⊘忙しい（いそがしい）：忙碌
⊘素晴らしい（すばらしい）：極好、極優秀

解說　前面句子提到「找到了我國小時寫的日記」，如果熟悉詞彙，應該就知道選擇哪一個詞彙較適當。

20　1 なるほど　2 はたして　3 かなり　4 やっぱり

文法重點！　⊘やっぱり：果然還是　⊘なるほど：原來如此
⊘はたして：究竟、到底　例 はたして犯人（はんにん）は誰（だれ）だろう。犯人究竟是誰？
⊘かなり：相當、很

解說　不論是作者的童年時光還是現在，對於孩子們來說，最受歡迎的東西當然是玩具，因此答案是選項4。

21 1 めずらしかった 2 まずしかった 3 さわやかだった 4 やさしかった

文法重點！ ⊘ 貧（まず）しい：貧窮、貧困 ⊘ 珍（めずら）しい：稀奇的、罕見的 ⊘ さわやかだ：爽快、爽朗
⊘ やさしい：溫柔

解說 前面句子提到「我也有很多很想要的玩具」，後面則表示「什麼都沒有買給我」，可以推測是因為家裡經濟狀況不好，因此答案是選項2。

22 1 でも 2 それから 3 そして 4 それとも

文法重點！ ⊘ でも：可是、即使 ⊘ それから：然後、而且 ⊘ そして：然後、而且
⊘ それとも：或者、還是

解說 從前面句子可以得知親戚說要給買東西給作者時，他會感到很高興。但是後面則表示因為受到父母的教育，他雖然感到高興，卻無法接受他們的好意。因此，這裡需要使用轉折的表達方式。

23 1 言うだけありませんでした 2 言うばかりありませんでした
3 言うしかありませんでした 4 言うものありませんでした

文法重點！ ⊘ 言（い）うしかありませんでした：只能說
⊘ ～しかない：只能～ 例 行（い）くしかない。只能去了。

解說 作者雖然想坦率表達內心的想法，但因為父母的教育，只能拒絕別人的好意，因此答案是選項3。

第2節 讀解

問題 4　閱讀下列 (1) ～ (4) 的內容後回答問題，從 1、2、3、4 中選出最適當的答案。

(1)

不知道是從什麼時候開始的，我們認為果菜汁一定會有益健康，就像是神話般地相信著。這大概是受到電視、網路、雜誌等廣告的影響吧。那麼，果菜汁真的會有益健康嗎？從結論來說，那是錯的。乍看之下對健康有益，但其實是有害健康的飲料。應該很多人每天會喝一瓶，聲稱是為了健康吧。我身邊也有這樣的人。

實際上市面上的果菜汁使用了大量農業，而且還使用了產地不明的蔬菜。此外，會加熱蔬菜來製作，所以營養也會流失。另外，為了讓味道變好喝，還加入了大量的糖等物質。換句話說，喝越多對健康越有害。如果真的想要喝果菜汁的話，就直接在家用果汁機製作吧！

24　以下何者不符合內容所述？

1　相信果菜汁對健康有益的人似乎很少。
2　似乎是從媒體上獲得有關果菜汁的資訊。
3　果菜汁的味道似乎不僅僅取決於蔬菜本身。
4　似乎為了讓果菜汁變好喝，加了很多糖在裡面。

詞彙　**野菜**（やさい） 蔬菜｜**絶対**（ぜったい） 絕對｜**健康**（けんこう） 健康｜**まるで** 好像、宛如｜**神話**（しんわ） 神話｜**信じる**（しん） 相信｜**たぶん** 大概｜**広告**（こうこく） 廣告｜**～のせい** ～的緣故｜**結論**（けつろん） 結論｜**うそ** 說謊、錯誤｜**1本**（いっぽん） 1瓶｜**まわり** 身邊、周圍｜**市販**（しはん） 市售｜**農薬**（のうやく） 農藥｜**産地**（さんち） 產地｜**さらに** 更加｜**熱を加える**（ねつ・くわ） 加熱｜**栄養**（えいよう） 營養｜**また** 另外｜**味**（あじ） 味道｜**砂糖**（さとう） 糖｜**ジューサー** 果汁機｜**直接**（ちょくせつ） 直接

解說　文中提到「私たちは野菜ジュースは絶対健康にいいと思うようになった（我們開始認為果菜汁一定會有益健康）」，而且「就像是神話般地相信著」。換句話說，許多人都相信果菜汁對健康有益，因此選項 1 不符合內容所述。

(2)

一般來說，一個有能力的商務人士，最需要具備的要素就是領導能力、發表能力和業務技巧等等。但我認為「守時」才是更重要的事。

那麼，為什麼守時很重要呢？守時的人是有著「絕對不會浪費時間」意識的人，他們絕對不會讓自己的時間或他人的時間白白浪費。工作上越是能幹的人，越懂得時間在商場上有多麼重要。因為時間是珍貴且重要的資源，所以絕對無法浪費時間。不管有多麼優秀的想法，多麼有說服力的提案，但只要某人在發表會上遲到，那一切都會化為泡影。即使只是 1 分鐘或 1 秒鐘，只要在約定的時間遲到，就會失去他人對你的信任。

25 文中提到就會失去他人對你的信任，原因為以下何者？

1 因為不是有能力的商務人士
2 因為沒辦法去發表會
3 因為沒有優秀的想法
4 因為不重視時間

詞彙 リーダーシップ 領導能力｜プレゼン能力 發表能力｜セールスのスキル 業務技巧｜有能だ 有能力｜最も 最｜要素 要素｜ところが 可是、然而｜守る 遵守｜もっと 更｜重要だ 重要｜なぜ 為何｜大切だ 重要｜絶対に 絕對｜無駄に 浪費｜意識 意識｜相手 對方｜決して 絕（不）｜仕事が出来る 工作能幹｜～ほど 越～｜どんなに 如何、多麼｜貴重だ 貴重、珍貴｜いくら～ても 不管多麼～也｜説得力 說服力｜提案 提案｜もし 如果、萬一｜プレゼンテーション 發表會｜遅刻 遲到｜すべては 全部｜水の泡 化為泡影、白費｜1秒 1秒｜遅れる 遲到｜信頼する 信賴

解說 整體內容是關於守時的重要性。作者認為不能守時的人，即使其他能力再優越也毫無意義，因此答案是選項4。

(3)

小秀，恭喜你進入幼稚園。
希望你能不挑食、盡情玩樂、健康快樂地度過這段時光。
也要乖乖聽老師、爸爸和媽媽的話喔。
還要交很多新朋友，跟朋友保持良好關係，健康地度過每一天。

爺爺、奶奶　筆

26 從這封信中可以知道什麼事？

1 孩子交不到朋友，很令人擔心。
2 孩子要住院了。
3 孫子要上小學了。
4 孫子要上幼稚園了。

詞彙 入園 入（幼稚）園｜過ごす 度過｜言うことを聞く 聽話｜それから 然後、而且｜仲良く 關係好、感情好｜より ～筆（用於信件署名）｜孫 孫子｜幼稚園 幼稚園

解說 文中的「入園」是關鍵字提示，「入園」在此是指「幼稚園入學」。

(4)

我家養了一隻狗，名字叫做小白。牠被丟在我們家門口，是媽媽把箱子裡的小白撿回來的，小白是一隻非常小的小狗。

起初，小白的表情很悲傷，一點精神都沒有，我覺得那樣的小白可憐得不得了。為了小白，首先我給牠取了「小白」這個名字。一開始我叫牠「小白」時，牠都沒有反應，可是牠馬上就知道那是牠的名字，後來就會看著我搖尾巴了。然後我還幫牠買了小狗喝的牛奶。小狗喝的牛奶有點貴，只靠我的零用錢根本買不起，可是爸爸媽媽幫我出了一半牛奶錢，我就買得起了。現在小白完全有精神了，會常常跟我一起玩了。

27 以下何者符合內容所述？

1 小白這個名字是爸媽取的。

2 我親手製作小白的牛奶。

3 小白喜歡在外面玩耍勝過在家裡。

4 不知道小白是在哪裡出生的。

詞彙 ぼく 我（男生的自稱）｜一匹 一隻｜飼う 飼養｜～と言う 叫做～｜捨てる 丟｜箱 箱子｜拾う 撿｜子犬 小狗｜最初は 一開始｜悲しい 悲傷｜元気がない 沒有精神｜かわいそうだ 可憐｜～てたまらない ～得不得了｜まず 首先｜名前をつける 取名字｜反応 反應｜すぐ 立刻、馬上｜自分 自己｜しっぽを振る 搖尾巴｜それから 然後、而且｜子犬用 小狗用｜おこづかい 零用錢｜～だけでは 只有～的話｜無理 辦不到｜ミルク代 牛奶錢｜半分 一半｜すっかり 完全｜直接 直接

解說 文中提到「家の前に捨てられて、箱の中にいたシロを母が拾って来た（牠被丟在我們家門口，是媽媽把箱子裡的小白撿回來的）」，因此無法知道小白是在哪裡出生的。

問題 5　閱讀下列 (1) ～ (2) 的內容後回答問題，從 1、2、3、4 中選出最適當的答案。

(1)

小學時，每天都有寫日記的作業，可是我①真的很討厭這項作業。因為還是小孩子，不知道該寫什麼，加上每天寫日記對小孩子而言是很辛苦的事。而且日記的內容大部分都是「一開始做了什麼，接下來做了什麼，再來去了哪裡做了什麼。覺得很有趣，很好」，不會寫下自己的感受或心情，只是把那天發生的事列舉出來的日記。

可是很不可思議的是，過了 30 歲之後，②我突然開始想寫日記了。我一直覺得寫日記很麻煩，可是我慢慢地對日記的印象改變了，想法也改變了。我開始覺得寫下短短的日記，可以作為一天的反省也不錯，也就是說，藉由這小小的反省，我可以客觀地看待自己，過著更有計畫的人生。這是我開始寫日記的主要原因。

我現在每天都會寫日記，寫日記時總覺得心情就會變得平靜，隨著當天的反省，我也可以心情愉快地入睡。

28　文中提到①真的很討厭這項作業，為什麼討厭？

1　因為原本就很討厭學校的作業
2　因為學校作業太多
3　因為每天寫日記很辛苦
4　因為學校的作業不好玩

解說　提示在後面的句子，作者當時還是小孩子，不知道該寫什麼，還覺得每天都寫日記對小孩子而言很辛苦。所以答案是選項 3。

29　文中提到②我突然開始想寫日記了，原因為以下何者？

1　因為不喜歡寫列舉當天發生的事情的日記
2　因為寫日記時，開始想寫下心情了
3　因為當天有很多需要反省的事情
4　因為覺得可以度過更有計畫的人生

解說　文中提到「もっと計画的(けいかくてき)な人生(じんせい)を送(おく)れると思(おも)うようになった（可以過著更有計畫的人生）」是寫日記的主要原因。也就是說，作者之所以開始想寫日記，是因為相信自己可以更加有計畫地度過生活。

30 以下何者符合本文內容？

1 這個人從小就喜歡寫日記
2 這個人從小就會在日記中寫下自己的感受。
3 這個人現在很討厭寫日記。
4 這個人現在每天都會寫日記。

解說 作者曾表示年幼時不喜歡寫日記，也不會記錄自己的感受，但現在喜歡上寫日記，每天都在寫，因此答案是選項 4。

詞彙 **日記**(にっき) 日記｜**宿題**(しゅくだい) 作業｜**～にとっては** 對～而言｜**大変だ**(たいへん) 辛苦｜**内容**(ないよう) 內容｜**たいてい** 大部分｜**最初は**(さいしょ) 一開始｜**次に**(つぎ) 接著｜**感じる**(かん) 感覺到｜**ただ** 只是｜**並べる**(なら) 列舉｜**ところで** 可是｜**不思議だ**(ふしぎ) 奇怪、不可思議｜**～ことに** ～的是｜**過ぎる**(す) 過了｜**～てから** ～之後｜**急に**(きゅう) 突然｜**ずっと** 一直｜**面倒くさい**(めんどう) 麻煩｜**少しずつ**(すこ) 慢慢地｜**イメージ** 印象、形象｜**変わる**(か) 變化｜**1日**(いちにち) 1天｜**反省**(はんせい) 反省｜**つまり** 總而言之、也就是說｜**ちょっとだけ** 一點點｜**反省することで**(はんせい) 藉由反省｜**客観的**(きゃっかんてき) 客觀的｜**もっと** 更｜**計画的**(けいかくてき) 有計畫的｜**人生**(じんせい) 人生｜**送る**(おく) 度過｜**きっかけ** 契機｜**なんだか** 總覺得｜**落ち着く**(お つ) 平靜｜**～とともに** 隨著｜**もともと** 原本、本來｜**現在**(げんざい) 現在、目前｜**欠かす**(か) 遺漏、缺少

(2)

田中先生，你好嗎？

我現在來到北海道了。東京雖然也很冷，但這裡更冷。氣溫是零下 10 度左右，風也是又大又冷。這種寒冷是我生平第一次經歷。即使在這樣的寒冷中，北海道的人也稀鬆平常地生活著。我感冒了，<u>前天和昨天一直待在飯店裡，哪裡也沒有去</u>。昨晚我請朋友幫我買來感冒藥，吃藥後我睡得很沉，身體狀況已經好多了。

我因為感冒兩天來一直躺著，但我打算從明天起再出門找論文資料。我聽說去櫻花大學就有很多愛奴民族歷史的相關資料，所以我明天打算去櫻花大學看看。

我原本預計來一個禮拜，本來明天就要回去的，但因為感冒的關係沒辦法找資料，所以我打算再待一段時間。等我找完資料，我打算回老家一趟。因為經歷一番折騰，所以過年我想回老家好好休息。等新年假期結束後，我應該會馬上回東京。到時候在東京見吧。

31 文中提到<u>前天和昨天一直待在飯店裡，哪裡也沒有去</u>，為什麼？

1 因為太冷了
2 因為身體不舒服
3 因為沒吃藥
4 因為沒錢

解說 文中有提到「私はかぜをひいてしまって（我感冒了）」，也就是說因為身體狀況不好，所以無法外出。

32 這個人來北海道最重要的理由是什麼？

1 為了找寫論文所需的資料
2 為了見愛奴民族
3 為了和北海道的朋友見面
4 因為很疲倦，所以來好好休息的

解說 根據文章內容，可以知道這個人正在撰寫關於愛奴民族歷史的論文，所以他來北海道是為了尋找相關資料。

33 以下何者符合本文內容？

1 這個人的論文作業馬上就要完成了。
2 這個人請田中先生幫忙買感冒藥。
3 這個人預計明天回老家。
4 這封信似乎是在 12 月寫的。

解說 文章末尾提到「お正月休みが終わったら（等新年假期結束後）」，日本的新年是「お正月 1月 1 日」，所以可以推測寫信時間是 12 月。其他選項則都與內容不符。

詞彙 お元気ですか 你好嗎？｜北海道 北海道｜気温 氣溫｜マイナス 10 度 零下 10 度｜生まれて初めて 有生以來第一次｜普通 普通｜生活 生活｜ずっと 一直｜ゆうべ 昨晚｜知り合い 熟人、朋友｜かぜ薬 感冒藥｜ぐっすり寝る 熟睡｜体調 身體狀況｜だいぶ 相當｜二日間 兩天｜～てばかりいる 淨是～、光是～｜論文資料探し 找論文資料｜アイヌ民族 愛奴民族（北海道的原住民族）｜歴史 歷史｜もともと 原本、本來｜予定 預定｜実家 老家｜ゆっくり 慢慢地｜お正月休み 新年假期｜戻る 回家、回到｜作業 工作、作業

問題 6　閱讀下面文章後回答問題，從 1、2、3、4 中選出最適當的答案。

秋天也結束了，天氣開始完全變冷了。冬天一到，很多人會說冷到什麼都不想做，什麼都做不到，尤其有很多女性都對禦寒措施傷透了腦筋。像是穿很厚，使用暖暖包，①想方設法，可是比起這些，我希望她們能從基本的健身開始做起。因此，今天我想要介紹 4 種能夠不畏寒冷的健身秘訣。

首先第一個是②運動。

有意識的運動會讓身體不容易變冷。首先，從簡單的散步開始吧。之後進行健走，再升級到慢跑。要對抗寒冷有很多種運動，當中我特別想推薦肌肉訓練，輕微的肌肉訓練也可以，只要能有意識地使用肌肉即可。

第二個是規律的生活。

只要平時能過著規律的生活，就能打造健康的身體。如果生活不規律，就很容易導致身體受寒，所以要注意這一點。當然，這也包含充足的睡眠。

第三個是均衡的飲食。

當然，平常就確實攝取③均衡飲食也是非常重要的，因為天氣冷就狂吃肉是不好的。其實在蔬菜當中就有能夠溫暖身體的東西。如果吃了那些蔬菜，就可以打造不怕寒冷的身體。像是大蒜、辣椒、生薑、南瓜、韭菜、蔥、洋蔥等都是代表性的蔬菜。

最後想建議各位泡澡。

最近的年輕人當中，很多人似乎只淋浴，不泡澡。但是寒冬更需要在浴缸裡慢慢地暖和身體。只要像這樣泡澡讓身體變暖，身體就不容易變冷，可說是相當有效果。

身體寒冷時容易感冒，身體機能會下降，也很容易得到流行性感冒。平時就按照上述方法溫暖身體的話，對預防流感也有幫助，希望大家一定要試試看。

34　文中提到①想方設法，是指什麼方法？

1　多吃
2　基本的健身
3　穿厚重衣服
4　減肥

解說　文中提到女性的禦寒措施包括「厚着（あつぎ）をしてみたり、カイロを使（つか）ったり（穿很厚，使用暖暖包）」，因此答案是選項 3。

35　文中提到②運動，作者特別強調什麼？

1　簡單的散步
2　健走
3　慢跑
4　肌肉訓練

解說　文中提到可以「まずは軽い散歩から始めよう。そしてウォーキング、次にジョギングまでレベルアップ（從簡單的散步開始吧。之後進行健走，再升級到慢跑）」，但後面還有提到「さまざまな運動のなかから、特に筋肉トレーニングを勧めたい（有很多種運動，當中我特別想推薦肌肉訓練）」。所以答案是選項 4。

36　文中提到③均衡飲食，主要建議大家怎麼做？

1　不要只吃肉，也要吃蔬菜
2　增加吃肉的量
3　蔬菜加熱後再吃
4　直接在家種植蔬菜

解說　文中提到「蔬菜當中就有能夠溫暖身體的東西」，因此建議攝取蔬菜。

37　本文中作者最想說的是什麼？

1　不要只淋浴，也要好好泡澡
2　透過健身來克服寒冷
3　均衡飲食的重要性
4　肌肉訓練和流行性感冒的關係

解說　最基本的主題是應對冬季寒冷的措施，作者建議透過健身來克服寒冷。充足的運動、規律的生活、均衡的飲食，以及洗澡等方法，可以幫助我們增強身體，克服寒冷。

詞彙　**本格的** 正式的｜**寒さ対策** 禦寒對策｜**頭を悩ませる** 傷腦筋｜**厚着をする** 穿很多｜**カイロ** 暖暖包｜**工夫** 想辦法、下工夫｜**基本的** 基本的｜**体作り** 健身｜**そこで** 因此、所以｜**負ける** 輸、敗｜**コツ** 秘訣｜**意識的** 有意識的｜**体が冷える** 身體發冷｜**散歩** 散步｜**ウォーキング** 健走｜**さまざまな** 各式各樣的｜**筋肉トレーニング** 肌肉訓練｜**勧める** 建議、勸告｜**ちょっとした** 一點、稍微｜**規則正しい** 規律｜**生活** 生活｜**日ごろ** 平時、平常｜**健康的** 健康的｜**どうしても** 無論如何 務必｜**体を冷やす** 使身體受涼｜**原因** 原因｜**気をつける** 小心、注意｜**十分な** 充分｜**睡眠** 睡眠｜**含む** 含有、包括｜**バランスがとれる** 達到平衡｜**やはり** 果然、終究還是｜**食事をしっかりとる** 好好吃飯｜**重要だ** 重要｜**～からといって** 雖說～但是～｜**決して** 絕（不）｜**実は** 其實｜**温める** 加溫、加熱｜**にんにく** 大蒜｜**とうがらし** 辣椒｜**しょうが** 生薑｜**かぼちゃ** 南瓜｜**にら** 韭菜｜**ねぎ** 蔥｜**玉ねぎ** 洋蔥｜**代表的** 有代表性的｜**若い** 年輕｜**すませる** 應付將就、做完｜**～こそ** 正因為～｜**ゆっくりお風呂に入る** 慢慢泡澡｜**温まる** 暖和｜**効果的** 有效的｜**～たまま** 照舊、原封不動｜**機能** 機能、功能｜**落ちる** 下降｜**インフルエンザ** 流行性感冒｜**上記** 上述｜**方法** 方法｜**予防** 預防｜**役立つ** 有用｜**ぜひ** 務必、一定｜**試す** 嘗試｜**～てほしい** 希望～｜**量を増やす** 增量｜**直接** 直接｜**育てる** 培養｜**～を通して** 通過～｜**乗り切る** 克服｜**重要性** 重要性｜**関係** 關係

問題 7　右頁是肖像畫教室的招生通知。請閱讀文章後回答以下問題，並從 1、2、3、4 中選出最適當的答案。

38　大學生山口先生想參加這個肖像畫教室，在開課日之前，他必須做什麼事？

1　練習畫肖像畫。

2　繳交 40,000 日圓。

3　製作要送給朋友的卡片。

4　用電子郵件寄送報名表。

解說　文中提到「ホームページから申込書をダウンロードして、ファックスかメールで開講日の 1 週間前までにお送りください（請從官網下載報名表，並於開課日前一週用傳真或電子郵件寄出）」，因此答案是選項 4。

39　以下何者符合本通知內容？

1　學費和材料費只要在開課日前繳交即可。

2　課程每週 3 次，上午不上課。

3　大學生不能參加這個肖像畫體驗教室。

4　沒有限制參加人數。

解說　從內文可以得知上課時間是「毎週 月水金 19 時～ 21 時（每週一、三、五的晚上 7 點到 9 點）」。因此，上午時段並沒有上課。學費和教材費必須在開課前 3 天繳交。只要是高中生或以上的人都可以參加，但名額限制為 15 人。

NICONICO 肖像畫教室　強力招募學生！！

＊NICONICO 肖像畫教室將召開 2018 年秋季課程，我們正在招募學生。

NICONICO 肖像畫教室招募對象：

● 總之就是很喜歡畫畫的人

● 對畫畫感興趣的人

● 想要學習繪畫技巧的人

● 想在送給朋友或熟人的卡片上畫肖像畫的人

歡迎大家報名參加。

1. **期　　間**：2018 年 10 月 1 日（一）～ 11 月 30 日（五）
2. **上課時間**：每　週　一三五　晚上 7 點～ 9 點（1 次 2 小時）
3. **費　　用**：學　費：40,000 日圓（＊無需繳交入會費）
   材料費：2,000 日圓
   總　計：42,000 日圓（含稅）
   ＊請於開課前 3 天繳交。
4. **人　　數**：15 名
5. **參加對象**：高中生以上
6. **報名方法**：請從官網下載報名表，並於開課日前一週用傳真或電子郵件寄出。
   傳　　真：088-123-4567（負責人：池田）
   電子郵件：IKEDA@NIGAOE.COM
7. **地　　點**：〒 678-2345
   櫻花市綠區 2 丁目 5 番地
   櫻花大樓 2 樓
   NICONICO 肖像畫體驗教室

詞彙 **似顔絵**（にがおえ） 肖像畫｜**教室**（きょうしつ） 教室｜**生徒**（せいと） 學生｜**大募集**（だいぼしゅう） 強力招募｜**講座**（こうざ） 講座｜**開講**（かいこう） 開始講課｜**～にあたり** ～之際｜**募集**（ぼしゅう） 招募｜**描く**（えがく） 畫｜**とにかく** 總之、反正｜**興味**（きょうみ） 興趣｜**身につける**（みにつける） 學會、掌握｜**友人**（ゆうじん） 朋友｜**知人**（ちじん） 熟人｜**応募**（おうぼ） 應徵、報名參加｜**期間**（きかん） 期間｜**受講料**（じゅこうりょう） 學費｜**入会費**（にゅうかいひ） 入會費｜**不要**（ふよう） 不用｜**材料費**（ざいりょうひ） 材料費｜**合計**（ごうけい） 總計｜**税込み**（ぜいこみ） 含稅｜**支払う**（しはらう） 支付、繳交｜**定員**（ていいん） 規定人數｜**高校生**（こうこうせい） 高中生｜**以上**（いじょう） 以上｜**申し込み**（もうしこみ） 報名、申請｜**方法**（ほうほう） 方法｜**申込書**（もうしこみしょ） 報名表｜**担当**（たんとう） 負責人｜**場所**（ばしょ） 場所、地點｜**体験**（たいけん） 體驗｜**練習**（れんしゅう） 練習｜**払う**（はらう） 支付、繳交｜**人数**（にんずう） 人數｜**制限**（せいげん） 限制

第3節 聽解 Track 2

問題 1　先聆聽問題，在聽完對話內容後，請從選項 1 ～ 4 中選出最適當的答案。

れい Track 2-1

女の人と男の人が話しています。男の人はこの後、どこに行けばいいですか。

女：え、それでは、この施設の利用がはじめての方のために、注意していただきたいことがありますので、よく聞いてください。まず決められた場所以外ではケータイは使えません。

男：え？ 10分後に、友達とここで待ち合わせしているのに、どうしよう。じゃ、どこで使えばいいですか。

女：3階と5階に、決められた場所があります。

男：はい、わかりました。友達とお茶を飲んだり、話したりする時はどこに行ったらいいですか。

女：4階にカフェテリアがありますので、そちらをご利用ください。

男：はい、わかりました。さあ、奈々ちゃん、どこまで来たのか電話かけてみるか。

男の人はこの後、どこに行けばいいですか。

1　1階
2　2階
3　3階
4　4階

例

女子和男子正在對話，男子接下來應該要去哪裡？

女：嗯，那麼為了第一次使用本設施的人，有幾件事想提醒大家，請仔細聽好。首先，手機只能在指定場所使用。

男：什麼？可是我跟朋友約好 10 分鐘後要在這裡碰面，怎麼辦？那應該在哪裡使用呢？

女：3 樓和 5 樓有指定的場所。

男：好的，我知道了。那我要跟朋友喝茶、聊天時，可以去哪裡呢？

女：4 樓有一個自助餐廳，請利用那個地方。

男：好的，我知道了。那我打電話問問奈奈她來到哪裡了。

男子接下來應該要去哪裡？

1　1 樓
2　2 樓
3　3 樓
4　4 樓

解說　對話最後男子說要打電話問朋友到哪裡了，所以要去能使用手機的指定場所，也就是 3 樓或 5 樓，因此答案是選項 3。

詞彙　施設 設施｜利用 利用｜注意 提醒、留意｜以外 以外｜待ち合わせ 碰面

1ばん Track 2-1-01

ファミレスで男の人と女の人が話しています。女の人は何を注文しますか。

男：え～と、ぼくはハンバーガーとスパゲッティとフライドポテト、そしてコーラ。

女：え～、そんなに食べるの？

男：うん、今、はらがへって死にそう。

女：私はサラダとミルクにする。

男：え？ それだけで大丈夫？ ハンバーガー食べないの？

女：ハンバーガーは私も好きだよ。でも最近ちょっと太りぎみだから…。

男：それにしても少なすぎるよ。午後も仕事だから、しっかり食べた方がいいよ。スパゲッティでも食べたら？

女：う～ん、どうしよう…。

男：コーラはいいけど、スパゲッティぐらいは食べておいた方が絶対いいって。

女：うん…、わかった。そうする。サラダといっしょに食べる。

女の人は何を注文しますか。

2

第 1 題

男子和女子正在家庭餐廳對話，女子準備點什麼？

男：嗯～我想要點漢堡、義大利麵和炸薯條，然後可樂。

女：哇～你吃那麼多啊？

男：嗯！我現在餓到快死了。

女：我要點沙拉和牛奶。

男：欸？妳只吃這樣夠嗎？妳不吃漢堡嗎？

女：我也很喜歡漢堡啊！但是最近好像有點發胖……

男：就算是這樣也太少了吧。下午還要工作，還是吃飽一點比較好，要不要吃個義大利麵？

女：嗯～怎麼辦呢……

男：可樂就算了，但最好還是吃點義大利麵。

女：嗯……好吧。那就這樣吧。我跟沙拉一起吃。

女子準備點什麼？

解說 女子正在節食，只想點牛奶和沙拉，但男子說下午也要工作，不能只吃這些，建議她至少吃點義大利麵，最後女子接受了男子的建議。在「コーラはいいけど」這句話中，「いい」的意思不是指「好」，而是指「不需要」，要特別注意。

詞彙 ファミレス 家庭餐廳｜ハンバーガー 漢堡｜スパゲッティ 義大利麵｜フライドポテト 炸薯條｜コーラ 可樂｜腹が減る 肚子餓｜サラダ 沙拉｜ミルク 牛奶｜それだけで 只有這樣｜太りぎみだ 有發胖的跡象｜～ぎみだ 有～的傾向 例 かぜぎみ 有點感冒 疲れぎみ 感覺有點疲倦｜それにしても 即使如此｜少なすぎる 太少｜しっかり食べる 吃飽、好好地吃｜絶対 絕對

2ばん Track 2-1-02

会社で男の人と女の人が話しています。女の人はどうするつもりですか。

男：真理ちゃん、話聞いたよ。来月結婚するって？ おめでとう。

女：あ、ありがとうございます。

男：結婚しても仕事は続けるよね？

女：いや、それが…。今月いっぱいで仕事をやめます。

男：え？ やめるの？ それはもったいないな…。この仕事のためにいろいろ勉強してきたのに…。

女：ええ、それがちょっと事情がありまして…。

男：事情って？ 彼氏が結婚したら、仕事をやめろって言ってるの？

女：いや、彼氏から仕事をやめろとは言われてないんですが…。

男：じゃ、どうして？

女：実は彼の実家が農家で、彼自身も結婚したら実家にもどって農業をしたいと言っているんですよ。

男：あ、農業ね。それもいいかもね。

女：ええ、この仕事もずっとやり続けたかったんですけど、将来夫と同じ仕事をするのもいいかなって思いまして。

女の人はどうするつもりですか。

1 結婚をやめて、仕事をやり続ける

2 結婚しても、仕事をやり続ける

3 結婚したら、彼氏と一緒に仕事をやめる

4 結婚したら、彼氏と一緒に農業をする

第2題

男子和女子正在公司對話，女子之後打算做什麼？

男：真理，我聽說了，妳下個月要結婚了？恭喜。

女：啊，謝謝。

男：妳結婚之後也會繼續工作吧？

女：不會，關於這個……我打算做到這個月底就辭職。

男：什麼？妳要辭職嗎？太可惜了吧……妳為了這份工作做了這麼多功課，卻……

女：是的，因為有一些狀況……

男：狀況？是妳男友叫妳結婚後辭職的嗎？

女：不是的，我男友沒叫我辭職……

男：那是為什麼？

女：其實他老家是務農的，他自己也說打算結婚後就回老家從事農業。

男：啊，農業啊！那好像也不錯。

女：對啊！雖然我也很想一直做這份工作，但我覺得將來跟我先生一起從事同一份工作好像也不賴。

女子之後打算做什麼？

1 不結婚，繼續工作

2 結婚之後仍繼續工作

3 結婚之後跟男友一起辭掉工作

4 結婚之後跟男友一起從事農業

解說 雖然女子最後表現出對現在的工作也充滿熱情，但她也覺得將來跟先生一起工作也是不錯的選擇。因此答案是選項4。

詞彙 **今月いっぱいで** 到這個月底 ▶ **今年いっぱいで** 到今年年底｜**もったいない** 可惜｜**事情** 情況、緣故｜**彼氏** 男友｜**実家** 老家｜**農家** 農家｜**農業** 農業｜**ずっと** 一直｜**やり続ける** 繼續做｜**将来** 將來、未來｜**夫** 丈夫

3ばん Track 2-1-03

不動産屋で男の人と女の人が話しています。女の人はどうしますか。

女：すみません、あの、部屋を探しているんですが…。

男：どんなお部屋ですか。

女：ワンルームのアパートで、なるべく駅から近い方がいいんですが。

男：あ、駅から近いとやっぱり家賃も高くなりますが、大丈夫ですか。

女：そうですか。で、家賃はどのくらいになるんでしょうか。

男：え～と…ちょっと待ってくださいね。一番安いのが７万円ですね。

女：７万円ですか。高いですね。

男：駅から近いと高くなるんですよ。これより高いのもたくさんありますよ。

女：まだ学生なので、そんな余裕はないんです。

男：じゃ、駅からはちょっと遠くなりますが、安いのもありますよ。

女：いくらぐらいですか。

男：一番安いのは４万円ですね。ただし駅からは歩いて20分かかりますよ。

女：20分ですか…。本当は駅に近いアパートがいいんですけど、ま、予算の問題もあるし、自転車に乗ればいいかな…。じゃ、これにします。

女の人はどうしますか。

1　駅から遠くても安いアパートにする
2　駅から遠くて高いアパートにする
3　高くても駅から近いアパートにする
4　安くて駅から近いアパートにする

第 3 題

男子和女子正在房地產公司對話，女子打算選哪一種？

女：不好意思，那個……我想找房子……

男：請問您想找什麼樣的房子呢？

女：我想找單房公寓，最好盡量離車站近一點的。

男：啊，離車站近的話，房租也會比較貴一點，可以嗎？

女：這樣啊？那房租大概會是多少呢？

男：嗯～請稍等一下。最便宜的是 7 萬日圓。

女：7 萬日圓？真貴耶！

男：離車站近就會比較貴，還有很多更貴的呢！

女：我還是學生，沒那麼多錢。

男：那麼，稍微離車站遠一點，就有便宜的了。

女：大概是多少呢？

男：最便宜的是 4 萬日圓，只是從車站走路要花 20 分鐘。

女：20 分鐘啊……其實我覺得離車近的公寓比較好，但有預算問題，只要騎腳踏車就好了吧……那就選這個。

女子打算選哪一種？

1　**離車站遠，但房租便宜的公寓**
2　離車站遠，房租也貴的公寓
3　房租較貴，但離車站近的公寓
4　房租便宜，離車站也近的公寓

解說　雖然女子想租離車站近一點的房子，但因為還是學生，無法支付高昂的房租，所以只能選擇離車站較遠但房租較便宜的公寓，因此答案是選項 1。

詞彙　不動産屋 房地產公司｜探す 尋找｜ワンルーム 單房｜なるべく 盡量｜家賃 房租｜余裕 從容、餘裕｜ただし 但是｜予算 預算

4ばん Track 2-1-04

男の人と女の人が電話で話しています。男の人はこれからどうしますか。

（電話の着信音）

女：はい、山下工業でございます。

男：いつもお世話になっております。名古屋電機の森山と申しますが…。

女：あのう、すみません、もっと大きな声で話していただけませんか。

男：はい、名古屋電機の森山と申しますが、今東京駅に着いたところです。これから…。

女：あの、もう少し大きな声でゆっくり話していただけませんか。

男：あ、電話が遠いんですね。

女：もうしわけありませんが、お電話が遠いようなので…。

男：では、こちらからもう一度かけ直します。

女：かしこまりました。よろしくお願いいたします。

男の人はこれからどうしますか。

1　山下工業の近くまで行って電話をかける
2　山下工業へ行って女の人に直接会う
3　山下工業にまた電話をかける
4　山下工業の電話番号を確認する

第4題

男子和女子正在講電話。男子接下來會怎麼做？

（電話鈴聲）

女：您好，這裡是山下工業。

男：平時承蒙照顧了。我是名古屋電機的森山……

女：那個……不好意思，可以請您講話再大聲一點嗎？

男：好，我是名古屋電機的森山，現在剛到東京車站，接下來……

女：不好意思，可以請您聲音稍微再大一點慢慢講嗎？

男：啊，電話聲音聽不清楚是嗎？

女：非常抱歉，聲音聽不太清楚……

男：那我再重打一次。

女：好我知道了，麻煩您了。

男子接下來會怎麼做？

1　到山下工業附近打電話
2　到山下工業直接與女子見面
3　**再打一次電話到山下工業**
4　確認山下工業的電話號碼

解說　「電話が遠い」和「こちらからもう一度かけ直します」是關鍵線索。因為電話聲音聽不清楚，所以男子表示會再次撥打，因此答案是選項3。

詞彙　～でございます「です」的自謙語｜**電機** 電機｜**大きな声** 大聲｜**話す** 說｜～ていただけませんか 可以請您～嗎？｜**着く** 到達｜～たところだ 剛～（表示動作剛結束）｜**電話が遠い** 電話聲音聽不清楚｜**かけ直す** 重打｜**確認** 確認

5ばん Track 2-1-05

男の人と女の人が話しています。女の人はこれからどうしますか。

男：このごろ、ずいぶん寒くなりましたね。

女：ええ、そうですね。最近かぜも流行ってるようだし、気をつけなければなりませんね。

男：ぼくは大丈夫ですよ。毎朝ジョギングしていますから。最初はダイエットのためでしたが、おかげで今は、かぜなんかひかないんですよ。

女：へ～、毎朝ですか？ すごいですね、だからそんなに元気なんですね。

男：渡辺さんも何かスポーツやっていますか。

女：いいえ、ぜんぜん。もともとスポーツはあまり好きじゃないんですよ。

男：でも体のためにも、何かやった方がいいですよ。渡辺さんももうすぐ40代になるし…。

女：スポーツの代わりに、ビタミンでも飲もうかな…。

男：う～ん、ビタミンとか栄養剤もいいですが、一番いいのはやっぱり適度な運動と、バランスのとれた食事ですよ。

女：そうですね、わかってはいますが、それがなかなか…。

男：ま、最初は難しいでしょうが、やってみればすぐにできるようになりますよ。まずはジョギングより、ウォーキングなどの軽い運動から始めてみたらどうですか。

女：ウォーキングですか…、それならできそうな気もしますね。

男：お互いがんばりましょうよ。

女の人はこれからどうしますか。

1　男の人と一緒にジョギングを始める
2　一人でウォーキングを始める
3　男の人と一緒にダイエットを始める
4　一人でジョギングを始める

第 5 題

男子和女子正在對話。女子接下來會怎麼做？

男：最近變得好冷喔！

女：對啊，沒錯。最近好像也很流行感冒，要小心點。

男：我沒事的，因為我每天早上都在慢跑。一開始是為了減肥，但也多虧於此，現在都不會感冒了。

女：哇～每天早上嗎？好厲害，所以才會那麼健康嗎？

男：渡邊小姐，妳也有做什麼運動嗎？

女：不，我完全沒有，我本來就不太喜歡運動。

男：可是為了身體健康，還是做點運動比較好喔！渡邊小姐，畢竟妳也快 40 歲了……

女：那我吃維他命來代替運動好了……

男：嗯～吃維他命或營養補給品也是可以，可是最好的方法還是適度的運動和均衡的飲食。

女：說的也是，我也知道這個道理，但就是很難做到……

男：嗯……一開始或許會覺得困難，但只要試著開始，馬上就能做到的。首先，比起慢跑，可以先從健走這類輕鬆的運動開始試試，妳覺得怎麼樣？

女：健走啊……那好像還可以辦得到。

男：我們一起互相加油吧！

女子接下來會怎麼做？

1　開始跟男子一起慢跑
2　開始一個人健走
3　開始跟男子一起減肥
4　開始一個人慢跑

解說 雖然女子說她不喜歡運動，但在男子的勸說下，她開始有意願嘗試輕鬆的健走。但不要誤以為男子最後會和女子一起慢跑。實際上兩人是分開運動的。

詞彙 **このごろ** 近來、最近｜**ずいぶん** 相當、很｜**流行る** 流行｜**気をつける** 小心、注意｜**おかげで** 多虧、託福｜**もともと** 本來｜**～の代わりに** 代替～｜**栄養剤** 營養補給品｜**適度** 適度｜**バランスがとれる** 達到平衡｜**お互い** 彼此、互相

6ばん Track 2-1-06

服売り場で男の人と女の人が話しています。男の人はこれからどうしますか。

女：いらっしゃいませ。

男：このグレーのコート、いくらですか。

女：50,000円ですが、ただいまセール中で、20%割引となります。

男：あ、そう、安いな。ちょっと着てみてもいいですか。

女：はい、どうぞ。

男：あ、ちょっときついな。色とかデザインは気に入ったけど、これじゃちょっとね…。これより一つ上のサイズはありませんか。

女：申し訳ございません。そのサイズのコートは今売り切れとなっております。

男：そう、じゃ、しょうがないな。

女：お客様、こちらの黒いのはいかがでしょうか。これなら一つ上のサイズもございますが。

男：黒か…、黒はちょっとね…。でも一度着てみようかな。

女：ええ、どうぞ。あ、これはぴったりですね。

男：う～ん…、でもやっぱりいいです。

男の人はこれからどうしますか。

1 今日は何も買わずに帰る

2 グレーのコートを買う

3 40,000円を払ってコートを買う

4 黒い色のコートを買う

第 6 題

男子和女子正在服飾賣場對話，男子接下來會怎麼做？

女：歡迎光臨。

男：這件灰色大衣多少錢？

女：這件是 50,000 日圓，目前正在特價打 8 折。

男：是嗎？很便宜耶！我可以試穿一下嗎？

女：好的，請試試看。

男：嗯……稍微有點緊！顏色和設計我都喜歡，但有點……有比這個再大一號的尺寸嗎？

女：非常抱歉，那個尺寸的大衣目前都賣完了。

男：是嗎？那就沒辦法了。

女：先生，這邊這件黑色的您覺得怎麼樣？這件的話還有大一號的尺寸。

男：黑色啊……黑色有點……不然我還是試穿一次看看好了。

女：好的，請試試看。啊，這件很合適呢！

男：嗯～還是算了。

男子接下來會怎麼做？

1 今天什麼都不買，直接回去

2 買灰色大衣

3 付 40,000 日圓買大衣

4 買黑色大衣

解說 男子想要的顏色是灰色，但沒有合適尺寸。所以女子建議選擇有合適尺寸的黑色，但男子不喜歡這個顏色拒絕了。因此今天什麼都沒有買，答案是選項 1。

詞彙 服売り場 服飾賣場｜グレー 灰色｜ただいま 目前、現在｜セール中 特價中｜割引 折扣、減價｜きつい 緊｜気に入る 喜歡｜売り切れ 賣完｜ぴったりだ 合適

問題 2　先聆聽問題，再看選項，在聽完對話內容後，請從選項 1 ～ 4 中選出最適當的答案。

れい Track 2-2

女の人と男の人が映画のアプリについて話しています。女の人がこのアプリをダウンロードした一番の理由は何ですか。

女：田中君もよく映画見るよね。このアプリ使ってる？

男：いや、使ってないけど…。

女：ダウンロードしてみたら。映画が見たいときにすぐ予約もできるし、混雑状況も分かるよ。

男：へえ、便利だね。

女：映画の情報はもちろん、レビューまで載っているから、すごく参考になるよ。

男：ゆりちゃん、もうはまっちゃってるね。

女：でも、何よりいいことは、キャンペーンでチケットや限定グッズがもらえることだよ。私は、とにかくたくさん映画が見たいから、よく応募してるよ。

男：そうか。いろいろいいね。

女の人がこのアプリをダウンロードした一番の理由は何ですか。

1　早く映画の情報が知りたいから
2　キャンペーンに応募してチケットをもらいたいから
3　限定グッズをもらって人に見せたいから
4　レビューを読んで、話題の映画が見たいから

例

女子和男子正在談論電影的應用程式，女子下載這個應用程式的主要原因是什麼？

女：田中，你也很常看電影吧？你有用這個應用程式嗎？

男：沒有耶……

女：你可以下載看看啊！想看電影的時候就可以馬上預約，還可以知道那裡人潮擁擠的程度。

男：哇！那還真方便。

女：除了電影資訊之外，還有刊登評論，很有參考價值喔！

男：百合，妳已經完全陷進去了吧？

女：不過，它最大的好處就是可以透過活動獲得電影票和限定商品。因為我就是想看很多電影，所以經常參加。

男：這樣啊？好處真多。

女子下載這個應用程式的主要原因是什麼？

1　想快點知道電影資訊
2　想參加活動並獲得電影票
3　想獲得限定商品炫耀給別人看
4　想看電影評價，觀看熱門電影

解說 出現「何よりいいことは（最大的好處是）」之類的表達時，要特別注意後面的說法。女子表示就是想看很多電影，所以可以看出她想要得到電影票的心情。因此答案是選項 2。

詞彙 **混雑** 混雜、擁擠｜**状況** 狀況｜**載る** 刊載｜**参考** 參考｜**はまる** 陷入、沉迷｜**限定** 限定｜**グッズ** 商品｜**とにかく** 總之、反正｜**応募** 應徵、報名參加｜**見せる** 展示｜**話題** 話題

1ばん Track 2-2-01

男の人と女の人が話しています。男の人はどうして板橋君の家に泊まることにしましたか。

女：ひろし君、どうしたの？ 顔色良くないよ。

男：ゆうべ、全然眠れなかったんだ。

女：え？ どうしたの？ どこか悪いの？

男：いや、そうじゃなくてさ、ちょうど家の前で道路工事やってて、すごくうるさいんだよ。

女：深夜の道路工事ってうるさいよね。

男：うん。それで、全然眠れなかったんだ。その工事、あと三日、かかるんだって。

女：三日も？ それは大変だね。あと三日間も眠れないということ？ それに来週からは試験も始まるでしょ？

男：それでさ、工事が終わるまで、友達の板橋君の家に泊まることにしたんだ。

女：板橋君？

男：うん、三日間泊まって、二人で試験の勉強もするつもり。

男の人はどうして板橋君の家に泊まることにしましたか。

1 二人で試験勉強をすることにしたから
2 工事の音がうるさくて何もできないから
3 道路工事のバイトをすることになったから
4 板橋君の家ではよく眠れるから

第 1 題

男子和女子正在對話，男子為什麼決定要住板橋的家？

女：阿廣，你怎麼了？氣色很差。

男：昨天晚上我完全睡不著。

女：欸？怎麼了？哪裡不舒服嗎？

男：沒有，不是的，是剛好我家正前方有道路施工，吵到不行。

女：半夜道路施工很吵吧？

男：對啊！所以我完全睡不著。聽說那個施工還要三天。

女：三天？那真是辛苦你了，等於你還有三天不能睡耶！而且下週不是就要開始考試了嗎？

男：所以啊，我決定在施工結束之前，去我朋友板橋的家住。

女：板橋？

男：嗯！我打算去住三天，兩人一起準備考試。

男子為什麼決定要住板橋的家？

1 因為兩人決定一起準備考試
2 因為施工的聲音太吵了，什麼都沒辦法做
3 因為決定去做道路施工的打工
4 因為板橋的家很好睡

解說 男子因為道路施工聲音太吵，睡不好覺。因此他決定在朋友家過夜，順便準備考試。所以答案是選項 2。

詞彙 顔色 臉色、氣色｜ゆうべ 昨晚｜眠る 睡覺｜道路工事 道路施工｜うるさい 吵｜深夜 深夜｜全然 完全（不）｜かかる 花費、需要｜大変だ 辛苦、費力｜始まる 開始｜泊まる 住宿

2ばん Track 2-2-02

男の人と女の人が事務室で話しています。男の人が韓国語の勉強を始めたきっかけは何ですか。

男：谷田さんは何か外国語を勉強したことありますか。

女：外国語ですか…。学生時代にやってた英語ぐらいでしょうかね。

男：英語なら、みんな学生時代にやってるでしょう。

女：それはそうですね。石田さんは、何かやっていますか。

男：今、韓国語を勉強してるんですよ。

女：韓国語？ いつからですか。

男：もうかれこれ1年ぐらいになりますね。

女：あ、そういえば、うちの会社、来年韓国に支店を開設しますよね。それで始めたんですか。

男：いや、それより、韓国のアイドルが好きになって…。

女：なんだ、それがきっかけだったんですか。

男の人が韓国語の勉強を始めたきっかけは何ですか。

1 学生時代にやっていたから
2 韓国の支店に行くことになったから
3 韓流ファンになったから
4 韓国に旅行に行きたくなったから

第2題

男子和女子正在辦公室對話，男子開始學習韓文的契機是什麼？

男：谷田小姐，妳有學過什麼外語嗎？

女：外語嗎……？大概就是學生時期學過英文吧！

男：英文的話，大家在學生時期都學過吧？

女：是這樣說沒錯啦！石田先生有學什麼外語嗎？

男：我現在正在學韓文。

女：韓文？什麼時候開始的？

男：已經大約1年左右了！

女：對了，我們公司明年要在韓國開分店，你是因為這樣開始學的嗎？

男：不是，比起那個，其實我是喜歡韓國的偶像……

女：原來這才是契機啊？

男子開始學習韓文的契機是什麼？

1 因為學生時期學過
2 因為要去韓國的分店
3 因為成了韓流粉絲
4 因為想去韓國旅行

解說 相較於其他原因，主要是男子喜歡上韓國偶像。所以答案是選項3。

詞彙 外国語 外語｜かれこれ 大約｜そういえば 話說回來、這麼說來｜うちの～ 我們的～｜支店 分店｜開設 開設｜きっかけ 機會、契機

3ばん Track 2-2-03

会社で男の人と女の人が話しています。男の人はどうして書類を修正するように指示しましたか。

女：課長、お忙しいところすみません。ちょっとよろしいでしょうか。

男：うん、どうした？

女：きのう頼まれた書類のことですが、できたところまでチェックしていただきたいと思いまして…。

男：あ、そう。じゃ、見せてもらおうか。

（しばらくたって）

男：う～ん、なかなかよくできてるね。ただね。

女：はい？ なにか…。

男：この3ページのところなんだけど、この商品の紹介は入れないでくれ。

女：それはもう10年も生産し続けてきた商品ですが、古いからですか。

男：いや、そうじゃなくて、この前の会議でこの商品は来年から生産中止にすることにしたんだ。だから、この資料はもう要らないよ、書き直してくれ。

女：はい、わかりました。

男の人はどうして書類を修正するように指示しましたか。

1　古い商品の紹介が入っていたから
2　もう生産しない商品の紹介が入っていたから
3　間違いだらけの書類だから
4　もうこの書類は要らなくなったから

第3題

男子和女子正在公司對話，男子為什麼要女子修改文件？

女：課長，百忙之中不好意思，可以打擾您一下嗎？

男：可以啊！怎麼了？

女：昨天您吩咐我做的那份文件，想請您確認一下目前完成的地方。

男：是嗎？好啊，那拿來我看看。

（過一段時間）

男：嗯～做得相當不錯，只是……

女：嗯？請問有什麼問題……？

男：這個第3頁的地方，不要放這個商品的介紹。

女：是因為那個商品已經連續生產10年，很舊的關係嗎？

男：不是，不是那樣的。是之前開會時決定明年起要停產這個商品，所以這個商品的資料已經不需要了。重新修改一下吧！

女：好的，我知道了。

男子為什麼要女子修改文件？

1　因為裡面有舊商品的介紹
2　因為裡面有即將停產的商品介紹
3　因為文件內有很多錯誤
4　因為這份文件已經用不到了

解說　修改原因是文件裡有即將停產的商品介紹，並不是因為商品很舊的緣故。注意不要被內容誤導。

詞彙　**修正** 修改｜**お忙しいところ** 百忙當中｜**頼む** 拜託｜**書類** 文件｜**よくできている** 做得很好｜**商品** 商品｜**生産** 生產｜**中止** 中止、停止｜**資料** 資料｜**要る** 需要｜**書き直す** 重寫｜**もう** 已經｜**間違い** 錯誤｜**～だらけ** 滿是、淨是

4ばん Track 2-2-04

男の人と女の人が話しています。男の人がタバコをやめた一番の理由は何ですか。

男：山田さん、私、タバコやめたんですよ。

女：わ～、上杉さん、すごいですね。

男：ええ、ありがとうございます。

女：やっぱり健康のことを考えてやめましたか。

男：ま、健康のこともありますが、来月からまたタバコの値段が上がるんですよ。

女：あ、私もこの前、ニュースで見ましたよ。

男：ええ、それが私にとっては負担になりましてね。

女：でも、それでタバコがやめられたから、よかったじゃないですか。健康にもいいし…。

男の人がタバコをやめた一番の理由は何ですか。

1 経済的負担が大きくなったから

2 自分の健康のことを考えたから

3 医者にやめるように言われたから

4 タバコの値段が安くなったから

第 4 題

男子和女子正在對話，男子戒菸最重要的理由是什麼？

男：山田小姐，我戒菸了。

女：哇～上杉先生，你太棒了。

男：嗯！謝謝。

女：果然還是考慮到健康才戒的吧？

男：嗯……當然也有考慮健康因素，但下個月起香菸要漲價了。

女：啊！我之前也有看到新聞。

男：對啊！那對我而言是個負擔。

女：不過能夠因為這樣戒菸不是很好嗎？對健康也很好……

男子戒菸最重要的理由是什麼？

1 因為經濟負擔變大了

2 為了自己的健康著想

3 因為醫生叫他戒菸

4 因為香菸變便宜了

解說 女子問男子是否因為健康因素而戒菸，男子回答是因為煙價上漲讓他無法負擔，所以戒菸了。也就是因為經濟上的負擔變大而戒菸，所以答案是選項 1。

詞彙 健康 健康｜値段が上がる 漲價｜～にとっては 對～而言｜負担 負擔｜経済的 經濟的

5ばん Track 2-2-05

男の人と女の人がスーパーで話しています。二人はどうしてトイレットペーパーを買わないことにしましたか。

男：このトイレットペーパー安いな、これ買おう。

女：あ、ほんとだ。今日だけ、この値段って書いてあるわよ。

男：だったら２パック買おうか、安いから。

女：でもあなた、ここから家まで歩いて30分だよ、持って帰れる？

男：あ、そうか、今日は歩いてきたよな。

女：トイレットペーパーみたいな重いものを買うつもりはなかったから、散歩がてら歩いてきたでしょ。

男：そうだよな。お菓子とパンぐらい買うつもりで歩いてきたよな。

女：トイレットペーパー２パックを持って30分も歩くのは絶対無理だわ。

男：じゃ、タクシーに乗る？

女：トイレットペーパーよりタクシー代がもっと高いでしょ！

男：あ、そうだよね。じゃ、しょうがないな…。

二人はどうしてトイレットペーパーを買わないことにしましたか。

1　思ったより値段が高いから

2　次のセールで買うことにしたから

3　重くて家まで持って帰れないから

4　トイレットペーパーが要らないから

第５題

男子和女子正在超市對話，兩人最後為什麼決定不買衛生紙？

男：這衛生紙好便宜喔！買這個吧！

女：啊，真的耶！上面寫只有今天是這個價格。

男：那就買個２串吧，這麼便宜。

女：可是老公，從這裡走路回家要 30 分鐘耶！你拿得回去嗎？

男：啊，對喔！今天是走路來的。

女：因為本來沒打算買像衛生紙這麼重的東西，是散步順便走來的不是嗎？

男：也是。是打算買些零食和麵包才走路過來的。

女：拿２串衛生紙走 30 分鐘絕對不可能啦！

男：那要不要搭計程車？

女：這樣計程車錢會比衛生紙錢更貴吧？

男：啊，說的也是。那就沒辦法了……

兩人最後為什麼決定不買衛生紙？

1　因為價格比想像中還貴

2　因為決定下次特價再買

3　**因為太重了，無法拿回家**

4　因為不需要衛生紙

解說　雖然衛生紙特價，但兩人判斷無法提著走回家，所以放棄購買衛生紙。

詞彙　トイレットペーパー 衛生紙｜値段 價格｜だったら 這樣的話｜２パック 2串｜～みたいな 像～一樣（「～ような」的口語型）｜～がてら 順便～｜絶対 絕對｜無理 辦不到、勉強｜タクシー代 計程車費｜思ったより 比想像中還～｜要る 需要

6ばん Track 2-2-06

男の学生と女の学生が話しています。男の学生は新しい定食屋の何が不満ですか。

男：学校の前に新しくできた食堂行ってみた？

女：あ、あのコンビニの隣にできた定食屋？ いや、まだだけど…。

男：昨日の昼、小田先輩と一緒に行ったんだ。

女：そう？ どうだったの？

男：最悪だったよ、もう２度と行かない！

女：へ～、そんなにまずかったの？

男：いや、料理はまあまあおいしかったよ。

女：じゃ、サービスが悪かったの？ それとも不親切だった？

男：サービスは悪くはなかったけど、ご飯の量がね…。

女：ご飯の量？

男：ぼくも小田先輩もボリュームたっぷりの定食を期待して行ったのに。

女：ま、そんなに怒らないでよ。

男の学生は新しい定食屋の何が不満ですか。

1　料理がおいしくなかったこと

2　店員が親切ではなかったこと

3　ご飯の量が少なかったこと

4　店がきれいではなかったこと

第６題

男學生和女學生正在對話，男學生對新開的定食餐廳有什麼不滿？

男：妳去過學校前面新開的餐廳了嗎？

女：啊，開在便利商店旁邊的那間定食餐廳嗎？不，我還沒去過……

男：我昨天中午跟小田學長一起去了。

女：是喔？怎麼樣？

男：超爛的，我再也不會去了！

女：欸～有這麼難吃啊？

男：不是啦，東西是還滿好吃的啦。

女：那是服務態度太差嗎？還是不夠親切？

男：服務態度也不差，只是飯量……

女：飯量？

男：我跟小田學長都是期待會有分量豐盛的定食才去的。

女：好了啦，不要那麼氣了啦！

男學生對新開的定食餐廳有什麼不滿？

1　料理不好吃

2　店員不親切

3　飯量很少

4　店鋪不乾淨

解說　雖然女學生提到了食物味道、服務等原因，但這是為了干擾大家作答。男學生主要是因為飯量太少而不滿意，所以答案是選項３。

詞彙　**定食屋** 定食餐廳｜**食堂** 餐廳｜**隣** 隔壁、旁邊｜**最悪** 最糟、最壞｜**まあまあ** 還好、尚可｜**それとも** 或者、還是｜**量** 分量｜**ボリュームたっぷり** 分量豐盛｜**期待** 期待｜**怒る** 生氣

問題 3　在問題 3 的題目卷上沒有任何東西，本大題是根據整體內容進行理解的題型。開始時不會提供問題，請先聆聽內容，在聽完問題和選項後，請從選項 1 ～ 4 中選出最適當的答案。

れい Track 2-3

男の人と女の人が映画を見て話しています。

男：映画、どうだった？

女：まあまあだった。

男：そう？ ぼくは、けっこうよかったと思うけど。主人公の演技もよかったし。

女：うん、確かに。でも、ストーリーがちょっとね…。

男：ストーリー？

女：うん、どこかで聞いたようなストーリーっていうか…。主人公の演技は確かにすばらしかったと思うわ。

男：そう？ ぼくはストーリーもおもしろかったと思うけどね。

女の人は映画についてどう思っていますか。

1　ストーリーも主人公の演技もよかった

2　ストーリーも主人公の演技もよくなかった

3　ストーリーはよかったが、主人公の演技はよくなかった

4　ストーリーはよくなかったが、主人公の演技はよかった

例

男子和女子看著電影在對話。

男：妳覺得這部電影怎麼樣？

女：還可以啦！

男：是嗎？我覺得很好啊！主角的演技也不錯。

女：嗯……是沒錯。可是劇情有點……

男：劇情？

女：嗯！這個劇情好像在哪聽過一樣……不過主角的演技是真的很精湛。

男：是嗎？我覺得劇情也滿有趣的啊！

女子覺得電影怎麼樣？

1　劇情和主角的演技都很好

2　劇情和主角的演技都很差

3　劇情很好，但主角的演技很差

4　**劇情很差，但主角的演技很好**

解說　女子認為主角的演技很精湛，但劇情好像在哪聽過一樣，所以答案是選項 4。

詞彙　**まあまあだ** 還好、尚可 ▶ **まあまあ** 還可以 ｜ **主人公** 主角 ｜ **演技** 演技 ｜ **確かに** 確實、的確 ｜ **すばらしい** 極好、極優秀

1ばん Track 2-3-01

アナウンスを聞いてください。

女：本日もABCデパートにお越しいただき、誠にありがとうございます。ご来店中のお客様に迷子のお知らせをいたします。緑のシャツに青のズボンをはいた、三歳くらいの「まさお君」と言う男の子をサービスカウンターでお預かりしております。お心当たりの方は、3階のサービスカウンターまでお越しください。本日もご来店いただきまして、誠にありがとうございます。

このアナウンスを聞いた「まさお君」の親はどうすべきですか。

1 ABCデパートへ「まさお君」を探しに行く
2 ABCデパートへ緑のシャツを買いに行く
3 3階のサービスカウンターに行く
4 3階のサービスカウンターで買い物をする

第 1 題

請聽以下廣播。

女：非常感謝各位今天再次光臨ABC百貨公司。現在要為在店內的顧客廣播走失兒童的消息。目前服務台這邊有位身穿綠色襯衫，藍色褲子的三歲男孩，名字叫做「雅夫」。如果有來賓認識這位兒童，請至 3 樓服務台。再次感謝各位今天的光臨。

「雅夫」的父母聽到廣播應該要怎麼做？

1 去 ABC 百貨公司找「雅夫」
2 去 ABC 百貨公司買綠色襯衫
3 **去 3 樓的服務台**
4 在 3 樓的服務台買東西

解說 這是在百貨公司等地方常見的走失兒童廣播。廣播提到如果認識這位兒童，要去 3 樓的服務台，所以答案是選項 3。

詞彙 本日 本日、今天｜お越しいただく 蒞臨｜誠に 實在、真的｜ご来店中 光臨本店｜迷子 迷路的孩子｜お知らせ 通知｜緑 綠色｜預かる ① 保管 ② 承擔｜心当たり 猜想、線索｜お越しください 請來

第2回

2ばん Track 2-3-02

男の人が環境問題について話しています。

男：みなさんは、環境問題にどの程度関心をお持ちですか。今日は環境のために私たちができることについて話したいと思います。まず、誰もいない部屋の電気は消しましょう。そして使わない電気製品は、コンセントからプラグを抜いておきましょう。それから車での移動はやめて、電車やバスを利用しましょう。電車やバスは、一度にたくさんの人を運ぶことができ、車よりもずっと環境にやさしい乗り物です。

また、自転車は、とてもクリーンな乗り物です。近いところに買い物に出かけるときは、車ではなく、自転車を使うようにすれば、環境にも健康にもいいでしょう。最後にゴミ問題。資源ゴミは、リサイクルされるので、リサイクルできる資源ゴミを普通のゴミとして捨ててはいけません。この他にも、私たちにできることはたくさんあります。地球の未来のために、今日から行動してみませんか？

男の人は、地球の未来のためにどうするべきだと話していますか。

1 電気製品は安いものを買うようにする
2 環境にやさしい車に乗るようにする
3 ゴミはなるべく出さないようにする
4 省エネを通して環境を守るようにする

第2題

男子正在談論環境問題。

男：大家對環境問題有多少關心呢？今天我想來談談我們為了環境能做些什麼。首先，在沒有人的房間要把電燈關掉。接著，不使用的電器產品，就從插座上拔掉插頭。還有避免使用汽車移動，改用電車或公車代步。電車和公車可以一次載運許多人，是比汽車還要環保的交通工具。

此外，腳踏車是相當環保乾淨的交通工具。去附近買東西時，騎腳踏車不開車的話，對環境和健康都有好處。最後是垃圾問題。資源垃圾是可以回收的，所以不可以將可回收的資源垃圾當成普通垃圾丟棄。其它還有很多我們可以做的事情。為了地球的未來，不如就從今天開始行動吧。

男子說為了地球的未來，我們應該要怎麼做？

1 盡量購買便宜的電器產品
2 盡量搭乘有助環保的汽車
3 盡量減少製造垃圾
4 **透過節能來保護環境**

解說 男子提到可以透過節約用電、使用公共交通工具和進行資源回收等方式來保護地球環境，因此答案是選項4。

詞彙 **環境** 環境｜**どの程度** 多少程度｜**関心** 關心｜**お持ちですか** 您有嗎？｜**製品** 產品｜**抜く** 拔掉｜**一度に** 一次｜**運ぶ** 運送｜**環境にやさしい** 對環境友好｜**乗り物** 交通工具｜**クリーンな** 乾淨、清潔｜**健康** 健康｜**資源ゴミ** 資源垃圾｜**リサイクル** 回收｜**普通** 普通、一般｜**地球の未来** 地球的未來｜**行動** 行動｜**なるべく** 盡量｜**省エネ** 節能｜**～を通して** 透過～｜**守る** 守護、保護

3ばん Track 2-3-03

男の学生と女の学生が話しています。

男：さなちゃん、悪いけど、昨日の授業のノート貸してくれない？

女：昨日の授業って？何の授業？

男：生物学の授業。

女：その授業なら、はじめ君も出席したでしょ？

男：うん、出席はしたけど、授業中に居眠りしちゃってさ…。

女：なんだ、居眠りしちゃったの？いいわよ、はい、これ。

男：ごめん、その代わり、ランチごちそうするから。

女：ま、いいわよ、これぐらいで。ところで、バイトとかで疲れていたの？

男：いや、別に…。

女：珍しいよね、はじめ君が居眠りしたなんて。

男：さなちゃんは、その授業どう思う？ぼくにはちょっと合わないみたい。

女：合わないって？

男：うん、すごい退屈なんだ。授業中どうしても眠くなっちゃうんだ。

女：あら、そう？私はけっこう気に入ってるけど…。

男の学生は生物学の授業をどう思っていますか。

1 とてもいい授業だと思っている

2 つまらないと思っている

3 受けてよかったと思っている

4 もっと出席したいと思っている

第 3 題

男學生和女學生正在對話。

男：紗奈，抱歉，可以借我昨天上課的筆記嗎？

女：昨天上課的筆記？哪堂課？

男：生物學的課。

女：那堂課，阿初不是也有出席嗎？

男：嗯，有啊！可是我上到一半就打瞌睡……

女：什麼？你打瞌睡？好啦！來，這個給你。

男：抱歉，那我請妳吃午餐作為補償。

女：不用啦！不過就這點小事。話說回來，你是因為打工之類的事情很累嗎？

男；沒有，不是很累啦……

女：真難得，你竟然會打瞌睡。

男：紗奈，妳覺得那堂課怎麼樣？我覺得好像有點不適合我。

女：不適合？

男：嗯！我覺得非常無聊，所以上課時無論如何都會想睡。

女：嗯？是嗎？我倒是滿喜歡的……

男學生對生物學的課有什麼想法？

1 覺得是非常好的課程

2 覺得很無聊

3 覺得還好有上這堂課

4 希望上更多堂課

解說 男學生向女學生借筆記是因為在生物學課堂上打瞌睡，但男學生打瞌睡最主要是因為他覺得課程枯燥乏味。

詞彙 悪いけど 對不起｜生物学 生物學｜授業中 課堂中｜居眠りする 打瞌睡｜その代わり 當作代替｜ごちそうする 請客、款待｜珍しい 稀奇的、罕見的｜退屈だ 無聊｜どうしても 無論如何、務必｜けっこう 相當｜気に入る 喜歡

問題 4　請看圖片並聆聽問題。箭頭（➔）指向的人應該說什麼？請從選項 1 ～ 3 中選出最適當的答案。

れい Track 2-4

朝、友だちに会いました。何と言いますか。

男：1　おはよう。

2　こんにちは。

3　こんばんは。

例

早上遇到朋友時要說什麼？

男：1　早安。

2　午安。

3　晚安。

解 說　這是在早上與朋友見面打招呼的場景。對朋友或家人說「おはようございます」時，可以省略為「おはよう」。

詞 彙　朝 早上 | 友だち 朋友 | 会う 見面

1ばん Track 2-4-01

新年になりました。まわりの人に何と言いますか。

女：1　明けましておめでとうございます。

2　心からお祝いいたします。

3　心よりお祈り申し上げます。

第 1 題

新年到了，要向身邊的人說什麼？

女：1　新年快樂。

2　我由衷祝福你。

3　我打從心底為你祈禱。

解 說　要記住新年的問候用語。

詞 彙　新年 新年 | まわり 身邊、周圍 | 明ける 新的一年開始 | 心から 由衷 | 祝う 祝賀、慶祝 | 祈る 祈禱

文法重點!　⊘ お＋動詞ます形（去ます）＋申し上げる：謙讓語的用法，用於自己動作上的的謙虛說法。

2ばん Track 2-4-02

かぜをひいた友達に会いました。別れるとき何と言いますか。

女：1　ご苦労さん。

2　お先に。

3　お大事に。

第 2 題

和感冒的朋友見面，分開時要說什麼？

女：1　辛苦了。

2　我先走了。

3　請保重。

解 說　「ご苦労さん」是「ご苦労さまです」的縮寫，向同事或後輩表示「辛苦了」的意思。

詞彙 別れる 分離、分別｜お大事に（對感冒或生病的人表示關心時所說的話）請保重

3ばん Track 2-4-03

事務室のパソコンの調子がおかしいです。先輩社員に何と言いますか。

女：1　パソコンの調子がおかしいんですが、見てあげましょうか。

　　2　パソコンの調子がおかしいんですが、見ていただけませんか。

　　3　パソコンの調子がおかしいんですが、見せていただけませんか。

第 3 題

辦公室的電腦出現問題，要向前輩同事說什麼？

女：1　電腦有點問題，幫你看看吧？

　　2　電腦有點問題，可以請您幫我看看嗎？

　　3　電腦有點問題，可以給你看看嗎？

解說 「調子がおかしい」在此是指機器狀態出現異常。

詞彙 事務室 辦公室｜調子 狀態｜先輩 前輩｜社員 公司職員｜～ていただけませんか 可以請您～嗎？

4ばん Track 2-4-04

友達に、今週末映画に誘われましたが、あまり見たくない映画です。友達に何と言いますか。

女：1　あ、その映画ずっと見たいなと思っていた。

　　2　ごめん、今週末はちょっと都合が悪くて…。

　　3　今週末なら一緒に行ってもいいわよ。

第 4 題

朋友邀自己這個週末去看電影，卻是不太想看的電影，這時要對朋友說什麼？

女：1　我一直很想看那部電影。

　　2　抱歉，這個週末我不太方便……

　　3　這個週末的話，可以一起去啊！

解說 「都合が悪くて」直譯是「狀況不好」，但通常是用來婉轉拒絕對方，表示日程或時間上不方便。

詞彙 誘う 邀約｜ずっと 一直

問題 5　在問題 5 的題目卷上沒有任何東西，請先聆聽句子和選項，從選項 1 ～ 3 中選出最適當的答案。

れい Track 2-5

男：では、お先に失礼します。

女：1　本当に失礼ですね。

2　おつかれさまでした。

3　さっきからうるさいですね。

例

男：那我就先告辭了。

女：1　真的很沒禮貌。

2　辛苦了。

3　從剛剛就好吵。

解說　男子完成工作後說「お先に失礼します」，也就是「我先告辭了、我先走了」的意思，所以回答「辛苦了」是最適合的。

詞彙　先に 先｜失礼 ① 告辭 ② 失禮｜さっき 剛才 ｜うるさい 吵鬧

1ばん Track 2-5-01

女：新宿行きのバスは、ここで乗りますか。

男：1　はい、今乗ればいいんですよ。

2　あ、ここで降りますか。

3　いいえ、7 番です。

第 1 題

女：新宿方向的公車是在這裡搭嗎？

男：1　對，現在搭就可以了。

2　啊，在這裡下車嗎？

3　不是，是在 7 號。

解說　日本的公車站都有編號，可以根據編號找到要搭乘的公車。確認公車站時，可以用編號來詢問。

詞彙　新宿行き 開往新宿的方向｜降りる 下車

2ばん Track 2-5-02

女：田村さん、遅かったわね。どうしたの？

男：1　夜遅くまで起きているからだよ。

2　ごめん、道に迷っちゃったんだ。

3　じゃ、もう時間ないから行こうよ。

第 2 題

女：田村先生，你來得很晚耶，怎麼啦？

男：1　因為我很晚才睡。

2　抱歉，我迷路了。

3　已經沒有時間了，快走吧！

解說　這是針對為什麼遲到的問題做出回答，所以適當的答案是選項 2。

詞彙　道に迷う 迷路

3ばん Track 2-5-03

男：ここのカツどん、うまいね。

女：1　でしょ？私もよく食べに来るのよ。

2　まだそんなにうまくはできないよ。

3　すべてがうまくいけばいいけどね。

第3題

男：這裡的豬排丼真好吃！

女：1　對吧？我也很常來這裡吃。

2　還沒辦法那麼順利。

3　希望一切都順利就好了，但是……

解說 「うまい」既有「食物好吃」的意思，也有「進展順利」的意思。男子這句話是用來表示「好吃」，因此答案是選項1。

詞彙 カツどん 豬排丼｜うまくできない 沒辦法順利｜うまくいく 順利

4ばん Track 2-5-04

男：今度の夏休み、どうする？

女：1　新しいエアコン買いましょうよ。

2　どこか涼しいところでゆっくりしたいわ。

3　そんなに休んだのに、また休むの？

第4題

男：這個暑假妳有什麼打算？

女：1　買台新冷氣吧！

2　我想在某個涼爽的地方好好放鬆一下。

3　已經休這麼多假了，還要休假嗎？

解說 因為正在談論暑假計劃，所以適當的回答是選項2。順帶一提，這裡提到的「ゆっくり」並非表示「慢慢地」，而是用來表示「悠閒、心情舒適」的意思。

詞彙 ゆっくりする 悠閒、心情舒適

5ばん Track 2-5-05

女：レポートの締め切りはいつですか。

男：1　もうつめがこんなに伸びましたか？

2　たしか、来週の金曜日でした。

3　え？レポートはもう出しましたか。

第5題

女：報告的截止日期是什麼時候？

男：1　指甲已經長這麼長了嗎？

2　我記得是下週的星期五。

3　嗯？報告已經交了嗎？

解說 「締め切り」是指「截止日期」，所以答案是選項2。

詞彙 つめが伸びる 指甲留長｜たしか 大概、記得是｜レポートを出す 交報告

6ばん Track 2-5-06

男：このコピー機、最近調子よくないね。

女：1　私も調子よくないですよ。

2　その調子でいけばいいでしょう。

3　修理業者、呼びましょうか。

第 6 題

男：這台影印機最近怪怪的。

女：1　我也怪怪的。

2　照這樣下去就可以了吧？

3　**找修理業者來吧！**

解說 影印機有問題，所以答案是選項 3。選項 1 是在描述人的健康情況。

詞彙 **調子がよくない**（機器、健康等）狀態不好 | **コピー機** 影印機 | **修理業者** 修理業者

7ばん Track 2-5-07

男：あれ、雨降ってきそうだな…。

女：1　大丈夫、かさ持ってきてるから。

2　早く洗濯物干さなきゃ。

3　じゃ、散歩にでも行く？

第 7 題

男：嗯？好像快下雨了……

女：1　**沒關係，我有帶傘。**

2　必須快點晾衣服。

3　那要不要去散個步？

解說 如果天氣看起來會下雨，當然就不會晾衣服或散步。所以答案是選項 1。

詞彙 **洗濯物を干す** 晾衣服

8ばん Track 2-5-08

女：このブラウス、ちょっとまけてくださいよ。

男：1　いや、これ以上は無理ですよ。

2　はい、絶対勝ちますから。

3　あの選手は、いつも負けてますね。

第 8 題

女：這件襯衫可以再便宜一點嗎？

男：1　**不，沒辦法更便宜了。**

2　好，我一定會贏的。

3　那名選手每次都輸。

解說 「まける」有「輸」和「減價」的意思。女子提到了「襯衫」，所以這裡應該解釋成「減價」的意思。

詞彙 **絶対** 絕對 | **選手** 選手 | **負ける** 輸、減價

9ばん Track 2-5-09

女：あら、まさお君、こんな朝早くからどこか行くの？

男：1　ええ、昨日遅く帰ってきましたので。

2　ええ、ちゃんと食べました。

3　ええ、早朝会議がありまして。

第 9 題

女：哎呀，雅夫，這麼早你要去哪裡？

男：1　嗯，因為我昨天很晚回來。

2　嗯，我有好好吃飯。

3　嗯，早上要開會。

解說　女子是詢問早上很早出門的原因，因此選項 3 的回應較洽當。

詞彙　ちゃんと 好好地｜早朝会議 晨間會議

我的分數？

共　　題正確

若是分數差強人意也別太失望，看看解說再次確認後重新解題，如此一來便能慢慢累積實力。

JLPT N3 第3回 實戰模擬試題解答

第 1 節 言語知識〈文字・語彙〉

問題 1　[1] 3　[2] 2　[3] 1　[4] 1　[5] 4　[6] 2　[7] 2　[8] 3

問題 2　[9] 2　[10] 2　[11] 3　[12] 4　[13] 1　[14] 1

問題 3　[15] 4　[16] 3　[17] 2　[18] 1　[19] 1　[20] 4　[21] 2　[22] 1　[23] 3　[24] 4　[25] 4

問題 4　[26] 1　[27] 2　[28] 4　[29] 4　[30] 3

問題 5　[31] 2　[32] 3　[33] 1　[34] 4　[35] 3

第 2 節 言語知識〈文法〉

問題 1　[1] 2　[2] 2　[3] 3　[4] 1　[5] 4　[6] 3　[7] 4　[8] 1　[9] 4　[10] 1　[11] 4　[12] 3　[13] 1

問題 2　[14] 1　[15] 1　[16] 3　[17] 2　[18] 4

問題 3　[19] 4　[20] 1　[21] 2　[22] 2　[23] 3

第 2 節 讀解

問題 4　[24] 3　[25] 3　[26] 4　[27] 1

問題 5　[28] 2　[29] 4　[30] 1　[31] 3　[32] 3　[33] 1

問題 6　[34] 3　[35] 1　[36] 2　[37] 4

問題 4　[38] 4　[39] 3

第 3 節 聽解

問題 1　[1] 2　[2] 4　[3] 2　[4] 3　[5] 1　[6] 1

問題 2　[1] 4　[2] 3　[3] 3　[4] 1　[5] 1　[6] 4

問題 3　[1] 3　[2] 4　[3] 3

問題 4　[1] 2　[2] 1　[3] 3　[4] 1

問題 5　[1] 1　[2] 2　[3] 2　[4] 3　[5] 1　[6] 1　[7] 2　[8] 3　[9] 3

第3回 實戰模擬試題 解析

第1節 言語知識〈文字・語彙〉

問題1　請從 1、2、3、4 中選出 ＿＿＿ 這個詞彙最正確的讀法。

1　このプールは浅いから子供が泳いでも大丈夫だ。

1　かるい　　2　ぬるい　　3　あさい　　4　うすい

這個游泳池很淺，所以小孩子游泳也沒問題。

詞彙　浅い（あさい）淺的｜軽い（かるい）輕的｜ぬるい 溫的｜薄い（うすい）薄的

2　地球温暖化になる主な原因は何だと考えていますか。

1　しゅな　　2　おもな　　3　しゅうな　　4　かもな

你認為地球暖化的主要原因是什麼？

詞彙　地球温暖化（ちきゅうおんだんか）地球暖化｜主な（おもな）主要｜原因（げんいん）原因

✚ 要注意「主」作為「な形容詞」的用法時，讀音不是「しゅ」。

3　この道をまっすぐ行くと交差点に出ます。

1　こうさてん　　2　こうざてん　　3　こさてん　　4　こざてん

沿著這條路直走就會走到十字路口。

詞彙　交差点（こうさてん）十字路口

✚ 交番（こうばん）派出所｜交通（こうつう）交通

4　この問題に対するあなたの正直な意見が聞きたいです。

1　しょうじきな　　2　しょじきな　　3　せなおな　　4　せいなおな

我想聽你對這個問題的真實意見。

詞彙　正直（しょうじき）誠實｜意見（いけん）意見

✚「正」這個字有兩種讀音，分別是「しょう」和「せい」。

正面（しょうめん）正面｜正月（しょうがつ）正月、新年｜正午（しょうご）正午｜正門（せいもん）正門｜正当（せいとう）正當、合理｜正式（せいしき）正式｜正解（せいかい）正確答案

5 さっき子供がジュースをこぼして服が汚れています。

1 たおれて　2 おぼれて　3 かくれて　4 よごれて

剛才孩子把果汁灑出來，衣服弄髒了。

詞彙 こぼす 灑出｜汚(よご)れる 弄髒｜倒(たお)れる 倒下、倒塌｜溺(おぼ)れる 溺水、沉迷｜隠(かく)れる 隱藏

6 募集を出したら、100人以上の応募があってびっくりした。

1 ぼうしゅう　2 ぼしゅう　3 ほうしゅ　4 ほしゅ

發布招募後，就收到 100 人以上的應徵，令人驚訝。

詞彙 募集(ぼしゅう) 招募｜応募(おうぼ) 應徵、報名參加

✚ 要注意「募」的讀音不是長音。

募金(ぼきん) 募款｜公募(こうぼ) 公開招募

7 彼女のあたたかい心が伝わってきた。

1 もうかって　2 つたわって　3 たすかって　4 あやまって

她的溫暖心意已經傳達過來了。

詞彙 あたたかい 溫暖的｜心(こころ) 心｜伝(つた)わる 傳達｜儲(もう)かる 賺錢｜助(たす)かる 得救｜謝(あやま)る 道歉

8 健康を保つには定期的に運動したほうがいいでしょう。

1 かつ　2 さきだつ　3 たもつ　4 わかつ

為了保持健康，最好定期運動。

詞彙 健康(けんこう) 健康｜保(たも)つ 保持｜定期的(ていきてき)に 定期地｜勝(か)つ 戰勝、克服｜先立(さきだ)つ 站在前頭

問題 2　請從 1、2、3、4 中選出最適合＿＿＿＿的漢字。

9　谷藤さんはびっくりするほど、お父さんに<u>にて</u>いますね。

1　以て　　2　似て　　3　攸て　　4　此て

谷藤先生和他爸爸<u>像</u>到令人驚訝。

詞彙　びっくりする 吃驚、嚇一跳｜～に似る 像～

✚「以」的詞彙有「以上（以上）」和「以下（以下）」。

10　重大な責任を<u>せおって</u>いると、ストレスも多いだろう。

1　世負って　　2　背負って　　3　正負って　　4　生負って

如果<u>擔負</u>了重大的責任，壓力也會很多吧！

詞彙　重大 重大、嚴重｜責任を背負う 擔負責任

✚「背負う」有「背負、承擔」的意思。

11　9時になったら、この問題用紙を<u>くばって</u>ください。

1　渡って　　2　映って　　3　配って　　4　絞って

9 點一到，請<u>發放</u>這份考卷。

詞彙　用紙 指定用紙｜配る 分發｜渡る 渡過｜映る 映、照｜絞る 擠、榨

12　うちの上司は<u>こまかい</u>ことまで気にして指摘するから疲れてしまう。

1　温かい　　2　柔かい　　3　短かい　　4　細かい

我的主管連<u>細微的</u>事都會在意，並指正出來，讓我覺得很累。

詞彙　細かい 細小、瑣碎｜指摘 指正、指出｜温かい 溫暖的｜柔らかい 柔軟的｜短かい 短

13　人間は本を読むことによって、<u>そうぞう</u>する力が伸びるそうです。

1　想像　　2　想象　　3　相像　　4　相象

據說人透過閱讀書籍，可以增強<u>想像</u>力。

詞彙　想像 想像｜伸びる 擴大、發展、增加

✚「像」表示「形象」的意思。

14 彼は海外で有名なけんちくデザイナーとして活躍している。

1 建築　　2 健築　　3 建蘗　　4 健蘗

他在國外以知名建築設計師的身分活躍著。

詞彙 海外 海外、國外｜建築 建築｜活躍 活躍

✚「建築（建築）」「建設（建設）」這些與建築相關的詞語是使用「建」字。而「健康（健康）」則是使用「健」字。

問題 3　請從 1、2、3、4 中選出最適合填入（　　　）的選項。

15 よく足を（　　　）と姿勢は悪くなります。

1 振る　　2 交わす　　3 絡む　　4 組む

經常把腳交叉會使姿勢變差。

詞彙 足を組む 把腳交叉、翹腳｜姿勢 姿勢｜振る 揮｜交わす 交換｜絡む 糾纏

16 赤ちゃんの歯は生まれて、3～9ヶ月ごろ（　　　）そうです。

1 出す　　2 生きる　　3 生える　　4 育つ

據說嬰兒的牙齒在出生後約 3 ～ 9 個月開始長出。

詞彙 歯が生える 長牙｜生まれる 出生｜生える 生、長｜生きる 生存、生活｜育つ 發育、成長

17 私が旅行に出かけている間、ペットの（　　　）もらえますか。

1 世話になって　　2 世話をして　　3 世話が焼けて　　4 世話をかけて

我出門旅行的時候，可以幫我照顧寵物嗎？

詞彙 世話をする 照顧｜世話になる 承蒙照顧｜世話が焼ける 費事｜世話をかける 給人添麻煩

18 腕を少し（　　　）だけで、とても痛い。

1 動かす　　2 落とす　　3 離す　　4 渡す

只是稍微動一下手臂，就非常疼痛。

詞彙 腕 手臂｜動かす 移動、活動｜落とす 使落下｜離す 離開、隔開｜渡す 交付

19 新しく入った会社は（　　）がかかる仕事が多くて疲れる。

1 手間　2 努力　3 苦労　4 役割

剛進的公司有很多需要花費心力的工作，讓我感到疲累。

詞彙 手間がかかる 費工夫｜努力 努力｜苦労 辛苦、勞苦｜役割 任務、角色

20 利益が増えたなんて（　　）。今赤字で困っているのにそんなはずがない。

1 腹がたつ　2 うっとうしい　3 頭に来る　4 とんでもない

利潤增加了根本就是無稽之談。我們現在正為了赤字傷透腦筋，怎麼可能會獲利。

詞彙 利益が増える 利潤增加｜とんでもない 毫無道理、不合情理｜赤字 赤字｜困る 困難、為難｜腹がたつ 生氣、發怒｜うっとうしい 鬱悶、煩悶｜頭に来る 惱怒、憤怒

21 あまりにも仕事が忙しくて、いい（　　）な返事を返してしまった。

1 適当　2 加減　3 中途　4 半端

因為工作太忙了，所以給了一個敷衍的回答。

詞彙 あまりにも 太、過分｜いい加減 草率、敷衍｜返事を返す 回覆｜適当 適當｜中途半端 半途而廢、不徹底

22 あなたは地球温暖化を（　　）ために、どんな努力をするべきだと思いますか。

1 防ぐ　2 止む　3 除く　4 断つ

你認為為了防止地球暖化，應該採取哪些努力？

詞彙 地球温暖化 地球暖化｜防ぐ 防止、預防｜努力 努力｜～べきだ 應該要～｜止む 停止、中止｜除く 除去｜断つ 斷絕、切斷

23 飲み会のとき、上司に（　　）同僚だけで二次会に行ったことがある。

1 騙して　2 叱られて　3 隠れて　4 避けて

聚餐的時候，我們曾背著主管，只有同事們一起去續攤。

詞彙 隠れる 隱藏、躲藏｜同僚 同事｜2次会 續攤｜騙す 欺騙｜叱る 斥責｜避ける 避免、避開

＋「～に隠れて」的意思是「背著～偷偷地」 例 親に隠れて 背著父母　彼氏に隠れて 背著男友

24 目を（　　）想像してごらん。

1 覚まして　　2 閉めて　　3 通して　　4 閉じて

閉上眼睛想像看看。

詞彙 目を閉じる 閉上眼睛｜想像 想像｜～てごらん 試看看～｜覚ます 弄醒、使清醒｜閉める 關閉｜通す 通過

25 この風邪薬は（　　）のか、咳が止まらない。

1 無駄な　　2 優れない　　3 無用な　　4 効かない

這個感冒藥是不是沒效？止不了咳。

詞彙 風邪薬 感冒藥｜効く 有效｜咳が止まる 止咳｜無駄だ 徒勞、浪費｜優れる 優秀、出色｜無用だ 沒有用處

➕「効く」的意思是「產生效果或作用等」，要表示藥物有效果時可以說「薬が効く」。

問題 4　請從 1、2、3、4 中選出與______意思最接近的選項。

26 彼は地下鉄の窓に映った自分の顔をぼーっと見ていた。

1 反射した　　2 移した　　3 表した　　4 表現した

他呆呆地看著自己映照在地下鐵窗戶上的臉。

詞彙 映る 映、照｜ぼーっと見る 呆呆地看著｜反射する 反射｜移す 遷、移｜表す 表現、表達｜表現する 表現

27 インターネットやカタログで注文すると家まで配達してくれる。

1 アルカリして　　2 デリバリーして

3 イコールして　　4 リフレッシュして

在網路或目錄上下單後，商品就會送到家裡。

詞彙 注文 點餐、訂貨｜配達 發送、投遞｜デリバリー 配送｜アルカリ 鹼｜イコール 等於｜リフレッシュ 恢復精神、重新振作

28 砂糖を少し加えると、さらにおいしくなります。

1 あくまで　2 およそ　3 きっと　4 もっと

加入少量的糖，味道會更加美味。

詞彙 砂糖 糖｜加える 添加｜さらに 更加｜もっと 更加｜あくまで 徹底｜およそ 大約｜きっと 一定

29 彼は世界の歴史や地理にとても詳しい。

1 よく調べている　2 よく通じている
3 よく比べている　4 よく知っている

他非常熟悉世界歷史和地理。

詞彙 世界 世界｜歴史 歷史｜地理 地理｜詳しい 熟悉、精通｜調べる 調查｜通じる 通曉｜比べる 比較

30 私が部屋に入ると、彼は急に何かを引出しに収めた。

1 入った　2 隠した　3 しまった　4 止めた

我一進入房間，他就急忙將某樣東西收進抽屜裡。

詞彙 引出し 抽屜｜収める 收藏、放進｜しまう 收起來｜隠す 隱藏｜止める 停止、作罷

問題 5　請從 1、2、3、4 中選出下列詞彙最適當的使用方法。

31 行方 下落、行蹤、將來

1 このサイトを見ると、国内のツアーを行方別に紹介しています。
2 海でつりをしていた男性の行方が分からなくなり、警察が調べている。
3 このパンケーキ屋に入るためには、長い行方を覚悟しなければならない。
4 バスの中に行方のアナウンスが流れている。

1 瀏覽這個網站的話，正按照下落介紹國內旅遊行程。
2 在海邊釣魚的男子行蹤不明，警方現在正在調查。
3 要進這間鬆餅屋，要有很長的將來的心理準備。
4 公車內正在廣播下落。

解說 選項 1 和選項 4 應使用「行き先（目的地）」，選項 3 應使用「行列（隊伍）」。

詞彙 国内 國內｜～別 按照～區分｜紹介 介紹｜つり 釣魚｜警察 警察｜調べる 調查｜覚悟 心理準備｜アナウンス 廣播｜流れる 播放

32 余る 剩餘、剩下

1 私は会社に余って仕事を片付けてから帰ります。
2 まだ、時間はたくさん余っているから、カフェにでも行きませんか。
3 職場の飲み会で会費が余ったら、どうすればいいですか。
4 全部食べ切れない時は余ってもかまいません。

1 我剩下在公司，把工作處理完再回去。
2 時間還有剩餘，要不要去咖啡廳？
3 工作場合的聚餐中，如果會費還有剩餘的話，該怎麼處理呢？
4 吃不完所有食物的時候，剩餘也沒關係。

解說 選項 1 應改為「残って（留下）」，選項 2 應改為「残って（剩餘）」，選項 4 應改成「残しても（剩下也～）」。「余る」有「原本該花完，但是卻沒有花完」的意思，而「残る」只是單純表示剩餘殘留的情況。

詞彙 片付ける 收拾整齊、處理｜職場 工作場所｜会費 會費｜動詞ます形（去ます）＋切れない 無法完全～｜かまわない 沒關係

33 空く 空

1 隣の人が引っ越したばかりなので、まだ部屋は空いていると思います。
2 朝から何も食べていなくて、いますごくお腹が空いています。
3 彼は部屋を飛び出して、夜が空くまで帰ってこなかった。
4 コンビニは24時間空いているので、とても便利です。

1 隔壁的人才剛搬走，所以我認為房間應該還是空著的。
2 從早上就什麼都沒吃，現在肚子很空。
3 他從房間跑出去之後，直到夜晚空掉都沒回來。
4 便利商店 24 小時空著，非常方便。

解說 選項 2 應改為「お腹が空く（肚子餓）」，選項 3 應改為「夜が明ける（天亮）」，選項 4 應改成「24 時間開いている（24 小時開店）」或是「24 時間営業なので（因為 24 小時營業）」。

詞彙 隣 隔壁｜引っ越す 搬家｜～たばかりだ 才剛～｜飛び出す 跑出去

第3回

34 改札（かいさつ） 剪票

1 新年を迎え、条約を改札する必要があります。

2 悪い生活習慣を改札すると、健康な体が作れます。

3 ベランダをカフェ風に改札してみたいです。

4 スイカカードで改札が通れないときは、ピーという音が出ます。

1 迎接新年到來，有必要將條約剪票。

2 將不好的生活習慣剪票，就能打造健康的身體。

3 我想將陽台剪票成咖啡廳風格。

4 使用 Suica 卡無法通過剪票口時，會發出嗶的聲音。

解說 選項 1 應改為「「改定（かいてい）（修訂）」，選項 2 應改為「改善（かいぜん）（改善）」，選項 3 應改成「改造（かいぞう）（改造）」。

詞彙 **新年（しんねん）を迎（むか）える** 迎接新年 | **条約（じょうやく）** 條約 | **必要（ひつよう）** 必要 | **生活習慣（せいかつしゅうかん）** 生活習慣 | **健康（けんこう）** 健康 | **カフェ風（ふう）** 咖啡廳風格 | **スイカカード** Suica 卡（在日本可於鐵路、電車、購物等場合使用的 IC 卡）| **通（とお）る** 通過 | **音（おと）が出（で）る** 發出聲響

35 枝（えだ） 樹枝

1 私はインコを 2 枝飼っています。

2 セロリの栄養は枝に多いと言われている。

3 強い風のせいでたくさんの枝が折れてしまった。

4 植物を支えている枝はとても柔らかい。

1 我養了兩樹枝鸚鵡。

2 一般認為芹菜的營養多在枝幹上。

3 由於強風的影響，很多樹枝都折斷了。

4 支撐植物的樹枝非常柔軟。

解說 選項 1 應改為「2 羽（にわ）（兩隻）」，選項 2 應改為「葉（は）っぱ（葉子）」，選項 4 應改成「根（ね）（根）」。

詞彙 **インコ** 鸚鵡 | **飼（か）う** 飼養 | **栄養（えいよう）** 營養 | **強（つよ）い** 強 | **風（かぜ）** 風 | **せい** 緣故 | **折（お）れる** 折斷 | **植物（しょくぶつ）** 植物 | **支（ささ）える** 支撐 | **柔（やわ）らかい** 柔軟的

第2節 言語知識〈文法〉

問題1 請從1、2、3、4中選出最適合填入下列句子（　　　）的答案。

1 お客さんから頼まれた（　　　）最後まで責任を果たします。

1 以上に　　2 以上は　　3 上に　　4 上には

既然受到客戶的委託，我會負責到最後。

文法重點！ ⊘～以上（は）：既然～ ▶ ～からには：既然～　上は：既然～

詞彙 頼む 拜託｜最後 最後｜責任を果たす 盡到責任

2 「外国での忘れ（　　　）経験」と題したコラムを書いている。

1 かねる　　2 がたい　　3 かねない　　4 かわりに

正在撰寫一篇以「在外國的難忘經歷」為題的專欄。

文法重點！ ⊘動詞ます形（去ます）＋がたい：難以～

⊘動詞ます形（去ます）＋かねる：很難～

⊘動詞ます形（去ます）＋かねない：很有可能～

⊘かわりに：代替～

解說 句子是要表達「難以忘懷的經歷」，所以要使用「忘れがたい」。

詞彙 経験 經驗｜題する 命題｜コラム 專欄

3 内容が難しくて、最後まで読み（　　　）本も多かった。

1 きらなかった　　2 かねなかった

3 きれなかった　　4 ことはなかった

因為內容太難，很多書我無法完全讀到最後。

文法重點！ ⊘動詞ます形（去ます）＋切れない：無法完全～

詞彙 内容 內容｜最後 最後

4 二日間の徹夜の（　　　）何もやる気が起きない。

1 せいで　　2 くせで　　3 わりに　　4 わけに

因為熬夜兩天的緣故，讓我提不起勁做任何事。

文法重點！ ⊘せいで：～的緣故　⊘くせに：雖然～卻、明明～卻　⊘わりに：比較地、意外地

詞彙 徹夜 熬夜｜やる気 動力、幹勁

5　この学院が始まって（　　　）最大の事件が発生した。

1　以降　　2　以下　　3　以後　　4　以来

發生了這間學院創辦以來最大的事件。

文法重點！ ⊘て以来：～以來　例 入学して以来 入學以來

詞彙 学院 學院｜最大 最大｜事件 事件｜発生 發生

6　後悔することがあっても、私は彼女に言われた（　　　）したいと思う。

1　どころを　　2　どころが　　3　とおりに　　4　とおりで

儘管會後悔，我也想按照她所說的去做。

文法重點！ ⊘～とおり（に）：按照～

例 教えられたとおり 按照所教的　期待していたとおり 如同所期待的那樣

詞彙 後悔 後悔

7　私が留学のことを言い出したら、親は反対する（　　　）。

1　と相違ない　　2　と間違いない　　3　に相違しない　　4　に違いない

如果我提出留學的事，父母一定會反對。

文法重點！ ⊘～に違いない：一定～▶～に相違ない：一定～

詞彙 ～のこと ～的事｜言い出す 說出｜反対 反對

8　医学が進歩するに（　　　）、人間の平均寿命ものびている。

1　したがい　　2　比べ　　3　関わり　　4　こたえ

隨著醫學進步，人類的平均壽命也延長了。

文法重點！ ⊘～にしたがって（したがい）：隨著～

例 経済が発展するにしたがって 隨著經濟發展

詞彙 医学 醫學｜進歩 進步｜人間 人類｜平均寿命が延びる 平均壽命延長

9 本日は祝日（　　　）、ランチ営業はいたしません。

1 について　2 のとおり　3 とともに　4 につき

因為今天是國定假日，午餐時間不營業。

文法重點！ ⊘～につき：因為～　例 定休日につき　因為是固定休息日

詞彙 祝日 國定假日｜営業 營業｜いたす「する（做）」的謙讓語

10 考えれば考える（　　　）、ますます分からなくなった。

1 ほど　2 はず　3 わけ　4 もと

越想越不懂。

文法重點！ ⊘～ば～ほど：越～越～

詞彙 ますます 越發、更加

11 これからは間違えない（　　　）、しっかり覚えてください。

1 ことに　2 ほどに　3 すえに　4 ように

為了避免今後再弄錯，請好好記起來。

文法重點！ ⊘～ないように：為了避免～　例 これからは遅れないように　為了避免今後遲到

詞彙 間違える 搞錯、弄錯｜しっかり 好好地｜覚える 記住

12 お金のことにうるさい彼があんなに高いものを買う（　　　）。

1 ほかがない　2 ことがない　3 はずがない　4 ようがない

他對錢那麼斤斤計較，不可能買這麼貴的東西。

文法重點！ ⊘～はずがない：不可能～　例 彼はそんなことを言うはずがない。他不可能說那種話。

詞彙 うるさい ① 挑剔、計較 ② 吵

13 留守の（　　　）どろぼうに入られてしまった。

1 あいだに　2 あいだ　3 おりに　4 おりには

在我不在家的期間，家裡被小偷入侵了。

文法重點！ ⊘名詞＋の間に：在～的期間，發生了……▶名詞＋の間：在～的期間，一直……

詞彙 留守 出門、不在家｜泥棒 小偷

問題 2　請從 1、2、3、4 中選出最適合填入下列句子＿＿★＿＿中的答案。

14　海外旅行から ＿＿＿ ＿＿＿ ＿★＿ ＿＿＿ この申告書を提出していただいています。

1　際　　2　の　　3　には　　4　帰国

從海外旅行回國時，請提交這份申報單。

正確答案　海外旅行から帰国の際にはこの申告書を提出していただいています。

文法重點！　⊘ 名詞＋の際：～的時候、～之際　例 帰りの際　回來的時候

詞彙　帰国　回國｜申告書　申報單｜提出　提出、提交

15　迷惑メール ＿＿＿ ＿★＿ ＿＿＿ ＿＿＿ しまった。

1　つつ　　2　つい　　3　と知り　　4　クリックして

雖然知道是垃圾信件，卻還是在無意中點開了。

正確答案　迷惑メールと知りつつ、ついクリックしてしまった。

文法重點！　⊘ 動詞ます形（去ます）＋つつ（も）：雖然～、可是～　例 ダイエットしなきゃと思いつつも、つい食べ過ぎてしまう。雖然心中想著非減肥不可，卻還是不小心吃太多。

詞彙　迷惑メール　垃圾信件｜つい　無意中、不由得

16　その事件について ＿＿＿ ＿＿＿ ＿★＿ ＿＿＿ ふりをした。

1　知らない　　2　詳しく　　3　ながら　　4　知ってい

明明對這件事很熟悉，卻假裝不知道。

正確答案　その事件について詳しく知っていながら、知らないふりをした。

文法重點！　⊘ ～ながら：雖然、儘管、明明　例 残念ながら　很遺憾但～　失礼ながら　恕我失禮～

詞彙　事件　事件｜～について　關於～｜詳しい　熟悉、精通｜～ふりをする　假裝～

17　実験の結果がよくないので、これで ＿＿＿ ＿★＿ ＿＿＿ ＿＿＿ と思う。

1　ない　　2　より　　3　ほか　　4　諦める

實驗結果不好，我想也只能在這裡放棄了。

正確答案　実験の結果がよくないので、これで諦めるよりほかないと思う。

文法重點！　⊘ ～よりほかない：只能～　例 帰国するよりほかない。只能回國了。

詞彙　実験　實驗｜結果　結果｜諦める　死心、放棄

18 世論調査の ＿＿＿ ＿＿＿ ＿★＿ ＿＿＿ 今後の政策を変えていきたい。

1 にして　2 を　3 結果　4 もと

想根據民意調查的結果改變今後的政策。

正確答案 世論調査の結果をもとにして、今後の政策を変えていきたい。

文法重點！ ⊘～をもとに(して)：根據～、以～為基礎 ▶～に基づいて：以～為基礎、基於～

詞彙 世論 輿論｜調査 調查｜結果 結果｜今後 今後｜政策 政策

問題 3　請閱讀下列文章，並根據內容從 1、2、3、4 中選出最適合填入 19～23 的答案。

有人說希望我能提供意見。這個人是一名正在求職的大四學生，拼命地在找工作，但據 19 說並未獲得任何一個工作機會。某一天，他透過父母的門路找到一家可以進去的公司，卻因為朋友的反對而陷入猶豫中。

朋友似乎對他說：「你明明可以靠自己的實力進公司的，不懂你為什麼要借助父母的力量」、「就算你進了公司提升業績，大家也不會認同你，會覺得『那個人是靠關係進來的』。」

的確我似乎也能理解那位朋友的擔心。

大學畢業成為社會人士，代表進入一個需要靠自己的力量解決所有事情的時期。然而， 20 透過父母的門路進入公司，就代表今後也可能會持續依賴 21 父母，而且進公司後也可能無法獲得周圍人的公正評價。

然而，我認為這裡的問題重點不是朋友的意見或旁人的眼光，而是自己本身。不如說 22 那個人可能是有這樣的父母，才成為受惠的人。從根本上來說，「門路」也是從人際關係開始的。正因為那個人的父母建立了良好的人際關係，才有可能將自己的孩子介紹給周圍的人，不是嗎？

如果希望不去在意周遭的意見，過著自己想要的人生，就只能認真工作。只能 23 努力向他人證明自己的實力。

詞彙 相談に乗る 參與商談｜就職活動 找工作｜内定 內定、工作機會｜コネ 門路｜見つける 找到｜反対 反對｜悩む 煩惱｜実力 實力｜力 力量｜理由 原因、理由｜実績をあげる 提升績效｜認める 認可｜確かに 確實、的確｜～ような気がする 覺得好像～｜全て 全部｜解決 解決｜時期 時期｜入社 進公司｜先 前方｜周り 身邊、周圍｜正当 正當、公正｜評価 評價｜得る 得到｜可能性 可能性｜意見 意見｜視線 視線、眼光｜恵む 給予恩惠｜そもそも 最初、一開始｜人間関係 人際關係｜からこそ 正因為～｜気にする 在意｜人生を生きる 度過人生｜勤める 工作｜実力 實力｜証明 證明

19　1　猛烈に　　2　切実に　　3　真剣で　　4　必死で

文法重點！ ⊘必死で：拼命　⊘猛烈に：猛烈、激烈　⊘切実に：迫切、懇切　⊘真剣で：認真

解說　這裡使用「拚命地」來接續較為自然。

20　1　それなのに　　2　それから　　3　ただし　　4　なお

文法重點！ ⊘それなのに：儘管那樣　⊘それから：接著、然後　⊘ただし：但是　⊘なお：尚、還

解說　前面句子提到「成為社會人士，代表進入一個需要靠自己的力量解決所有事情的時期」。後面則提到「透過父母的門路進入公司，就代表今後也可能會持續依賴父母」，所以用「それなのに」來接續較為通順自然。

21　1　頼り始めることになり　　2　頼り続けることになり
3　頼ったばかりで　　4　頼られかねない

文法重點！ ⊘頼り続けることになり：持續依賴
⊘頼り始めることになり：開始依賴
⊘頼ったばかりで：老是依賴
⊘頼られかねない：可能會依賴

解說　這裡使用「持續依賴」來接續較為恰當。

22　1　のみならず　　2　むしろ　　3　そればかりか　　4　どうしても

文法重點！ ⊘むしろ：與其～不如說、寧可　⊘のみならず：不僅、不但　⊘そればかりか：豈止
⊘どうしても：無論如何、務必

解說　作者認為在就業困難的時期，靠父母的門路進入公司工作，反而是「受惠的人」，因此答案是選項2。

23　1　周りの意見なんか無視して　　2　周りの意見が気になって
3　周りの意見を気にせず　　4　周りの意見に気をつけて

文法重點！ ⊘周りの意見を気にせず：忽視周圍的意見
⊘周りの意見なんか無視して：在意周圍的意見
⊘周りの意見が気になって：小心周圍的意見
⊘周りの意見に気をつけて：注意周圍的意見

解說　後面提到「過著自己想要的人生」，表示前面內容可能是不想理會旁人怎麼說。因此答案是選項3。

第2節 讀解

問題4　閱讀下列 (1) ～ (4) 的內容後回答問題，從 1、2、3、4 中選出最適當的答案。

(1)

這篇文章是為社會人士而設的知識涵養課程介紹文。

已經成為社會人士的各位朋友，你是否覺得自己還想要繼續成長，可是現實中卻沒有可以學習的環境呢？對於這樣的人，我們要介紹一堂由知名大學教授講授的知識涵養課程。你是否覺得最近學習機會變少，看了新聞和報紙是否也無法理解社會背景呢？如果你希望提升超越他人的資訊蒐集能力，而且想要讓自己在涵養上更有自信，請務必嘗試我們『朝日意見』免費試用一個月的課程。

24　以下何者為這篇介紹文的正確說明？

1　在「朝日意見」課程中，會教授公司所需的知識。

2　在「朝日意見」課程中，會教授成為社會人士所需的知識涵養。

3　在「朝日意見」課程中，可滿足即使成為社會人士，仍想繼續學習的人的欲望。

4　在「朝日意見」課程中，知名大學的教授會幫你滿足人生的意義。

詞彙　向け 專為～、針對～｜教養講座 知識涵養課程｜紹介 介紹｜まだまだ 還、仍｜成長 成長｜現実 現實｜学ぶ 學習｜環境 環境｜教授 教授｜～させていただく 請允許、請讓我～｜機会 機會｜減る 減少｜背景 背景｜理解 理解｜他人 他人｜情報収集力 蒐集資訊的能力｜もっと 更加｜自信を持つ 有自信｜ぜひ 務必、一定｜無料 免費｜試す 嘗試｜知識 知識｜欲望 欲望｜充足 充實｜人生 人生

解說　這篇文章是針對已經成為社會人士，想要繼續成長卻沒有學習環境的人。請注意，選項 2 是指會教授成為社會人士所需的知識涵養，所以不符合文章內容。

(2)

這篇文章是某間公司的道歉文。

誠摯感謝各位平時對畢波蕊各門市的支持。本公司這次在青森產的部分罐頭中檢驗出異物，因此該商品將於 7 月 1 日停止販售。如果顧客手中有此商品，請前往最近的門市辦理退款。造成您的不便，我們深感抱歉。今後本公司將全力確保品質管理，並竭盡所能為顧客提供安全的餐飲服務。

25 從內容中無法得知的是什麼？

1 罐頭的產地
2 販售結束日期
3 罐頭的內容物
4 退款方法

詞彙 詫び 道歉｜日ごろ 平時、平常｜各店 各店｜利用 利用｜誠に 實在、真的｜この度 此次、這次｜青森産 青森產｜缶詰 罐頭｜一部 一部分｜異物 異物｜検出 檢驗出來｜認める 認可、承認｜したがって 因此｜同商品 該商品｜販売 販賣、銷售｜終了 終了、結束｜手元 手邊｜商品 商品｜ござる「ある（在）」的鄭重語｜最寄 附近｜返金 退款｜大変 非常、很｜迷惑をかける 添麻煩｜申し訳ございません 對不起、抱歉｜品質管理 品質管理｜万全を期する 以期安全｜～とともに 和～一起｜届ける 送到｜最善をつくす 竭盡全力｜まいる「行く（去）、来る（來）」的謙讓語

解說 文中有提到罐頭產地是青森，商品將於 7 月 1 日停止販售，以及可以前往最近的門市退款。所以答案是選項 3。

(3)

這篇文章是為了預定要結婚的情侶所舉辦的活動介紹文。

婚禮展覽

這是可以觀摩正式結婚儀式的大型展覽。意者請預約您所希望的時間。
＊所有參加者可獲得美容沙龍折價券
＊前 100 名參加者有機會抽中最高價值 1 萬日圓份的禮物

〈日期時間〉平成 30 年 4 月 1 日 9:00 ～ 18:00
〈地點〉東京中央大樓
〈人數〉500 組情侶
〈參加費用〉免費
〈預約報名期限〉網路預約於前一天晚上 6 點截止，也可於當日透過電話預約

26 以下何者為本展覽的正確說明？

1 預約這場展覽的人當中，前 100 名參加者可獲贈 1 萬日圓的禮物。
2 參加這場展覽的人，透過抽獎可獲贈最高價值 1 萬日圓份的禮物。
3 這場展覽，最多可以有 250 名女性參加。
4 這場展覽可以當天預約。

詞彙 ブライダル 婚禮、新娘｜本番 正式演出｜挙式 結婚儀式｜見学 參觀｜希望者 希望參與者｜予約 預約｜参加者 參加者｜全員 全體人員｜エステサロン 美容沙龍｜割引券 折價券｜先着 先到｜最大 最大｜プレゼントが当たる 抽中禮物｜日時 日期和時間｜場所 場所、地點｜定員 規定人數｜ペア 情侶、一雙｜組 組｜参加費 參加費用｜無料 免費｜受付 受理｜期限 期限｜前日 前一天｜当日 當天｜可能 可能

解說 從內文可以得知前 100 名參加者有機會抽中最多 1 萬日元份的禮物，所以並非每個人都會得到 1 萬日元的禮物，也不是透過抽獎方式獲得。另外人數最多是 500 對情侶，因此女性最多可以有 500 人參加。而且當天可以透過電話預約，所以答案是選項 4。

(4)

這是說明某個產品注意事項的文章

使用注意事項

＊由於產品有尖銳的部分，請確保周圍安全後再使用。

＊為了安全起見，請勿在手把或骨架破損的情況下使用。

＊請不要將其用於原本以外的用途，如代替手杖使用等。

＊在強風時請勿使用，因為有可能會導致產品損壞。

＊使用後，請先將產品晾乾後再收納。

27 這是關於哪個產品的注意事項？

1 雨傘
2 手杖
3 拐杖
4 球拍

詞彙 製品 產品｜注意事項 注意事項｜使用上 使用上｜とがる 尖銳｜部分 部分｜周囲 周圍｜安全 安全｜確認 確認｜手元 手把｜骨 骨架｜壊れる 損壞｜～たまま 在～狀態下做｜ステッキ 手杖｜名詞＋代わりに 代替～｜本来 本來、原本｜目的 目的｜以外 以外｜使用 使用｜強風 強風｜際 ～的時候｜恐れ 有～的危險、可能～｜乾かす 曬乾、晾乾｜しまう 收拾｜杖 拐杖、手杖

解說 從內文可以得知產品上有尖銳的部分，且在強風時可能會損壞產品。後面又提到「使用後，請先將產品晾乾後再收納」，所以答案是雨傘。

問題 5　閱讀下列 (1) ～ (2) 的內容後回答問題，從 1、2、3、4 中選出最適當的答案。

(1)

從早到晚無法放下手機，只要沒有手機就無法度過一天的你，是不是得了「手機成癮症」了呢？「手機成癮症」是指總是在滑手機，沒有手機就會焦慮，無法專心做其他事情的意思。

現代人中有很多人有手機成癮症。跟家人外出用餐時，經常可以看到大家各自沉迷於自己手機的樣子。甚至還有人邊走路邊看手機，或是連去洗澡、上廁所都要帶著手機。然而，過度使用手機其實對身心都很不好。據說操作手機時，經常使用大拇指會導致手腕疼痛，或是出現「直頸症」導致肩頸嚴重酸痛，還會引起頭痛。「直頸症」是指頭的位置比肩膀還前面，導致脖子的骨頭呈現僵直的狀態。

此外，最近有人甚至睡前都還在滑手機，手機的強光也可能會引起睡眠障礙。睡眠不足可能導致憂鬱症和生活習慣病，因此建議各位不要把手機帶到床上，最好從睡前 1 小時就放下手機。

28 「手機成癮症」是指什麼現象？

1　從早到晚用手機做公司的工作
2　沒有手機就會感到不安和焦慮
3　沒有手機就會得生活習慣病
4　手機看太久會頭痛

解說　文中提到「『手機成癮症』是指總是在滑手機，沒有手機就會焦慮，無法專心做其他事情的意思」。因此答案是選項 2。

29 過度使用手機會產生什麼影響？

1　沉迷於手機，造成家庭關係惡化。
2　脖子的骨頭會向前彎曲。
3　手機的強光會導致視力惡化。
4　可能會造成姿勢不良或引發疾病。

解說　文中並沒有提到手機會使家庭關係惡化或視力變差的情形，也沒有說脖子會往前彎曲，而是說脖子骨頭會呈現僵直狀態。所以答案是選項 4。

30 作者最想說的是什麼？

1 過度使用手機可能會對身心都產生不良影響。

2 過度使用手機只會帶來一堆壞處，最好現在立刻停止使用。

3 過度使用手機是造成所有疾病的原因。

4 過度使用手機是造成失眠的最大原因。

解說 文中有提到過度使用手機對身心都有害，所以答案是選項 1。其他三個選項並未提到。

詞彙 **放す** 放開 | **過ごす** 度過 | **依存症** 成癮症 | **触る** 觸碰 | **心配だ** 擔心 | **集中** 集中、專注 | **現代人** 現代人 | **外食** 在外面吃飯 | **各自** 各自 | **夢中** 熱衷、著迷 | **姿** 面貌、情形 | **見かける** 看到 | **心** 心 | **操作** 操作 | **親指** 大拇指 | **手首** 手腕 | **ストレートネック** 直頸症 | **肩こり** 肩頸酸痛 | **ひどい** 嚴重 | **頭痛** 頭痛 | **起こす** 引起 | **首の骨** 脖子的骨頭 | **まっすぐになる** 變得筆直 | **状態** 狀態 | **直前** 將要～之前 | **強い** 強 | **光** 光 | **睡眠障害** 睡眠障礙 | **可能性** 可能性 | **睡眠不足** 睡眠不足 | **うつ病** 憂鬱症 | **生活習慣病** 生活習慣病 | **つながる** 連接、導致 | **持ち込む** 帶入 | **すすめる** 建議 | **不安だ** 不安、不放心 | **いらいらする** 煩躁、焦躁 | **関係** 關係 | **曲がる** 彎曲 | **姿勢** 姿勢 | **心身ともに** 身心都 | **影響を受ける** 受到影響 | **止める** 停止 | **眠る** 睡覺 | **原因** 原因 | **もっとも** 最

(2)

最近說自己「幾乎不看電視了」的人越來越多，尤其以年輕人為主，似乎已經離電視越來越遠了，①原因是什麼呢？

首先，有些人是因為工作或行程繁忙，沒有時間看電視。除非節目有相當大的影響力，否則很難按時收看，而且如果出現有趣到足以引起話題的節目，可以錄下來之後再慢慢觀看。此外，因為最近的媒體越來越多元，年輕人獲取大部分資訊都是透過網路。換句話說，有越來越多人認為網路資訊更充足，而且也很有效率。另外，除了資訊量之外，電視的娛樂性也降低了。越來越多人為了追求樂趣，會看網路上的影片、網路漫畫和玩手機遊戲。

當然，電視台也花了很多工夫來阻止人們遠離電視，但這是②時代的潮流，今後我想也很難對抗這股潮流。然而，聽說即使是很少看電視的人，也有一些人會準時收看熱門節目的最後一集，或是一定要看奧運和世界杯的賽事。或許現代人希望在電視上看到的不是資訊量或是娛樂性，而是「感動」。

31 以下何者不在①原因裡面？

1 人們工作太忙，沒時間看電視。
2 最近的年輕人比起電視，更喜歡在網路上尋找樂趣。
3 **進大公司工作的人增加，沒時間看電視。**
4 最近的年輕人認為要增長知識，上網更有利。

解說 文中並沒有提到進入大公司工作的人增加導致沒時間看電視的內容。所以答案是選項3。

32 ②時代的潮流是指什麼樣的潮流？

1 今後年輕人將完全不再看電視。
2 今後年輕人將只在網路上尋求樂趣。
3 **今後年輕人也會使用多元媒體尋求樂趣。**
4 今後年輕人也會很難在電視上找到感動。

解說 文中提到「越來越多人為了追求樂趣，會看網路上的影片、網路漫畫和玩手機遊戲」。因此答案是選項3。

33 以下何者符合這篇文章的內容？

1 **現代人要求電視扮演的角色似乎改變了。**
2 現代人想在電視上看到的是資訊，但電視台卻不了解這個需求。
3 電視台為了阻止人們遠離電視所做的努力還不夠。
4 想要阻止人們遠離電視已經是時代的潮流。

解說 從內文可以得知現在的人們透過網路或其他各種媒體來滿足他們的資訊和娛樂需求。同時也提到或許現在人們對電視的期望並不在於資訊量或娛樂性，更可能是在尋求「感動」。所以答案是選項1。

詞彙 **若者** 年輕人 | **中心** 中心 | **～離れ** 遠離～ | **進む** 前進、有進展 | **理由** 原因、理由 | **相当だ** 相當 | **～ない限り** 除非～否則～ | **守る** 遵守 | **話題** 話題 | **番組** 節目 | **録画** 錄影 | **多様化** 多元化 | **情報** 資訊 | **得る** 得到 | **充実** 充實 | **効率** 效率 | **情報量** 資訊量 | **～だけでなく** 不只～ | **落ちる** 下降 | **楽しさ** 樂趣 | **求める** 追求、尋求 | **動画** 影片 | **Web漫画** 網路漫畫 | **楽しむ** 享受、期待 | **どんどん** 接連不斷 | **増加** 增加 | **もちろん** 當然 | **テレビ局** 電視台 | **止める** 停止、作罷 | **様々だ** 各式各樣 | **工夫** 想辦法、下工夫 | **流れ** 潮流 | **今後** 今後 | **逆らう** 反抗、違逆 | **最終回** 最後一集 | **しっかり** 確實、可靠 | **どうしても** 無論如何、務必 | **もしかすると** 或許、可能 | **感動** 感動 | **余裕** 從容、餘裕 | **見つける** 找到、尋找 | **大手企業** 大型企業 | **有利** 有利 | **役割** 任務、角色 | **ニーズ** 需求 | **理解** 理解 | **努力** 努力 | **まだまだ** 還、仍 | **足りる** 足夠 | **もはや** 已經

問題 6　閱讀下面文章後回答問題，從 1、2、3、4 中選出最適當的答案。

每個人都希望被大家視為「好人」。為了讓別人喜歡，讓別人認同，努力成為一個「好人」。然而，你是否因為努力過頭而產生壓力，導致內心生病了呢？根據某項研究顯示，比起敢隨心所欲說出自己想說的話的人，據說「好人」比較容易讓健康狀態變差。

在公司其實有自己的意見卻沉默不語，遵從上司的指示；試圖隱藏工作上的失誤；將他人在社群媒體上提及的煩惱當成自己的事情給予建議；一旦生氣就會變換另外一個人格。據說這些人可能都有①「好人症候群（註）」。然而，如果總是忍住自己想做的事，完全不提出自己的意見，就會使身心疲勞容易生病。

那麼，應該要怎麼做才能②避免陷入「好人症候群」呢？首先，和別人對話時，先試著在不冒犯對方的情況下說出自己的真心話，這樣如何？也就是說不要過度在意對方而扼殺了自我。

其次，與其改正自己的缺點，不如努力發展自己的優點。每個人都有各自的優缺點，但「好人」總是在意自己的缺點，而拼命想要改正它們。但希望他們別忘記，有魅力的人，他們的優點比缺點更加突出。

③最重要的事是改變思考模式，從「成為好人」轉換為「並不是壞人」的前提開始嘗試。有時也不該隨波逐流，擁有「自己是這麼想的」的堅強意志也是很重要的。

（註）症候群：指同時出現的一組症狀。

34　以下何者可能沒有①「好人症候群」？

1　平常就算跟上司意見不同，也認為因為自己是部下就應該遵從上司的人
2　就算工作上有失誤，也不會對任何人說，而是打算自己一個人解決的人
3　**如果和對方意見不同，只要對方不會感到不舒服，就會老實說出來的人**
4　害怕被公司的同事討厭而不敢說出自己意見的人

解說　從內文可以得知為了避免陷入好人症候群，在與他人對話時，可以在不冒犯對方的情況下說出自己的真心話。因此答案是選項 3。

35　應該要怎麼做才能②避免陷入「好人症候群」？

1　**為了避免失去自我，最好在某種程度上將自己的想法傳達給對方。**
2　對話時可以不用在意對方。
3　平常就要清楚了解自己的缺點和優點。
4　要思考為了成為有魅力的人，必須具備什麼特質。

解說　文中提到「不要過度在意對方而扼殺了自我」，表示某種程度可以適度傳達自己的想法。因此答案是選項 1。

36 ③最重要的事是指什麼？

1 立刻停止努力成為一個好人。

2 **從不必成為一個好人的想法開始做起。**

3 擁有即使當壞人也無所謂的堅強意志。

4 即使遭到身邊的人反對，也要展現強烈意志。

解說 文中提到「改變思考模式，從『成為好人』轉換為『並不是壞人』的前提開始嘗試」，所以答案是選項 2。

37 以下何者不符合這篇文章的內容？

1 人總是會為了讓別人喜歡自己而努力當個好人。

2 想當好人的心情過於強烈時，可能會讓內心生病。

3 讓身邊的人了解自己的心意和想法也是很重要的。

4 **在這個世界上，人們似乎認為不是好人反而更有魅力。**

解說 文中並沒有提到「不是好人反而更有魅力」的內容，所以答案是選項 4。

詞彙 **他人** 他人｜**好く** 喜歡｜**認める** 認可、承認｜**行き過ぎる** 過度｜**心** 心｜**ある** 某個｜**研究** 研究｜**気ままに** 隨意、任性｜**健康状態** 健康狀態｜**黙る** 不說話｜**上司に従う** 遵從上司｜**隠す** 隱藏｜**のせる** 刊載｜**悩み** 煩惱｜**いったん** 暫且、姑且｜**怒る** 生氣｜**人格** 人格｜**変わる** 變化｜**症候群** 症候群｜**可能性** 可能性｜**我慢** 忍耐｜**主張** 主張｜**心身** 身心｜**動詞ます形（去ます）＋がち** 容易～、常常～｜**会話** 對話、交談｜**相手** 對方｜**失礼** ① 告辭 ② 失禮｜**程度** 程度｜**本音** 真心話｜**気を使う** 用心、顧慮｜**なくす** 喪失、弄丟｜**次に** 其次｜**短所** 缺點｜**直す** 修改｜**長所** 優點｜**伸ばす** 伸展、發展｜**～にもかかわらず** 雖然～還是～、儘管｜**気になる** 在意｜**必死** 拼命｜**魅力的** 有魅力的｜**前提** 前提｜**周り** 身邊、周圍｜**流す** 流走｜**強い** 強烈｜**意志** 意志｜**普段** 平時、平常｜**解決** 解決｜**正直** 正直、誠實｜**同僚** 同事｜**嫌う** 厭惡｜**怖い** 可怕、害怕｜**反対** 反對｜**意思** 意思、心意｜**世の中** 世界上、社會

問題 7 右頁是美髮院遷移開業的通知。請閱讀文章後回答以下問題，並從 1、2、3、4 中選出最適當的答案。

38 看完這份通知後，要怎樣做才能享有折扣呢？

1 攜帶這張明信片到儒雅大樓 3 樓。

2 12 月 26 日之前攜帶這張明信片前往。

3 星期一下午 2 點攜帶這張明信片前往。

4 10 月 24 日攜帶這張明信片和朋友一起前往。

解說 從內文可以得知新店鋪將於 9 月 25 日開業，必須在開業後三個月內前往才有紀念折扣。另外美容院位於儒雅大樓 1 樓，而且星期一是公休日，所以答案是選項 4。

39 10月5日攜帶這張明信片去美髮院，A先生要剪髮，A先生的朋友B先生要剪髮和染髮，B先生的6歲小孩要去剪髮，三人總共要支付多少錢？

1 7326 日圓　2 8140 日圓　3 9026 日圓　4 9840 日圓

解說 A 先生剪髮要 2550 日圓，B 先生剪髮和染髮要 5590 日圓，總共是 8140 日元。由於與朋友同行且在開店後的一個月內造訪，所以在這個金額上可以享受 10% 的折扣，這樣總共是 7326 日圓。小學生以下的髮型修剪費用是 1700 日圓，且不適用折扣，所以總金額為 9026 日圓，答案是選項 3。

遷移改裝全新開幕通知

誠摯感謝各位平時對亞修得的支持與愛護。

本店因於平成 30 年 10 月與商業大樓 kiko 租約期滿，將於平成 30 年 9 月 25 日遷移至新店鋪，並重新改裝全新開幕。

遷移地點鄰近大樓 kiko，請參照地圖標示。

遷移開幕後 3 個月內攜帶這張明信片前來的顧客即可享有開幕紀念折扣。

今後本店也會繼續努力提供更精良的技術與服務，歡迎各位的蒞臨。

折扣費用：剪髮 3000 日圓 → 2550 日圓（含稅）

剪髮＋染髮 7500 日圓 → 5590 日圓（含稅）

剪髮＋溫塑美容燙 10500 日圓 → 8500 日圓（含稅）

※ 與朋友一同來店即可享有此金額再打 9 折的優惠。（限開幕後 1 個月內）

※ 小學生以下剪髮 1700 日圓（不適用折扣）

新店鋪地址：筑波市東新 7—15 儒雅大樓 1F（筑波站走路 8 分鐘）

營業時間：10:00 ～ 20:00

公休日：週一

詞彙 **移転**（いてん） 遷移｜**知らせ**（しらせ） 通知｜**平素**（へいそ） 平常｜**利用**（りよう） 利用｜**誠に**（まことに） 實在、真的｜**この度**（このたび） 此次、這回｜**～をもって** 以此｜**商業**（しょうぎょう） 商業｜**契約満了**（けいやくまんりょう） 合約期滿｜**新店舗**（しんてんぽ） 新店鋪｜**地図**（ちず） 地圖｜**参照**（さんしょう） 參照｜**葉書**（はがき） 明信片｜**持参**（じさん） 帶來｜**記念**（きねん） 紀念｜**割引**（わりびき） 折扣、優惠｜**今後**（こんご） 今後｜**よりいっそう** 更加、更多｜**技術**（ぎじゅつ） 技術｜**提供**（ていきょう） 提供｜**来店**（らいてん） 來到店裡｜**税込み**（ぜいこみ） 含稅｜**金額**（きんがく） 金額｜**さらに** 更、加上｜**但し**（ただし） 但是｜**適用外**（てきようがい） 不適用｜**徒歩**（とほ） 步行｜**営業**（えいぎょう） 營業｜**定休日**（ていきゅうび） 公休日

第3節 聽解

問題 1　先聆聽問題，在聽完對話內容後，請從選項 1 ～ 4 中選出最適當的答案。

れい Track 3-1

女の人と男の人が話しています。男の人はこの後、どこに行けばいいですか。

女：え、それでは、この施設の利用がはじめての方のために、注意していただきたいことがありますので、よく聞いてください。まず決められた場所以外ではケータイは使えません。

男：え？ 10分後に、友達とここで待ち合わせしているのに、どうしよう。じゃ、どこで使えばいいですか。

女：3階と5階に、決められた場所があります。

男：はい、わかりました。友達とお茶を飲んだり、話したりする時はどこに行ったらいいですか。

女：4階にカフェテリアがありますので、そちらをご利用ください。

男：はい、わかりました。さあ、奈々ちゃん、どこまで来たのか電話かけてみるか。

男の人はこの後、どこに行けばいいですか。

1　1階

2　2階

3　3階

4　4階

例

女子和男子正在對話，男子接下來應該要去哪裡？

女：嗯，那麼為了第一次使用本設施的人，有幾件事想提醒大家，請仔細聽好。首先，手機只能在指定場所使用。

男：什麼？可是我跟朋友約好 10 分鐘後要在這裡碰面，怎麼辦？那應該在哪裡使用呢？

女：3 樓和 5 樓有指定的場所。

男：好的，我知道了。那我要跟朋友喝茶、聊天時，可以去哪裡呢？

女：4 樓有一個自助餐廳，請利用那個地方。

男：好的，我知道了。那我打電話問問奈奈她來到哪裡了。

男子接下來應該要去哪裡？

1　1 樓

2　2 樓

3　3 樓

4　4 樓

解說　對話最後男子說要打電話問朋友到哪裡了，所以要去能使用手機的指定場所，也就是 3 樓或 5 樓，因此答案是選項 3。

詞彙　施設 設施｜利用 利用｜注意 提醒、留意｜以外 以外｜待ち合わせ 碰面

1ばん Track 3-1-01

男の人と女の人が部屋の乾燥について話しています。男の人は乾燥を防ぐためにどうしますか。

男：最近、空気が乾燥して、大変だね。僕、コンタクトつけているから、目が痛くなったりするんだよね。

女：私も乾燥とかに敏感な方だから、ストーブの上にやかんを置いてるよ。部屋も暖かくなるし、すぐコーヒーも飲めるし。

男：うん、そうしたらいいんだけど、僕はストーブがないから。

女：冬だから買ったらいいんじゃない。

男：もっと簡単な方法はないかな。

女：そうね。タオルをぬらして部屋に干すのは？

男：あ、それいいね。え、でもわざわざタオルを濡らすより、洗濯物を使えばいいんじゃない。

女：あ、それもいいね。

男の人は乾燥を防ぐためにどうしますか。

2

第 1 題

男子和女子正在談論屋內的乾燥狀況，男子為了預防乾燥打算怎麼做？

男：最近空氣好乾燥，真不好受！我因為戴隱形眼鏡，眼睛會很痛。

女：我也是對乾燥很敏感的那種，所以在暖爐上放了水壺，這樣房間會變得暖和，而且還能立刻喝咖啡。

男：嗯！這樣做是不錯，可是我沒有暖爐。

女：反正冬天到了，可以買一個啊！

男：沒有更簡單的方法嗎？

女：嗯……那把毛巾弄濕後晾在房間裡呢？

男：啊，這主意不錯！可是比起特地弄濕毛巾，用洗好的衣物不就好了嗎？

女：啊，也是可以。

男子為了預防乾燥打算怎麼做？

解說 最後的對話中有提到毛巾，女子建議將毛巾弄濕晾在房間裡，不過男子認為直接用洗好的衣物更方便，所以答案是選項 2。

詞彙 乾燥 乾燥｜防ぐ 防止、預防｜空気 空氣｜敏感 敏感｜干す 曬、晾｜わざわざ 特意｜濡らす 弄濕、沾濕

2ばん Track 3-1-02

男の人と女の留学生が話しています。女の留学生はこれから何を決めますか。

男：アンナさん、レポートはもう書いた？

女：うん。一応書いたけど、日本語でレポートを書くのは初めてだったから、すごく苦労したの。

男：そうなんだ。がんばったね。どれどれ僕が見てもいい？

女：うん。いいよ。あと、これ、表紙もつけなきゃだめだよね。

男：もちろん。真ん中にタイトルを入れて、下には学籍番号と名前、それから授業名の順番で書けばいいと思う。

女：え、それも順番があったの？ 田中さんに見てもらってよかった。ありがとう。

男：いいよ、それぐらい。タイトルは決めた？

女：それが、全然思い浮かばなくて…。

男：レポートの内容を具体的に表す言葉を一言でつけてね。

女：うん、わかった。

女の人はこれから何を決めますか。

1 一言でつけるもの

2 タイトルの位置

3 授業名の順番

4 レポートの題名

第 2 題

男子與女留學生正在對話，女留學生接下來要決定什麼？

男：安娜，妳報告寫了嗎？

女：嗯，寫是寫了，但因為我是第一次用日文寫報告，費了超多心血的。

男：這樣啊！真努力。哎，可以讓我看看嗎？

女：嗯！可以啊！對了，這個還得加封面對吧？

男：當然！標題要放正中央，底下按照順序寫上學號、名字，還有課程名稱就可以了。

女：嗯？這個也有順序嗎？還好有請田中先生幫我看一遍，謝謝你。

男：哪裡？這點小事。妳的標題決定了嗎？

女：我完全想不出來……

男：記得將報告的內容用一句話具體表達出來。

女：嗯！我知道了。

女留學生接下來要決定什麼？

1 用一句話描述的內容

2 標題的位置

3 課程名稱的順序

4 報告的題目

解 說 問題不是詢問封面上的內容。最後的對話女留學生提到想不出報告的標題，所以答案是選項 4。

詞 彙 一応 暫且、姑且 | 苦労 辛苦、勞苦 | どれどれ 我看看 | 表紙 封面 | 真ん中 正中央 | 学籍番号 學號 | 授業名 課堂名稱 | 順番 順序 | 思い浮かぶ 想到、想起來 | 具体的 具體的 | 一言 一句話 | 位置 位置 | 題名 題目

3ばん Track 3-1-03

女の人と男の人が利用案内について話しています。女の人の友達はこれからどうしますか。

女：もしもし、私の友達の中で目の不自由な人がいて、そちらの図書館を利用したいと言っているんですが、そんな人のためのサービスもありますか。

男：はい。本を音で録音した資料もありますし、郵送による貸出サービスも行っております。

女：へえ、いいですね。

男：お住まいはこちらの方ですか。

女：住んでいるところは、神奈川県です。

男：あ～、お住まいが東京でない方は、事前に登録をしなければなりません。登録は電話でもEメールでもかまいませんが、必ず本人がしなければなりません。

女：あ、そうですか。わかりました。電話ならできますので。

女の人の友達はこれからどうしますか。

1　東京に引っ越す

2　本人が直接図書館に電話する

3　東京に登録する

4　借りたい資料を登録する

第 3 題

女子和男子正在談論使用規定。女子的朋友接下來該怎麼做？

女：喂？我的朋友當中有一位視力有障礙的人，他說想使用你們的圖書館，有為這樣的人提供的服務嗎？

男：是的，我們有將書本錄音出來的有聲資料，也有郵寄出借的服務。

女：喔～那還不錯耶！

男：請問他家地址在哪裡呢？

女：他住在神奈川縣。

男：啊～不是住在東京的讀者必須事先登記，登記可以打電話或寄 E-mail，但一定要是本人。

女：這樣啊！我知道了，電話的話他應該可以。

女子的朋友接下來該怎麼做？

1　搬到東京

2　由本人直接打電話到圖書館

3　在東京登記

4　登記想借的資料

解說　由於對話中提到「不是住在東京的讀者必須事先登記，登記可以打電話或寄 E-mail，但一定要是本人」，所以答案是選項 2。

詞彙　**不自由** 不方便 | **録音** 錄音 | **郵送** 郵寄 | **貸出** 出借 | **行う** 進行、做 | **神奈川県** 神奈川縣 | **住まい** 居住、住處 | **事前に** 事前、事先 | **登録** 登記、註冊 | **かまう** 在意 | **必ず** 一定、必定 | **本人** 本人 | **引っ越す** 搬家 | **直接** 直接

4ばん Track 3-1-04

男の人と女の人がポイントカードについて話しています。男の人はこれからどうしますか。

男：へえ、アヤナちゃんもA社のポイントカード使っているんだ。

女：うん、ポイントがたくさん貯まったら、いろいろ使えるから。

男：僕もけっこう集めたよ。でも前にポイントカードを2枚も作っちゃって。どちらかのカードにポイントをまとめることってできないのかな。

女：できるよ。ホームページに移動手続きのガイドページがあるから、そこでやってみたら。

男：そうか。でも今は忙しいから、明日A社に電話して直接頼むよ。

女：ポイントの移動はホームページから本人がしなければならないの。

男：えっ、そうなの。でも、今日は疲れたから、また今度やる。

男の人はこれからどうしますか。

1　今日、ホームページに入ってポイントの移動の手続きをする
2　明日A社に電話して、ポイントの移動の手続きをする
3　後でホームページに入って、ポイントの移動の手続きをする
4　面倒くさいから、諦める

第 4 題

男子和女子正在談論集點卡，男子接下來會怎麼做？

男：哎呀，彩奈，妳也在用 A 公司的集點卡啊。

女：對啊！因為集到很多點數後可以用在很多地方。

男：我也集了滿多了，可是之前不小心辦了 2 張集點卡，不知道可不可以統整在其中一張上。

女：可以啊！官網上有轉移手續的引導頁面，可以在那邊辦辦看。

男：這樣啊！可是我現在很忙，還是明天打電話給 A 公司，直接拜託他們幫忙好了。

女：點數轉移必須由本人從網站上辦理。

男：喔？是喔？可是我今天已經很累了，下次再辦吧！

男子接下來會怎麼做？

1　今天到官網辦理轉移點數的手續
2　明天打電話給 A 公司辦理點數轉移的手續
3　**之後再到官網上辦理轉移點數的手續**
4　太麻煩了，決定放棄

解說　女子提到「點數轉移必須由本人從網站上辦理」，最後男子表示今天很累，決定下次再進行，所以答案是選項 3。

詞彙　**貯まる** 積存 | **まとめる** 匯集、統整 | **移動** 轉移 | **手続き** 手續 | **直接** 直接 | **頼む** 拜託 | **面倒くさい** 麻煩 | **諦める** 放棄

5ばん Track 3-1-05

女の人と男の人が新幹線の予約のことで話しています。男の人はどれを予約しますか。

男：吉田さん、ケータイで新幹線のチケットを予約しているんですけど、ちょっとやり方、教えてもらえますか。

女：いいよ。どれどれ。

男：初めてなんで、何がなんだかよく分かりません。特にこのグリーン席って何ですか。

女：グリーン席は設備もサービスもよくて、料金がちょっと高い席のことよ。

男：へえ、サービスがいいってどんなんだろう。乗ってみたいな。

女：座席はグリーン席、指定席、自由席のなかで決めればいいの。グリーン席は全部禁煙席だけど、指定席ならタバコは吸えるよ。

男：うん、僕はタバコを吸うけど、やっぱりいい方にします。

男の人はどれを予約しますか。

1　タバコが吸えないグリーン席

2　タバコが吸えるグリーン席

3　タバコが吸えない指定席

4　タバコが吸える指定席

第 5 題

女子和男子正在談論新幹線預訂的事情，男子要預定哪個位子？

男：吉田小姐，我正在用手機預定新幹線的車票，可以教我一下該怎麼訂嗎？

女：可以啊！我看看。

男：我第一次訂票，完全搞不懂什麼是什麼。尤其是這個綠色車廂座位是指什麼啊？

女：綠色車廂座位是設備、服務都很好，費用也稍微貴一點的位子。

男：喔？服務好是什麼樣的服務啊？真想坐坐看。

女：座位可以從綠色車廂座位、對號座位和非對號座位中選擇，綠色車廂座位全面禁煙，但對號座位可以抽菸。

男：嗯！雖然我會抽菸，但還是選好一點的座位好了。

男子要預定哪個位子？

1　**不能抽菸的綠色車廂座位**

2　可以抽菸的綠色車廂座位

3　不能抽菸的對號座位

4　可以抽菸的對號座位

解說　男子聽女子說「綠色車廂座位是設備、服務都很好」後，想要親自體驗看看，而且綠色車廂禁菸，所以答案是選項 1。

詞彙　**新幹線** 新幹線 | **設備** 設備 | **座席** 座位 | **指定席** 對號座位 | **自由席** 不對號座位 | **禁煙席** 禁菸座位 | **タバコを吸う** 抽菸

6ばん Track 3-1-06

店員とお客さんが髪のケアについて話しています。お客さんは髪のケアのためにどうしたらいいですか。

女1：髪の傷みがひどくて、すごく気になります。どうすればつやつやになるんでしょうか。

女2：いろいろなやり方がありますが、一番簡単な方法をお教えしますね。

女1：あ、お願いします。実は仕事が忙しくて髪のケアなんかする時間もないんですよ。

女2：そうですか。お風呂に入ったら、乾いたままの髪にトリートメントをつけてください。

女1：え、濡らした髪につけるんじゃなくて、乾いた髪につけるんですか。

女2：はい、そこがポイントですよ。そのまま、5分～10分ぐらい置いてから水で流します。そのあとはシャンプーとリンスをするだけです。

女1：へえ、簡単でいいですね。今日からやってみます。

お客さんは髪のケアのためにどうしたらいいですか。

1　髪を濡らさないでトリートメントをつける
2　乾いたままの髪にリンスをつける
3　お風呂の間、ずっと髪にトリートメントをつけておく
4　シャンプとリンスの後に、トリートメントをつける

第 6 題

店員和客人正在談論頭髮的保養。客人為了保養頭髮應該怎麼做？

女 1：我的頭髮受損很嚴重，我非常在意，怎樣才能讓頭髮變得有光澤呢？

女 2：方法有很多種，我先教妳最簡單的方法好了。

女 1：好，麻煩妳了，老實說我因為工作很忙，都沒時間保養頭髮。

女 2：這樣啊！那請在洗澡時，先在乾髮上塗抹護髮霜。

女 1：嗯？不是塗在濕髮上，而是塗在乾髮上嗎？

女 2：是的，這就是重點了，抹在乾髮上等 5 ～ 10 分鐘後再用水沖掉，之後只需使用洗髮精和潤髮乳。

女 1：哇！這麼簡單，好耶！那我今天就開始試試看。

客人為了保養頭髮應該怎麼做？

1　不將頭髮弄濕，直接塗抹護髮霜
2　在乾髮上使用潤髮乳
3　整個洗澡期間都要在頭髮上塗抹護髮霜
4　洗髮和潤髮後塗抹護髮霜

解說　店員表示洗澡時要將護髮霜塗在乾髮上等 5 ～ 10 分鐘再沖掉，接著只需使用洗髮精和潤髮乳即可。所以答案是選項 1。對話中提到的「水で流す」是指「用水沖掉」的意思。

詞彙　髪 頭髮｜傷み 損傷｜つやつや 光澤｜乾く 乾｜濡らす 弄濕、沾濕｜流す 沖洗

問題 2　先聆聽問題，再看選項，在聽完對話內容後，請從選項 1 ～ 4 中選出最適當的答案。

れい Track 3-2

女の人と男の人が映画のアプリについて話しています。女の人がこのアプリをダウンロードした一番の理由は何ですか。

女：田中君もよく映画見るよね。このアプリ使ってる？

男：いや、使ってないけど…。

女：ダウンロードしてみたら。映画が見たいときにすぐ予約もできるし、混雑状況も分かるよ。

男：へえ、便利だね。

女：映画の情報はもちろん、レビューまで載っているから、すごく参考になるよ。

男：ゆりちゃん、もうはまっちゃってるね。

女：でも、何よりいいことは、キャンペーンでチケットや限定グッズがもらえることだよ。私は、とにかくたくさん映画が見たいから、よく応募してるよ。

男：そうか。いろいろいいね。

女の人がこのアプリをダウンロードした一番の理由は何ですか。

1　早く映画の情報が知りたいから
2　キャンペーンに応募してチケットをもらいたいから
3　限定グッズをもらって人に見せたいから
4　レビューを読んで、話題の映画が見たいから

例

女子和男子正在談論電影的應用程式，女子下載這個應用程式的主要原因是什麼？

女：田中，你也很常看電影吧？你有用這個應用程式嗎？

男：沒有耶……

女：你可以下載看看啊！想看電影的時候就可以馬上預約，還可以知道那裡人潮擁擠的程度。

男：哇！那還真方便。

女：除了電影資訊之外，還有刊登評論，很有參考價值喔！

男：百合，妳已經完全陷進去了吧？

女：不過，它最大的好處就是可以透過活動獲得電影票和限定商品。因為我就是想看很多電影，所以經常參加。

男：這樣啊？好處真多。

女子下載這個應用程式最重要的原因是什麼？

1　想快點知道電影資訊
2　想參加活動並獲得電影票
3　想獲得限定商品炫耀給別人看
4　想看電影評價，觀看熱門電影

解說　出現「何よりいいことは（最大的好處是）」之類的表達時，要特別注意後面的說法。女子表示就是想看很多電影，所以可以看出她想要得到電影票的心情。因此答案是選項 2。

詞彙　**混雑** 混雜、擁擠｜**状況** 狀況｜**載る** 刊載｜**参考** 參考｜**はまる** 陷入、沉迷｜**限定** 限定｜**グッズ** 商品｜**とにかく** 總之、反正｜**応募** 應徵、報名參加｜**見せる** 展示｜**話題** 話題

1ばん Track 3-2-01

女の人と男の人が部長について話しています。男の人は部長が機嫌がいい理由は何だと言っていますか。

女：部長は今日、ずいぶん機嫌がよさそうですね。何かいいことでもあったのかしら。いつもは厳しくて無表情な方なのに。

男：僕も出勤して聞いたんだけど、息子さんが大学に合格したそうだよ。

女：え？ でも2年前に娘さんが大学に入ったときはあんなに喜んでなかったですよね。もしかして息子だからもっと嬉しいとか？

男：そんなんじゃなくて部長と同じ大学、同じ学科に合格したからだそうだよ。

女：え？ でも娘さんは東京大学の法学部だったでしょう。すごくえらいじゃないですか。

男：それもそうだけど、部長は自分の息子が自分の後輩になったのが嬉しいんだって。

女：そうか。なんかその気持ちもわかるわね。

男の人は部長が機嫌がいい理由は何だと言っていますか。

1 自分の子供がいい大学に合格したから
2 息子がいい大学に合格したから
3 息子が部長が望んでいた学科に入ったから
4 息子が部長の大学の後輩になったから

第 1 題

女子和男子正在談論部長，男子說部長心情好的原因是什麼？

女：部長今天心情好像不錯，是不是發生了什麼好事啊？不然他平常總是一臉嚴肅，沒什麼表情的人。

男：我也是來上班時聽說的，聽說他兒子考上大學了。

女：嗯？可是 2 年前他女兒上大學時，他好像沒有那麼高興。難道是因為兒子才更高興嗎？

男：不是啦！聽說是因為他兒子跟部長考上同一個大學的同一個系。

女：嗯？可是他女兒不是考上東京大學的法學系嗎？那也很厲害不是嗎？

男：是沒錯啦！可是聽說部長他很高興兒子可以成為自己的學弟。

女：這樣啊！那我也能理解他的心情了。

男子說部長心情好的原因是什麼？

1 因為自己的小孩考上好大學
2 因為兒子考上好大學
3 因為兒子進了部長希望的科系
4 **因為兒子成為部長大學的學弟**

解說 部長心情好的原因並不是因為他的兒子進入了他所期望的大學或是好的大學，而是因為他的兒子成為了他的大學學弟，所以答案是選項 4。

詞彙 **機嫌がいい** 心情好 | **厳しい** 嚴肅 | **無表情** 面無表情 | **出勤** 上班 | **合格** 合格、考中 | **喜ぶ** 高興、喜悅 | **嬉しい** 高興、歡喜 | **法学部** 法學系 | **後輩** 學弟 | **望む** 期望、盼望

2ばん Track 3-2-02

女の人と男の人が話しています。女の人の肩こりの原因は何ですか。

女：最近、肩こりがひどいんだ。

男：最近仕事、忙しいの？ 事務職はパソコンの仕事が多いから、肩もこるさ。それって「少し休もうよ」という体からの信号だから、仕事もほどほどにしたら。

女：仕事はそんなに忙しくないの。毎日６時にちゃんと終わってるし。

男：そう？ だったら何か激しい運動でもしたの。お前、体動かすの苦手だろう。

女：よく知っているね、私は運動はあんまり。

男：あ、そうだ。本で読んだんだけど、栄養のバランスが崩れても肩こりの原因になるんだって。お前、最近ダイエットするって言って晩御飯なんか全然食べないじゃん。

女：え、そうなの？ それも原因になるんだ。知らなかった。

女の人の肩こりの原因は何ですか。

1 動けないほど、ひどい運動をしたから
2 パソコンの前に座ってばかりいたから
3 無理なダイエットをしたから
4 食事のとき、栄養を考えていなかったから

第２題

女子和男子正在對話，女子肩膀酸痛的原因是什麼？

女：我最近肩膀酸痛得很厲害。

男：最近工作很忙嗎？行政人員的工作經常要用電腦，所以肩膀也會酸痛。這是身體發出的訊號，要妳「稍微休息一下」，所以工作要適可而止。

女：我工作其實也沒那麼忙啦！每天６點就準時結束。

男：是喔？那妳是不是做了什麼激烈運動？妳不是很不喜歡動身體嗎？

女：你知道得真清楚。我是不太喜歡運動。

男：對了，我之前在書上讀到，營養失調好像也會造成肩膀酸痛。妳說妳最近在減肥，晚餐都沒吃吧？

女：嗯？是這樣嗎？原來這也是原因之一。之前都不曉得。

女子肩膀酸痛的原因是什麼？

1 因為做太激烈的運動，導致身體無法動彈
2 因為一直坐在電腦前
3 **因為亂減肥的關係**
4 因為吃飯時沒考慮到營養

解說 從對話可以知道減肥會導致營養失調，進而引發肩膀酸痛，所以答案是選項３。

詞彙 肩こり 肩膀酸痛 ▶ 肩がこる 肩膀酸痛｜事務職 行政職務｜信号 訊號｜ほどほどにする 適可而止｜動かす 活動、搖動｜苦手だ 不擅長、不喜歡｜崩れる 崩潰、失去原形｜原因 原因｜栄養 營養

3ばん Track 3-2-03

女の人と男の人が話しています。男の人はどうして恋愛をするのが面倒くさくなったと言っていますか。

男：僕、最近恋愛をするのが面倒くさくなった。

女：え？ どういう意味？ つい最近まで恋人がほしいって言ってたでしょう。

男：うん。そうだったけど…。

女：何？ やっぱり学校の勉強とか就職が大変っていう現実的な問題？

男：そうじゃなくて、先輩から聞いたんだけど、「彼女ができると自由に飲み会に行けない」とか「毎日連絡するのはきつい」とか「男同士で遊んだほうが楽しい」って言うからさ。

女：え？ それって自分の時間や友達との時間がもっと大切だってこと？

男：まあ、今はね。

男の人はどうして恋愛をするのが面倒くさくなったと言っていますか。

1 就職が難しい時代を生きているから

2 なるべくたくさん飲み会に参加したいから

3 一番大切にしたい順位が自分や友達だから

4 男同士で遊んだほうが効果的だから

第 3 題

女子和男子正在對話。男子為什麼說戀愛變麻煩了？

男：我最近開始覺得戀愛很麻煩。

女：嗯？什麼意思？你最近不是才說想要交女朋友嗎？

男：嗯！我是說過……

女：怎麼了？是學校課業，還是找工作很辛苦這些現實層面的問題？

男：不是啦！是我聽學長說的，比如「交到女朋友就不能自由去聚餐」，或是「每天聯絡很辛苦」，還有「和男生一起玩比較好玩」。

女：啊？這是指自己的時間還有跟朋友一起的時間更重要的意思嗎？

男：嗯！目前是這樣。

男子為什麼說戀愛變麻煩了？

1 因為生長在就業困難的時代

2 因為想盡量多參加一些聚餐

3 **因為最想重視的優先順序是自己和朋友**

4 因為跟男生一起玩比較有效果

解說 對話的焦點並不是男子希望能夠經常參加聚會，或是認為男子間的交往對自己有所益處。而是生活上重視的優先順序是自己或朋友。所以答案是選項 3。

詞彙 恋愛をする 談戀愛｜面倒くさい 麻煩｜つい 剛剛｜就職 就業｜現実的 現實的、實際的｜自由に 自由地｜きつい 吃力、辛苦｜同性 同性｜同士 同伴、夥伴｜生きる 活、生存｜なるべく 盡量｜順位 順序｜効果的 有效的

4ばん Track 3-2-04

男の人と女の人がラーメン屋について話しています。男の人はどうしてラーメン屋のルールに納得していますか。

男：ラーメン屋の中で大きな声で話したり、ケータイを使うのを禁止にしている店があるよ。

女：え？ 何それ、変なルール。そんな店、誰が行くのかな。

男：まあ、確かにひどい面もあるけど、僕はある程度納得できるよ。だって、これは全部ラーメンを邪魔するものだから。

女：なんで邪魔なの？ 友達と楽しく会話してもいいし、ケータイだってどこから掛かってきてもおかしくないし。

男：でも、あのラーメン屋は10人ぐらいしか座れない小さい店だから、周りのお客さんに迷惑になるよ。僕はラーメンが大好きだからラーメンの味だけに集中したいんだよ。

女：へえ、めずらしい人ね。

男の人はどうしてラーメン屋のルールに納得していますか。

1 誰にも邪魔されず、思いっきりラーメンを楽しみたいから
2 店の中で会話をするのは失礼なことだから
3 狭い店でケータイを使うと、店の人に悪いから
4 大きな声でしゃべると、ラーメンを作った人に失礼だから

第 4 題

男子和女子正在談論拉麵店。男子為什麼可以接受拉麵店的規則？

男：有些拉麵店會禁止大聲講話和使用手機。

女：咦？這是什麼奇怪的規則？這種店誰要去啊？

男：嗯，確實有點過分，但某種程度上我還可以接受。因為這些都會干擾人吃拉麵啊！

女：為什麼會干擾？可以跟朋友開心聊天，電話隨時有人打來也不會很奇怪啊！

男：可是那間拉麵店是只能坐 10 人左右的小店，會打擾到周圍的其他客人。我非常喜歡拉麵，所以想專心品嘗拉麵的味道。

女：哦，你真是罕見的人呢。

男子為什麼可以接受拉麵店的規則？

1 因為想要不被任何人打擾，盡情享受拉麵的味道
2 因為在店裡面聊天是不禮貌的
3 因為在狹小的店裡使用手機會對店裡的人不太好
4 因為大聲講話對煮拉麵的人不禮貌

解說 對話最後男子提到「我非常喜歡拉麵，所以想專心品嘗拉麵的味道」，因此答案是選項 1。

詞彙 禁止 禁止｜確かに 確實、的確｜ある程度 某種程度｜納得 接受、理解｜だって 因為｜邪魔 妨礙、干擾｜迷惑になる 造成困擾｜集中 集中、專注｜めずらしい 稀奇的、罕見的｜思いっきり 盡情｜失礼 ① 告辭 ② 失禮｜しゃべる 說、講

5ばん Track 3-2-05

女の人と男の人が話しています。男の人は女の人が音に敏感になった理由を何だと思いますか。

女：最近、音にすごく敏感になったような気がする。

男：どんな音？

女：自然の音とかは大きくても全然大丈夫なんだけど、たとえば女子高生の話し声や子供の騒ぐ声、テレビの音とかもだめ。

男：大きい音は誰でも少しは気になるんじゃない。うるさいから。

女：うん。でも人より敏感に感じるような気がするし、前はこれほどでもなかったよ。やっぱり病院に行って相談したほうがいいのかな。

男：うん、専門家と相談するのもいいけど、前は違ったとすると、最近のことが原因だよ。ほら、今年チーム長になってから、ストレスもひどくなったっていつも言ってたじゃない。ストレスがひどくて、気が休まらないんじゃない？ 心身ともに休みが必要かも。

女：まあ、そうかもね。

男の人は女の人が音に敏感になった理由を何だと思いますか。

1　昇進してから、それによるストレスをひどく感じているから

2　チーム長になってから、全然休みがなかったから

3　気が休まらないほど、残業が多いから

4　最近のことが原因で、悩みが増えたから

第 5 題

女子和男子正在對話，男子覺得女子對聲音敏感的原因是什麼？

女：我最近好像對聲音變得很敏感。

男：什麼聲音？

女：如果是大自然的聲音，大聲也完全沒關係，可是像是女高中生講話的聲音、小孩的吵鬧聲，或是電視的聲音這些就不行。

男：大聲的聲音應該不管是誰多少都會介意吧！因為很吵。

女：嗯！可是我覺得我比一般人還敏感，之前還沒那麼嚴重的說，還是應該要去醫院諮詢一下比較好吧。

男：嗯！和專家諮詢也可以啦！不過如果妳之前不會這樣的話，那原因就是出在最近的事囉！妳看，妳不是經常說，自從今年當上組長後，壓力就變得很大，應該是壓力太大，所以心情無法放鬆吧？身心都是需要休養的。

女：嗯，或許吧！

男子覺得女子對聲音敏感的原因是什麼？

1　因為升遷後感受到相當大的壓力

2　因為當上組長後完全沒休息

3　因為加班多到無法放鬆

4　因為最近的事煩惱增加

解說　從對話中可以得知由於升遷所造成的壓力可能是心情無法放鬆的原因，所以答案是選項1。

詞彙　**敏感** 敏感｜**自然** 大自然｜**騒ぐ** 吵鬧、喧嚷｜**専門家** 專家｜**原因** 原因｜**気が休まる** 精神放鬆｜**心身** 身心｜**ともに** 一同、一起｜**悩み** 煩惱

6ばん Track 3-2-06

男の人と女の人が宿題代行サービスについて話しています。男の人が反対する理由は何ですか。

男：最近、宿題代行サービスができたこと、知ってる。

女：うん。聞いたことがある。

男：ちょっとひどいんじゃない。子供の宿題をお金を払って買うなんて。

女：でもね。私も周りから聞いたんだけど、最近の子供ってみんな進学のために塾に通ったりしているじゃない。塾からの宿題も多くて、子供に全部やらせるのは、親としてすごくかわいそうな感じがするんだって。

男：いくらかわいそうでもそれはおかしいよ。子供のときから、学校の先生をだますようなことをさせるのはだめだよ。そもそも自分の宿題を人にやらせて、先生にばれなければそれでいいという考え方は間違っているよ。

女：まあ、それはそうね。

男の人が反対する理由は何ですか。

1　進学のために、宿題をなまけるのはいけないから

2　お金で買った宿題は先生にばれるに決まっているから

3　他の子供の宿題をお金で買うのはだめだから

4　子供のときから、人をだますような経験をさせるのは悪いことだから

第 6 題

男子和女子正在談論作業代寫服務，男子反對的原因是什麼？

男：妳知道最近出現一種作業代寫服務嗎？

女：嗯！我有聽說。

男：這不是有點過分嗎？居然要花錢買小孩子的作業。

女：可是我也聽身邊的人說過，最近的小孩不是都會為了升學去補習班嗎？補習班的作業也很重，爸媽會覺得讓孩子完成全部的作業很可憐。

男：再怎麼可憐都太奇怪了吧。從小就讓他們做這種欺騙學校老師的行為是不好的。再說，把自己的作業讓別人做，只要不被老師發現就好，這種想法是錯誤的。

女：嗯，說的也是。

男子反對的原因是什麼？

1　為了升學，不能偷懶不寫作業

2　因為花錢買的作業一定會被老師發現

3　因為花錢買其他孩子的作業是不行的

4　**因為從小就讓孩子有騙人的經驗是不好的**

解說　男子認為重點不在於付錢買別人的作業，而是不應該從小就教導孩子去做欺騙老師的行為。因此答案是選項 4。

詞彙　**代行** 代理 | **反対** 反對 | **周り** 身邊、周圍 | **進学** 升學 | **塾に通う** 上補習班 | **かわいそうだ** 可憐 | **いくら～でも** 再怎麼～也 | **おかしい** 奇怪、不正常 | **騙す** 欺騙 | **そもそも** 說起來 | **怠ける** 怠惰、懶惰 | **ばれる** 敗露 | **～に決まっている** 一定是、必定是 | **経験** 經驗

問題 3　在問題 3 的題目卷上沒有任何東西，本大題是根據整體內容進行理解的題型。開始時不會提供問題，請先聆聽對話內容，在聽完問題和選項後，請從選項 1 ～ 4 中選出最適當的答案。

れい Track 3-3

男の人と女の人が映画を見て話しています。

男：映画、どうだった？

女：まあまあだった。

男：そう？ ぼくは、けっこうよかったと思うけど。主人公の演技もよかったし。

女：うん、確かに。でも、ストーリーがちょっとね…。

男：ストーリー？

女：うん、どこかで聞いたようなストーリーっていうか…。主人公の演技は確かにすばらしかったと思うわ。

男：そう？ ぼくはストーリーもおもしろかったと思うけどね。

女の人は映画についてどう思っていますか。

1　ストーリーも主人公の演技もよかった

2　ストーリーも主人公の演技もよくなかった

3　ストーリーはよかったが、主人公の演技はよくなかった

4　ストーリーはよくなかったが、主人公の演技はよかった

例

男子和女子看著電影在對話。

男：妳覺得這電影怎麼樣？

女：還可以啦！

男：是嗎？我覺得很好啊！主角的演技也不錯。

女：嗯……是沒錯。可是劇情有點……

男：劇情？

女：嗯！這個劇情好像在哪聽過一樣……不過主角的演技是真的很精湛。

男：是嗎？我覺得劇情也滿有趣的啊！

女子覺得電影怎麼樣？

1　劇情和主角的演技都很好

2　劇情和主角的演技都很差

3　劇情很好，但主角的演技很差

4　劇情很差，但主角的演技很好

解說　女子認為主角的演技很精湛，但劇情好像在哪聽過一樣，所以答案是選項 4。

詞彙　**まあまあだ** 還好、尚可 ▶ **まあまあ** 還可以 | **主人公** 主角 | **演技** 演技 | **確かに** 確實、的確 | **すばらしい** 極好、極優秀

1ばん Track 3-3-01

年の差カップルについて女の人と男の人が話しています。

女：私の周りに年の差が10歳以上のカップがいるんだけど、本当に結婚するのかな。

男：どうして。年の差なんて単に数字にすぎないじゃない。

女：だって、今は二人とも健康で年の差なんか感じないかもしれないけど。

男：まあ、いいじゃない。年が上だから頼りになるとか、年が下だからかわいいとか思えてさ。

女：だから、そこがだめなのよ。今のうちはそういうふうに思っているかもしれないけど、年の差のせいで本当の相手の性格が分からないかも。

男：へえ、ずいぶん悲観的だね。

女：そもそも生きてきた人生の経験というのが違うでしょう。これから将来に対する考え方も違うことが多いと思うよ、きっと。

男：でも、うまくいっているカップルも多いからさ。心配しすぎかも。

女：そうかな。

女の人は年の差カップルについてどう考えていますか。

1　将来は年上の人の方の健康が悪くなるから心配だ
2　今は悲観的だが、あとはうまくいくと思う
3　今は年の差の影響で、本当の相手のことが分からないかもしれない
4　将来は悲観的なことが無くなると思う

第 1 題

女子和男子正在談論有年齡差距的情侶。

女：我身邊有年齡相差 10 歲以上的情侶，可是他們真的會結婚嗎？

男：為什麼這麼說？年齡差距不過是個數字而已啊！

女：因為現在那兩個人都健康，可能不覺得年齡差距有什麼問題。

男：嗯，這也不錯啊。年級大一些會讓人覺得可靠，年紀小一些會讓人覺得可愛。

女：所以說就是這點不行啊！他們現在可能會這麼想，但他們說不定也因為年紀差距的關係，不清楚對方真正的性格。

男：哦，妳相當悲觀啊。

女：再說，每個人的人生經驗都不一樣，他們之後對未來的想法一定也會出現很多歧異。

男：可是也有很多交往得很順利的情侶啊！妳或許太杞人憂天了啦！

女：是嗎？

女子對於有年齡差距的情侶有什麼想法？

1　擔心將來年紀較大的人健康狀況會變差
2　現在很悲觀，但之後會很順利
3　現在或許受到年齡差距的影響，不了解對方的真面目
4　將來悲觀的事都會消失

解說　女子認為因為年齡差距的影響會不清楚對方真正的性格，所以答案是選項 3。

詞彙　**年の差** 年齡差距｜**数字** 數字｜**～にすぎない** 只不過是～｜**健康** 健康｜**頼る** 依靠｜**そういう** 那樣的｜**ふう** 樣子、狀態｜**せい** 緣故｜**相手** 對方｜**性格** 性格、性情｜**悲観的** 悲觀的｜**そもそも** 說起來｜**生きる** 活、生存｜**経験** 經驗｜**将来** 將來、未來｜**うまくいく** 順利｜**影響** 影響｜**無くなる** 消失、丟失

2ばん Track 3-3-02

男の人と女の人がお礼状について話しています。

男：お歳暮のお礼状を書いたんだけど、だいたいこんな感じでいいかな。

女：どれどれ。これ、ちょっと簡単すぎるんじゃない？ 季節を表す言葉が入ってもいいと思うよ。

男：そうか。お歳暮をいただいたことのお礼の後に入れればいいかな。

女：ううん。その前がいいと思うよ。あ、相手の健康を尋ねる言葉は？

男：あ、そんなのも書くんだ。それは、お礼の後でいいよね。

女：うん、いいと思う。あ、最初と最後に拝啓、敬具を入れるのも忘れないでね。

男：うん、それは知っているよ。

男の人はどんな礼状を書きますか。

1 敬具 – 季節のことば – お礼の言葉 – 健康を尋ねる言葉 – 拝啓

2 敬具 – お礼の言葉 – 季節のことば – 健康を尋ねる言葉 – 拝啓

3 拝啓 – 健康を尋ねる言葉 – お礼の言葉 – 季節のことば – 敬具

4 拝啓 – 季節のことば – お礼の言葉 – 健康を尋ねる言葉 – 敬具

第 2 題

男子和女子正在談論感謝函。

男：我寫了收到年終禮品的感謝函，妳看大概這樣的感覺可以嗎？

女：我看看。這個……有點太簡單了吧？我覺得可以加一些表達季節的問候語。

男：對喔！那放在收到年終禮品的謝詞後面可以嗎？

女：不對，我覺得放在前面比較好。對了，還有詢問對方健康狀況的措辭呢？

男：啊，那個也要啊？那這個可以放在謝詞後面吧？

女：嗯！可以。對了，開頭和結尾別忘了加上敬啟和謹具。

男：嗯！這個我知道啦！

男子會寫什麼樣的感謝函？

1 謹具 - 季節問候語 - 謝詞 - 健康問候語 - 敬啟

2 謹具 - 謝詞 - 季節問候語 - 健康問候語 - 敬啟

3 敬啟 - 健康問候語 - 謝詞 - 季節問候語 - 謹具

4 敬啟 - 季節問候語 - 謝詞 - 健康問候語 - 謹具

解說 信件開頭要以「拝啓」開始，接著寫出季節問候語，再表達對禮物的感謝之詞，最後以詢問對方健康狀況為結尾，然後附上結尾語「敬具」。所以答案是選項 4。

詞彙 お歳暮 年終禮品｜礼状 感謝函｜だいたい 大致、大概｜季節 季節｜表す 表示、表露｜言葉 語言詞彙｜健康 健康｜尋ねる 詢問｜お礼 致謝｜拝啓 敬啟、敬啟者｜敬具 謹具

3ばん Track 3-3-03

店員とお客さんがキャンペーンについて話しています。

男：あの、ちょっと聞きたいことがあるんですが、「ギガ学割」ってどんなキャンペーンですか。

女：あ、これは2018年３月31日まで実施するキャンペーンで、25歳以下のお客様が対象になります。

男：じゃあ、僕は23歳だから大丈夫ですね。

女：はい、当社の料金プランの中で「A」または「B」プランを３年間契約すると、「A」の場合は毎月データの量が１G 増えます。「B」の場合は契約の期間中、基本料金がありません。

男：基本料金はいくらですか。

女：月に1020円になります。

男：じゃ、僕は料金が安くなるより、データを自由に使いたいからこれにします。

女：はい、かしこまりました。

男の人はどんな料金プランに加入しますか。

1　2018年３月31日から始まる「A」プラン

2　３年間契約してデータの量を増やしてもらう「B」プラン

3　25歳以下のお客様を対象にする「A」プラン

4　２年間契約して基本料金がない「B」プラン

第３題

店員和客戶正在談論優惠活動。

男：不好意思，我想請問一下，「GIGA 學生優惠」是什麼樣的優惠活動？

女：是的，這個活動的對象是 25 歲以下的客人，將實施到 2018 年 3 月 31 日。

男：那我現在 23 歲，應該可以用吧？

女：是的。如果您在本公司的費率方案中簽訂「A」或「B」方案的 3 年合約，「A」方案每個月的數據量將增加 1G，「B」方案則是在合約期間不收取基本費用。

男：基本費用是多少？

女：每個月 1020 日圓。

男：好的，那我選擇這個，比起費用變便宜，我比較想要自由使用流量的。

女：好的，我明白了。

男子選擇加入哪一項費率方案？

1　2018 年 3 月 31 日開始的「A」方案

2　簽訂 3 年可增加流量的「B」方案

3　以 25 歲以下的客戶為對象的「A」方案

4　簽訂 2 年不用付基本費用的「B」方案

解說　男子希望自由使用流量，所以選擇了「A」方案，而「A」方案並不是從 2018 年 3 月 31 日開始，而是在該日期之前實施的活動，因此答案是選項 3。

詞彙　学割　學生優惠｜実施　實施｜対象　對象｜当社　本公司｜料金　費用｜契約　契約、合約｜量　量、份量｜期間中　期間內｜基本料金　基本費用｜自由に　自由地｜かしこまりました　了解了、明白了｜増やす　增加

問題 4　請看圖片並聆聽問題。箭頭（→）指向的人應該說什麼？請從選項 1 ～ 3 中選出最適當的答案。

れい Track 3-4

朝、友だちに会いました。何と言いますか。

男：1　おはよう。

　　2　こんにちは。

　　3　こんばんは。

例

早上遇到朋友時要說什麼？

男：1　早安。

　　2　午安。

　　3　晚安。

解說　這是在早上與朋友見面打招呼的場景。對朋友或家人說「おはようございます」時，可以省略為「おはよう」。

詞彙　朝 早上｜友だち 朋友｜会う 見面

1ばん Track 3-4-01

部長と話しています。何と言いますか。

男：1　明日、休んでいただけますか。

　　2　明日、休ませていただけませんか。

　　3　明日、休まれていただきます。

第 1 題

正在跟部長說話，應該要說什麼？

男：1　明天是否可以請你休假？

　　2　明天是否可以允許我請假？

　　3　明天我想要被休假。

解說　「～（さ）せていただく」是徵得對方同意讓我去做某件事的意思。所以答案是選項 2。

詞彙　部長 部長｜休む 休息

2ばん Track 3-4-02

隣の家を訪ねました。何と言いますか。

男：1　ごめんください。

　　2　だれもいませんか。

　　3　おじゃますればいいですか。

第 2 題

去鄰居家拜訪，應該要說什麼？

男：1　打擾了，請問有人在家嗎？

　　2　沒有任何人在嗎？

　　3　去打擾就可以了嗎？

解說　「ごめんください」是拜訪別人家時的一種問候語，意思是「打擾了，請問有人在家嗎？」。所以答案是選項 1。

詞彙　訪ねる 拜訪、訪問｜おじゃまします 打擾了

3ばん Track 3-4-03

お客さんが服を選んでいます。何と言いますか。

女：1　これ、試してみたらいいですか。

2　これ、試着室がどこですか。

3　これ、試着してみてもいいですか。

第 3 題

客人正在挑選衣服，這時應該要說什麼？

女：1　只要試穿這件就可以了嗎？

2　這個……試衣間在哪裡？

3　**我可以試穿看看這件嗎？**

解說　選項 2 改成「試着室はどこですか（試衣間在哪裡？）」才是自然的說法，所以答案是選項 3。

詞彙　**試す** 嘗試 | **試着室** 試衣間 | **試着** 試穿

4ばん Track 3-4-04

空を見ながら話しています。何と言いますか。

男：1　雨、上がったね。

2　雨、まだ降るそうだね。

3　雨、もう降らなかったね。

第 4 題

一邊看著天空一邊交談，這時應該要說什麼？

男：1　**雨停了耶。**

2　聽說還會下雨對吧？

3　雨已經不下了呢！

解說　「上がる」的意思是指動作或狀態達到終點階段，表示「（事情）結束」的意思，所以答案是選項 1。

詞彙　**空** 天空 | **降るそうだ** 據說會下雨

問題 5　在問題 5 的題目卷上沒有任何東西，請先聆聽句子和選項，從選項 1 ～ 3 中選出最適當的答案。

れい Track 3-5

男：では、お先に失礼します。

女：1　本当に失礼ですね。

2　おつかれさまでした。

3　さっきからうるさいですね。

例

男：那我就先告辭了。

女：1　真的很沒禮貌。

2　**辛苦了。**

3　從剛剛就好吵。

解說　男子完成工作後說「お先に失礼します」，也就是「我先告辭了、我先走了」的意思，所以回答「辛苦了」是最適合的。

詞彙　**先に** 先 | **失礼** ① 告辭 ② 失禮 | **さっき** 剛才 | **うるさい** 吵鬧

1ばん Track 3-5-01

女：すみません。お勘定、お願いします。

男：1　はい、かしこまりました。

2　はい、私もお願いします。

3　はい、任せてください。

第 1 題

女：不好意思，麻煩結帳。

男：1　**好的，明白了。**

2　好的，我也麻煩妳了。

3　好的，請交給我吧！

解說 因為客人說「麻煩結帳」，所以回答「好的，明白了」是較恰當的說法。因此答案是選項 1。

詞彙 **勘定** 結帳 | **かしこまりました** 了解了、明白了 | **任せる** 委任、託付

1ばん Track 3-5-02

男：この資料はただでもらえますか。

女：1　はい、あげてもいいです。

2　どうぞ、お持ち帰りください。

3　はい、もちろんくれます。

第 2 題

男：這份資料可以免費拿嗎？

女：1　好的，可以給你。

2　**歡迎，請帶走。**

3　嗯，當然可以給我啊！

解說 男子詢問「這份資料可以免費拿嗎」，所以禮貌的回應說法是選項 2。「持ち帰る」是「拿回去、帶回去」的意思。

詞彙 **資料** 資料 | **ただ** 免費

1ばん Track 3-5-03

女：洗濯物は外に干したほうがいいでしょうか。

男：1　そうですね。ベランダで干しているんですね。

2　そうですね。今日は晴れると言ってたから。

3　そうですね。決めていただきたいですね。

第 3 題

女：洗好的衣服是不是晾在外面比較好？

男：1　是啊！妳晾在陽台上對吧？

2　**是啊！今天說會放晴。**

3　是啊！想交給妳決定。

解說 男子根據天氣預報提供建議，所以答案是選項 2。

詞彙 **洗濯物** 換洗衣物、洗好的衣服 | **干す** 曬、晾 | **晴れる** 放晴

4ばん Track 3-5-04

男：新しい仕事はうまくいっていますか。

女：1　そうですね。あまりうまくありませんね。

2　はい、すごくうまいと思います。

3　始めたばかりなので、まだ…。

第 4 題

男：新工作還順利嗎？

女：1　對啊……不太順利耶！

2　是的，我覺得非常順利。

3　因為才剛開始做而已，所以還……

解說　「うまくいく」是指「事物的狀況等順利進展」的意思，不要跟「うまい（好吃）」的意思混淆，所以答案是選項 3。

詞彙　新しい 新的 | 仕事 工作 | 始める 開始 | ～たばかり 才剛～

5ばん Track 3-5-05

女：来週から梅雨入りするそうだよ。

男：1　もう？ 今年は早いな。

2　え？ もうそんなに入るんですか。

3　みんな梅雨が要るんですね。

第 5 題

女：聽說下週開始就要進入梅雨季節了。

男：1　已經要開始了嗎？今年真早。

2　嗯？已經進入這麼久了嗎？

3　大家都需要梅雨。

解說　女子表示下週就要進入梅雨季節，所以適當的回答是選項 1。

詞彙　梅雨入りする 進入梅雨季節

6ばん Track 3-5-06

女：奈々ちゃんの歯が生えてきたよ。

男：1　え？ どれどれ。

2　ほんとう？ めずらしい。

3　きっとつらいでしょうね。

第 6 題

女：奈奈牙齒長出來了耶！

男：1　哪裡？我看看。

2　真的嗎？真難得耶！

3　一定很痛苦吧？

解說　女子表示孩子長出牙齒了，所以自然的回答是選項 1。

詞彙　歯が生える 長牙 | めずらしい 稀奇的、罕見的 | きっと 一定 | つらい 痛苦、難受

7ばん Track 3-5-07

男：すみません。別々に包んでもらえますか。

女：1　はい、包んでさしあげます。

　　2　はい、プレゼント用でよろしいでしょうか。

　　3　はい、別々に致します。

第 7 題

男：不好意思，可以分開包裝嗎？

女：1　好的，幫您包。

　　2　**好的，送禮用的包裝可以嗎？**

　　3　好的，幫您分開。

解說 雖然也可以採用選項 1 的說法，但以日語表達來說不太自然。一般當客人要求「可以分開包裝嗎？」時，詢問「送禮用的包裝可以嗎？」是較為自然的回答，因此答案是選項 2。

詞彙 別々 分別、個別 | 包む 包裝 | さしあげる「あげる（給）」的謙讓語 | 致す「する（做）」的謙讓語

8ばん Track 3-5-08

女：吉田君、今日はなんか表情がかたいね。

男：1　そうだね。別に昨日と変わらないね。

　　2　そうだね。いつもかたくしてるよ。

　　3　そうだね。何かあったのかな。

第 8 題

女：吉田今天表情好像很嚴肅。

男：1　是啊！跟昨天沒什麼變。

　　2　是啊！他總是板著一張臉啊！

　　3　**是啊！是不是發生了什麼事？**

解說 以「そうだね」回應時，表示同意對方的意見，而選項 1 和選項 2 後續的表達都不自然。所以答案是選項 3。

詞彙 表情がかたい 表情嚴肅

9ばん Track 3-5-09

男：昨日のパーティー、すごく盛り上がったよ。

女：1　へえ、パーティーって盛り上がるんですね。

　　2　へえ、パーティーってすごいんですね。

　　3　へえ、私も行けばよかった。

第 9 題

男：昨天的派對超熱鬧的。

女：1　是喔？原來派對這麼熱鬧？

　　2　是喔？派對真厲害。

　　3　**是喔？我要是也去就好了。**

解說 男子表示昨天派對氣氛很熱鬧，回應對方「我要是也去就好了」是較自然的表達。所以答案是選項 3。

詞彙 盛り上がる 氣氛熱烈 | ～ばよかった 要是～就好了

memo

我的分數？

共 ______ 題正確

若是分數差強人意也別太失望，看看解說再次確認後重新解題，如此一來便能慢慢累積實力。

JLPT N3 第4回 實戰模擬試題解答

第 1 節 言語知識〈文字・語彙〉

問題 1　[1] 1　[2] 2　[3] 1　[4] 4　[5] 3　[6] 3　[7] 2　[8] 4

問題 2　[9] 3　[10] 2　[11] 4　[12] 4　[13] 1　[14] 3

問題 3　[15] 1　[16] 2　[17] 1　[18] 2　[19] 3　[20] 4　[21] 4　[22] 2　[23] 3
[24] 1　[25] 4

問題 4　[26] 2　[27] 2　[28] 1　[29] 1　[30] 3

問題 5　[31] 2　[32] 2　[33] 3　[34] 4　[35] 4

第 2 節 言語知識〈文法〉

問題 1　[1] 3　[2] 4　[3] 3　[4] 1　[5] 2　[6] 4　[7] 1　[8] 1　[9] 4
[10] 2　[11] 4　[12] 3　[13] 2

問題 2　[14] 2　[15] 2　[16] 3　[17] 1　[18] 4

問題 3　[19] 1　[20] 4　[21] 2　[22] 3　[23] 1

第 2 節 讀解

問題 4　[24] 2　[25] 1　[26] 3　[27] 2

問題 5　[28] 4　[29] 2　[30] 1　[31] 3　[32] 4　[33] 4

問題 6　[34] 1　[35] 2　[36] 4　[37] 3

問題 7　[38] 2　[39] 1

第 3 節 聽解

問題 1　[1] 4　[2] 3　[3] 2　[4] 1　[5] 3　[6] 4

問題 2　[1] 3　[2] 2　[3] 3　[4] 1　[5] 4　[6] 4

問題 3　[1] 2　[2] 1　[3] 4

問題 4　[1] 3　[2] 2　[3] 1　[4] 3

問題 5　[1] 1　[2] 1　[3] 2　[4] 1　[5] 3　[6] 1　[7] 2　[8] 3　[9] 2

第4回 實戰模擬試題 解析

第1節 言語知識〈文字・語彙〉

問題1　請從1、2、3、4中選出＿＿＿＿這個詞彙最正確的讀法。

1　人形町駅に新しい改札口を作りました。
1　かいさつぐち　2　かいざつくち　3　がいまいぐち　4　かいまいくち
人形町站設立了新的剪票口。

詞彙　人形町駅（にんぎょうちょうえき）人形町站｜改札口（かいさつぐち）剪票口
＋改正（かいせい）改正｜改善（かいぜん）改善

2　彼女に会いたくないので、私は留守だと言ってください。
1　るしゅ　2　るす　3　るいしゅ　4　るいしゅう
我不想見她，所以請跟她說我不在。

詞彙　留守（るす）出門、不在家
＋「留」通常讀作「りゅう」，若是「留守」這個詞語，則讀作「る」，要特別注意。

3　大会の参加の有無はメールで返事していただけませんか。
1　うむ　2　ゆうむ　3　うぶ　4　ゆうぶ
可以請你回信告訴我是否要參加大賽嗎？

詞彙　有無（うむ）是否、有無｜返事（へんじ）回覆
＋「有」通常讀作「ゆう」，若是「有無」這個詞語，則讀作「う」，要特別注意。

4　妹は意志が弱くて他人の意見に左右されやすいから、いつも心配だ。
1　ざゆ　2　ざゆう　3　さゆ　4　さゆう
妹妹的意志薄弱，容易受他人意見左右，所以我經常擔心她。

詞彙　意思が弱い（いしがよわい）意志薄弱｜他人（たにん）他人｜左右（さゆう）左右、操縱｜心配だ（しんぱいだ）擔心

5 高校生のとき、腕を折って入院したことがあります。

1 ひらって　2 まもって　3 おって　4 けって

我高中時曾因折斷手臂而住院過。

詞彙 腕を折る 折斷手臂 | 入院 住院

✚ 折れる 折斷

6 私は寒くなると、セーターを２枚も重ねて着たりする。

1 まねて　2 おもねて　3 かさねて　4 むねて

我只要天氣一變冷，就會將兩件毛衣疊著穿。

詞彙 重ねる 重疊起來、重覆

✚ 重なる 重疊

7 友人の入院のお見舞いには、どんな物を持っていけばいいでしょうか。

1 おみあい　2 おみまい　3 おみかい　4 おみない

去探望住院的朋友時，應該帶什麼樣的東西比較好？

詞彙 友人 友人、朋友 | お見舞い 探望、慰問 | お見合い 相親

8 この薬はあまりにも苦くて飲みにくいですね。

1 つらくて　2 くるしくて　3 うすくて　4 にがくて

這個藥太苦了，很難入口。

詞彙 苦い 苦 | 辛い 痛苦、難受 | 苦しい 痛苦、困難 | 薄い 薄的

問題 2　請從 1、2、3、4 中選出最適合＿＿＿＿的漢字。

9 祖父から庭に木をうえる方法を教えてもらった。

1 直える　2 埴える　3 植える　4 殖える

祖父教我在庭院種樹的方法。

詞彙 祖父 祖父 | 庭 庭院 | 木を植える 種樹 | 方法 方法

10 ぬれた手で電気のスイッチを触るのはだめですよ。

1 馬目　2 駄目　3 駐目　4 駄目

不可以用濕手碰觸電源開關。

詞彙 濡れる 濕 | 触る 觸、碰 | 駄目だ 不行

＋駐 駐留 ▶駐車 停車

11 人間のけつえきは体重の約８％を占めているそうだ。

1 皿夜　2 皿液　3 血夜　4 血液

據說人類的血液約占體重的 8%。

詞彙 血液 血液 | 体重 體重 | 約 大約 | 占める 占

＋皿 盤子、碟子

12 「ふしぎの国のアリス」という童話を読んだことがありますか。

1 付思義　2 付思議　3 不思義　4 不思議

你有讀過《不可思議王國的愛麗絲（愛麗絲夢遊仙境）》這部童話嗎？

詞彙 不思議だ 奇怪、不可思議 | 国 國家 | 童話 童話

＋要注意「不思議」這個詞彙的漢字使用的是「議」，不是「義」。

13 日曜日の朝、新幹線で東京をたつ予定です。

1 発つ　2 出つ　3 経つ　4 立つ

預定星期天早上搭新幹線從東京出發。

詞彙 新幹線 新幹線 | 発つ 出發

＋経つ（時間）經過

14 晴れているうちに布団をほしたほうがいいと思います。

1 汗した　3 乾した　3 干した　4 渇した

我認為最好趁天晴的時候曬棉被。

詞彙 晴れる 放晴 | うちに 趁～之內、在～期間 | 布団 被子 | 干す 曬、晾

問題 3　請從 1、2、3、4 中選出最適合填入（　　　）的選項。

15　夜中に皿が（　　）音がしてびっくりしたよ。

1　割れる　　2　壊れる　　3　破れる　　4　倒れる

半夜聽到盤子破掉的聲音，嚇了一跳。

詞彙　皿が割れる 盤子破掉｜音がする 有聲響｜壊れる 壞、發生故障｜破れる 破裂｜倒れる 倒下、倒塌

16　今まで作成した文章を（　　）しないで閉じてしまいました。

1　貯保　　2　保存　　3　存蓄　　4　貯蔵

之前寫的文章沒儲存就關掉了。

詞彙　作成 製作｜文章を保存する 儲存文章｜閉じる 關上、關閉

✚ 要表達儲存文章的意思時，動詞要使用「保存する」。

17　近年、外国人を（　　）する会社が増えています。

1　募集　　2　選択　　3　応募　　4　選考

近年來招募外國人的公司越來越多了。

詞彙　近年 近年、近幾年｜募集 招募｜増える 增加｜選択 選擇｜応募 應徵、報名參加｜選考 選拔

18　彼女は洗濯物を（　　）から、夕食の支度を始めた。

1　包んで　　2　畳んで　　3　折れて　　4　囲んで

她折完洗好的衣服後，開始準備晚餐。

詞彙　洗濯物を畳む 折洗好的衣服｜支度 準備｜包む 包上｜折れる 折斷｜囲む 包圍

19　夜中に目が（　　）から、そのまま眠れないときがあります。

1　開けて　　2　つぶって　　3　覚めて　　4　閉じて

有時會在半夜醒來後，就無法再入睡。

詞彙　夜中 半夜｜目が覚める 睡醒｜眠る 睡覺

✚ 目をつぶる 閉上眼睛、裝作沒看到｜目を閉じる 閉上眼睛

20 こんな手土産を買ってくるなんて、吉田さんは（　　）。

1 気が付きますね　2 気がしますね　3 気が引けますね　4 気が利きますね

居然買這樣的伴手禮回來，吉田先生心思真周到。

詞彙 手土産(てみやげ) 伴手禮｜なんて 竟然｜気が利く(きがきく) 機靈、心思周到｜気が付く(きがつく) 注意到、察覺到｜気がする(きがする) 覺得～｜気が引ける(きがひける) 畏縮、難為情｜気を引く(きをひく) 吸引注意

21 子供の時は思いっきり遊んで、服を（　　）しまったことも多かった。

1 破れて　2 溺れて　3 負けて　4 汚して

小時候經常會因為玩得太盡興就把衣服弄髒了。

詞彙 思いっきり(おもいっきり) 盡情｜汚す(よごす) 弄髒｜破れる(やぶれる) 破裂｜溺れる(おぼれる) 溺水｜負ける(まける) 輸、敗

22 辛くても（　　）笑顔でいるように努力しています。

1 めったに　2 なるべく　3 およそ　4 あいにく

即使很難受也要盡力保持笑容。

詞彙 辛い(つらい) 痛苦、難受｜なるべく 盡量｜笑顔(えがお) 笑容｜努力(どりょく) 努力｜めったに 幾乎、不常｜およそ 大約、大概｜あいにく 不巧

23 私が（　　）ほど、彼女は歩くのが速かった。

1 追い出せない　2 付き合わせない　3 追い付けない　4 付け込めない

她走路的速度快到我跟不上。

詞彙 追い付く(おいつく) 追上｜追い出す(おいだす) 趕走、驅逐｜付き合う(つきあう) ① 交往 ② 奉陪｜付け込む(つけこむ) 乘機

24 机に足を（　　）、あざができました。

1 ぶつけて　2 はなれて　3 たずねて　4 あふれて

腳撞到桌子，瘀青了。

詞彙 ぶつける 撞上、碰上｜あざができる 出現瘀青｜離れる(はなれる) 離開、分開｜訪ねる(たずねる) 拜訪、訪問｜溢れる(あふれる) 充滿、溢出

25 彼を犯人だと（　　）理由は何ですか。

1 怖がる　2 外れる　3 あつかう　4 うたがう

懷疑他是犯人的原因是什麼？

詞彙 犯人（はんにん） 犯人｜疑う（うたがう） 懷疑｜理由（りゆう） 原因、理由｜怖がる（こわがる） 害怕｜外れる（はずれる） 脫落、掉下｜扱う（あつかう） 處理、操作

問題4 請從1、2、3、4中選出與＿＿＿＿意思最接近的選項。

26 短気な性格で得をすることはないと思います。

1 気になる　2 気が早い　3 気を遣う　4 気が付く

我覺得性急的個性沒有半點好處。

詞彙 短気（たんき） 沒耐性、性急｜性格（せいかく） 性格｜得をする（とくをする） 有利益、有好處｜気が早い（きがはやい） 性急｜気になる（きになる） 在意｜気を遣う（きをつかう） 關心、留神｜気が付く（きがつく） 注意到、察覺到

27 販売台数でドイツに1位の座をうばわれてしまった。

1 つたえられて　2 とられて　3 うしなわれて　4 ささえられて

銷售量被德國奪下第1名的寶座。

詞彙 販売（はんばい） 販賣、銷售｜台数（だいすう） 輛數｜座（ざ） 地位｜奪う（うばう） 搶奪｜取る（とる） 拿、取｜伝える（つたえる） 告訴、傳達｜失う（うしなう） 失去｜支える（ささえる） 支撐、支持

28 人生で何もかもやる気をなくしたときもあったが、全部乗り越えてきた。

1 一切　2 もっとも　3 常に　4 いっそう

人生中也曾有過喪失一切動力的時候，但我已經全部都克服了。

詞彙 人生（じんせい） 人生｜何もかも（なにもかも） 一切｜やる気（やるき） 動力、幹勁｜無くす（なくす） 喪失、弄丟｜乗り越える（のりこえる） 跨越、克服｜一切（いっさい） 一切、全部｜もっとも 最｜常に（つねに） 經常｜いっそう 更加

29 この容器のガラスは薄くて割れやすいので、気をつけてください。

1 入れ物　2 小物　3 見物　4 産物

這個容器的玻璃輕薄易碎，請小心。

詞彙 容器（ようき） 容器｜薄い（うすい） 薄的｜割れる（われる） 破裂、碎｜気をつける（きをつける） 小心、注意｜入れ物（いれもの） 容器、器皿｜小物（こもの） 小東西｜見物（けんぶつ） 遊覽、參觀｜産物（さんぶつ） 產物

第4回

30 健康食品がブームとはいえ、食べすぎにはご用心。

1 肝心　2 注目　3 注意　4 用務

健康食品雖然是現在的潮流，但也要小心過度食用。

詞彙 健康食品（けんこうしょくひん） 健康食品｜～とはいえ 雖然～｜用心（ようじん） 注意、小心｜注意（ちゅうい） 注意、留神｜肝心（かんじん） 重要、關鍵｜注目（ちゅうもく） 注目、注視｜用務（ようむ） 工作、事務

問題 5　請從 1、2、3、4 中選出下列詞彙最適當的使用方法。

31 合図（あいず） 信號、暗號

1 大津市で合図異常で車がぶつかる事故が起こった。
2 二人は何か隠しているように目で合図を送った。
3 合図で表すことで、内容が分かりやすくなる。
4 聞き上手な人はとても合図が上手だという。

1 大津市因為暗號異常，發生車子相撞的事故。
2 兩人像是在隱瞞什麼般地用眼睛傳送暗號。
3 用暗號來表示，內容會更好懂。
4 據說擅長聆聽的人也很擅長暗號。

解說 選項 1 應改為「信号（しんごう）（紅綠燈）」，選項 3 應改為「記号（きごう）（符號、記號）」，選項 4 應改成「相づち（あいづち）（隨聲附和）」。

詞彙 異常（いじょう） 異常｜ぶつかる 碰、撞｜事故（じこ） 事故、意外｜隠す（かくす） 隱藏｜表す（あらわす） 表示、表露｜内容（ないよう） 內容

32 現す（あらわす） 出現、顯露

1 気持ちや本心は態度に現すものです。
2 雲に隠れていた月が次第に姿を現し始めた。
3 ご乗車の際は、駅の人に切符をお現しください。
4 彼はこの業界で重要な役割を現している。

1 心情和真心都會出現在態度上。
2 被雲遮蔽的月亮逐漸開始露出形狀了。
3 搭車時請向車站人員顯露車票。
4 他在這個業界顯露重要的角色。

解說 選項 1 應改為「表れる（あらわれる）（表現）」，選項 3 應改為「見せる（みせる）（展現）」，選項 4 應改成「果たす（はたす）（完成、實現）」或「担う（になう）（擔負）」。

詞彙 本心（ほんしん） 真心｜態度（たいど） 態度｜雲（くも） 雲｜隠れる（かくれる） 隱藏｜月（つき） 月亮｜次第に（しだいに） 逐漸｜乗車（じょうしゃ） 搭車｜際（さい） 時候｜切符（きっぷ） 票｜業界（ぎょうかい） 業界｜重要（じゅうよう） 重要｜役割（やくわり） 任務、角色

33 小包（こづつみ） 包裹

1 子供の小包はいつから渡せばいいでしょうか。

2 これ、プレゼント用で小包してもらえますか。

3 友達に小包を送りたいですが、一番安い発送方法は何ですか。

4 小包を使いきれず、家に貯めておく。

1 什麼時候可以開始給小孩包裹呢？

2 這個是送禮用的，可以幫我做成包裹嗎？

3 **我想寄包裹給朋友，最便宜的寄送方法是什麼？**

4 包裹用不完，存在家裡。

解說 選項 1 應改為「お小遣い（こづかい）（零用錢）」，選項 2 應改為「包装（ほうそう）（包裝）」，選項 4 應改成「小銭（こぜに）（零錢）」。

詞彙 渡す（わたす） 渡、交付｜発送（はっそう） 寄送｜方法（ほうほう） 方法｜貯める（ためる） 存｜動詞ます形（去ます）＋切れない 無法完全～

34 明らかに（あきらかに） 明顯地、顯著地

1 近視とは近くは明らかに見えるが、遠くはぼけて見えることだ。

2 これは血圧を明らかに測るとき使います。

3 その事件が起こったのは明らかに去年の 9 月だったような気がする。

4 今回の失敗は明らかに彼の責任に違いない。

1 近視是指近處看得很明顯，但遠處會很模糊。

2 這是用來明顯測量血壓時使用的。

3 我明顯有種感覺這起事件是發生在去年 9 月。

4 **這次的失敗明顯是他的責任。**

解說 選項 1 應改為「はっきり（清楚）」，選項 2 應改為「正確に（せいかくに）（正確）」，選項 3 應改成「確か（たしか）（確實）」。

詞彙 近視（きんし） 近視｜ぼける 模糊｜血圧（けつあつ） 血壓｜測る（はかる） 測量｜気がする（きがする） 覺得～｜今回（こんかい） 此次、這次｜失敗（しっぱい） 失敗｜責任（せきにん） 責任｜～に違いない（ちがいない） 一定～

35 おとなしい 老實、溫順

1 隣がうるさくて、おとなしい部屋に引っ越したいと思う。

2 お風呂の時間はなるべく心をおとなしくして、心身を休ませたい。

3 父は子供のとき貧しかったらしく、お金のことにはとてもおとなしい。

4 ロシアンブルーという猫はおとなしくて飼いやすい。

1 因為隔壁很吵，我想搬到溫順的房間。

2 洗澡時會想盡量讓內心老實下來，放鬆身心。

3 爸爸小時候好像很窮，所以對金錢非常老實。

4 俄羅斯藍貓性格溫順，容易飼養。

解說 選項 1 應改為「静（しず）かな（安靜）」，選項 2 應改為「穏（おだ）やかに（平靜）」，選項 3 應該為「うるさい（計較、挑剔）」。

詞彙 うるさい 計較、挑剔 | 引（ひ）っ越（こ）す 搬家 | 風呂（ふろ） 洗澡 | なるべく 盡量 | 心身（しんしん） 身心 | 貧（まず）しい 貧窮、貧困 | 飼（か）う 飼養

第2節 言語知識〈文法〉

問題 1 請從 1、2、3、4 中選出最適合填入下列句子（ ）的答案。

1 1 週間（ ）病院に行って、医者にみてもらっています。

1 ほどに　2 あいだに　**3 おきに**　4 くらいに

每隔 1 週去一次醫院給醫生看病。

文法重點！ ⊘ おきに：每隔～ 例 一ヶ月（いっかげつ）おきに 每隔一個月

詞彙 診（み）る 看（病）

2 ひどいけんかをした（ ）、あの二人は仲が悪くなった。

1 ものに　2 ものを　3 ことには　**4 ことで**

那兩個人**因為**大吵一架，感情變得很很差。

文法重點！ ⊘ ～ことで：由於～、因為～

例 カンニングがばれたことで、先生（せんせい）に叱（しか）られた。 因為作弊被發現而被老師斥責。

詞彙 けんかをする 吵架 | 仲（なか）が悪（わる）い 感情很差

3　このお子様ランチは大人（　　　）食べたくなりますね。

1　だと　　2　だの　　3　だって　　4　だが

這份兒童餐連大人都想吃。

文法重點！ ⊘ ～だって：就連～、即便是～　例 誰だってびっくりするだろう。無論是誰都會感到驚訝吧！

詞彙 お子様 兒童｜大人 大人

4　どうぞご遠慮（　　　）、どんどん召し上がってください。

1　なく　　2　なくて　　3　ないで　　4　ない

請盡情享用，不用客氣。

文法重點！ ⊘ ～なく：不用～　例 ご心配なく　請不用擔心

詞彙 どうぞ 請｜遠慮 客氣｜どんどん 接連不斷｜召し上がる 享用

5　今回の発表は待ち（　　　）待ったチャンスなので、絶対に逃せない。

1　の　　2　に　　3　で　　4　も

這次的發表是期盼已久的好機會，絕對不能錯過。

文法重點！ ⊘ 動詞ます形（去ます）＋に：～了又～（表示動作的重複）　例 考えに考えた。　想了又想。

詞彙 発表 發表｜絶対に 一定、絕對｜逃す 錯過

6　この製品はB級品なので、半額（　　　）提供いたします。

1　のに　　2　ので　　3　なら　　4　にて

這個產品是次級品，所以以半價供應。

文法重點！ ⊘ ～にて：用來表示地點、材料和原因等，但偏文章用法，口語表現則是用「で」。

詞彙 製品 產品｜半額 半價｜提供 提供、供應

7　もし宴会に遅れる（　　　）なら、事前に知らせてください。

1　よう　　2　こと　　3　もの　　4　はず

如果會在宴會上遲到，請提前通知我。

文法重點！ ⊘ ～ようなら：如果～的話

例 間に合わないようなら、明日でもいい。如果會來不及的話，明天也可以。

詞彙 宴会 宴會｜事前に 事前、事先｜知らせる 通知

第4回

8 大事な試合を（　　　）、友達に応援のメッセージを送った。

1 ひかえて　2 たよって　3 すすめて　4 まえとして

重要的比賽即將來臨，傳了加油的訊息給朋友。

文法重點！ ⊘ をひかえ（て）：面臨～、～即將來臨之際

例 試験をひかえて、図書館を利用する人が多かった。

考試即將到來，圖書館的使用者很多。

詞彙 大事だ 重要｜試合 比賽｜応援 聲援、加油｜送る 傳送

9 ちょっと（　　　）ことがありますが、お時間いただけますか。

1 おたずねになりたい　2 ごらんになりたい

3 お借りしたい　4 うかがいたい

我有點事想請教您，可以占用一點時間嗎？

文法重點！ ⊘ お＋動詞ます形（去ます）＋になる：做～（尊敬語，用於對方的動作上）

⊘ ご覧になる：「見る（看）」的尊敬語

詞彙 伺う「聞く（聽、問）」的謙讓語｜訪ねる 拜訪、訪問｜いただく 領受｜借りる 借

10 A「女性用のトイレはどちらですか。」

B「3階（　　　）。」

1 いらっしゃいます　2 でございます　3 まいります　4 いたします

A「女用廁所在哪裡？」

B「在3樓。」

文法重點！ ⊘ でござる：「だ」的自謙語

⊘ いらっしゃる：「行く（去）、来る（來）、いる（在）」的尊敬語

⊘ まいる：「行く（去）、来る（來）」的謙讓語

⊘ いたす：「する（做）」的謙讓語

詞彙 女性用 女用

11 その件についてはよく考えた（　　　）、ご返信いたします。

1 以上は　2 以上に　3 うえには　4 うえで

關於這件事我會仔細考慮之後再回信。

文法重點！ ⊘ ～うえ（で）：～之後，再～

例 予約の時間を確認したうえでご来店ください。請先確認預約時間後再光臨本店。

⊘ ～以上（は）：既然～

詞彙 件 事件｜返信 回信

12 何に対しても言い訳が多い人は信用し（　　　）。
1 ねばならない　2 かねない　3 かねる　4 ずにはいられない
對於任何事情都有許多藉口的人是難以信任的。

文法重點！ ⊙動詞ます形（去ます）＋かねる：難以～　⊙動詞ます形（去ます）＋かねない：有可能～

詞彙 言い訳 藉口｜信用 信用、信任

13 何かを成功させるためには、とにかく挑戦してみる（　　　）。
1 はずだ　2 ことだ　3 ということだ　4 にすぎない
為了成功，總之應該要嘗試挑戰。

文法重點！ ⊙～ことだ：應該要～　⊙～はずだ：理應會～　⊙～にすぎない：只不過是～

詞彙 成功 成功｜とにかく 總之、反正｜挑戦 挑戰

問題２　請從１、２、３、４中選出最適合填入下列句子＿＿★＿＿中的答案。

14 大事な書類 ＿＿＿ ＿＿＿ ＿★＿ ＿＿＿ ご連絡くださいますか。
1 な　2 受け取り　3 ので　4 次第
因為這是重要文件，是否可以一收到立刻與我聯絡？

正確答案 大事な書類なので、受け取り次第ご連絡くださいますか。

文法重點！ ⊙動詞ます形（去ます）＋次第：一～立刻～　例 分かり次第ご連絡します。一旦知道後，立刻與你聯絡。

詞彙 書類 文件｜受け取る 收、領取

15 ＿＿＿ ＿＿＿ ＿★＿ ＿＿＿、自分で決めた道を進みたい。
1 出会っても　2 困難に　3 どんな　4 たとえ
即使遇到什麼樣的困難，我都想走自己決定的道路。

正確答案 たとえどんな困難に出会っても、自分で決めた道を進みたい。

文法重點！ ⊙たとえ～ても：即使～也　例 たとえ雨でも 即使下雨也

詞彙 困難 困難｜出会う 遇見、碰到｜進む 前進

第4回

16　田舎 ＿＿＿ ＿＿＿ ＿★＿ ＿＿＿ 遊びもあるのだ。

1　できる　　2　から　　3　こそ　　4　だ

正因為是鄉下，所以才有可以進行的遊戲。

正確答案　田舎だからこそできる遊びもあるのだ。

文法重點！　～からこそ：正因為～才

例　失敗を経験したからこそ、他人の気持ちが分かる。
正因為有過失敗的經驗，才能夠理解他人的心情。

詞彙　田舎 鄉下

17　分析結果が ＿＿＿ ＿★＿ ＿＿＿ ＿＿＿ 段階では何とも言えない。

1　からで　　2　出て　　3　ないと　　4　今の

如果分析結果沒有出來，現階段就無法做出任何評論。

正確答案　分析結果が出てからでないと、今の段階では何とも言えない。

文法重點！　～てからでないと：如果不～就會～、不～就不能～

例　会ってからでないと、いい人かどうかは判断できない。
如果沒有見面的話，就不能判斷是不是好人。

詞彙　分析 分析｜結果 結果｜段階 階段｜何とも 什麼也

18　彼は ＿＿＿ ＿★＿ ＿＿＿ ＿＿＿ さえしない冷たい人だ。

1　メール　　2　電話　　3　の返事　　4　どころか

他不只是不接電話，是連郵件都不回覆的冷淡之人。

正確答案　彼は電話どころかメールの返事さえしない冷たい人だ。

詞彙　返事 回覆｜冷たい 冷淡、無情

問題 3　請閱讀下列文章，並根據內容從 1、2、3、4 中選出最適合填入 19 ～ 23 的答案。

根據一項針對全球 7 個國家 10 來歲到 20 多歲男女進行的意識調查，結果顯示，日本的年輕人認為「自己想要為國家做出貢獻，但缺乏自信」的比例最高。調查國家有美國、英國、法國、德國、瑞典、韓國和日本，在網路上進行了調查。

回答「對自己感到滿意」的比例中，以美國的 86.0% 最高，日本則為 45.8%，非常低。此外，回答「自己有優點」或是「對自己的未來抱持希望」的比例也是日本最低。19

從這項調查中可以得知，最近的日本年輕人不僅[20]對自己缺乏自信，而且對未來也沒有太多希望。

另外，也有一些人擔心「最近的年輕人不看電視也不看報紙，不買高級品，房間裡不放東西，對戀愛、結婚也不感興趣，『簡直就是進入了無欲時代』」。也有人反駁說，他們沒有餘力去奢侈或浪費金錢，因為經濟長期處於不景氣狀態，失去了動力是很正常的。當然，現在這個時代「終身雇用」或是「穩定的工作」可能也漸漸消失中。

然而，只因為對未來感到不安就滿足於現狀，甚至還失去宏大的野心和未來想達成的目標，[21]這是令人困擾的。再說[22]不景氣是全世界的問題，正因為是年輕人，才[23]希望他們不要[24]輕易認輸。

詞彙 世界（せかい） 世界｜前半（ぜんはん） 前半｜後半（こうはん） 後半｜男女（だんじょ） 男女｜対象（たいしょう） 對象｜実施（じっし） 實施｜意識調査（いしきちょうさ） 意識調查｜若者（わかもの） 年輕人｜自国（じこく） 自己的國家｜役に立つ（やくにたつ） 有用處、有益處｜自信がない（じしん） 沒自信｜最も（もっと） 最｜米国（べいこく） 美國｜英国（えいこく） 英國｜行う（おこな） 進行｜満足（まんぞく） 滿足、滿意｜答える（こた） 回答｜割合（わりあい） 比例｜低い（ひく） 低｜長所（ちょうしょ） 優點｜将来（しょうらい） 將來、未來｜～に対して（たい） 對～｜希望（きぼう） 希望｜高級品（こうきゅうひん） 高級品｜恋愛（れんあい） 戀愛｜興味（きょうみ） 興趣｜ふうに 樣子、狀態｜まさに 的確、正是｜無欲（むよく） 無欲｜時代（じだい） 時代｜ぜいたくをする 奢侈｜無駄づかい（むだ） 浪費、亂花錢｜余裕（よゆう） 從容、餘裕｜不景気（ふけいき） 不景氣｜やる気をなくす（き） 喪失動力｜当たり前（あたりまえ） 當然｜反論（はんろん） 反駁｜終身雇用（しゅうしんこよう） 終身雇用｜安定（あんてい） 穩定｜だんだん 漸漸｜無くなる（な） 消失、丟失｜不安感（ふあんかん） 不安的感覺｜現状（げんじょう） 現狀｜野望（やぼう） 野心｜達成目標（たっせいもくひょう） 達成目標｜失う（うしな） 失去｜困る（こま） 困難、為難｜全世界的（ぜんせかいてき） 全世界的｜負ける（ま） 輸、敗｜気にする（き） 介意｜～べきだ 應該要～｜真剣に（しんけん） 認真

[19] 1 割合　2 比較　3 様子　4 順番

文法重點! ✓割合（わりあい）：比例　✓比較（ひかく）：比較　✓様子（ようす）：樣子、情況　✓順番（じゅんばん）：順序

解說 前面句子提到美國和日本回答內容的比例，所以這裡也是選擇「比例」這個答案。

[20] 1 ばかりで　2 からには　3 ようなら　4 だけでなく

文法重點! ✓だけでなく：不僅～　✓ばかりで：淨是～、光是～　✓からには：既然～
✓ようなら：如果～的話

解說 後面句子提到「對未來也沒有太多希望」，所以前面使用「不僅～」來接續會較為自然。

[21] 1 すなわち　2 だからといって　3 いわゆる　4 そればかりか

文法重點! ✓だからといって：然而　✓すなわち：即、就是　✓いわゆる：所謂
✓そればかりか：豈止

解說 後面句子提到「只因為對未來感到不安就滿足於現狀，甚至還失去宏大的野心和未來想達成的目標」，所以前面使用「然而」來開頭較為恰當。

22 1 それとも　2 それで　3 そもそも　4 そのかわり

文法重點! ⊘ そもそも：說起來　⊘ それとも：或者、還是　⊘ それで：所以
⊘ そのかわり：當作代替

解說 相較於其他選項，以「そもそも」作為開頭來接續後面句子較為恰當。

23 1 簡単に負けないでほしいと思う　2 負けないのは当たり前だと思う
3 いちいち気にすべきだと思う　4 真剣に考えたほうがいいと思う

文法重點! ⊘ 簡単(かんたん)に負(ま)けないでほしいと思(おも)う：希望不要輕易認輸
⊘ 負(ま)けないのは当(あ)たり前(まえ)だと思(おも)う：認為不會輸是理所當然的
⊘ いちいち気(き)にすべきだと思(おも)う：認為應該要全部放在心上
⊘ 真剣(しんけん)に考(かんが)えたほうがいいと思(おも)う：認為最好要認真思考

解說 前面句子提到「不景氣是全世界的問題」，所以作者更希望年輕人不要因此認輸，因此答案是選項1。

第2節 讀解

問題4 閱讀下列 (1) ～ (4) 的內容後回答問題，從 1、2、3、4 中選出最適當的答案。

(1)

本文是招募計時人員的文章。

招募計時人員

本店是位於東京大田區的迴轉壽司店，正在招募能做外場服務員的計時人員。不論是初學者或學生都非常歡迎。上班時間為 11：00 ～ 15：00 或 17：00 ～ 23：00，可配合應徵者的生活型態排班，歡迎隨時前來諮詢。時薪為 1200 日圓，晚上 10 點以後為 1400 日圓。交通費將全額支付，並出借制服。如果能長期工作可調漲時薪，也有機會雇用為正式員工。意者請先透過電話諮詢後再寄送履歷表。

24 有哪些人可以應徵？

1 想要在工作半年後成為正式員工的人

2 想要白天工作也能賺取超過 1200 日圓的人

3 想當壽司師傅的人

4 希望一天的工作時間盡可能長一點的人

詞彙 パート（「パートタイム」的縮寫）計時工作人員｜募集 招募｜当店 本店｜回転寿司屋 迴轉壽司店｜ホールスタッフ 外場服務員｜働く 工作｜初心者 初學者｜大歓迎 非常歡迎｜勤務 工作、就職｜または 或是｜～のうち ～之中｜希望者 意者｜合わせる 配合｜気軽に 輕鬆｜相談 商量、商談｜時給 時薪｜以降 以後｜交通費 交通費｜全額 全額｜支給 支付、發放｜制服 制服｜長期 長期｜上がる 提升、提高｜正社員 正式員工｜採用 錄用｜可能性 可能性｜興味 興趣｜履歴書 履歷表｜昼間 白天｜すし職人 壽司師傅｜なるべく 盡量

解說 文中並未提到工作六個月後可以成為正式員工。也未提到希望招募的是壽司師傅。但從內文可以得知工作時間可以在上午 11 點至下午 3 點或下午 5 點至晚上 11 點這兩個時段中選擇，所以如果在白天工作，將能領到超過 1200 日圓的薪水。因此答案是選項 2。

(2)

本文是某間圖書館的使用規則。

櫻花圖書館使用須知

- 入館需要身分證或學生證，請務必攜帶。
- 要將圖書館資料帶出館外時，一定要向櫃台報備。
- 請勿將自己借的資料借給其他人。
- 在館內使用資料時，用完後請務必放回原處。
- 請小心使用館內資料，若是弄髒或遺失需要賠償。
- 館內禁止飲食、抽煙等行為。請注意不要給他人帶來麻煩。

25 在這間圖書館裡面可以做以下何事？

1 借來的資料可以在圖書館內跟朋友一起看

2 資料用完後直接放著

3 在館內借用的資料使用完畢後要拿去櫃台

4 如果把水灑在資料上，要向櫃台報備

詞彙 ある 某個｜利用 使用｜規則 規則｜身分証 身分證｜学生証 學生證｜入館 入館｜必ず 一定、務必｜資料 資料｜館外 館外｜持ち出す 帶出去｜他人 他人｜館内 館內｜使用後 使用後｜戻す 返還｜汚す 弄髒｜無くす 喪失、弄丟｜弁償 賠償｜行為 行為｜禁止 禁止｜迷惑をかける 添麻煩｜気をつける 小心、注意｜こぼす 弄翻、灑出

解說 從內文可以得知資料用完後要放回原處，而不是拿到櫃台，同時如果將資料弄髒需要賠償。因此答案是選項 1。

(3)

本文是地震發生時應該如何應對的說明文。

各位，我們不知道什麼時候會發生地震。為了保護自身安全，平時就必須特別留意。首先，如果在室內發生地震，請鑽進堅固的桌子或書桌底下，用抱枕或座墊保護頭部。如果是在睡覺時發生地震，躲在床底下是安全的。在陰暗的房間裡請小心不要因為碎玻璃等物品而受傷。此外，若是在煮菜時發生地震，可能會想要急著把火關掉，但此時存在著燙傷的風險。最後，雖說發生地震但慌忙地往外跑是非常危險的，請到安全的地方避難，等搖晃停止。

26 地震發生時不能做以下何事？

1 睡覺時發生地震要躲到床下保護頭部。
2 地震時要小心破裂的玻璃和飛來的玻璃片。
3 **地震發生時要先到外面避難。**
4 不要外出，待在安全的地方。

詞彙 **地震** 地震 | **説明** 說明 | **身** 身體 | **守る** 保護 | **日ごろ** 平時、平常 | **注意** 留意 | **屋内** 室內 | **丈夫だ** 堅固 | **もぐる** 鑽進 | **座布団** 座墊 | **保護** 保護 | **暗い** 暗 | **割れる** 破裂 | **怪我をする** 受傷 | **調理中** 正在煮菜 | **慌てる** 急忙 | **火を止める** 關火 | **火傷をする** 燙傷 | **危険** 危險 | **飛び出す** 跑出去 | **場所** 地方 | **避難** 避難 | **揺れ** 搖晃 | **収まる** 平靜、平息 | **発生** 發生

解說 文中提到「雖說發生地震但慌忙地往外跑是非常危險的」，因此答案是選項 3。

(4)

此文是通知您已經確定參加知識涵養課程。

通知信

前幾天您報名的知識涵養課程已經確定參加資格，所以特此通知您。

1 課堂名稱：哲學
2 課堂日期時間：每週星期二和星期四
17:00 ～ 18:30
3 學費：15,000 日圓（1 個月）
4 其他：
(1) 本課程是為期 3 個月的課程。
(2) 您的第一堂課是 3 月 5 日 (星期二)。
(3) 有 5 週的月份第 5 週將停課。
(4) 因個人因素缺席時，請事先聯絡。

27 以下何者符合本文內容？

1 這堂課程是為期 1 個月的課程。

2 為了完成這堂課程必須繳交 45,000 日圓。

3 不允許遲到和缺席。

4 要參加這堂課程，必須在星期二或星期四去上課。

詞彙 **教養講座** 知識涵養課程 | **受講** 聽講 | **決定** 決定、確定 | **知らせる** 通知 | **お知らせ** 通知 | **先日** 前幾天 | **申し込む** 報名 | **受講名** 課堂名稱 | **哲学** 哲學 | **日時** 日期和時間 | **受講料** 聽講費 | **その他** 其它 | **開設** 開設 | **貴方** 您 | **休講** 停課 | **都合** 理由、方便 | **欠席** 缺席 | **事前に** 事前、事先 | **終了** 結束、完成 | **遅刻** 遲到 | **許す** 允許

解說 從內文可以得知這門課程為期 3 個月，每個月費用為 15,000 日圓，總共需要支付 45,000 日圓。而且因個人因素缺席時需事先聯絡。還有每週需要上課的日子是星期二和星期四，因此答案是選項 2。

第
4
回

問題 5 閱讀下列 (1) ～ (2) 的內容後回答問題，從 1、2、3、4 中選出最適當的答案。

(1)

①越來越多年輕人對「share house」感興趣。在連續劇或漫畫中描繪出主角在 share house 和其他人相處，一起解決煩惱成長的故事，似乎在年輕人當中營造出美好的形象。

share house 當中會有一群年齡、職業各不相同的人聚集在一起共同生活，因此可以遇到獨居時無法遇到的各種人群。現今的時代，雖然在社群網站上的朋友數量增加了，但現實中的人際關係卻越來越狹窄。而在這裡就算晚歸也會有室友出來迎接，對你說聲「歡迎回來」，或是每個月可以舉辦一次派對，度過熱鬧的時光。即使是因為升學或就業而離家開始獨自生活，也無法忍受沒有說話對象的生活吧！②現在的年輕世代所追求的，或許就是能像 share house 那樣可以保護自己的隱私，又能享受和他人適度社交的生活方式吧。

此外，女性在找房子時，最優先考慮的是地理位置和安全性。對女性而言，理所當然會在意從車站回家的這段路是否安全，以及房子的安全防範措施。但地理位置好，安全面也很完善的房子，房租應該也會比較貴。然而，如果選擇 share house，就可以在某種程度上降低初期費用和房租。

28 文中提到①越來越多年輕人對「share house」感興趣，為什麼會增加呢？

1 因為一起生活就完全不會寂寞了

2 因為可以遇到對升學或就業有幫助的人

3 因為想在走夜路時保護自己免受犯罪的威脅

4 因為想體驗和真人之間的聯繫

解說 選項 1 和選項 2 的內容在文章中並不存在，選項 3 也不符合內文所述。而且從內文可以得知 share house 的優點是能夠實際體驗真實的人際關係，因此答案是選項 4。

29 文中提到②現在的年輕世代所追求的，那是指什麼？

1 什麼事都要跟室友交換資訊
2 **可以享有個人時間，又能維持適度的人際關係**
3 為了不感到寂寞，想找到很多可以說話的對象
4 在習慣獨自生活之前，先嘗試共同生活

解說 後面句子提到「或許就是能像 share house 那樣可以保護自己的隱私，又能享受和他人適度社交的生活方式吧」，因此答案是選項 2。

30 以下何者不符合這篇文章的內容？

1 **最近大多數年輕人似乎為了工作或升學而離開自己的家鄉。**
2 現在的年輕人似乎嚮往在電視和漫畫中住在 share house 裡的主角的生活。
3 女性在找房子時，最重視的好像是安全性。
4 即使獨自生活，工作回家時，好像也需要有人熱情迎接。

解說 從內文可以得知有人因為升學或就業而離家開始獨自生活，但並未出現「大多數都是如此」的敘述，所以答案是選項 1。

詞彙 **興味を持つ** 感興趣｜**若者** 年輕人｜**漫画** 漫畫｜**主人公** 主角｜**他人** 他人｜**関わる** 有關聯｜**悩み** 煩惱｜**解決** 解決｜**成長** 成長｜**姿が描かれる** 描繪出～的樣子｜**中心** 中心｜**年齢** 年齡｜**職業** 職業｜**集まる** 聚集｜**共同生活** 共同生活｜**一人暮らし** 獨自生活｜**出会い** 相遇｜**時代** 時代｜**動詞ます形（去ます）＋つつある** 正在～｜**人間関係** 人際關係｜**狭い** 狹窄｜**～一方だ** 越來越～｜**迎える** 迎接｜**住人** 居民｜**わいわい** 大聲吵嚷｜**過ごす** 度過｜**進学** 升學｜**就職** 就業｜**実家** 出生的家、老家｜**話し相手** 說話對象｜**耐える** 忍受｜**無理だ** 辦不到、勉強｜**若い** 年輕｜**世代** 世代｜**求める** 追求、尋求｜**適度だ** 適度、適當｜**楽しむ** 享受｜**立地** 地理位置｜**防犯** 防犯｜**最優先** 最優先｜**～にとって** 對～而言｜**安全** 安全｜**セキュリティー** 安全｜**気になる** 在意｜**当たり前** 當然｜**充実** 充實｜**家賃** 房租｜**初期費用** 初期費用｜**ある程度** 某種程度｜**全然** 完全（不）｜**寂しい** 寂寞｜**役立つ** 有用處｜**夜道** 夜路｜**犯罪** 犯罪｜**つながり** 聯繫、關係｜**体験** 體驗｜**何もかも** 一切｜**交換** 交換｜**ほどよい** 適度｜**保つ** 維持｜**見つける** 找到｜**慣れる** 習慣｜**憧れる** 嚮往｜**安全性** 安全性｜**あたたかい** 溫暖的｜**必要だ** 需要

(2)

24 小時營業，當你想喝時可以喝，想吃時可以吃的地方——「便利商店」已經成為我們生活中不可或缺的存在。

說到便利商店業界的前 3 強，據說第 1 名是 Seven & i HD（7-11），第 2 名是 Lawson，接著第 3 名是 Family Mart。特別是 7-11 每年會替換 70% 的商品。這是因為世界的變化以及客戶需求變化都很激烈。可能是因為這樣，每次我去便利商店時，總會有點開心，會想著「最近出了這種東西啊？這種東西也很暢銷呢！下次吃吃看好了」。

可是，社會希望便利商店扮演的角色，似乎並不僅僅是一個可以方便購買食物和飲料的地方。隨著高齡社會的來臨，開始有人希望增加針對高齡人士的商品，希望能代辦行政服務的意見也越來越多。甚至還聽到有人提出希望提供外國人翻譯或是景點導覽的服務。果然因為 24 小時的方便性，客戶的要求似乎也變化多端。我也很期待今後便利商店能與地方社區建立更密切的關係，能成為地方社群的重要場所。

31 因為這樣是指什麼意思？

1 因為便利商店的物品數量太多
2 因為客人的意見越來越多
3 **因為客人的需求越來越多元**
4 因為客人跟不上世界的變化

解說 前面句子提到「因為世界的變化以及客戶需求變化都很激烈」，所以答案是選項 3。值得注意的是，作者之所以覺得開心是因為有各種不同的物品可供選擇，不是因為便利商店物品數量太多。

32 現今社會對便利商店的期待是什麼？

1 希望盡量陳列更多符合客人需求的商品。
2 希望能意識到便利商店對高齡人士而言是必要的存在。
3 希望能夠理解消費者需求多元化的原因。
4 **希望能夠傾聽地方社區居民的意見，成為對人們友善的環境。**

解說 選項 1 到選項 3 的內容在文章中並未提到。文章最後提到「期待今後便利商店能與地方社區建立更密切的關係，能成為地方社群的重要場所」，所以答案是選項 4。

33 以下何者符合本篇文章內容？

1 以往的便利商店幾乎沒有針對高齡人士設計的商品。
2 今後的便利商店必須製造和地方居民交流的機會。
3 便利商店應該也要幫外國人翻譯和帶路。
4 **社會希望便利商店扮演的角色，或許不僅僅是 24 小時購物的便利性。**

解說 文中提到「社會希望便利商店扮演的角色，似乎並不僅僅是一個可以方便購買食物和飲料的地方」，因此答案是選項4。值得注意的是，雖然有提到「期待今後便利商店能與地方社區建立更密切的關係」，但並不是一定要這樣做。

詞彙 もはや 已經｜生活(せいかつ) 生活｜欠かす(か) 遺漏、缺少｜存在(そんざい) 存在｜業界(ぎょうかい) 業界｜3強(きょう) 3強｜〜といえば 說到〜｜商品(しょうひん) 商品｜入れ替える(いかえる) 交換、替換｜世の中(よのなか) 世上｜変化(へんか) 改變｜要求(ようきゅう) 要求｜激しい(はげしい) 激烈｜なんとなく 總覺得｜売れる(うれる) 暢銷｜期待(きたい) 期待｜役割(やくわり) 任務、角色｜ただ 只是、但是｜高齢社会(こうれいしゃかい) 高齡社會｜〜につれ 隨著〜｜お年寄り(としより) 高齡人士｜〜向け(む) 為〜量身打造｜増やす(ふやす) 增加｜行政(ぎょうせい) 行政｜代行(だいこう) 代理｜通訳(つうやく) 口譯｜多様化(たようか) 多元化｜今後(こんご) 今後｜地域社会(ちいきしゃかい) 地方社區｜密接(みっせつ) 密切｜関係(かんけい) 關係｜場(ば) 場所｜ついていく 跟上｜望む(のぞむ) 期望、盼望｜なるべく 盡量｜理解(りかい) 理解｜環境(かんきょう) 環境｜住民(じゅうみん) 居民｜交流(こうりゅう) 交流｜機会(きかい) 機會

問題 6 閱讀下面文章後回答問題，從 1、2、3、4 中選出最適當的答案。

最近聽說有很多人會在職場上發火。只要工作上有失誤，工作不如自己所願，和他人意見有點分歧，有些人就會無法控制自己的情緒放聲大罵。甚至也有人因為每天被上司怒罵，而對工作喪失自信，自尊心受損，還考慮要換工作。形成工作時會因太過提心吊膽而無法專心，導致重複犯錯的惡性循環。

根據腦科學家表示，動不動就發火的原因有 3 個。首先據說大腦最前端的前額葉皮質不活躍、未發育是最大的原因。人類的大腦不使用就不會發育，因此孩童時期沒有克制自己的欲望成長，這個部分的發育就會變弱。第 2 個原因是血清素不足。這個物質可促進前額葉皮質的功能，但現代人卻因為壓力、疲累、運動不足等原因，導致血清素神經功能變弱。第 3 個原因是不吃早餐就去上班，午餐前喝甜飲料、吃零食、麵包等不良的飲食習慣。吃太多甜食會分泌過多胰島素，結果造成低血糖，讓人感到煩躁。

不管是因為什麼原因，動不動就會發火的上司應該都會讓周遭的人過著痛苦的日子。那要怎樣才能避免上司發怒呢？首先就是儘管對方變得情緒化也要保持冷靜。其次就是工作上有失誤道歉是好事，但不能道歉過頭。再來，據說平時就好好看著對方眼睛說話也是很重要的。

34 什麼樣的人會在職場上動不動就發火？

1 和公司同事意見不合就會馬上動怒的人
2 會嚴厲斥責部下重大失誤的人
3 會因公司業績不好而覺得煩躁的人
4 年幼時生長在惡劣環境中的人

解說 文中有提到「孩童時期沒有克制自己的欲望成長，這個部分的發育就會變弱」，因此動不動就會發火，但並未提及年幼時生長在惡劣環境中的人也會如此。所以答案是選項 1。

35 每天都被上司怒罵的人會變得如何？

1 會因為上司怒罵導致生病。
2 無法好好工作而考慮換公司。
3 自尊心受損，完全無法繼續工作。
4 工作上同樣的失誤會變多。

解說 文中並沒有提到選項 1 的內容，雖然有提到會因太過提心吊膽而無法專心，導致重複犯錯的惡性循環，但並非指工作上同樣的失誤會變多。所以答案是選項 2。

36 人會動不動就發火的原因是什麼？

1 因為年幼時的家庭教育不佳
2 因為腦部整體發展比其他人慢
3 因壓力和疲勞，導致血清素無法分泌
4 因長時間空腹，忍不住吃甜食

解說 文中並未提到選項 1 關於家庭教育不佳的敘述。選項 2 的部分應該是前額葉皮質未發育之故，並非腦部發展比他人慢。選項 3 的部分，文中是指血清素不足，而非無法分泌。所以答案是選項 4。

37 對於動不動就發火的人該如何應對？

1 盡量小心不要惹對方生氣。
2 工作上一有失誤就要不斷道歉。
3 即使對方變得情緒化也要理性思考。
4 從平常對話就要看著對方的眼神，用溫柔的語氣說話。

解說 文中並未提到盡量不要惹對方生氣和說話時要用溫柔的語氣，所以選項 1 和選項 4 要排除。選項 2 的部分，內文是表示「工作上有失誤道歉是好事，但也不能道歉過頭」，所以選項 2 也非正解。因此答案是選項 3。

詞彙 **近頃** 近來、最近｜**職場** 職場｜**キレる** 發火｜**思い通り** 稱心如意｜**感情** 情緒｜**怒鳴る** 大聲斥責｜**自信を無くす** 喪失自信｜**傷つく** 受傷｜**転職** 換工作｜**ビクビクする** 提心吊膽｜**集中** 專心｜**繰り返す** 反覆｜**悪循環** 惡性循環｜**脳** 腦｜**科学者** 科學家｜**原因** 原因｜**最前部** 最前端｜**前頭前野** 前額葉皮質｜**活性化** 使～活躍｜**発達** 發達、發育｜**状態** 狀態｜**欲求** 欲望｜**我慢** 忍耐｜**育つ** 發育、成長｜**弱い** 弱｜**不足** 不足｜**物質** 物質｜**機能** 機能、功能｜**役割** 作用｜**運動不足** 運動不足｜**現代人** 現代人｜**神経** 神經｜**働き** 作用、效力｜**出社** 上班｜**食習慣** 飲食習慣｜**インスリン（＝インシュリン）** 胰島素｜**結局** 結果｜**低血糖** 低血糖｜**イライラする** 煩躁、焦躁｜**周り** 身邊、周圍｜**辛い** 痛苦、難受｜**日々** 每天｜**怒り** 憤怒｜**避ける** 避免、避開｜**感情的** 情緒化｜**冷静** 冷靜｜**謝る** 道歉｜**普段** 平時、平常｜**しっかり** 確實、可靠｜**同僚** 同事｜**部下** 部下｜**厳しい** 嚴格｜**叱る** 斥責｜**業績** 業績｜**環境** 環境｜**まともに** 認真、正經｜**移る** 遷、移｜**まったく** 完全｜**進む** 前進、有進展｜**家庭教育** 家庭教育｜**他人** 他人｜**つい** 無意中、不由得｜**対処** 處理、應付｜**理性的** 理性的

問題 7　右頁是圖書館使用介紹。請閱讀文章後回答以下問題，並從 1、2、3、4 中選出最適當的答案。

38　誰可以在這間圖書館借閱資料？

1　持有發卡 1 年以上的借書證，希望借雜誌的公司職員
2　持有發卡不到 1 年的借書證，希望借 DVD 的主婦
3　持有發卡不到 1 年的借書證，希望借 CD 的小學 6 年級學生
4　想拿朋友的借書證借書的高中生

解說 從內文可以得知借書證有效期限只有 1 年，所以發卡 1 年以上的借書證將無法使用，而小學生及以下的人也無法借閱視聽資料。另外借書證只能由持卡人使用，所以答案是選項 2。

39　A先生在12月10日借書，B先生在12月15日借雜誌，以下何者為A先生和B先生的正確歸還方式？

1　A 先生：12 月 25 日下午 6 點還給櫃台
　B 先生：1 月 4 日下午 6 點還給櫃台
2　A 先生：1 月 11 日下午 5 點放到還書箱
　B 先生：1 月 7 日下午 6 點還給櫃台
3　A 先生：1 月 8 日下午 7 點還給櫃台
　B 先生：12 月 30 日下午 8 點放到還書箱
4　A 先生：12 月 20 日下午 8 點放到還書箱
　B 先生：12 月 31 日下午 8 點放到還書箱

解說 因為書籍的租借期限為 1 個月，所以 A 先生不能在 1 月 11 日歸還。另外，雜誌無法放在還書箱，因此選項 3 和選項 4 要排除。所以答案是選項 1。

櫻花圖書館使用介紹

要使用本館服務必須進行使用者註冊。請本人攜帶可確認地址、姓名、出生年月日的證件來館，在圖書館櫃台進行註冊。註冊時會發借書證，借書證有效期限為 1 年，限本人使用。註冊內容如有變更，請至櫃台提交變更申請書。借書證遭竊或遺失時請立刻與圖書館聯絡。不同種類的資料借出期限不同，請特別留意。

資料種類	借出期限	備註
書籍	1 個月	禁止帶出館外的資料不得外借
雜誌	3 週	最新一期不得外借
CD	2 週	只能在新館櫃台外借
DVD	2 週	只能在新館櫃台外借
黑膠唱片	1 週	只能在櫃台外借

※ 小學生以下無法使用 CD 等視聽資料。

借用資料時，請攜帶借書證和欲借資料至圖書館櫃台，歸還時也請攜帶至櫃台。歸還時不需要借書證。圖書館閉館期間請將圖書還至還書箱。但雜誌和視聽資料可能會損壞資料，因此無法利用還書箱歸還，敬請配合。開館時間為 9:00 ～ 19:00，國定假日、一般假日和年末年初是休館日，請特別留意。

詞彙 利用案内（りようあんない） 使用介紹｜必ず（かならず） 一定、務必｜利用者（りようしゃ） 使用者｜登録（とうろく） 登記、註冊｜住所（じゅうしょ） 地址｜氏名（しめい） 姓名｜生年月日（せいねんがっぴ） 出生年月日｜確認（かくにん） 確認｜持参（じさん） 攜帶｜本人（ほんにん） 本人｜来館（らいかん） 來館｜発給（はっきゅう） 發給、發放｜有効期限（ゆうこうきげん） 有效期限｜変更届け（へんこうとどけ） 變更申請書｜提出（ていしゅつ） 提交｜盗む（ぬすむ） 偷竊｜無くす（なくす） 喪失、弄丟｜資料（しりょう） 資料｜種類（しゅるい） 種類｜貸し出し（かしだし） 借出｜期間（きかん） 期間｜注意（ちゅうい） 留意｜禁帯出（きんたいしゅつ） 禁止帶出｜最新号（さいしんごう） 最新一期｜新館（しんかん） 新館｜～のみ 僅～｜視聴覚（しちょうかく） 視聽｜返却（へんきゃく） 歸還｜但し（ただし） 但是｜壊れる（こわれる） 壞掉｜恐れ（おそれ） 恐懼｜協力（きょうりょく） 協助、配合｜開館（かいかん） 開館｜国民（こくみん） 國民｜祝日（しゅくじつ） 國定假日｜休日（きゅうじつ） 假日｜年末年始（ねんまつねんし） 年末年初、新舊年交替的期間｜休館日（きゅうかんび） 休館日｜未満（みまん） 不到｜主婦（しゅふ） 主婦｜高校生（こうこうせい） 高中生

第3節 聽解

問題 1　先聆聽問題，在聽完對話內容後，請從選項 1 ～ 4 中選出最適當的答案。

れい Track 4-1

女の人と男の人が話しています。男の人はこの後、どこに行けばいいですか。

女：え、それでは、この施設の利用がはじめての方のために、注意していただきたいことがありますので、よく聞いてください。まず決められた場所以外ではケータイは使えません。

男：え？ 10分後に、友達とここで待ち合わせしているのに、どうしよう。じゃ、どこで使えばいいですか。

女：3階と5階に、決められた場所があります。

男：はい、わかりました。友達とお茶を飲んだり、話したりする時はどこに行ったらいいですか。

女：4階にカフェテリアがありますので、そちらをご利用ください。

男：はい、わかりました。さあ、奈々ちゃん、どこまで来たのか電話かけてみるか。

男の人はこの後、どこに行けばいいですか。

1　1階

2　2階

3　3階

4　4階

例

女子和男子正在對話，男子接下來應該要去哪裡？

女：嗯，那麼為了第一次使用本設施的人，有幾件事想提醒大家，請仔細聽好。首先，手機只能在指定場所使用。

男：什麼？可是我跟朋友約好 10 分鐘後要在這裡碰面，怎麼辦？那應該在哪裡使用呢？

女：3 樓和 5 樓有指定的場所。

男：好的，我知道了。那我要跟朋友喝茶、聊天時，可以去哪裡呢？

女：4 樓有一個自助餐廳，請利用那個地方。

男：好的，我知道了。那我打電話問問奈奈她到哪裡了。

男子接下來應該要去哪裡？

1　1 樓

2　2 樓

3　3 樓

4　4 樓

解說　對話最後男子說要打電話問朋友到哪裡了，所以要去能使用手機的指定場所，也就是 3 樓或 5 樓，因此答案是選項 3。

詞彙　施設 設施｜利用 利用｜注意 提醒、留意｜以外 以外｜待ち合わせ 碰面

1ばん Track 4-1-01

女の人と男の人が話しています。男の人はこれからどうしますか。

女：どうしたの?

男：寝違えたのか、首が痛いんだ。それでマッサージしているんだ。

女：私もこの前、寝違えて首の痛みがひどかったけど、そのとき首や肩をマッサージするのはよくないって聞いた。

男：え？ じゃ、どうすればいいの。

女：そういう時はマッサージより、ストレッチの方がもっと効くよ。まず、痛みがある方の腕を少しずつ上げて20秒キープする。

男：無理無理、動かすだけですごく痛い。

女：我慢してやってみて。あと、手首の力を抜いてやるのがポイントだよ。

男：うん、わかった。

男の人はこれからどうしますか。

4

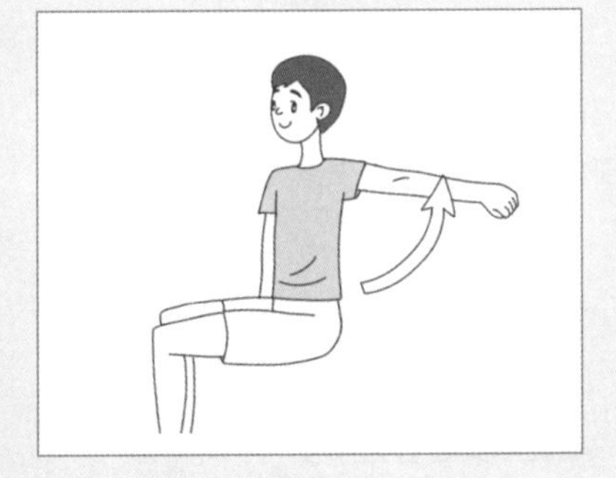

第 1 題

女子和男子正在對話，男子接下來會怎麼做？

女：怎麼了？

男：不知道是不是落枕了，脖子很痛。所以我在按摩。

女：我之前也因為落枕脖子痛到不行，聽說這種時候按摩肩頸不太好。

男：什麼？那該怎麼辦？

女：這種時候做點伸展運動會比按摩有效喔！先慢慢抬起疼痛的那隻手臂維持 20 秒。

男：不行不行，只動一下就超痛的。

女：忍耐一下嘛！還有，重點是要放鬆手腕的力量。

男：嗯！我知道了。

男子接下來會怎麼做？

解說 根據對話提到的方法，應該抬起疼痛的手臂維持 20 秒，所以答案是選項 4。

詞彙 寝違える 落枕｜首 脖子｜痛い 痛｜痛み 疼痛｜肩 肩膀｜ストレッチ 伸展運動｜効く 有效｜腕 手臂｜上げる 抬起｜動かす 動｜我慢 忍耐｜手首 手腕｜力を抜く 放鬆

2ばん Track 4-1-02

女の人と男の人が電話で話しています。女の人はパスワードを確認するために、まず、何をしますか。

女：ねね、ABCモバイルにログインしようとしたら、パスワードを忘れちゃったの。８桁もあるから覚えられない。どうすればいい?

男：え～と。ホームページに入ったら、左側の、上から３番目に「パスワードを忘れた方」があるよ。それをクリックして。

女：うん、クリックした。

男：「お客様の情報」に暗証番号を入れるところがあるでしょう。そこに情報を入れて。

女：え？ 暗証番号ってまた何？ そんなのあったっけ。

男：えっ？ ABCモバイルと契約するとき、申込書に４桁書いたでしょう。

女：そうだっけ？ どうしよう、覚えてない。

男：その暗証番号がないと、パスワードの確認ができないんだよ。

女：ああ、その申込書、どこにしまったっけ。

女の人はパスワードを確認するために、まず、何をしますか。

1 「お客様の情報」に、８桁のパスワードを入力する

2 ホームページから「お客様の情報」をクリックする

3 申込書を入れた場所を思い出す

4 申込書から４桁のパスワードを確認する

第２題

女子和男子正在講電話，女子為了確認密碼要先做什麼？

女：哎，我想登入 ABC MOBILE，可是我忘記密碼了，有８位數我記不起來，怎麼辦？

男：嗯～先進官網，從左邊上面數來第３個有個「忘記密碼」，按那裡。

女：嗯，按了。

男：「客戶資訊」那裡有個地方可以輸入密碼對吧？在那裡輸入妳的資料。

女：嗯？這裡的密碼又是什麼？有那種東西嗎？

男：嗯？妳在跟 ABC MOBILE 簽約時，應該有在申請書上填一個４位數的密碼吧？

女：有嗎？怎麼辦？我不記得了。

男：沒有那個密碼，就沒辦法確認登入密碼。

女：啊啊～我的申請書收到哪裡去了？

女子為了確認密碼要先做什麼？

1 在「客戶資訊」填入８位數密碼

2 點官網上的「客戶資訊」

3 **想起申請書放在哪裡**

4 從申請書上確認４位數密碼

解說 女子忘記登入密碼，若要找回必須在官網「客戶資訊」中輸入４位數密碼，而這個密碼在合約申請書上。對話最後她提到「我的申請書收到哪裡去了」，所以要先想起申請書放在哪裡。

詞彙 **確認** 確認｜**桁** 位數｜**覚える** 記得｜**左側** 左側｜**情報** 情報、資訊｜**暗証番号** 密碼｜**契約する** 簽約｜**申込書** 申請書｜**しまう** 收拾｜**入力** 輸入｜**思い出す** 想起來

3ばん Track 4-1-03

男の人と女の人がお歳暮のお礼状について話しています。男の人がお礼状に必ず書かなければならないのはどんな内容ですか。

男：先週、知り合いからお歳暮をいただきましたが、こちらも何か贈ったほうがいいでしょうか。

女：そうですね。お礼状は出しましたか。お歳暮をいただいたら、なるべく早く出したほうがいいですよ。

男：仕事で忙しくて、ついうっかりしていました。はがきに書いてもいいでしょうか。

女：基本は手紙ですが、はがきでもいいです。大切なのはお礼の気持ちを伝えることですから。

男：「お歳暮を贈っていただき、ありがとうございます。」と書けばいいんですか。

女：ええ、それから贈り物に対するお礼じゃなくて、その心遣いに感謝の気持ちを伝えるような内容がいいですね。

男：あ、そうですか。わかりました。

男の人がお礼状に必ず書かなければならないのはどんな内容ですか。

1　どうしてお礼状が遅れたのかその理由

2　気を使っていただいたことに対しての感謝の気持ち

3　お歳暮をいただいたことに対しての感謝の気持ち

4　お礼状が遅れたことに対するお詫びの言葉

第 3 題

男子和女子在談論年終禮品的感謝信。男子必須在感謝信中寫什麼內容？

男：上個禮拜我收到朋友送的年終禮品，我也該回送些什麼嗎？

女：這個嘛……你寄出感謝信了嗎？收到年終禮品後最好趕快寄出比較好喔！

男：工作太忙，不小心就忘記了。可以用明信片寫嗎？

女：基本上是寫信，但明信片也可以，因為重點是傳達感謝的心情。

男：只要寫「感謝您贈送的年終禮品」就好了嗎？

女：嗯！還有，不是針對禮品道謝，而是對對方的用心表達謝意的內容比較好。

男：啊！這樣啊？我知道了。

男子必須在感謝狀中寫什麼內容？

1　為什麼這麼晚才寄感謝狀的原因

2　針對對方的用心表達感謝之意

3　針對收到年終禮品一事表達感謝之意

4　這麼晚才寄感謝信的道歉言辭

解說　對話中女子表示要針對對方的用心表達謝意，而不是針對禮品道謝，所以答案是選項 2。

詞彙　お歳暮 年終禮品｜お礼状 感謝信｜知り合い 熟人、朋友｜贈る 贈送｜うっかりする 不注意、一不小心｜はがき 明信片｜基本 基本｜贈り物 禮品｜お礼 致謝｜心遣い 關懷｜感謝 感謝｜内容 內容｜遅れる 遲、晚｜お詫び 道歉

4ばん Track 4-1-04

女の人と男の人が映画の予約をしています。男の人はこれからどこのどの映画を予約しますか。

女：ねね、土曜日の映画、もう予約した?

男：仕事で忙しくて、まだだけど。いまからちょっと見ようか。

女：うん。アプリで早く予約しちゃおう。会社から一番近いのは桜シネマだよね。

男：うん、仕事は6時ごろ終わって、夕食の後で見るから、8時ぐらいがいいよね。ああ、桜シネマは7時5分と9時20分があるよ。座席は十分余裕があるね。

女：そうか。ちょっと歩くけど、東京シネマもあるよね。

男：うん、ここは8時15分と10時30分の映画があるね。ここにしようか。座席が15席しか残ってないから早く予約したほうがいいね。

女：あと15席？ だったら、いい席は全部取られたってことね。私、映画はいい座席で見たいわ。

男：そう？ じゃ、晩ご飯は簡単に済まして、ここにしよう。

男の人はこれからどこのどの映画を予約しますか。

1 桜シネマ、午後7時5分

2 桜シネマ、午後9時20分

3 東京シネマ、午後8時15分

4 東京シネマ、午後10時30分

第4題

女子和男子正在預約電影，男子接下來要預約哪裡的哪場電影呢？

女：喂，週六電影的票訂好了嗎？

男：工作太忙，還沒訂耶！現在來看看吧！

女：嗯！快點用應用程式訂票吧！離公司最近的是櫻花影城吧？

男：嗯！工作是6點左右結束，吃完晚餐後去看，所以8點左右的可以吧？啊啊！櫻花影城有7點5分和9點20分的，座位都還很多。

女：是嗎？再走一下下有東京影城耶！

男：嗯！這裡有8點15分和10點30分的電影，要選這裡嗎？可是座位只剩15個，快點訂比較好吧！

女：只剩15個？那就表示好位子都被搶走了吧？我看電影的時候想坐好一點的位子。

男：是喔？那就晚餐簡單解決，選這裡好了。

男子接下來要預約哪裡的哪場電影呢？

1 櫻花影城，晚上7點5分

2 櫻花影城，晚上9點20分

3 東京影城，晚上8點15分

4 東京影城，晚上10點30分

解說 對話中女子提到希望在好位置觀賞電影，所以選擇了有足夠座位的櫻花影城。另外男子提到工作在6點左右結束，所以決定晚餐簡單解決再看電影，因此答案是選項1。

詞彙 座席 座位 | 十分 足夠 | 余裕 從容、餘裕 | 残る 剩下 | 取る 拿、取 | 済ます 做完、解決

5ばん Track 4-1-05

男の人と女の人が定期券について話しています。男の人はこれからどうしますか。

女：通学するとき、定期券って安くて便利だよね。私はこの前、ネットで予約したの。

男：僕はそんな、いちいち会員登録するのは嫌だよ。

女：嫌なんじゃなくて面倒くさいんじゃない？ 会員登録は要らないから、安心してね。

男：へえ、じゃ、僕も申し込んでみようか。

女：申し込み方も簡単だよ。まず定期券の種類を決めて、乗る駅と降りる駅を決めて。あ、あと、定期券のタイプはSuicaでいいよね。

男：Suicaって何？

女：鉄道、バス、買い物などで利用できるICカードだよ。

男：それは便利だね。じゃ、さっそく来月から使ってみるよ。

女：あ、ネットで予約したら、使い始める当日までに駅に受け取りに行ってね。そこで、お金を払って買ったらいいよ。

男：うん、わかった。

男の人はこれからどうしますか。

1　会員登録して、Suica定期券を買う

2　会員登録しないで、利用する定期券の種類だけを決める

3　ネットで申し込んで、実際に使う日までに買う

4　ネットで申し込んだ当日に買う

第 5 題

男子和女子正在談論月票，男子接下來要怎麼做？

女：通學時買月票比較便宜，也比較方便喔！我之前用網路訂好了。

男：我討厭一個一個註冊會員那種事情。

女：你不是討厭，是覺得麻煩吧？這個不用註冊會員，放心吧！

男：喔？那我也來申請看看好了。

女：申請方法很簡單，先決定月票種類，再決定搭乘車站和下車車站。對了，月票種類選 Suica 可以吧？

男：Suica 是什麼？

女：就是可以在鐵路、巴士、購物等場合使用的 IC 卡啊！

男：那還真是方便。那我下個月馬上來試試看好了。

女：對了，網路上訂好之後，要在使用當天之前去車站領取喔！在那裡付錢購買就行了。

男：嗯！我知道了。

男子接下來要怎麼做？

1　註冊會員買 Suica 月票

2　不註冊會員，只決定要使用的月票的種類

3　**在網路上申請，在實際使用日之前購買**

4　在網路申請當天購買

解說　對話中女子提到不用註冊會員，只要決定月票種類、搭乘車站和下車車站即可，但是要在使用當天之前去車站付錢購買，所以答案是選項 3。

詞彙　**通学** 通學 | **定期券** 月票 | **会員** 會員 | **登録** 登記、註冊 | **面倒くさい** 麻煩 | **申し込む** 申請 | **種類** 種類 | **Suica（スイカ）** Suica（在日本可於鐵路、電車、購物等場合使用的 IC 卡）| **鉄道** 鐵路 | **利用** 使用 | **さっそく** 立刻、馬上 | **当日** 當天 | **受け取る** 領取 | **実際に** 實際上

6ばん Track 4-1-06

女の人と男の人が洋服を選びながら話しています。男の人はこれからどうしますか。

女：ほら、この前、シャツがほしいって言ってたでしょう。ここで買ったら。

男：いいよ。ネットのほうが安いし、そっちで買うよ。

女：せっかく来たから、ゆっくり見てからここで買おうよ。

男：う～ん、そうだね。じゃ、どれにしようか。

女：う～ん、夏だから、ブルー系が涼しく見えるんじゃない。これなんかどう？

男：うん、とってもいいけど、やっぱり高いな。

女：この値段から割引になるよ。一応試着してもいいか、店員に聞いてみたら。

男：うん。そうだね。

男の人はこれからどうしますか。

1　ネットでブルー系のシャツを購入する

2　この店でブルー系のシャツを購入する

3　もっと気に入るシャツを探してみる

4　試着してもいいか、店の人に質問する

第 6 題

女子和男子一邊選衣服一邊對話，男子接下來會怎麼做？

女：你看，之前你不是說想要襯衫嗎？在這裡買怎麼樣？

男：不用啦！網路上比較便宜，我要在那邊買。

女：都難得來了，就慢慢看，然後在這邊買嘛！

男：嗯～也是。那該選哪件呢？

女：嗯～現在是夏天，藍色系的看起來比較清涼吧？這件怎麼樣？

男：嗯！是很不錯啦，可是還是太貴了。

女：這件有折扣耶！你先去問問看店員可不可以試穿嘛！

男：嗯！也是。

男子接下來會怎麼做？

1　在網路上購買藍色系襯衫

2　在這間店購買藍色系襯衫

3　尋找更喜歡的襯衫

4　**問店裡的人能不能試穿**

解說　對話中男子覺得襯衫太貴不打算購買，但女子說有折扣，建議男子去問店員能否試穿。所以答案是選項 4。

詞彙　せっかく 難得｜ブルー系 藍色系｜涼しい 涼爽｜値段 價格｜割引 折扣、優惠｜一応 姑且｜試着 試穿｜購入 購買｜気に入る 喜歡｜質問 詢問

問題2　先聆聽問題，再看選項，在聽完對話內容後，請從選項1～4中選出最適當的答案。

れい Track 4-2

女の人と男の人が映画のアプリについて話しています。女の人がこのアプリをダウンロードした一番の理由は何ですか。

女：田中君もよく映画見るよね。このアプリ使ってる？

男：いや、使ってないけど…。

女：ダウンロードしてみたら。映画が見たいときにすぐ予約もできるし、混雑状況も分かるよ。

男：へえ、便利だね。

女：映画の情報はもちろん、レビューまで載っているから、すごく参考になるよ。

男：ゆりちゃん、もうはまっちゃってるね。

女：でも、何よりいいことは、キャンペーンでチケットや限定グッズがもらえることだよ。私は、とにかくたくさん映画が見たいから、よく応募してるよ。

男：そうか。いろいろいいね。

女の人がこのアプリをダウンロードした一番の理由は何ですか。

1　早く映画の情報が知りたいから

2　キャンペーンに応募してチケットをもらいたいから

3　限定グッズをもらって人に見せたいから

4　レビューを読んで、話題の映画が見たいから

例

女子和男子正在談論電影的應用程式，女子下載這個應用程式的主要原因是什麼？

女：田中，你也很常看電影吧？你有用這個應用程式嗎？

男：沒有耶……

女：你可以下載看看啊！想看電影的時候就可以馬上預約，還可以知道那裡人潮擁擠的程度。

男：哇！那還真方便。

女：除了電影資訊之外，還有刊登評論，很有參考價值喔！

男：百合，妳已經完全陷進去了吧？

女：不過，它最大的好處就是可以透過活動獲得電影票和限定商品。因為我就是想看很多電影，所以經常參加。

男：這樣啊？好處真多。

女子下載這個應用程式的主要原因是什麼？

1　想快點知道電影資訊

2　想參加活動並獲得電影票

3　想獲得限定商品炫耀給別人看

4　想看電影評價，觀看熱門電影

解說　出現「何よりいいことは（最大的好處是）」之類的表達時，要特別注意後面的說法。女子表示就是想看很多電影，所以可以看出她想要得到電影票的心情。因此答案是選項2。

詞彙　**混雑** 混雜、擁擠｜**状況** 狀況｜**載る** 刊載｜**参考** 參考｜**はまる** 陷入、沉迷｜**限定** 限定｜**グッズ** 商品｜**とにかく** 總之、反正｜**応募** 應徵、報名參加｜**見せる** 展示｜**話題** 話題

1ばん Track 4-2-01

女の人と男の人が手土産について話しています。女の人はどうして和菓子がいいと言っていますか。

女：ねね、土曜日アヤナちゃんのところへ行くとき、手土産は何がいいかな。

男：手土産？ そんなに気を使わなくてもいいんじゃない。

女：でも、ショートケーキとかお菓子でも買っていったほうがいいと思うの。

男：そんなの食べると太るだけだよ。

女：女性はみんなそういうのが好きなのよ。その日は女性だけでも４、５人にはなりそうだし。

男：わかった。会社の近くに有名な洋菓子屋があるから、仕事が終わってから寄ってみる。何がいいかな。クッキー、チョコレート…。

女：うん、この前、聞いたんだけど、その日はアヤナちゃんの外国の友だちも来るんだって。ちょっと年配の方だそうだから、日本らしい雰囲気の和菓子の方がよさそうね。

男：わかった。和菓子、買ってくる。

女の人はどうして和菓子がいいと言っていますか。

1 外国人がお年寄りの人だから
2 外国人の友達が年を取ったから
3 外国人に日本の雰囲気を分かってもらいたいから
4 外国人の友達が女性だから

第１題

女子和男子正在談論伴手禮，女子為什麼說日式點心比較好？

女：哎，星期六去彩奈家的時候，要帶什麼伴手禮好啊？

男：伴手禮？用不著這麼費心吧？

女：可是我覺得買些草莓蛋糕或點心去比較好吧？

男：吃那種東西只會發胖而已。

女：女生都喜歡那種東西啦！而且那天光是女生好像就會有４、５人。

男：好吧！公司附近有間很有名的西式點心店，下班後我再順便過去看看。要選什麼？餅乾、巧克力……

女：嗯……我之前聽說那天彩奈的外國朋友也會來，據說是個有點年紀的人，選個有日本氛圍的日式點心好像比較好。

男：我知道了，那我去買和菓子。

女子為什麼說日式點心比較好？

1 因為外國人是老年人
2 因為外國朋友年紀大了
3 **因為想讓外國人知道日本的氛圍**
4 因為外國朋友是女性

解說 對話中女子提到會有外國朋友去彩奈家，選擇有日本氛圍的日式點心好像比較適合。所以答案是選項 3。需要注意的是，雖然有提到外國朋友有點年紀，但這並非選擇日式點心的原因。

詞彙 **手土産** 伴手禮｜**和菓子** 日式點心｜**気を使う** 用心、顧慮｜**太る** 發胖｜**洋菓子** 西式點心｜**寄る** 順路｜**年配** 年長｜**雰囲気** 氣氛｜**お年寄り** 老年人

2ばん Track 4-2-02

男の人と女の人が話しています。女の人はどうして男の人に怒らないようにと言っていますか。

男：会社の飲み会なんか行きたくないな。

女：どうして。社内の人間関係をよくするためにも飲み会は必要でしょう。

男：うちの部長とは飲みたくないんだ。お酒を飲んだら、説教が始まるんだよ。自分の世代はこうだったのに、今の世代はこうだとか。もううるさいんだ。

女：あ、それ分かる。そういう話は誰も聞きたくないね。

男：昔と今は状況が違うのに比べてどうするって言うんだ。しかも仕事の内容以上に給料はもらってるし。

女：でも、どの時代でもその人なりに努力したから、成功したんだと思うよ。それは認めてあげないと。まあ、いつかは田中君も上の世代になるのよ。だからそんなに怒らないで。

男：まあ、それはそうだね。

女の人はどうして男の人に怒らないようにと言っていますか。

1 どの会社でも人間関係は複雑だから

2 努力したから成功したという事実は認めたほうがいいから

3 上の世代が言っていることは、いいことばかりだから

4 上の世代の説教は聞いた方がいいから

第 2 題

男子和女子正在對話。女子為什麼叫男子不要生氣？

男：我不想去公司的聚餐。

女：為什麼？為了打好公司內部的人際關係，聚餐也是必要的啊！

男：我不想跟我們部長喝酒。他一喝酒就會開始說教，說自己的世代是這樣的，現在的世代卻是那樣的，嘮叨個不停。

女：啊！這個我懂。這種話誰都不想聽吧。

男：以前跟現在的情況不一樣，比來比去又能怎樣？而且他還拿高於工作內容的薪水。

女：可是我覺得不管是哪個時代的人，他也照著他的方式努力過了，所以才會成功啊！這一點你必須認同一下吧！總有一天田中你也會變成上個世代的人，所以就不要那麼生氣了嘛！

男：好啦！說的也是。

女子為什麼叫男子不要生氣？

1 因為不管哪間公司的人際關係都很複雜

2 **因為最好認同對方因為努力才會成功的事實**

3 因為上個世代說的話一定都是正面的

4 因為上個世代的說教最好還是要聽一下

解說 從對話中可以得知女子認為部長只是愛說教，而且不管哪一個世代都應該認同對方因為努力才會成功的事實。所以答案是選項 2。

詞彙 **社内** 公司內部｜**人間関係** 人際關係｜**説教** 說教、教誨｜**世代** 世代｜**昔** 以前｜**状況** 狀況｜**比べる** 比較｜**成功** 成功｜**認める** 認可、承認｜**複雑だ** 複雜｜**事実** 事實

第4回

3ばん Track 4-2-03

男の人と女の人が景品について話しています。女の人はどうして喜んでいますか。

男：なんか、嬉しそうだね。なんかいいことでもあった。

女：この前ね、友達の結婚式の２次会に行って、景品が当たったの。

男：へえ、いいな。どんな景品なの。

女：有名なレストランの食事券。とてもおしゃれなフレンチレストランで、ずっと前から行きたかったの。ほら普段フランス料理なんか、なかなか食べられないでしょう。

男：へえ、うらやましい。けっこう高級そうだね、ほかにはどんな景品があったの。

女：ホテルの宿泊券、旅行券もあったよ。

男：なんだ、そっちのほうがもっとよさそうじゃない。

女：そうね。でも、私は食事券のほうがいい。赤ちゃん、いるから、まだ旅行とか無理だし。そろそろ結婚記念日になるから、時間を気にせず、ゆっくりフルコースを楽しみたいの。

女の人はどうして喜んでいますか。

1 そろそろ結婚記念日が近づいてくるから

2 おしゃれなレストランで食事するのを自慢したかったから

3 フルコースを楽しみながら、結婚記念日を祝うことができるから

4 みんながうらやましがっているレストランで食事ができるから

第３題

男子和女子正在談論獎品，女子為什麼高興？

男：妳看起來好像很高興，是有什麼好事嗎？

女：之前啊，我去朋友結婚典禮的續攤時，抽中獎品了。

男：哇！真棒！是什麼樣的獎品呢？

女：是著名餐廳的餐券，而且是超時尚的法國餐廳，我從以前就一直很想去。你看，畢竟平常吃不太起法式料理嘛！

男：哇！真羨慕。看起來挺高級的耶！其它還有什麼樣的獎品呢？

女：也有旅館住宿券和旅遊券喔！

男：什麼？那不是更好嗎？

女：是啊！可是我更想要餐券。因為我有小寶寶，還沒辦法去旅行。而且結婚紀念日快到了，我希望可以不用在意時間，悠閒地享受法式套餐。

女子為什麼高興？

1 因為結婚紀念日快到了

2 因為想要炫耀在時尚餐廳用餐

3 **因為可以享用法式套餐，同時慶祝結婚紀念日**

4 因為可以在人人稱羨的餐廳用餐

解說 對話中女子表示從以前就一直想去法國餐廳，而且希望在結婚紀念日悠閒享用法式套餐。所以答案是選項３。

詞彙 **景品** 獎品、贈品 | **嬉しい** 高興 | **当たる** 中（獎）| **普段** 平時、平常 | **うらやましい** 羨慕 | **高級** 高級 | **宿泊券** 住宿券 | **記念日** 紀念日 | **気にせず** 不在意 ▶ **気にする** 在意 | **近づく** 接近 | **自慢** 自滿、誇耀 | **祝う** 慶祝

4ばん Track 4-2-04

女の人と男の人が話しています。女の人はどうしていい言葉を口癖にした方がいいと思いますか。

女：どうしたの？ 元気がないね。

男：うん、期待してた試験に落ちてしまったよ。あ～、ほんとついてない。

女：あ、それは残念だったね。でも今回失敗したことを経験にして、もっとがんばればいいじゃない。

男：就職も難しいのに。もうだめかも。

女：吉田君って、ちょっと考え方がネガティブね。いいことを言っているといいことがあるよ。

男：まあ、僕はこういう性格だから仕方ないよ。

女：ほら運がいい人は悪いことは言わないという話もあるじゃない。自分が叶えたい夢があれば、どんどん口に出して言った方がいいの。「やればできる」という気持ちはもちろん。

男：うん、確かに。いいアドバイスだね。ありがとう。

女の人はどうしていい言葉を口癖にした方がいいと思いますか。

1　いいことをよく言っていると、その影響でいいことが起こるから

2　就職できるためには、口癖を直したほうがいいから

3　自分の夢を口に出したら、必ずその夢が叶うから

4　何より「やればできる」という意志は必要だから

第 4 題

女子和男子正在對話，女子為什麼認為把好話掛在嘴邊比較好？

女：你怎麼了？沒什麼精神耶！

男：嗯！我期待已久的考試落榜了。唉～我真的很衰。

女：那還真是遺憾。不過可以拿這次的失敗當經驗，再繼續加油就好啦！

男：找工作也很困難，我可能不行了。

女：吉田，你的想法有點消極耶！只要把好話掛在嘴邊，就會有好事發生喔！

男：不過我就是這種個性，我也沒辦法啊！

女：人家不是說運氣好的人不會把壞事掛在嘴邊嗎？如果有想要實現的夢想，最好不斷地說出口。當然也要抱著「只要嘗試就能辦到」的心情。

男：嗯！的確，這是個好建議。謝謝妳。

女子為什麼認為把好話掛在嘴邊比較好？

1　因為經常說好話，就會受到其影響發生好事

2　因為為了找到工作，最好改掉口頭禪

3　因為只要把自己的夢想說出來，就一定能夠實現夢想

4　因為最重要的是要有「只要嘗試就能辦到」的意志

解說　從對話中可以得知女子認為把好話掛在嘴邊，就會有好事發生。所以答案是選項 1。

詞彙　**期待** 期待｜**試験に落ちる** 考試落榜｜**ついてない** 運氣差｜**残念だ** 遺憾、可惜｜**失敗** 失敗｜**経験** 經驗｜**性格** 性格、個性｜**仕方がない** 沒辦法、不得已｜**運がいい** 運氣好｜**叶える** 實現｜**どんどん** 接連不斷｜**口に出す** 說出口｜**確かに** 的確｜**影響** 影響｜**口癖** 口頭禪｜**直す** 改正｜**夢が叶う** 實現夢想｜**意志** 意志

5ばん Track 4-2-05

女の人と男の人が話しています。女の人はどうして現代のお父さんがいいと言っていますか。

女：何見てるの。

男：ほら、あそこ見て。子供があんなに騒いでいるのに、親が注意しない。昔はお父さんが子供の教育を厳しくしたから、あんな子供はほとんどいなかった。

女：まあ、昔はね。でも私は現代のお父さんのほうがいいと思う。ちょっと子供には甘いかもしれないけど、家事とか育児にも協力的だし。

男：僕は昔のお父さんのイメージがいいな。もっと子供にちゃんと教えてたような気がする。

女：昔のお父さんはなんか話しにくいし、頑固なところがあるじゃない。家族の話をよく聞いてくれる現代のお父さんのほうがずっといいけどね。

男：ふん。そうかな。

女の人はどうして現代のお父さんがいいと言っていますか。

1　子供が甘えるのを許してくれるから
2　頑固なところがまったく無くなったから
3　お父さんに家事とか育児を全部任してもいいから
4　家族の話をよく聞いてくれて、話しやすいから

第 5 題

女子和男子正在對話，女子為什麼說現代的爸爸很好？

女：你在看什麼？

男：妳看那邊，小孩子吵成這樣，爸媽都不會警告的。以前的爸爸都會對小孩子嚴格教育，幾乎很少有那種小孩。

女：嗯，以前是這樣，可是我覺得現代的爸爸比較好，或許對小孩有點溺愛，可是都會幫忙做家事和帶小孩。

男：我對以前的爸爸的印象很好，覺得好像更會好好教導小孩。

女：以前的爸爸感覺很難聊天，而且還很頑固不是嗎？會好好聽家人說話的現代爸爸好多了。

男：哼！是這樣嗎？

女子為什麼說現代的爸爸很好？

1　因為會允許小孩撒嬌
2　因為完全沒有頑固的一面
3　因為家事和帶小孩全部可以交給爸爸
4　**因為會好好傾聽家人的話，比較好聊天**

解說 從對話中可以得知女子認為以前的爸爸很難聊天又很頑固，會聽家人說話的現代爸爸好多了。所以答案是選項 4。

詞彙 **騒ぐ** 吵鬧 | **注意** 提醒、留意 | **昔** 以前 | **教育** 教育 | **厳しい** 嚴格 | **現代** 現代 | **甘い** 溺愛 | **家事** 家事 | **育児** 育兒 | **協力的** 合作的、配合的 | **頑固** 頑固 | **ずっと** ～得多 | **甘える** 撒嬌 | **許す** 允許 | **まったく** 完全 | **無くなる** 消失、丟失 | **任す** 委任、託付

6ばん Track 4-2-06

女の人と男の人が新幹線の予約サイトについて話しています。女の人がこのサイトに入った本当の理由は何ですか。

女：ねね、ネットの新幹線の予約サイト、使ったことある。

男：まだだけど。

女：私、座席を予約しようと思って、この前、入ってみたんだけど。いろいろ便利なことがいっぱいあったんだ。

男：へえ、たとえばどんな？

女：駅から近いホテルの予約もできるし、レンタカーも最大15%安く予約できるんだよ。利用するたびにポイントがたまって、そのポイントで買い物できるんだって。

男：えっ？ いいな。

女：でもね、私が予約したのはチケットだけじゃないんだ。私、いろんな駅弁を食べるのが好きなんだけど、駅弁の予約もできるのよ。ああ、今回はどんなものを食べられるかな。すごく楽しみ。

男：なんだそのためか。

女の人がこのサイトに入った本当の理由は何ですか。

1 新幹線の予約を便利に使いたいから

2 ホテルやレンタカーを安く予約したいから

3 貯まったポイントで買い物がしたいから

4 新幹線に乗って、おいしい弁当を食べたいから

第 6 題

女子和男子正在談論新幹線的預訂網站，女子進入這個網站的真正原因是什麼？

女：喂，你有用過網路上的新幹線預訂網站嗎？

男：還沒耶！

女：我想預訂座位，之前進去看過，發現有很多方便的地方喔！

男：喔？例如有什麼？

女：可以預訂離車站近的飯店，預訂租車最多還可以打 85 折。而且每次使用時可以集點數，點數可以拿來購物。

男：什麼？真好耶！

女：可是我不是只有訂車票而已，我很喜歡吃各種鐵路便當，上面也可以預訂鐵路便當喔！啊啊～這次可以吃到哪種便當呢？我超期待的。

男：什麼啊？原來是因為這樣啊？

女子進入這個網站的真正原因是什麼？

1 因為想要方便地預訂新幹線

2 因為想要便宜預訂飯店和租車

3 因為想用儲存的點數購物

4 因為想搭新幹線吃好吃的便當

解說 根據最後的對話內容，可以得知女子喜歡吃各種鐵路便當，對於這次能吃到哪種便當期待不已。所以答案是選項 4。

詞彙 最大 最多｜利用 使用｜～たびに 每次、每當｜貯まる 積存｜駅弁 鐵路便當｜楽しみ 期待

問題 3 在問題 3 的題目卷上沒有任何東西，本大題是根據整體內容進行理解的題型。開始時不會提供問題，請先聆聽對話內容，在聽完問題和選項後，請從選項 1 ～ 4 中選出最適當的答案。

れい Track 4-3

男の人と女の人が映画を見て話しています。

男：映画、どうだった？

女：まあまあだった。

男：そう？ ぼくは、けっこうよかったと思うけど。主人公の演技もよかったし。

女：うん、確かに。でも、ストーリーがちょっとね…。

男：ストーリー？

女：うん、どこかで聞いたようなストーリーっていうか…。主人公の演技は確かにすばらしかったと思うわ。

男：そう？ ぼくはストーリーもおもしろかったと思うけどね。

女の人は映画についてどう思っていますか。

1 ストーリーも主人公の演技もよかった

2 ストーリーも主人公の演技もよくなかった

3 ストーリーはよかったが、主人公の演技はよくなかった

4 ストーリーはよくなかったが、主人公の演技はよかった

例

男子和女子看著電影在對話。

男：妳覺得這部電影怎麼樣？

女：還可以啦！

男：是嗎？我覺得很好啊！主角的演技也不錯。

女：嗯……是沒錯。可是劇情有點……

男：劇情？

女：嗯！這個劇情好像在哪聽過一樣……不過主角的演技是真的很精湛。

男：是嗎？我覺得劇情也滿有趣的啊！

女子覺得電影怎麼樣？

1 劇情和主角的演技都很好

2 劇情和主角的演技都很差

3 劇情很好，但主角的演技很差

4 **劇情很差，但主角的演技很好**

解說 女子認為主角的演技很精湛，但劇情好像在哪聽過一樣，所以答案是選項 4。

詞彙 まあまあだ 還好、尚可▶まあまあ 還可以｜主人公 主角｜演技 演技｜確かに 確實、的確｜すばらしい 極好、極優秀

1ばん Track 4-3-01

女の人と男の人が喉の痛みについて話しています。

男：その声、どうしたの。

女：風邪を引いて喉が痛いし、声も出ない。

男：冬は空気が乾燥しているから気をつけないとね。湿度を50%以上に保つようにと言ってたよね。

女：それが、暖房を付けっぱなしにしといたからだと思う。

男：それからマフラーぐらいはしなよ。首が冷えるのはだめだよ。

女：そうね。ついうっかりしてた。

男：それと、うちの姉が前、風邪で苦労したときに聞いたんだけど、大根をハチミツに漬けてから、そのハチミツをお湯に入れて飲むと、もっと効果があるんだって。

女：そうか。私もその話聞いたことある。やってみるね。

女の人は喉の痛みを治すためにどうしますか。

1　喉が冷えないように、マフラーをする

2　ハチミツをお湯で溶かして飲む

3　湿度を保つように、暖房を消しておく

4　ハチミツに漬けた大根を食べる

第1題

女子和男子正在談論喉嚨的疼痛。

男：妳的聲音怎麼了？

女：我感冒了喉嚨痛，發不出聲音。

男：冬天空氣乾燥，要小心點。我說過要保持濕度 50% 以上的吧？

女：我想是因為一直開著暖氣的關係。

男：而且要圍圍巾。不能讓脖子著涼。

女：對耶！我一不小心就忘記了。

男：還有，之前我姐因為感冒搞得很折騰時我聽她說的，用蜂蜜醃白蘿蔔，再把蜂蜜放入熱水中喝，據說會更有效果。

女：原來如此，我也有聽說過這件事，我會試試看。

女子為了治療喉嚨痛，準備怎麼做？

1　為了不讓喉嚨著涼，會圍圍巾

2　將蜂蜜溶解在熱水中飲用

3　關掉暖氣以保持濕度

4　吃蜂蜜醃製的白蘿蔔

解說 對話中男子提到「用蜂蜜醃白蘿蔔，再把蜂蜜放入熱水中喝，據說會更有效果」，而女子也決定試試。所以答案是選項 2。

詞彙 **喉** 喉嚨 | **痛み** 疼痛 | **空気** 空氣 | **乾燥** 乾燥 | **湿度** 濕度 | **保つ** 維持 | **暖房** 暖氣 | **動詞ます形（去ます）＋っぱなし** 持續～狀態 | **首** 脖子 | **冷える** 發冷 | **つい** 無意中、不由得 | **うっかりする** 不注意、一不小心 | **苦労** 辛苦、勞苦 | **大根** 白蘿蔔 | **ハチミツ** 蜂蜜 | **漬ける** 醃漬 | **お湯** 熱水 | **効果** 效果 | **溶かす** 溶解

2ばん Track 4-3-02

男の人と女の人が疲れを取ることについて話しています。

男：最近疲れが取れなくて、体はだるいし、仕事には集中できないし。

女：大変ね。私はそんな時、お風呂に入るけど、疲れを取るのに一番だと思うよ。

男：そうだな。でも帰りが遅いから、毎日お風呂に入る余裕なんかないよ。それより、何か元気が出るものでも食べてみようか。

女：食べるのも大事だけど、仕事が忙しくて寝不足になってない？

男：睡眠時間は足りなくないけど、夜中に目が覚めたりして、ぐっすり寝たという感じはしない。

女：えっ？ そうなの。ぐっすり寝られるような環境を作ったほうがいいね。さっき私が勧めたように入浴したり、寝る前に軽く運動したりして。

男：そうか。そういえば、最近寒いから全然運動なんかしてないや。

女：絶対効果あるから、今日からやってみて。

男の人は疲れを取るためにどんなことをしますか。

1 夜中に目が覚めないような環境を作る
2 体をたくさん動かせるような運動をする
3 睡眠時間を長くするように早めに寝る
4 毎日入浴ができるように、人生の余裕を持つ

第 2 題

男子和女子正在談論消除疲勞。

男：最近疲勞一直沒有消除，身體發倦，也沒辦法專心工作。

女：真辛苦，我在這種時候會去泡澡，我認為這是消除疲勞最有效的方法。

男：也是。可是我回家都很晚了，沒時間每天泡澡啊！比起這個，我還是吃吃看可以提神的東西好了。

女：雖然吃東西也很重要，但你是不是因為工作太忙睡眠不足啊？

男：睡眠時間沒有不足，可是半夜會醒來，所以沒有睡很熟的感覺。

女：什麼？是這樣嗎？那最好打造一個能夠熟睡的環境。就像我剛剛建議的，可以泡澡，或是在睡前稍微做點運動。

男：對喔！這麼說來，我最近因為天氣冷，完全沒運動。

女：一定會有效的，從今天就開始試試吧！

男子為了消除疲勞，會做哪件事？

1 打造半夜不會醒來的環境
2 為了讓身體能多動而運動
3 為了加長睡眠時間，提早去睡
4 在生活上保持充裕的時間，以便每天泡澡

解說 對話中男子表示自己會在半夜醒來，所以女子建議打造一個能夠熟睡的環境，例如泡澡或是睡前稍微做點運動。但要注意這裡的運動不是選項 2 所描述的，所以答案是選項 1。

詞彙 **疲れを取る** 消除疲勞｜**だるい** 發倦、發懶｜**集中** 專心｜**余裕** 從容、餘裕｜**寝不足** 睡眠不足｜**睡眠** 睡眠｜**足りない** 不足｜**夜中** 半夜｜**目が覚める** 睡醒｜**ぐっすり** 熟睡｜**環境** 環境｜**さっき** 剛剛｜**勧める** 建議｜**入浴** 洗澡、入浴｜**絶対** 絕對｜**効果** 效果｜**動かす** 活動｜**人生** 人生

3ばん Track 4-3-03

お母さんとお父さんが娘について話しています。

女：最近、春香のことで心配なの。

男：どうして? 何か、あった?

女：小さなことでもよく怒るし、最近は私とあまり話そうともしない。

男：高校3年生だからさ。受験の準備でストレスがたまっているんだよ。ほどほどに勉強させたら。

女：でも、今がんばらないと、後で後悔するよ。春香にはいい大学を出て、すてきな人生を生きてほしいの。

男：そんなに神経質になるまで、勉強させて意味あるのかな。最近家に帰ると、毎日11時ぐらいだろう。たまには太陽の光を浴びたり、軽く運動したりしないと体も心も疲れるのは当たり前だよ。日曜日ぐらい家族で公園を散歩したり、外食したりしようよ。

女：そうしたほうがいいかな。

お父さんは娘についてどう考えていますか。

1 高校3年生だから、たくさん勉強させるべきだ

2 神経質にならないように、運動させなければならない

3 受験生には、意味のある勉強をさせる必要がある

4 イライラを解消するために、公園を散歩するのもいい

第3題

媽媽和爸爸正在談論女兒。

女：我最近對春香的狀況感到擔心。

男：為什麼？發生什麼事了嗎？

女：即使是一點小事她也經常生氣，最近也不太跟我說話。

男：畢竟是高三學生，準備考試，壓力很大吧！讓她適度唸書吧！

女：可是現在不努力的話，之後會後悔的。我希望春香能進好大學，過個美好的人生。

男：讓她學習到如此神經質的程度有意義嗎？她最近每天回家都是11點左右吧？不讓她偶爾去曬曬太陽，稍微做點運動的話，身心會疲倦也是正常的。星期天我們一家人去公園散散步，到外面去吃飯吧！

女：或許這樣比較好吧！

爸爸對女兒有什麼想法？

1 因為是高三學生，應該讓她多讀書

2 為了不讓她變得神經質，必須讓她去運動

3 對考生而言，必須讓她進行有意義的學習

4 為了消除煩躁感，去公園散步也不錯

解說 從對話中可以得知爸爸並未要讓女兒多唸書，也沒有說考生要進行有意義的學習，而且運動的目的不是要避免變得神經質。所以答案是選項4。

詞彙 **受験** 應考、投考 | **準備** 準備 | **ストレスがたまる** 累積壓力 | **ほどほどにする** 適可而止 | **後悔** 後悔 | **生きる** 生活 | **神経質** 神經質 | **太陽** 太陽 | **光** 光 | **浴びる** 曬 | **当たり前** 當然 | **外食** 在外面吃飯 | **受験生** 考生 | **解消** 消除

問題 4　請看圖片並聆聽問題。箭頭（→）指向的人應該說什麼？請從選項 1 ～ 3 中選出最適當的答案。

れい Track 4-4

朝、友だちに会いました。何と言いますか。

男：1　おはよう。

2　こんにちは。

3　こんばんは。

例

早上遇到朋友時要說什麼？

男：1　早安。

2　午安。

3　晚安。

解說　這是在早上與朋友見面打招呼的場景。對朋友或家人說「おはようございます」時，可以省略為「おはよう」。

詞彙　朝 早上 | 友だち 朋友 | 会う 見面

1ばん Track 4-4-01

年末になりました。何と挨拶しますか。

男：1　明けましておめでとうございます。

2　新年になっておめでとう。

3　よいお年を。

第 1 題

年底了，該說什麼打招呼呢？

男：1　新年快樂。

2　新年恭喜。

3　祝你有個好年。

解說　選項 1 是新年的打招呼用語。選項 2 應該改成「新年、おめでとうございます（新年快樂）」才自然。所以答案是選項 3。

詞彙　年末 年底 | 新年 新年 | 明ける 新的一年開始

2ばん Track 4-4-02

怒っている友達を見ています。何と言いますか。

女：1　気持ち悪そうだね、どうしたの。

2　機嫌悪そうだね。どうしたの。

3　気持ちがよくなかったそうだね。どうしたの。

第 2 題

看到生氣的朋友應該要說什麼？

女：1　你看起來很不舒服，怎麼了？

2　你看起來心情很不好，怎麼了？

3　你好像不太舒服，怎麼了？

解說　「気持ち悪い」是指噁心、不舒服想吐的意思。所以答案是選項 2。

詞彙　機嫌 情緒、心情

3ばん Track 4-4-03

汚れているスカートを見ています。何と言いますか。

女：1　これ、洗っても汚れが落ちない。

2　これ、洗っても汚れが無くさない。

3　これ、洗っても汚れが消さない。

第 3 題

看到一條髒掉的裙子會說什麼？

女：1　這個污垢就算洗了也洗不掉。

2　這個污垢就算洗了也丟不掉。

3　這個污垢就算洗了也擦不掉。

解說　「汚れが落ちない（污垢洗不掉）」才是自然的表達方式。所以答案是選項 1。

詞彙　汚れが落ちる 除掉污垢 | 無くす 喪失、弄丟

4ばん Track 4-4-04

食事が終わってレジに来ています。何と言いますか。

男：1　ここは私に払うようになります。

2　ここは私に払うチャンスをください。

3　ここは私に払わせてください。

第 4 題

吃完飯後來收銀台時會說什麼？

男：1　這次變成我付錢了。

2　這次請給我付錢的機會。

3　這次請讓我付錢。

解說　在這種情況下只有選項 3 才是自然的表達方式。

詞彙　レジ 收銀台 | 払う 支付

問題 5　在問題 5 的題目卷上沒有任何東西，請先聆聽句子和選項，從選項 1 ～ 3 中選出最適當的答案。

れい Track 4-5

男：では、お先に失礼します。

女：1　本当に失礼ですね。

2　おつかれさまでした。

3　さっきからうるさいですね。

例

男：那我就先告辭了。

女：1　真的很沒禮貌。

2　辛苦了。

3　從剛剛就好吵。

解說　男子完成工作後說「お先に失礼します」，也就是「我先告辭了、我先走了」的意思，所以回答「辛苦了」是最適合的。

詞彙　先に 先 | 失礼 ① 告辭 ② 失禮 | さっき 剛才 | うるさい 吵鬧

1ばん Track 4-5-01

女：今日はここで失礼します。

男：1　もうすこしゆっくりして行ってください。

2　いいえ、こちらこそ。

3　まだまだ時間が早いですね。

第 1 題

女：今天就此告辭了。

男：1　請再坐一會兒再走吧！

2　哪裡，我才是。

3　時間還早呢！

解說　當客人準備離開時會說「今天就此告辭了」，通常主人會加以挽留，此時自然的回答就是選項 1。

詞彙　失礼 ① 告辭 ② 失禮 | ゆっくり 慢慢、不著急

2ばん Track 4-5-02

男：ふぁー、あくびが止まらないな。

女：1　ゆうべゆっくり寝られなかったの?

2　あくびは早く止めたほうがいいですね。

3　それは残念ですね。

第 2 題

男：呼啊～呵欠打不停。

女：1　你昨晚沒睡好嗎？

2　呵欠最好快點止住比較好。

3　那還真是遺憾。

解說　選項 1 結尾的「の」是問句的語氣，這裡是要針對對方打呵欠詢問狀況，所以答案是選項 1。

詞彙　あくび 呵欠 | 止まる 停止 | 止める 止住

3ばん Track 4-5-03

男：ここは私にご馳走させてください。

女：1　そんな、いいですよ。私がします。

2　え？いいんですか。それじゃ、お言葉に甘えて。

3　助けていただいて、ありがとうございます。

第 3 題

男：這頓請讓我請客。

女：1　怎麼這樣？好啊！我來。

2　什麼？可以嗎？那我就恭敬不如從命了。

3　謝謝你幫我。

解說 聽到對方要請客時，大多不會拒絕對方的好意，而且會心懷感謝地接受。所以自然的表達方式是選項 2。

詞彙 ご馳走する 請客｜お言葉に甘えて 恭敬不如從命｜助ける 幫助

4ばん Track 4-5-04

女：昨日の飲み会、林君もくればよかったのに。

男：1　ごめん。なかなか仕事が終わらなくて。

2　そうだね。僕も行って後悔してるよ。

3　当たり前じゃない。林君が一番いいんだよ。

第 4 題

女：小林，昨天的聚餐要是你也來就好了。

男：1　抱歉，我工作一直做不完。

2　是啊！我也去了，覺得很後悔。

3　當然啦。小林是最棒的啊！

解說 當對方說「要是你也來就好了」時，是要表示可惜之意，所以回答因為工作做不完是正確的回應。

詞彙 後悔 後悔｜当たり前 當然

5ばん Track 4-5-05

男：どうしたの？顔色がわるいね。

女：1　お腹が痛かったです。

2　気にしなくていいんじゃない。

3　さっきから頭痛がひどくて。

第 5 題

男：怎麼了？臉色不太好

女：1　我肚子痛。

2　不用在意也沒關係吧？

3　我從剛剛就頭痛得好厲害。

解說 對方看到自己臉色不佳詢問狀況，所以較恰當的回應是選項 3。

詞彙 顔色 臉色、氣色｜気にする 在意｜さっき 剛才｜頭痛 頭痛

6ばん Track 4-5-06

女：そのマフラーよくお似合いですね。

男：1　ありがとうございます。妹に買ってもらいました。

2　私も似合って嬉しいです。

3　はい、色もデザインもよく合いますよ。

第 6 題

女：那條圍巾真適合你。

男：1　**謝謝，是我妹買給我的。**

2　我也很高興那麼適合。

3　對啊！顏色和設計都很搭耶！

解 說 對方稱讚物品很適合自己，所以回答謝謝再做相關說明是較恰當的回應。

詞 彙 似合う 適合｜嬉しい 高興｜合う 適合

7ばん Track 4-5-07

男：お母さん、ご飯おかわり。

女：1　ごめん。後でもいい。

2　そんなに食べて大丈夫。

3　そんなに変わらないよ。

第 7 題

男：媽媽，我還要一碗飯。

女：1　抱歉，等一下可以吧。

2　**吃這麼多沒問題嗎？**

3　沒變那麼多啊！

解 說 「おかわり」是「再來一碗」的意思，所以自然的回應就是詢問對方「吃這麼多沒問題嗎？」。

詞 彙 おかわり 再來一碗

8ばん Track 4-5-08

女：これ、気に入るかどうかわかりませんが、どうぞ。

男：1　確かに気に入ると思いますよ。

2　おかげさまで、とても気に入りました。

3　え？いいんですか。

第 8 題

女：這個東西不知道你會不會喜歡，請收下。

男：1　我的確很喜歡。

2　託妳的福，我非常喜歡。

3　**咦？可以嗎？**

解 說 當有人送禮物給自己時，通常會回應「我可以收下嗎」。所以較恰當的回應是選項 3。

詞 彙 気に入る 喜歡｜確かに 確實、的確｜おかげさまで 託你的福

9ばん Track 4-5-09

男：私にもぜひ手料理を食べさせてください。

女：1　そんな、食べさせるのは無理ですね。

2　いいですよ。いつでも遊びに来てください。

3　まあ、いつか機会があるでしょう。

第 9 題

男：也務必讓我嘗嘗妳親手做的菜。

女：1　不行啦！讓你吃我做的菜可能有困難。

2　好啊！歡迎隨時來玩。

3　嗯，總有一天會有機會的。

解說 「食べさせてください」是請對方讓自己吃東西的說法。因此選項 2 是較恰當的回應。

詞彙 ぜひ 務必、一定 | 手料理 親手做的菜 | 機会 機會

第4回

我的分數？

共　　題正確

若是分數差強人意也別太失望，看看解說再次確認後重新解題，如此一來便能慢慢累積實力。

JLPT N3 第5回 實戰模擬試題解答

第 1 節 言語知識〈文字・語彙〉

問題 1　[1] 2　[2] 1　[3] 4　[4] 4　[5] 1　[6] 3　[7] 4　[8] 3

問題 2　[9] 2　[10] 1　[11] 4　[12] 2　[13] 1　[14] 4

問題 3　[15] 2　[16] 4　[17] 2　[18] 3　[19] 1　[20] 4　[21] 4　[22] 1　[23] 3
[24] 2　[25] 3

問題 4　[26] 4　[27] 2　[28] 4　[29] 1　[30] 4

問題 5　[31] 3　[32] 1　[33] 1　[34] 3　[35] 1

第 2 節 言語知識〈文法〉

問題 1　[1] 3　[2] 1　[3] 4　[4] 2　[5] 2　[6] 1　[7] 1　[8] 1　[9] 2
[10] 4　[11] 3　[12] 1　[13] 3

問題 2　[14] 1　[15] 4　[16] 1　[17] 1　[18] 3

問題 3　[19] 2　[20] 3　[21] 2　[22] 4　[23] 1

第 2 節 讀解

問題 4　[24] 2　[25] 1　[26] 3　[27] 1

問題 5　[28] 4　[29] 3　[30] 3　[31] 2　[32] 2　[33] 1

問題 6　[34] 3　[35] 1　[36] 4　[37] 2

問題 7　[38] 4　[39] 2

第 3 節 聽解

問題 1　[1] 1　[2] 2　[3] 3　[4] 3　[5] 3　[6] 2

問題 2　[1] 2　[2] 1　[3] 4　[4] 3　[5] 4　[6] 1

問題 3　[1] 3　[2] 3　[3] 2

問題 4　[1] 2　[2] 1　[3] 2　[4] 3

問題 5　[1] 3　[2] 1　[3] 3　[4] 1　[5] 2　[6] 1　[7] 3　[8] 2　[9] 1

第5回 實戰模擬試題 解析

第1節 言語知識〈文字・語彙〉

問題1　請從1、2、3、4中選出＿＿＿＿這個詞彙最正確的讀法。

1　途中下車のできる乗車券は以下のとおりです。

1　かしゃ　　2　げしゃ　　3　かじゃ　　4　げじゃ

可以中途下車的車票如下。

詞彙　途中（とちゅう） 途中｜下車（げしゃ） 下車｜乗車券（じょうしゃけん） 車票｜以下（いか） 以下

✚「下」的讀音大多為「げ」。

下水（げすい） 污水、髒水｜上下（じょうげ） 上下｜下宿（げしゅく） 支付租金和伙食費寄宿在別人家的房間

2　世界には驚くような変わった趣味を持つ人々も多い。

1　しゅみ　　2　しゅうみ　　3　しゅあじ　　4　しゅうあじ

世界上也有很多人有著令人驚訝的古怪興趣。

詞彙　世界（せかい） 世界｜驚く（おどろく） 驚訝｜変わった（かわった） 古怪、特殊｜趣味（しゅみ） 興趣

✚要注意「趣」的讀音不是「しゅう」。

趣向（しゅこう） 意向、趣向

3　中小企業の存続が日本経済を支えている。

1　かぞえて　　2　つかえて　　3　とらえて　　4　ささえて

中小企業的存續支撐著日本經濟。

詞彙　中小企業（ちゅうしょうきぎょう） 中小企業｜存続（そんぞく） 存續｜経済（けいざい） 經濟｜支える（ささえる） 支撐｜数える（かぞえる） 數

✚支持（しじ） 支持｜支店（してん） 分店｜支援（しえん） 支援｜支度（したく） 準備

4　スポーツ用品企業の競争は、さらに激しくなってきた。

1　けいしょう　　2　きょうしょう　　3　けいそう　　4　きょうそう

運動用品企業的競爭變得更加激烈了。

詞彙 用品 用品｜企業 企業｜競争 競爭｜さらに 更加｜激しい 激烈

➕「競」有兩種讀音，分別是「きょう」和「けい」。

競走 賽跑｜競馬 賽馬

5 日本からドイツまで小包を送るとき、料金はどのくらい掛かりますか。

1 こづつみ　2 こつつみ　3 おづつむ　4 おつつむ

從日本寄包裹到德國需要花多少錢？

詞彙 小包 包裹｜送る 寄送｜料金 費用｜掛かる 花費

➕小型 小型｜小鳥 小鳥

6 私は会社の方針に従って判断しただけです。

1 たたかって　2 あやまって　3 したがって　4 からかって

我只是遵循公司的方針做出判斷。

詞彙 方針 方針｜従う 遵循｜判断 判斷｜戦う 戰鬥｜謝る 道歉｜からかう 嘲笑

7 FAO統計データベースによると、小麦の生産量の１位は中国だそうだ。

1 せんざんりょ　2 せいざんりょう　3 せんさんりょ　4 せいさんりょう

根據 FAO 統計資料庫顯示，據說小麥生產量第 1 名是中國。

詞彙 FAO（エフエーオー）聯合國糧食及農業組織｜統計 統計｜小麦 小麥｜生産量 生產量

➕生命 生命｜生活 生活

8 このプログラムを使うと、一々入力する手間を省くことができる。

1 のぞく　2 ひらく　3 はぶく　4 かわく

只要使用這個程式，就可以省下逐一輸入的時間。

詞彙 一々 一個一個｜入力 輸入｜手間 時間、工夫｜省く 省下｜除く 除去｜開く 打開｜乾く 乾燥 ▶渇く 渴

問題2　請從1、2、3、4中選出最適合＿＿＿＿的漢字。

9　新発売の切手・はがきや、かこに発売された切手の情報を掲載しています。

1　課去　　2　過去　　3　過居　　4　加去

刊登了新發售的郵票、明信片，以及過去販售過的郵票資訊。

詞彙　新発売（しんはつばい） 新發售｜過去（かこ） 過去｜情報（じょうほう） 資訊、情報｜掲載（けいさい） 刊登

✚「過去（かこ）」這個詞的讀音是「かこ」，但「去」的另一個讀音則是「きょ」，要特別注意。

去年（きょねん） 去年｜除去（じょきょ） 排除、除掉

10　会員とうろくを行うと、就活に役立つさまざまなサービスを無料で受けることができます。

1　登録　　2　統録　　3　登緑　　4　討録

註冊會員時，可以免費獲得有助於找工作的各種服務。

詞彙　会員（かいいん） 會員｜登録（とうろく） 登錄、註冊｜行う（おこな） 進行｜就活（しゅうかつ） 找工作（「就職活動（しゅうしょくかつどう）」的縮寫）｜役立つ（やくだ） 有用、有幫助｜無料（むりょう） 免費｜受ける（う） 得到

✚記録（きろく） 記錄｜録音（ろくおん） 錄音

11　娘の料理は味がうすい。

1　浅い　　2　深い　　3　狭い　　4　薄い

女兒煮的菜味道很淡。

詞彙　娘（むすめ） 女兒｜料理（りょうり） 料理、飯菜｜味（あじ） 味道｜薄い（うす） 淡的｜浅い（あさ） 淺的｜深い（ふか） 深的｜狭い（せま） 窄的

12　子供のとき祖母からあんでもらったセーターを今も持っています。

1　紙んで　　2　編んで　　3　約んで　　4　維んで

小時候祖母織給我的毛衣我現在還留著。

詞彙　祖母（そぼ） 祖母｜編む（あ） 編織

13　今日習ったことを実生活におうようしてみるのはどうですか。

1　応用　　2　応要　　3　追用　　4　追要

試著將今天所學應用在實際生活當中怎麼樣？

詞彙 実生活 實際生活｜応用 應用
➕応募 應徵、報名參加

14 コインを投げておもてが出たら、僕が行くことにするよ。

1 裏　　2 末　　3 緒　　4 表

丟銅板如果丟出正面，就決定由我去做。

詞彙 投げる 丟、投｜表 正面｜裏 反面

問題 3　請從 1、2、3、4 中選出最適合填入（　　　）的選項。

15 履歴書の提出は、郵送しても（　　　）してもかまいません。

1 持続　　2 持参　　3 支持　　4 維持

提交履歴表可以用郵寄的，也可以自己帶來。

詞彙 履歴書 履歴表｜提出 提交｜郵送 郵寄｜持参 自己帶來｜持続 持續｜支持 支持｜維持 維持

16 今日は時間がないので、また（　　　）ゆっくりお話しましょう。

1 次　　2 今　　3 しばらく　　4 今度

今天沒有時間了，下次再慢慢聊吧！

詞彙 ゆっくり 慢慢地｜しばらく 暫時
➕「また今度」是表示「下次」的意思，與「次（下次）」的意思相同。

17 子供のころ、（　　　）しながら、サーカスを見ていた。

1 そわそわ　　2 はらはら　　3 がっかり　　4 ぼんやり

小時候看馬戲團都看得很膽顫心驚。

詞彙 はらはら 膽顫心驚｜そわそわ 心神不寧｜がっかりする 失望｜ぼんやり ① 模模糊糊 ② 發呆、心不在焉

18 母は口が（　　　）ので、長年付き合ってる友人が多く、特に女性からの信頼が厚い。

1　かるい　　2　わるい　　3　かたい　　4　はやい

媽媽的口風很緊，所以有很多長年來往的朋友，尤其深受女性信賴。

詞彙 口がかたい 口風很緊｜長年 長年｜付き合う 交往、來往｜友人 朋友、友人｜信頼が厚い 深受信賴｜口がかるい 口風很鬆｜口がわるい 嘴巴很壞｜口がはやい 說話很快

19 主人公は不良だが、むずかしい数学の問題を、（　　　）簡単に解くほどの天才として描かれている。

1　いとも　　2　むしろ　　3　および　　4　逆に

主角雖然是個不良少年，但被描寫成一個天才，能夠非常輕鬆地解開困難的數學問題。

詞彙 主人公 主角｜不良 不良少年｜数学 數學｜いとも簡単に 非常輕鬆｜解く 解開｜天才 天才｜描く 描繪｜むしろ 與其～倒不如、寧可｜および 以及｜逆に 反過來

20 （　　　）が止まらなくて、夜も眠れず、ひどく苦しいです。

1　ためいき　　2　あざ　　3　つば　　4　せき

咳嗽咳不停，晚上也無法入睡，非常痛苦。

詞彙 せきが止まらない 咳嗽咳不停｜眠る 睡覺｜苦しい 痛苦｜ため息 嘆氣｜あざ 瘀青｜つば 口水

21 （　　　）ばかり言わないで、もっと努力してみたらどうですか。

1　ひも　　2　言葉　　3　あわ　　4　文句

不要老是發牢騷，試著更加努力看看怎麼樣？

詞彙 文句を言う 發牢騷｜紐 繩子｜言葉 語言｜泡 泡泡

22 石川さんはお兄さんに（　　　）ですね。双子かと思うくらいです。

1　そっくり　　2　ぴったり　　3　がっかり　　4　あっさり

石川先生跟他哥哥長得一模一樣，我還以為是雙胞胎。

詞彙 そっくり 一模一樣｜双子 雙胞胎｜ぴったり 恰好、合適｜がっかり 失望｜あっさり 乾脆

23 植物や動物を（　　）ことは、子供に責任感を持たせるきっかけになると言われている。

1 建てる　2 預ける　3 育てる　4 占める

一般認為養育動植物可以成為孩子培養責任感的契機。

詞彙 植物 植物｜動物 動物｜育てる 養育、培養｜責任感を持つ 有責任感｜きっかけ 契機｜建てる 建造｜預ける 寄放、存放｜占める 占據

24 本を箱に（　　）詰め込んで、運ぶのも大変だった。

1 ばったり　2 ぎっしり　3 がりがり　4 きちんと

將書塞滿箱子的話，搬運時也會很辛苦。

詞彙 箱 箱子｜ぎっしり 滿滿的｜ぎっしり詰め込む 塞得很滿｜運ぶ 搬運｜ばったり 突然相遇｜がりがり 骨瘦如柴｜きちんと 精準、準確

25 体が（　　）なれるように毎日ストレッチをしています。

1 うらやましく　2 いちじるしく　3 やわらかく　4 すがすがしく

每天做伸展運動讓身體變柔軟。

詞彙 柔らかい 柔軟｜うらやましい 羨慕｜著しい 顯著｜すがすがしい 神清氣爽

問題4 請從1、2、3、4中選出與＿＿＿＿意思最接近的選項。

26 今のアパートは前のアパートに比べて、家賃がやや安い。

1 とても　2 けっこう　3 だいぶ　4 ちょっと

現在的公寓房租比之前的公寓稍微便宜了一些。

詞彙 ～に比べて 與～相比｜家賃 房租｜やや 稍微｜けっこう 相當｜だいぶ 相當

27 この映画のあらすじを教えてください。

1 タイトル　2 大体の内容　3 主人公　4 上映館

請告訴我這部電影的劇情概要。

詞彙 あらすじ 概略、概要｜大体の内容 大致的內容｜主人公 主角｜上映館 上映劇院

28 警察は犯人の手がかりを掴むために最善を尽くした。

1 アドレス　2 クラウド　3 カテゴリ　4 ヒント

為了掌握犯人的線索，警察已經竭盡全力。

詞彙 警察（けいさつ） 警察｜犯人（はんにん） 犯人｜手（て）がかり 線索｜掴（つか）む 抓住｜最善（さいぜん）を尽（つ）くす 竭盡全力｜ヒント 提示、啟發｜アドレス 地址｜クラウド ①雲 ②（網路）雲端｜カテゴリ 範圍、種類

29 職場に何でもないことですぐどなる人がいて困る。

1 怒る　2 驚く　3 叩く　4 曲げる

在工作場所有些人會因為一點小事就立刻大聲斥責，實在令人困擾。

詞彙 職場（しょくば） 工作場所｜怒鳴（どな）る 大聲斥責｜怒（おこ）る 生氣、發怒｜驚（おどろ）く 驚嚇｜叩（たた）く 敲打｜曲（ま）げる 彎曲

30 おそらく、彼は二度と実家に戻ってこないだろう。

1 だいぶ　2 まもなく　3 けっして　4 たぶん

他恐怕再也不會回老家了吧！

詞彙 おそらく 恐怕或許｜実家（じっか） 老家｜戻（もど）る 回去｜たぶん 大概、或許｜だいぶ 相當｜まもなく 不久、一會兒｜けっして 絕（不）

問題5　請從1、2、3、4中選出下列詞彙最適當的使用方法。

31 夢中（むちゅう） 著迷、熱衷

1 友達の信二君は最近、アイドルに夢中している。
2 勉強に夢中できなくて、成績は落ちるばかりだ。
3 うちの息子は最近、テレビゲームに夢中になっている。
4 彼はゴルフに夢中していて、仕事もさぼっているという。

1 我朋友信二最近沉迷於偶像。
2 沒辦法熱衷讀書，成績一落千丈。
3 我兒子最近一直著迷於電玩遊戲。
4 聽說他沉迷於高爾夫，工作都在偷懶。

解說 「夢中」的用法是「～に夢中になる（著迷於～）」或是「～に夢中だ（著迷於～）」。選項1應改成「夢中になっている（著迷於～）」。選項2應使用「集中（專心）」。選項4應改成「夢中になっていて（著迷於～）」或是「～に夢中で（著迷於～）」。

詞彙 成績が落ちる 成績下滑｜息子 兒子｜さぼる（サボる）偷懶

32 述べる 敘述、表達、說明

1 伝えたいことを、論理的にのべることが最も重要です。

2 夜遅くなったので、彼女を車で家までのべてあげることにした。

3 彼女は30年前のことをまだのべている。すごい記憶力だ。

4 机の下に身をのべようとしている子供の姿が見えた。

1 有條理地將自己想傳達的事表達出來是最重要的。

2 已經很晚了，所以我決定要開車敘述她到家。

3 她30年前的事都還在敘述，很驚人的記憶力。

4 我看到孩子想表達在桌子底下的身影。

解說 選項2應使用「送る（送）」，選項3應使用「覚える（記得）」，選項4應使用「隠す（躲藏）」。

詞彙 論理的 有條理的｜最も 最｜重要だ 重要｜記憶力 記憶力｜身 身體｜姿 身影

33 しっかり 確實、可靠、牢牢

1 揺れるからしっかりつかまっていてください。

2 物事をしっかり言う性格は短所とも長所とも言えない。

3 試験に失敗して、しっかり落ち込んでいると思った。

4 私にとって彼女はしっかり理想的な人だと言えるだろう。

1 會晃，請牢牢抓緊。

2 凡事會牢牢說出來的個性稱不上是缺點也稱不上是優點。

3 考試失敗，我以為他確實會很失落。

4 對我而言，她可說是確實理想的人。

解說 選項2應使用「はっきり（清楚、明確）」，選項3應使用「てっきり（肯定）」，選項4應使用「まさに（的確、真正）」。

詞彙 しっかり ①確實 ②可靠 ③牢牢地 例 手にしっかり握る 牢牢地握在手裡｜揺れる 搖晃｜つかまる 抓住｜物事 事物｜性格 性格、個性｜短所 缺點｜長所 優點｜失敗 失敗｜落ち込む 失落、沮喪｜～にとって 對～而言｜理想的 理想的

34 懐かしい 懷念、眷戀

1 「懐かしい川も深く渡れ」ということわざがあります。

2 彼の運転が懐かしくてとてもおどろいた。

3 青春時代を思い出す、懐かしい曲ばかりですね。

4 懐かしい片思いをしたときは、本当に辛かった。

1 有句諺語是「懷念的河川要當深河渡」。

2 他開車令人懷念，讓我非常驚恐。

3 全是會令人想起青春時期的懷舊歌曲。

4 懷念單戀的時候真的很痛苦。

解說 選項 1 應改成「浅い川（淺川）」，選項 2 應改成「運転が荒い（開車很猛）」，選項 4 應改成「切ない片思い（心酸的單戀）」。

詞彙 川 河川 | 深い 深 | 渡る 渡過 | ことわざ 諺語 | 驚く 驚恐 | 青春時代 青春時期 | 思い出す 想起 | 曲 歌曲 | 片思い 單戀 | 辛い 痛苦

35 支える 支撐、支持

1 日本の経済を支えているのは大企業ではなく中小企業だ。

2 家を支えられる面積は土地の60%だ。

3 大人になってから時間の支えるのが早いと感じるようになった。

4 彼は大きな事故に遭ったが、幸い命は支えた。

1 支撐日本經濟的不是大企業，而是中小企業。

2 支撐房子的面積為土地的 60%。

3 長大之後，開始覺得時間支撐得好快。

4 他遭遇到重大事故，所幸命支撐下來了。

解說 選項 2 應改成「家を建てる（蓋房子）」，選項 3 應改成「時間が経つ（時間經過）」，選項 4 應改成「命は助かった（救回一命）」。

詞彙 経済 經濟 | 大企業 大企業 | 中小企業 中小企業 | 面積 面積 | 土地 土地 | 大人 成年人 | 事故に遭う 遭遇事故 | 幸い 所幸 | 命 生命

第2節 言語知識〈文法〉

問題 1　請從 1、2、3、4 中選出最適合填入下列句子（　　　　）的答案。

1　日本では、家に入るとき、まず玄関でくつを脱ぎ、（　　　）部屋に入る。

1　そろえるから　　2　そろえたから
3　そろえてから　　4　そろえていたから

在日本，進屋時要先在門口脫鞋，將鞋擺整齊後再進屋。

文法重點！ ⊙ 動詞て形＋てから：～之後

詞彙 玄関（げんかん） 玄關、家門口｜揃える（そろえる） ① 備齊 ② 使～整齊

2　読書がきらいになった理由を考えてみると、二つの原因があります。一つは常に強制されること。二つ目は読書感想文を（　　　）ことでした。

1　書かせられる　　2　書かさせられる　　3　書かれる　　4　書かせる

思考為什麼會開始討厭閱讀的原因，可能有兩個。一個是因為經常被強迫看書，第二個是被逼著寫讀書心得。

文法重點！ ⊙「書（か）かせられる」：是使役被動的用法，表示在不想做或不願意做的情況下被迫或被強迫去做某事。

❶ 第一類動詞　ない形（去ない）或「あ」段＋せられる

のむ ➜ のませられる（雖然不想喝，但）被強迫喝

例 お酒（さけ）をのませられた。（雖然不想喝，但）被強迫喝酒。

❷ 第二類動詞　去掉「る」＋させられる

たべる ➜ たべさせられる（雖然不想吃，但）被強迫吃

例 野菜（やさい）を食（た）べさせられた。（雖然不想吃，但）被強迫吃蔬菜。

❸ 第三類動詞

する ➜ させられる　例 ピアノの練習（れんしゅう）をさせられた。

（雖然不想做，但）被強迫練習鋼琴。

くる ➜ こさせられる　例 日曜日（にちようび）に学校（がっこう）にこさせられた。

（雖然不想來，但）在星期天被迫來學校。

詞彙 読書（どくしょ） 閱讀｜理由（りゆう） 理由｜原因（げんいん） 原因｜常に（つねに） 經常｜強制する（きょうせい） 強制｜感想文（かんそうぶん） 心得感想

3 学生「先生、申し訳ございません。先週、先生に貸して（　　　）資料を家に忘れてきてしまって…。」

先生「その資料なら明日でもいいから。」

1 くださった　2 さしあげた　3 おっしゃった　4 いただいた

學生「老師，非常抱歉，上個星期承蒙老師借我的資料我忘在家裡了……」

老師「那份資料明天再還就可以了。」

文法重點！ ⊘「～てくださる」和「～ていただく」中文都可以翻譯成「別人為我做某件事」，但要根據前面的助詞來判斷要使用哪一個說法。雖然翻譯上有些微差異，但實際上表示的意思是相同的。使用「いただく」的句子給人一種更加禮貌的感覺。

⊘ ～が～てくださる：某人主動為我做某事　例 先生（せんせい）が貸（か）してくださる。老師借給我。

⊘ ～に～ていただく：我請某人為我做某事　例 先生（せんせい）に貸（か）していただく。我請老師借我。

詞彙 申（もう）し訳（わけ）ない 對不起 ▶ 申（もう）し訳（わけ）ございません 非常抱歉 | 貸（か）す 借 | 資料（しりょう） 資料

4 お金が（　　　）、ほしいものを買っておこうと思います。

1 残るうちに　2 残っているうちに

3 残るまでに　4 残っているまでに

我想趁還有錢的時候買想要的東西。

文法重點！ ⊘ ～うちに：趁～之內、在～期間

例 日本（にほん）にいるうちに、富士山（ふじさん）に登（のぼ）ってみたい。想趁還在日本的時候去爬富士山。

温（あたた）かいうちに、食（た）べてください。請趁熱吃。

元気（げんき）なうちに、富士山（ふじさん）に登（のぼ）ろう。趁還健康的時候去爬富士山吧！

詞彙 残（のこ）る 剩餘

5 かぜをひいたときは温かくして、ゆっくり（　　　）。

1 やすむものだ　2 やすむことだ

3 やすんだものだ　4 やすんだことだ

感冒的時候應該要保暖並好好休息。

文法重點！ ⊘ ～ことだ：應該要～

例 上手（じょうず）になりたいなら、もっと練習（れんしゅう）することだ。想要進步的話，就應該多練習。

無理（むり）をしないことです。不要太勉強。

詞彙 温（あたた）かい 溫暖的 | ゆっくり休（やす）む 好好休息

6 もし、コンビニへ行くなら、(　　　)タバコ買ってきてくれない？

1 ついでに　　2 といっても　　3 そのかわり　　4 おもわず

如果你要去便利商店的話，可以順便幫我買香菸嗎？

文法重點！ ⊘ ～ついでに：順便

例 散歩に行ったついでに(散歩のついでに)、コンビニに寄りました。

散步時順便去了便利商店。

詞彙 コンビニ 便利商店（「コンビニエンスストア」的縮寫）

7 中学校に入学してから、毎日が楽しすぎて(　　　)。

1 しかたがなかった　　2 つまらなかった　　3 たりなかった　　4 きまらなかった

上國中之後，每天都開心得不得了。

文法重點！ ⊘ ～てしかたがない(しようがない、しょうがない)：～得不得了

例 大学に合格したので、うれしくてしかたがない。考上大學了，高興得不得了。

詞彙 中学校 國中｜入学 入學

8 面接(　　　)基本的な注意事項は何があるでしょうか。

1 にあたっての　　2 のあたり　　3 の際して　　4 の際しての

面試時有哪些基本注意事項？

文法重點！ ⊘ ～にあたって(あたり)：～之際 ▶ ～に際して：當～的時候

詞彙 面接 面試｜基本的な 基本的｜注意事項 注意事項

9 今回の新製品はお客様のご希望に(　　　)新しいデザインにしました。

1 くらべて　　2 こたえて　　3 つれて　　4 ともなって

這次的新產品是回應顧客期望而採用了全新設計。

文法重點！ ⊘ ～に応えて：回應～ 例 期待に応えて 回應期待

詞彙 今回 這次｜新製品 新產品｜希望 希望、期望

10 これが実話（　　　）作られた映画だというのは信じがたい。

1 をきっかけで　2 のきっかけに　3 のもとづき　4 にもとづいて

難以相信這是基於真實故事製作的電影。

文法重點！ ⊘ ～に基づいて（基づき）：以～為基礎、基於～ 例 事実に基づいて 以事實為基礎

⊘ 動詞ます形（去ます）＋がたい：難以～　⊘ ～をきっかけに：以～為契機

詞彙 実話 真實故事｜信じる 相信

11 このノートパソコンは直し（　　　）ほど壊れている。

1 しかたがない　2 わけがない　3 ようがない　4 はずがない

這台筆記型電腦已經壞到沒辦法修理了。

文法重點！ ⊘ 動詞ます形（去ます）＋ようがない：沒辦法～ 例 台風で飛行機も電車も動かず、行きようがない。由於颱風的緣故，飛機和電車都無法運行，無法前往。

詞彙 直す 修理｜壊れる 壞掉

12 近くまでいらっしゃった（　　　）は、ぜひご連絡ください。

1 おりに　2 おきに　3 あいだに　4 ごとに

如果您來這附近時，請務必跟我聯絡。

文法重點！ ⊘ ～おり：～的時候 例 出張に行ったおりに 去出差時

詞彙 いらっしゃる「行く（去）、来る（來）、いる（在）」的尊敬語｜ぜひ 務必

13 妹は好き（　　　）嫌い（　　　）、わがままばかり言う。

1 だか／だか　2 でも／でも　3 だの／だの　4 やら／やら

妹妹又是喜歡又是討厭的，老是說些任性的話。

文法重點！ ⊘ ～だの ～だの：又是～又是～ 例 寂しいだの辛いだの 又是寂寞又是辛苦的

詞彙 妹 妹妹｜わがまま 任性｜～ばかり 老是～

問題 2　請從 1、2、3、4 中選出最適合填入下列句子＿＿★＿＿中的答案。

14　今、世田谷に住んでいるが、＿＿＿ ＿＿＿ ＿★＿ ＿＿＿ 静かで住み心地もいいところでけっこう気に入っている。

1 して　　2 に　　3 は　　4 都心

我現在住在世田谷，以市中心來說住起來安靜舒適，我相當喜歡。

正確答案　今、世田谷に住んでいるが、都心にしては静かで住み心地もいいところでけっこう気に入っている。

文法重點!　～にしては：以～來說　例 このすしは安い値段にしてはおいしい。這壽司以便宜的價位來說很好吃。

詞彙　世田谷 世田谷（日本地名）| 都心 市中心 | 住み心地がいい 住起來很舒適 ▶ 心地 感覺、心情 | 気に入る 喜歡

15　鈴木さんの話によると、青山ビルはこの辺にある ＿＿＿ ＿＿＿ ＿★＿ ＿＿＿、どこだか全然わからなかった。

1 こと　　2 との　　3 が　　4 だ

根據鈴木先生的說法，青山大樓是在這附近，但我完全不知道它在哪裡。

正確答案　鈴木さんの話によると、青山ビルはこの辺にあるとのことだが、どこだか全然わからなかった。

文法重點!　（～によると、～の話では）～とのことだ：（根據～的說法）據說～

▶ ～ということだ、～そうだ

例 この村では、3 年に一度祭りが開かれるとのことだ。
據說這個村子每 3 年會舉辦一次祭典。

詞彙　この辺 這附近

16　彼は、交通事故＿＿＿ ＿★＿ ＿＿＿ ＿＿＿、生きる意欲を失ってしまった。

1 両親を　　2 で　　3 以来　　4 なくして

自從他在車禍中失去雙親之後，就喪失了活下去的動力。

正確答案　彼は、交通事故で両親をなくして以来、生きる意欲を失ってしまった。

文法重點!　～て以来：自從～之後

例 彼女とは卒業して以来、会っていない。自從畢業之後，我跟她就沒再見面了。

詞彙　両親をなくす 失去雙親 | 生きる 活、生存 | 意欲 動力 | 失う 失去

第5回

17 初めての海外 ＿＿＿ ＿★＿ ＿＿＿ ＿＿＿会見が行われる予定だ。

1 に　　2 先立ち　　3 記者　　4 コンサート

預定在第一場海外演唱會之前舉行記者會。

正確答案 初めての海外コンサートに先立ち、記者会見が行われる予定だ。

文法重點! ⊙ ～に先立ち：在～之前

例 帰国に先立ち、マリーさんの送別会が行われた。在回國之前舉行了瑪莉小姐的送別會。

詞彙 初めて 第一次 | 記者会見 記者會 | 行う 舉行 | 予定 預定

18 店員の態度が悪かった＿＿＿ ＿＿＿ ＿★＿ ＿＿＿いられなかった。

1 では　　2 ので　　3 言わない　　4 一言

店員的態度很惡劣，讓我無法不說他幾句。

正確答案 店員の態度が悪かったので、一言言わないではいられなかった。

文法重點! ⊙ ～ないではいられない：忍不住～、無法不～

例 一人暮らしの娘のことを考えると、心配しないではいられない。

一想到獨自生活的女兒，我就忍不住擔心。

詞彙 態度 態度 | 一言言う 說幾句話

問題 3　請閱讀下列文章，並根據內容從 1、2、3、4 中選出最適合填入 19 ～ 23 的答案。

各位知道在美國、英國、德國、加拿大、墨西哥、日本這 6 個國家當中，日本是睡眠時間最短的嗎？人家說「白天午睡 30 分鐘以內可以提升[19]工作效率」，或許是因為這個緣故，據說最近有越來越多公司開始導入「午睡制度」。工作中如果睏了，當然可以光明正大地趴在桌上睡，甚至連在業務會議或全體員工會議期間睡午覺也無所[20]謂。據說不需要向公司申請，只要在 20 分鐘以內隨時自由睡覺即可。

當一家公司允許「午睡制度」時，或許人們往[21]往只對這種獨特性產生[21]興趣，但實際上據說讓員工午睡有更深層的意義。首先，雖然可以按照自己的狀態來進行業務，但那個結果也必須自己負責。再來，進公司上班後，很有可能變成一個等待指[22]示的人，但這也意味著要培養更好的自我管理能力。自己的工作自己負責，有更多主體性，也會更加努力提升工作效率。這似乎就是公司導入「午睡制度」的真正原因。實際上導入「午睡制度」之後，確實有報告顯示，上班時的小失誤變少，業務效率也獲得了改善。比起已經感到疲勞有睏意，卻仍然忍住睏意繼續拖拖拉拉工作，我認為導入「午睡制度」提升專注力，讓工作進展更順利是更明智的做法。23

此外，隨著越來越多的公司導入「午睡制度」，也有望出現新的產業來支援在公司裡建立放鬆空間所需的必要設備。

詞彙 睡眠時間 睡眠時間｜昼間 白天｜昼寝 午睡｜制度 制度｜導入 導入｜企業 企業｜増え始める 開始增加｜眠い 發睏、想睡覺｜堂々 光明正大｜営業会議 業務會議｜全社員会議 全體員工會議｜休憩をとる 休息｜申請 申請｜認める 認可、允許｜興味 興趣｜コンディション 狀況、情況｜合わせる 配合｜進める 推進｜責任をとる 負責｜動詞ます形（去ます）＋かねない 很有可能～｜自己管理能力 自我管理能力｜育てる 培養｜主体性 主體性｜能率 效率｜実際 實際上｜細かい 細小、瑣碎｜効率 效率｜改善 改善｜報告 報告｜疲れがたまる 累積疲勞｜眠気 睡意、睏｜我慢する 忍耐｜集中力 專注力｜高める 提升｜よっぽど 更加｜サポートする 支援｜事業 事業｜現れる 出現｜期待 期待

19	1 業務の速度を速める	2 作業の効率をあげられる
	3 健康づくりに役立つ	4 気持ちをすっきりさせる

文法重點！
- 業務の速度を速める：加快業務速度
- 作業の効率をあげられる：可以提升工作效率
- 健康づくりに役立つ：對健康有益
- 気持ちをすっきりさせる：讓心情舒暢

解說 以通順度來說，「白天午睡 30 分鐘以內可以提升工作效率」這句話最自然，而且後面也有出現類似句子。所以答案是選項 2。

20	1 無理しないほどだ	2 気が付かないほどだ
	3 かまわないほどだ	4 こだわらないほどだ

文法重點！
- 無理しないほどだ：不勉強的程度
- 気が付かないほどだ：沒注意的程度
- かまわないほどだ：無所謂的程度
- こだわらないほどだ：不拘泥的程度

解說 前面句子提到工作時有睏意可以光明正大地趴在桌上睡，所以後面接續「～也無所謂」是較自然的表達。

詞彙 気が付く 注意到、察覺到｜かまう 在意、理會｜こだわる 拘泥

21 1 持ちにくい　2 持たれがちだ　3 持ちかねる　4 持ちつつある

文法重點！
⊙持ちにくい：難以產生　▶ 動詞ます形（去ます）＋にくい　難以～
⊙持たれがちだ：往往會產生　▶ 動詞ます形（去ます）＋がちだ　往往～、容易～
⊙持ちかねる：難以產生　▶ 動詞ます形（去ます）＋かねる　難以～
⊙持ちつつある：正在產生　▶ 動詞ます形（去ます）＋つつある　正在～

解說　這裡是要表示大家往往會對午睡制度的獨特性產生興趣，所以答案是選項 2。

22 1 ルールばかり守る人間　2 ルールを逆らわない人間
3 指示ばかりに反応する人間　4 指示待ちの人間

文法重點！
⊙ルールばかり守る人間：老是遵守規定的人
⊙ルールを逆らわない人間：不會違反規定的人
⊙指示ばかりに反応する人間：只對指示有反應的人
⊙指示待ちの人間：等待指示的人

解說　這裡是要表示進入公司後可能變成怎樣的人，可以推測是指非自發的行動，因此選項 4 較為恰當。

詞彙　逆らう 違反 | 指示 指示 | 反応 反應

23 1 だらだら　2 うろうろ　3 ぱりぱり　4 わくわく

文法重點！
⊙だらだら：冗長、拖延
例 会議がだらだら長引く。會議冗長拖延。
⊙うろうろ：徘徊　⊙ぱりぱり：脆脆的　⊙わくわく：心情激動

解說　如果感到昏昏欲睡，工作效率就不會提高，只會拖延時間，並且缺乏效率。因此，答案是選項 1。

第2節 讀解

問題 4　閱讀下列 (1) ～ (4) 的內容後回答問題，從 1、2、3、4 中選出最適當的答案。

(1)

我非常不喜歡沒預約就來訪的人。雖然人際關係上應該要遵守的禮儀有很多，但沒考慮到對方的狀況就突然來訪，我覺得很失禮。說不定對方正好有其他客人來訪，或是對方正要出門，但為什麼有人會沒預約就來訪，讓我覺得十分不可思議。要拜訪某人時，最好事先確認對方的狀況，先以電話或郵件詳細告知拜訪的時間日期、目的、所需時間等，並獲得對方同意之後再前往拜訪。這不是只有在商場上，而是即使在親戚、家人、朋友等親近關係中，也希望對方一定要遵守的禮儀。

24　文中說拜訪親戚時，應該怎麼做才好？

1　因為會失禮，所以盡量不要拜訪。

2　最好事先詢問對方的狀況。

3　事先和親戚見面，取得同意。

4　因為是親戚，所以不用事先聯絡也可以拜訪。

詞彙　アポ 預約（「アポイントメント」的縮寫）｜訪問(ほうもん)する 拜訪｜苦手(にがて)だ 不擅長、不喜歡｜人間関係(にんげんかんけい) 人際關係｜守(まも)る 遵守｜マナー 禮儀｜相手(あいて) 對方｜都合(つごう) 情況、方便｜突然(とつぜん) 突然｜失礼(しつれい) 失禮｜～に当(あ)たる 等同於～｜不思議(ふしぎ)だ 不可思議｜～てならない 不自覺地感到非常～｜訪(たず)ねる 拜訪｜前(まえ)もって 事先｜確(たし)かめる 確認｜日時(にちじ) 日期與時間｜目的(もくてき) 目的｜所要時間(しょようじかん) 所需時間｜詳(くわ)しい 詳細｜伝(つた)える 告訴、傳達｜許可(きょか) 允許、許可｜得(え)る 獲得｜～てから ～之後｜身内(みうち) 親戚｜友人(ゆうじん) 友人、朋友｜関係(かんけい) 關係｜絶対(ぜったい) 絕對｜～てほしい 希望他人做～｜親類(しんるい) 親屬｜あらかじめ 預先｜直接(ちょくせつ) 直接｜事前(じぜん)に 事先

解說　文中提到「ビジネスだけでなく、身内(みうち)や家族(かぞく)、友人(ゆうじん)など、近(ちか)い関係(かんけい)でも絶対(ぜったい)守(まも)ってほしいマナー（這不是只有在商場上，而是即使在親戚、家人、朋友等親近關係中，也希望對方一定要遵守的禮儀）」。換句話說，即使關係再親近，也必須提前聯繫對方，詢問對方的情況，並徵得同意。所以答案是選項 2。

(2)

雖然是很理所當然的事情，但對上司而言，最可靠的存在當然就是工作能幹的部下。可是如果被上司吩咐的工作很簡單，有些人會迅速完成工作，卻忘記向上司報告這件事。這樣的情況下，即使是再能幹的部下，上司也不會指望這個人吧！工作完成後確實向上司報告，才能說這個工作真正告一段落，這是工作當中最最基本的事。希望大家不要忘記這個基本原則。

25 筆者認為工作的基本原則是什麼？

1 解決上司吩咐的工作，並將結果確實彙報
2 為了成為上司可靠的存在，簡單的工作也要拼命去做
3 迅速做完上司吩咐的工作，連同其他工作也一併處理
4 上司吩咐的工作如果有好的結果就不要報告

詞彙 当たり前だ 當然｜上司 上司｜～にとって 對～而言｜もっとも 最｜頼る 依靠、依賴｜存在 存在｜やはり 果然、終究還是｜部下 部下｜ところで 可是｜命じる 命令、吩咐｜簡単だ 簡單｜終わらせる 完成｜報告する 報告｜自体 本身｜どんなに～でも 再怎麼～也｜当てにする 指望、依賴｜きちんと 準確、規律｜～てこそ ～才是｜一段落する 告一段落｜～はずだ 應該～｜基本中 基本中｜かたづける 解決、處理｜一生懸命 拼命努力｜さっさと 迅速｜処理 處理｜結果 結果

解說 文中提到「これは仕事の基本中の基本（這是工作當中最最基本的事）」，而提示就在前面的句子中。換句話說，工作完成後確實向上司報告是工作的基本原則。所以答案是選項 1。

(3)

本文是即將在東京舉辦攝影展的通知文。

在此通知您攝影展的消息。在東京王子畫廊將舉辦以「世界和平」為主題的攝影展，展期至 4 月 31 日。這是欣賞 50 多名世界一流攝影師作品的大好機會。本展覽預定在東京，以及紐約、巴黎、倫敦等各地巡迴展出。特別是在本次展覽中，除了展示攝影師的作品之外，還將販售海報、明信片。入場免費，週一休息。歡迎有興趣的民眾務必前來參觀。

26 以下何者符合本通知的內容？

1 這個展覽只在東京舉行
2 這個展覽只販售一流攝影師的作品。
3 進去這個攝影展時不需要付錢。
4 這個展覽可以看到 50 名攝影師的作品。

詞彙 写真展 攝影展｜知らせる 通知｜世界 世界｜平和 和平｜主題 主題｜開く 舉辦｜一流 一流｜写真家 攝影師｜あまり ～餘、～多｜作品 作品｜～をはじめ 以～為首｜各地 各地｜巡回 巡迴｜特に 尤其、特別｜販売 販售｜入場料 入場費｜無料 免費｜興味 興趣｜ぜひ 務必｜お越しください 請來｜開催 舉辦

解說 從內文可以得知這個攝影展會巡迴東京、紐約、巴黎、倫敦等地，不僅展示了攝影家的作品，還會販售海報和明信片，而且入場免費。但有 50 多名攝影家會參展，所以答案是選項 3。

(4)

本文是一間公司招募員工的徵人文。

招募 2018 年 4 月入職的員工。這次本公司正招募願意積極工作的人，你願意在「山田製藥」描繪你夢想中的生活嗎？

總公司：東京都中央區

分公司：大阪府大阪市

＊招募事項

1. 雇用人員：大學畢業生 10 名
2. 資格：2018 年 3 月的應屆畢業生
3. 職種：業務、市場行銷、事業開發等
4. 出勤地點：總公司或分公司
5. 提交文件：履歷表、預定畢業證明書、健康診斷書

[27] 以下何者不符合本公告內容？

1 應屆畢業生和有工作經歷的人都可以應徵。

2 這間公司在招募願意積極工作的人。

3 出勤地點還不知道在東京還是大阪。

4 應徵時需要的文件有履歷表和健康診斷書等。

詞彙 **募集** 招募｜**今回** 這次｜**当社** 本公司｜**意欲的** 熱情的、積極的｜**あなた** 你｜**夢見る** 夢想｜**生き方** 生活方式｜**製薬** 製藥｜**描く** 描繪｜**本社** 總公司｜**支社** 分公司｜**募集要項** 招募要項｜**採用人員** 雇用人員｜**大卒** 大學畢業｜**資格** 資格｜**見込者** 預定者｜**職種** 職種｜**営業** 業務｜**事業開発** 事業開發｜**勤務地** 出勤地點｜**提出書類** 提交文件｜**履歴書** 履歷表｜**卒業見込証明書** 預定畢業證明書｜**健康診断書** 健康診斷書｜**経歴者** 有經歷的人｜**積極的** 積極的｜**勤務先** 出勤地點｜**応募** 應徵、報名參加

解說 從內文可以得知應徵資格是應屆畢業生，所以答案是選項 1。

問題 5　閱讀下列 (1) ～ (2) 的內容後回答問題，從 1、2、3、4 中選出最適當的答案。

(1)

石田先生今年大學畢業後，進入 IT 企業上班。他從小就非常喜歡電玩遊戲和電腦遊戲。長大之後想成為製作有趣遊戲的程式設計師，所以從高中時期開始，他就去電腦教室學習程式設計，越學越覺得有趣。

高中 3 年級時，他想嘗試自己製作遊戲。因為電腦教室的老師建議他，最好的方法仍然是自己試寫程式。於是他就試著自行製作了一款遊戲。雖然是很簡單的遊戲，但製作過程卻相當辛苦。而且自己嘗試了之後發現一點也不有趣。他覺得很失望，但電腦教室的老師卻稱讚他說：「對於初次嘗試來說，算是做得非常好了。」他聽了這句話之後恢復了精神。也因為有這位老師，他才能不放棄，繼續學習程式設計。

之後成為大學生思考未來的工作時，腦中只出現 IT 企業。他從大三開始找工作，成功在現在這間 IT 企業任職。工作雖然很辛苦，但能夠從事自己想做的工作，他覺得非常棒。

28　文中提到他想嘗試自己製作遊戲，為什麼會這麼想？

1　因為他決定大學畢業後要進入 IT 企業工作
2　因為他從小就非常喜歡遊戲
3　因為他開始在電腦教室學程式設計
4　因為電腦教室的老師給他建議

解說　後面的句子提到「因為電腦教室的老師建議他，最好的方法仍然是自己試寫程式」。所以答案是選項 4。

29　石田先生被電腦教室的老師稱讚後，發生了什麼事情？

1　開始想學程式設計。
2　開始喜歡上電玩遊戲和電腦遊戲。
3　決定不放棄學習程式設計。
4　開始想在大學畢業後進入 IT 企業工作。

解說　因為電腦教室的老師稱讚他「對於初次嘗試來說，算是做得非常好了」，所以他沒有放棄學習程式設計。因此答案是選項 3。

30 以下合者符合本文內容？

1 石田先生從小就非常喜歡運動。
2 石田先生一直都是自己一個人學習程式設計。
3 石田先生第一次做的遊戲失敗了。
4 因為工作很辛苦，所以石田先生很後悔進入 IT 企業工作。

解說 因為石田先生製作的第一款遊戲是「自己嘗試了之後發現一點也不有趣」，所以它是一個失敗的遊戲。因此答案是選項 3。

詞彙 IT 企業 IT 企業｜就職 就業｜大人 大人｜プログラマー 程式設計師｜高校時代 高中時期｜パソコン教室 電腦教室｜通う 定期往返｜～ば～ほど 越～越～｜自分で 自己｜やはり 果然、終究還是｜アドバイス 建議｜直接 直接｜簡単だ 簡單｜なかなか ① 相當、非常 ②（不）容易｜それに 而且｜失望 失望｜はじめて 第一次｜～にしては 以～來說｜よくできた 做得很好｜ほめる 稱讚｜言葉 話、言詞｜元気が出る 恢復精神｜～のおかげで 多虧～｜プログラミング 程式設計｜続ける 繼續｜将来 將來、未來｜就職先 工作單位｜頭の中 腦中｜就職活動 找工作（通常被縮寫為「就活」）｜よかった 太好了、很棒

(2)

穿著水手服的大叔在市中心行走引起話題。以往扮女裝的大叔都不受歡迎，但為什麼年輕人會這麼喜歡這名大叔呢？據說他走在街上，就會有人來向他搭話：「想和你一起拍照」、「好可愛」。這位被稱為「①水手服大叔」的 A 先生（53 歲）說：「我只是想穿可愛的衣服，並不是在扮女裝」。

的確，他沒有化妝，講話方式也是普通的男性。據說他實際上是一間大公司的工程師。第一次穿水手服時，他本來還很害怕，覺得「萬一引起糾紛怎麼辦？」可是社會的反應卻意外地好。當然或許也會有批判的人存在。

人會有不同想法和價值觀是很正常的。如果你也因為擁有與眾不同的興趣而煩惱的話，不妨先捨棄眾人所決定的「一般」這種先入為主的觀念，②試著活出只屬於自己的人生吧。

31 關於①水手服大叔的說明，以下何者正確？

1 穿著水手服的原因是因為自己想變得可愛
2 自己一開始也很在意穿著水手服後社會上的反應。
3 就算穿水手服出門，似乎也沒有會批判的年輕人。
4 早就預想到穿水手服出門，社會上的反應會很好。

解說 從內文可以得知穿水手服只是因為想穿可愛的衣服，並不代表想變得可愛。而且文中提到當他第一次穿水手服時，曾害怕會引起糾紛，所以答案是選項 2。

32 ② 試著活出只屬於自己的人生的人，是指什麼樣的人？

1 無視來自周圍批判的人
2 不會因為興趣與眾不同而過度煩惱的人
3 不遵從大家所決定的「一般」的人
4 會瞧不起和自己想法不同的人

解說 這句話並不是表示要忽視周圍的批評或是不遵從大家普遍認可的規則，而是指不要因為自己與他人的興趣不同而過於擔憂。所以答案是選項 2。

33 以下合者符合本文內容？

1 為了活出只屬於自己的人生，不必太在意人們所決定的「一般」。
2 最近有很多人因為有與眾不同的興趣而煩惱。
3 「水手服大叔」之所以很受年輕人喜愛，是因為中年男子扮女裝的關係。
4 為了活出自己的人生，最重要的就是捨棄先入為主的觀念。

解說 內文並未提到最近很多人因為擁有與眾不同的興趣而煩惱，而且「水手服大叔」也不是扮女裝。另外最後只是建議大家要捨棄先入為主的觀念來活出自己的人生，但這並非最重要的一件事。因此答案是選項 1。

詞彙 **都内**（となない） 市中心｜**出歩きする**（であるき） 外出走動｜**話題**（わだい） 話題｜**女装**（じょそう） 女裝｜**若者**（わかもの） 年輕人｜**大人気**（だいにんき） 很受歡迎｜**声を掛ける**（こえ・か） 出聲搭話｜**ただ** 只是｜**確かに**（たし） 的確、確實｜**化粧**（けしょう） 化妝｜**しゃべり方**（かた） 講話方式｜**普通**（ふつう） 普通、一般｜**大手企業**（おおてきぎょう） 大企業｜**初めて**（はじ） 第一次｜**ビクビク** 提心吊膽、害怕｜**反応**（はんのう） 反應｜**意外**（いがい） 意外｜**批判的**（ひはんてき） 批判的｜**それぞれ** 彼此、各自｜**価値観**（かちかん） 價值觀｜**当たり前**（あ・まえ） 當然｜**趣味**（しゅみ） 興趣｜**先入観**（せんにゅうかん） 先入之見、成見｜**捨てる**（す） 捨棄｜**生きる**（い） 活、生存｜**予想**（よそう） 預想、預料｜**無視**（むし） 無視、忽視｜**悩む**（なや） 煩惱｜**従う**（したが） 遵從｜**ばかにする** 瞧不起｜**大勢**（おおぜい） 許多人｜**中年**（ちゅうねん） 中年

問題 6 閱讀下面文章後回答問題，從 1、2、3、4 中選出最適當的答案。

夏天到了沒有食慾，身體倦怠、不舒服就叫做「中暑」，中暑的原因是什麼呢？

我們的身體會努力保持一定的溫度，可是一到夏天，室內外溫差就會變很大，需要花費更多能量，於是會對身體造成負擔，進而讓身體不舒服。此外，夏天只要稍微勞動，1 天就會流 2～3 公升的汗，因此容易因水分不足導致頭痛、流鼻水。另外，雖說天氣熱就一直吃喝冰涼的飲料和食物，會吃壞肚子導致腹瀉。再者，夏天也會因為炎熱而睡不著，睡眠不足無法消除疲勞也會導致中暑。

為了預防中暑，必須注意飲食和生活習慣。吃豬肉、鰻魚、豆類、蔬菜、水果等營養價值高的食物最為有效。此外，室內外溫差超過5℃以上是不理想的，因此可以調節冷氣溫度，穿外套調節體溫。為了擁有優質的睡眠，要提前入睡，睡前30分鐘～1小時泡個溫水澡。容易不足的水分要確實攝取，做輕微運動增加體力也很重要。

睡覺時溫度28度，濕度50～60%最為合適，不要一整晚開著電扇或冷氣。補給水分時，在還沒口渴前，就要先慢慢喝水。運動時的關鍵就是要選擇氣溫較低，日曬較弱的早上或傍晚以後。

34 以下何者可能會引發中暑？

1 每天喝一杯冰咖啡。
2 每天早上到公園散步20～30分鐘。
3 從事搬運行李的工作，卻很少補充水分。
4 睡前設定冷氣定時再睡。

解說 從內文可以得知夏天只要稍微勞動，每天就會流2～3公升的汗，容易因水分不足導致頭痛、流鼻水，所以如果搬運重物卻沒有攝取足夠的水分，可能會更加嚴重。因此答案是選項3。

35 應該如何預防中暑？

1 考慮營養均衡，同時多吃肉類或魚類。
2 睡前沖澡或泡澡。
3 為了增強體力，做很多讓身體活動的運動。
4 盡量多睡，以防睡眠不足。

解說 從內文可以得知最好在睡前30分鐘～1小時泡溫水澡，進行輕微的運動，而且要擁有優質的睡眠，而不是多睡覺，所以答案是選項1。

36 以下何者不是預防中暑的飲食和生活習慣重點？

1 除了肉類也要吃豆類和蔬菜
2 睡覺時要注意溫度和濕度
3 在冷氣強的地方穿長袖衣服
4 口渴時盡量喝很多冰水

解說 從內文可以得知補給水分時，要在口渴前先慢慢喝水。所以答案是選項4。

37 以下何者不符合本文內容？

1 夏天不喝足夠的水就會頭痛。

2 夏天做激烈運動，1 天就會流 2 ～ 3 公升的汗。

3 寢室保持溫度 28 度，濕度 55% 為佳。

4 做輕微運動，盡量避開白天。

解說 從內文可以得知夏天只要稍微勞動，每天就會流 2 ～ 3 公升的汗。所以答案是選項 2。

詞彙 **食欲** 食慾 | **体がだるい** 身體倦怠 | **夏バテ** 中暑 | **原因** 原因 | **一定** 一定、固定 | **温度** 溫度 | **保つ** 維持 | **室内外** 室內外 | **温度差** 溫差 | **負担が掛かる** 造成負擔 | **作業** 工作、勞動 | **汗をかく** 流汗 | **水分** 水分 | **不足** 不足 | **鼻水** 鼻水 | **～からといって** 雖說如此，但是 | **冷たい** 冰涼的 | **お腹をこわす** 吃壞肚子 | **下痢** 腹瀉 | **睡眠不足** 睡眠不足 | **疲れをとる** 消除疲勞 | **防ぐ** 預防 | **生活習慣** 生活習慣 | **豚肉** 豬肉 | **うなぎ** 鰻魚 | **豆類** 豆類 | **栄養** 營養 | **効果的** 有效的 | **調節** 調節 | **上着** 外套 | **体温** 體溫 | **質** 品質 | **早めに** 提早、提前 | **ぬるい** 溫的 | **～め** ～一點的 | **動詞ます形（去ます）＋がち** 容易～、常常～ | **しっかり** 確實、可靠 | **軽い** 輕的 | **体力をつける** 增強體力 | **適切** 適當、恰當 | **一晩中** 一整晚 | **扇風機** 電風扇 | **動詞ます形（去ます）＋っぱなし** 維持～狀態 | **のどが渇く** 口渴 | **気温** 氣溫 | **日差し** 陽光照射 | **夕方** 傍晚 | **以降** 以後 | **シャワーを浴びる** 淋浴 | **動かす** 活動 | **肉類** 肉類 | **冷房** 冷氣 | **そでが長い** 長袖 | **激しい** 激烈 | **程度** 程度 | **避ける** 避開

問題 7 右頁是關於某公司節能的通知。請閱讀文章後回答以下問題，並從 1、2、3、4 中選出最適當的答案。

38 以下何者最符合本通知的目的？

1 正確使用冷氣的方法

2 辦公室電腦的管理方法

3 夏天的穿著規定

4 有效節能的方法

解說 文中提到冷氣的設定溫度、電力管理方法以及服裝規定，而這些都是為了實現節能而提到的。所以答案是選項 4。

39 今天是星期五，此公司今年的創立紀念日是星期一，當天放假，因此最後離開公司的人應該要怎麼做才是正確的？

1 離開公司時，將冷氣溫度設為 28 度以上再回去。

2 離開公司時，將電源插頭從插座上拔掉再回去。

3 離開公司時，不打領帶，不穿外套，穿短袖襯衫回去。

4 離開公司時，為了有個舒適的辦公室環境，先打掃乾淨再回去。

解說 從內文可以得知在下班時、週末和連續假期前，一定要關閉電腦、印表機、冷氣、影印機等設備的電源，並將電源插頭從插座上拔掉。因此，答案是選項 2。

標題：節能相關請求

＊請配合夏季節能＊

各位員工

大家辛苦了，我是總務部的田村，在此要請各位協助節能。

每年夏天都因為使用冷氣的關係，耗電量大增。因此在真正的夏天到來之際，想請各位配合以下的夏季節能措施。

細　節

1. 冷氣溫度設定為 28 度。
2. 會議室、廁所、待客室等無人使用的場所請關掉電燈。
3. 外出或長時間離開位子時，請關掉電腦電源。
4. 午休 1 小時內，除了傳真之外，請關掉辦公室的電源。
5. 離開公司時、週末、連續假期前，請關掉電腦、印表機、冷氣、影印機等電源，並一定要從插座拔掉電源插頭。
6. 基本服裝：
   - 男性無需打領帶，無需穿外套，穿短袖襯衫即可。
   - 女性建議穿著短袖襯衫或罩衫。
   - 穿著透氣、涼爽舒適的衣服，讓冷氣設為 28 度也不會降低工作效率。

以上麻煩各位配合。

總務部　田村洋介

詞彙 省(しょう)エネ 節省能源｜協力(きょうりょく) 協助、配合｜総務部(そうむぶ) 總務部｜使用(しよう) 使用｜電力(でんりょく) 電力｜消費量(しょうひりょう) 消耗量｜増加(ぞうか) 增加｜本格的(ほんかくてき) 正式的｜迎(むか)える 迎接｜クーラー 冷氣｜設定温度(せっていおんど) 設定溫度｜会議室(かいぎしつ) 會議室｜応接室(おうせつしつ) 待客室｜照明(しょうめい) 電燈｜外出(がいしゅつ) 外出｜長時間(ちょうじかん) 長時間｜離(はな)れる 離開、分開｜電源(でんげん) 電源｜事務室(じむしつ) 辦公室｜退社(たいしゃ) 下班、離職｜連休(れんきゅう) 連續假期｜必(かなら)ず 一定、務必｜抜(ぬ)く 拔掉｜服装(ふくそう) 服裝｜おすすめ 建議｜通気性(つうきせい) 透氣性｜涼(すず)しい 涼爽｜快適(かいてき) 舒適｜過(す)ごす 度過｜着用(ちゃくよう) 穿｜業務効率(ぎょうむこうりつ) 工作效率｜落(お)とす 降低、減低｜管理(かんり) 管理｜方法(ほうほう) 方法｜夏服(なつふく) 夏季服裝｜規定(きてい) 規定｜創立記念日(そうりつきねんび) 創立紀念日｜環境(かんきょう) 環境

第3節 聽解 

問題 1　先聆聽問題，在聽完對話內容後，請從選項 1 ～ 4 中選出最適當的答案。

れい Track 5-1

女の人と男の人が話しています。男の人はこの後、どこに行けばいいですか。

女：え、それでは、この施設の利用がはじめての方のために、注意していただきたいことがありますので、よく聞いてください。まず決められた場所以外ではケータイは使えません。

男：え？ 10分後に、友達とここで待ち合わせしているのに、どうしよう。じゃ、どこで使えばいいですか。

女：3階と5階に、決められた場所があります。

男：はい、わかりました。友達とお茶を飲んだり、話したりする時はどこに行ったらいいですか。

女：4階にカフェテリアがありますので、そちらをご利用ください。

男：はい、わかりました。さあ、奈々ちゃん、どこまで来たのか電話かけてみるか。

男の人はこの後、どこに行けばいいですか。

1　1階
2　2階
3　3階
4　4階

例

女子和男子正在對話，男子接下來應該要去哪裡？

女：嗯，那麼為了第一次使用本設施的人，有幾件事想提醒大家，請仔細聽好。首先，手機只能在指定場所使用。

男：什麼？可是我跟朋友約好 10 分鐘後要在這裡碰面，怎麼辦？那應該在哪裡使用呢？

女：3 樓和 5 樓有指定的場所。

男：好，我知道了。那我要跟朋友喝茶、聊天時，可以去哪裡呢？

女：4 樓有一個自助餐廳，請利用那個地方。

男：好，我知道了。那我來打電話問問奈奈她到哪裡了。

男子接下來應該要去哪裡？

1　1 樓
2　2 樓
3　3 樓
4　4 樓

解說　對話最後男子說要打電話問朋友到哪裡了，所以要去能使用手機的指定場所，也就是 3 樓或 5 樓，因此答案是選項 3。

詞彙　施設 設施｜利用 利用｜注意 提醒、留意｜以外 以外｜待ち合わせ 碰面

1ばん Track 5-1-01

店員とお客さんが話しています。お客さんはいつお金を入れますか。

男：あの、インターネット料金はいつ引き落とされますか。

女：毎月５日、15日、25日に引き落とされます。

男：今日が20日だから、あと25日だけですね。

女：はい、ただ、引き落としの日が休日になる場合、次の日に引き落とされます。

男：あ、そうか。今月の25日は日曜日だから、じゃ、お金を入れるのは26日でいいですね。

女：いいえ、振込みは前営業日までにお願いします。

男：はい、わかりました。24日も土曜日で銀行は休みだし、ということは…。

お客さんはいつお金を入れますか。

1

第１題

店員和客人正在對話，客人要在什麼時候存錢？

男：請問網路費什麼時候扣款？

女：每個月的５號、15 號、25 號會扣款。

男：今天是 20 號，所以只剩 25 號對吧？

女：是的，但如果扣款當天為假日，就會順延到隔天才扣款。

男：這樣啊？這個月的 25 號是星期日，那我 26 號再存錢就行了吧？

女：不，存錢請在前一個工作天完成。

男：好，我知道了。24 號是星期六銀行休息，那就是……

客人要在什麼時候存錢？

解說 前一個工作天是指假日前的最後一個工作日，因為 24 號是星期六，所以需要在 23 號存錢，因此答案是選項 1。

詞彙 引き落とす 扣款｜休日 假日｜振込み 存錢｜前営業日 前一個工作天

2ばん Track 5-1-02

男の人と女の人が電話で話しています。女の人はこれからどうしますか。

（電話の着信音）

男：ありがとうございます。にこにこホテルの山田でございます。

女：あの、予約したいんですけど。

男：ありがとうございます。ご予約でございますね。ご希望の日にちと、ご利用人数をうかがってもよろしいですか。

女：3名なんですけど、来週の金曜日に利用したいと思っているのですが、空いてる部屋ありますか。

男：はい、少々お待ちください。

（しばらくたって）

男：申し訳ございません。あいにくその日は満室でございます。

女：あら、そうですか…。

男：あの、お客様、にこにこホテル2号店がすぐ近くにございますが…。

女：２号店？ 近いんですか。

男：はい、歩いて5分くらいのところにございます。

女：５分ですか。そんなに遠くはないんですね。

男：あの、もしよろしかったら、空いている部屋があるかどうか確認をしてからご連絡をいたしましょうか。

女：あ、そうしてもらえると助かります、それじゃ、お願いしますね。

女の人はこれからどうしますか。

1　ここをやめて、他のホテルに替える

2　このホテルからの連絡を待つ

3　直接このホテルへ行って予約する

4　ホテルに泊るのをやめる

第 2 題

男子和女子正在講電話，女子接下來要怎麼做？

（電話鈴聲）

男：謝謝您的來電，我是 NICONICO 飯店的山田。

女：你好，我想訂房。

男：謝謝您，要訂房是嗎？請問您想訂哪一天，幾個人要入住呢？

女：我們是 3 個人，想訂下週五，那天還有空房嗎？

男：好的，請稍等一下。

（過一段時間）

男：非常抱歉，那天剛好客滿了。

女：這樣啊……

男：小姐，NICONICO 飯店的 2 號店就在這附近。

女：2 號店？很近嗎？

男：是的，在走路大約 5 分鐘的地方。

女：5 分鐘啊？那不會很遠耶！

男：那如果可以的話，我先確認看看有沒有空房，再跟您聯絡吧？

女：啊！如果能這樣那就太好了，那就麻煩你了。

女子接下來要怎麼做？

1　放棄這間，換其他飯店

2　等這間飯店聯絡

3　直接去這間飯店預約

4　放棄住飯店

解說 女子一開始打電話時，房間已經被訂滿了，但男子提到附近有第二家分店，而女子也表現出有興趣，後來男子表示可以先確認是否有空房再回電話，女子同意了。所以答案是選項2。

詞彙 **希望** 希望｜**日にち** 日期｜**利用人数** 利用人數｜**空く** 空｜**あいにく** 不巧、剛好｜**満室** 房間客滿｜**確認** 確認｜**いたす**「する（做）」的謙讓語｜**助かる** ① 得救 ② 得到幫助｜**替える** 替換｜**泊る** 住宿

3ばん Track 5-1-03

事務室で男の人と女の人が話しています。女の人は誰をロシア出張に行かせることにしましたか。

男：部長、ちょっとよろしいでしょうか。ご相談したいことがあるんですが。

女：相談？ どうしたの？

男：今度のロシア出張のことなんですが…。

女：ロシア出張？

男：ええ、あまり自信がなくてですね…。

女：大丈夫だよ。小川君、ロシア語がすごくできるって聞いたよ。

男：いいえ、とんでもありません。簡単な会話ができるくらいで、そんなにできないんです。

女：あ、そうなの…。

男：それに海外出張は初めてなので本当に不安なんですが、やはり一番心配なのは言葉の問題なんです。

女：それじゃ、どうすればいいかしら…。

男：私より、新人の清水君の方がずっとロシア語が上手なんですよ。

女：清水君が？ でも、いくらロシア語が上手でも、新入社員が一人で出張に行くのもちょっとね。

男：それもそうですよね。

女：じゃ、こうしましょう。清水君と二人で行けばどう？ それなら安心できるでしょ？

男：そうですね、それなら安心です。

第3題

男子和女子正在辦公室裡對話，女子決定派誰去俄羅斯出差？

男：部長，可以打擾一下嗎？我有事想跟部長商量。

女：商量？怎麼了？

男：是關於這次的俄羅斯出差……

女：俄羅斯出差？

男：是的，我沒什麼自信……

女：你沒問題的，小川，我聽說你俄語很流利啊！

男：不，怎麼可能，我只會一些簡單的對話，沒那麼厲害。

女：這樣啊……

男：而且這是我第一次去國外出差，我真的很不安，不過我最擔心的還是語言問題。

女：那該怎麼辦才好呢……

男：新來的清水俄語比我好多了。

女：清水？但即使他的俄語再好，讓新員工一個人去出差有點……

男：說的也是。

女：不然這樣好了，你跟清水兩個人一起去怎麼樣？這樣你就可以放心了吧？

男：是的，這樣我就安心多了。

女の人は誰をロシア出張に行かせることにしましたか。

1 自分で直接ロシア出張に行く
2 清水君を一人でロシア出張に行かせる
3 小川君と清水君をロシア出張に行かせる
4 小川君を一人でロシア出張に行かせる

女子決定派誰去俄羅斯出差？

1 自己去俄羅斯出差
2 讓清水一個人去俄羅斯出差
3 讓小川和清水去俄羅斯出差
4 讓小川一個人去俄羅斯出差

解說 從對話中可以得知對於擔心自己俄語能力問題的小川來說，獨自前往俄羅斯出差令他相當不安，於是他建議讓俄語比他更好的清水去，但部長認為讓新員工獨自去出差不太適合，所以打算讓兩人一同前往。因此答案是選項 3。

詞彙 **出張** 出差｜**自信がない** 沒自信｜**とんでもありません** 怎麼可能、哪裡的話 ｜**簡単だ** 簡單｜**会話** 對話｜**初めて** 第一次｜**言葉** 語言｜**新人** 新人｜**ずっと** …得多｜**いくら～でも** 再怎麼～也｜**新入社員** 新員工｜**安心** 安心

4ばん Track 5-1-04

会社で男の人と女の人が話しています。女の人はどうすることにしましたか。

女：課長、おはようございます、はあ、本当に疲れた…。

男：おはよう、どうしたの、朝から？

女：ええ、電車が満員で大変だったんです。

男：そうなんだ。確かに満員電車って、乗ってるだけでも疲れちゃうんだよね。

女：課長は大丈夫ですか。あ、課長は確か車で通勤してるんですよね。

男：いや、車はもうやめたよ。

女：あれ、そうですか。では課長も電車ですか。

男：いや、今は自転車だよ。

女：え?! 自転車ですか。でも課長のお宅って会社からちょっと遠いですよね。自転車で通勤するのは難しくありませんか。

男：自転車は自転車だけど、電動自転車だよ。だから全然疲れないし、とても楽だよ。

第 4 題

男子和女子正在公司對話。女子決定怎麼做？

女：課長，早安。呼…累死我了……

男：早安，妳怎麼一大早就這麼累？

女：因為電車裡面擠滿了人，超累的。

男：這樣啊！的確擠滿人的電車，光搭乘也會很累。

女：課長沒事嗎？對了，我記得課長好像是自己開車上下班。

男：沒有，我已經不開車了。

女：嗯？是喔？那課長也是搭電車嗎？

男：不是，我現在是騎腳踏車。

女：什麼？腳踏車？可是從課長家到公司有點距離吧？騎腳踏車通勤不會很難嗎？

男：雖然是腳踏車，但可是電動腳踏車，所以完全不會累，還滿輕鬆的！

女：でも電動自転車って高くありませんか。

男：うん、高いけど、電気代はそうかからないよ。運動にもなるし。

女：いいですね。私も電動自転車で通勤しようかな。いくらくらいするんですか。

男：今ぼくが使ってるのは、85,000円。

女：へ～、けっこう高いですね、私の給料では無理ですよ。

男：でも、中古なら30,000円くらいの安いのもあるから。

女：あ、そうですか。じゃ、その値段なら私も…。

女の人はどうすることにしましたか。

1　課長の車で一緒に通勤することにした

2　家から歩いて通勤することにした

3　電動自転車で通勤することにした

4　課長の電動自転車を買うことにした

女：可是電動腳踏車不是很貴嗎？

男：嗯！很貴，但電費開支並不大，還可以當運動。

女：真好，我也來騎電動腳踏車通勤好了。大概多少錢啊？

男：我現在騎的那台是 85,000 日圓。

女：哇～那還滿貴的耶！以我的薪水實在買不起。

男：但也有便宜的喔，二手的只要 30,000 日圓左右。

女：這樣啊？這個價位的話我好像也可以……

女子決定怎麼做？

1 決定搭課長的車一起通勤

2 決定從家裡走路通勤

3 決定騎電動腳踏車通勤

4 決定買課長的電動腳踏車

解說 女子一開始對電動腳踏車表現出興趣，但聽到價格後卻步了，不過當課長提到二手價格後又改變了主意。所以答案是選項 3。

詞彙 満員電車 擠滿人的電車｜確か 我記得、好像｜通勤 通勤｜お宅 家｜電動自転車 電動腳踏車｜楽だ 輕鬆｜電気代 電費｜給料 薪水｜中古 二手、中古｜値段 價格

5ばん Track 5-1-05

女の人と男の人が話しています。女の人は寝るときどうしますか。

女：ゴホンゴホン。ゴホンゴホン。

男：どうしたの。咳がとまらないね。

女：うん、病院に行っても治らないし、夜も眠れなくて辛いのよ。なんとか咳だけでも止めたいんだけど。

男：そうか。部屋の換気はしてるの? 寒いからといって閉めっぱなしにしないで、部屋の空気をきれいにしないと。

女：してるよ、寒いの我慢して。

男：そしたら、部屋が乾燥しているんじゃない? 部屋に洗濯物を干しておくのもかなり効くらしいよ。

女：私の部屋は狭いから洗濯物なんか置けないし。

男：だったら寝るときマスクをするのはどう？喉が乾かないから、すごくいいって。濡れマスクはもっと効果的！

女：そうか。それいいかもね。

女の人は寝るときどうしますか。

1　咳が止まるように、部屋の空気を入れ替える

2　風邪が治るように、部屋の空気をきれいにする

3　喉が乾燥しないように、マスクをする

4　部屋が乾燥しないように、ぬれた洗濯物を干す

第 5 題

女子和男子正在對話，女子睡覺時要怎麼做？

女：咳咳！咳咳！

男：怎麼了？一直咳嗽。

女：嗯！我去了醫院還是好不了，晚上都睡不著，超痛苦的。我只希望至少可以想辦法止咳。

男：這樣啊！房間有通風嗎？雖說天氣冷但不要一直關著窗戶，房間的空氣要保持清新。

女：有啊！我忍耐著寒冷。

男：那是不是房間太乾燥？把洗好的衣服晾在房間裡面似乎很有效喔！

女：我房間太小了，沒辦法放洗好的衣服。

男：那在睡覺時戴口罩呢？這樣喉嚨就不會乾乾的，聽說效果不錯喔！用沾濕的口罩效果更好！

女：這樣啊？好像不錯。

女子睡覺時要怎麼做？

1　為了止咳，讓房間空氣流通

2　為了治癒感冒，讓房間空氣保持清新

3　**為了避免喉嚨乾燥，會戴上口罩**

4　為了保持房間濕度，會晾濕的衣服

解說　從對話中可以得知房間已經有通風，且因為房間太小，無法晾洗好的衣服，所以男子最後建議女子戴上口罩避免喉嚨乾燥。因此答案是選項 3。

詞彙　**咳** 咳嗽 | **止まる** 停止 | **辛い** 痛苦 | **換気** 通風換氣 | **動詞ます形（去ます）＋っぱなし** 維持～狀態 | **空気** 空氣 | **我慢** 忍耐 | **乾燥** 乾燥 | **干す** 晾、曬 | **効く** 有效 | **喉** 喉嚨 | **乾く** 乾 | **濡れる** 浸濕 | **効果的** 有效的 | **入れ替える** 交換、替換

6ばん Track 5-1-06

男の人とカード会社の人が話しています。男の人はこれからどうしますか。

男：すみません。カードの年会費について知りたいんですが。

女：かしこまりました。まず、お手元にABCカードをご用意なさってください。カードの種類によって、問い合わせ先が違いますが、どんなカードでしょうか。

男：えっ？ 種類って？

女：クレジットカード、プリペイドカードなどの種類のことです。失礼ですが、カードの名義はご本人様でしょうか。

男：いいえ、父のカードで、自分が代わりに聞きたいんですが。

女：大変申し訳ございませんが、ご本人様よりご連絡をお願いしております。

男：あ、そうですか。分かりました。

男の人はこれからどうしますか。

1 今からカードの持ち主を調べてから、電話を掛けなおす

2 自分の代わりに父が電話するようにする

3 父にカードの種類を聞いてから、また自分が電話する

4 もう一度問い合わせ先を確認してから、電話をかける

第 6 題

男子正在跟信用卡公司的人對話。男子接下來要怎麼做？

男：不好意思，我想知道信用卡的年費資訊。

女：好的。請將 ABC 卡準備好放在手邊，根據不同卡片種類，洽詢處也不同。您持有的是哪種卡片呢？

男：嗯？什麼種類？

女：就是信用卡、預付卡等種類。冒昧問一下，請問卡片的名義是您本人嗎？

男：不是，這是我爸爸的信用卡，我是想替他問的。

女：非常抱歉，請讓本人聯絡。

男：這樣啊！我知道了。

男子接下來要怎麼做？

1 現在開始調查信用卡持有者是誰後再重新打電話

2 換父親來講電話

3 向父親詢問信用卡種類後再自己講電話

4 再確認一次洽詢處之後再打電話。

解說 從對話中可以得知這張信用卡須由本人來洽詢，所以要由持卡者，也就是男子的父親親自打電話。因此答案是選項 2。

詞彙 **年会費** 年費 | **かしこまりました** 了解了 | **手元** 手邊 | **用意** 準備 | **種類** 種類 | **問い合わせ先** 洽詢處 | **名義** 名義 | **本人** 本人 | **代わりに** 代替 | **大変** 非常 | **申し訳ない** 對不起 | **持ち主** 持有者 | **調べる** 調查 | **かけなおす** 重打 ▶ 動詞ます形（去ます）+ なおす 重新～ | **確認** 確認

問題 2　先聆聽問題，再看選項，在聽完對話內容後，請從選項 1 ～ 4 中選出最適當的答案。

れい Track 4-2

女の人と男の人が映画のアプリについて話しています。女の人がこのアプリをダウンロードした一番の理由は何ですか。

女：田中君もよく映画見るよね。このアプリ使ってる？

男：いや、使ってないけど…。

女：ダウンロードしてみたら。映画が見たいときにすぐ予約もできるし、混雑状況も分かるよ。

男：へえ、便利だね。

女：映画の情報はもちろん、レビューまで載っているから、すごく参考になるよ。

男：ゆりちゃん、もうはまっちゃってるね。

女：でも、何よりいいことは、キャンペーンでチケットや限定グッズがもらえることだよ。私は、とにかくたくさん映画が見たいから、よく応募してるよ。

男：そうか。いろいろいいね。

女の人がこのアプリをダウンロードした一番の理由は何ですか。

1　早く映画の情報が知りたいから

2　キャンペーンに応募してチケットをもらいたいから

3　限定グッズをもらって人に見せたいから

4　レビューを読んで、話題の映画が見たいから

例

女子和男子正在談論電影的應用程式，女子下載這個應用程式的主要原因是什麼？

女：田中，你也很常看電影吧？你有用這個應用程式嗎？

男：沒有耶……

女：你可以下載看看啊！想看電影的時候就可以馬上預約，還可以知道那裡人潮擁擠的程度。

男：哇！那還真方便。

女：除了電影資訊之外，還有刊登評論，很有參考價值喔！

男：百合，妳已經完全陷進去了吧？

女：不過，它最大的好處就是可以透過活動獲得電影票和限定商品。因為我就是想看很多電影，所以經常參加。

男：這樣啊？好處真多。

女子下載這個應用程式的主要原因是什麼？

1　想快點知道電影資訊

2　想參加活動並獲得電影票

3　想獲得限定商品炫耀給別人看

4　想看電影評價，觀看熱門電影

解說　出現「何よりいいことは（最大的好處是）」之類的表達時，要特別注意後面的說法。女子表示就是想看很多電影，所以可以看出她想要得到電影票的心情。因此答案是選項 2。

詞彙　**混雑**　混雜、擁擠 | **状況**　狀況 | **載る**　刊載 | **参考**　參考 | **はまる**　陷入、沉迷 | **限定**　限定 | **グッズ**　商品 | **とにかく**　總之、反正 | **応募**　應徵、報名參加 | **見せる**　展示 | **話題**　話題

1ばん Track 5-2-01

男の人と女の人が会社で話しています。男の人はどうして誕生日パーティーに行けませんか。

女：課長、明日おひまですか。

男：明日って金曜日だよね？ どうしたの？

女：実は、明日が井上さんのお誕生日なんですよ。それで仕事終わってから、みんなで誕生日パーティーを開いてあげることにしました。

男：あ、井上君の誕生日だったんだ、知らなかったな…。でもごめん、ちょっと僕は行けないんだ。

女：明日、他に予定がありますか。あ、残業ですか。

男：いや、残業じゃなくて、明日から三日間アメリカ出張に行くことになっているんだ。

女：あ～、明日出張に行かれるんですね。

男：うん、午前中の会議で急に決まったよ。

女：それじゃ、しかたないですね。

男の人はどうして誕生日パーティーに行けませんか。

1　会議に行かなければならないから
2　急に海外出張が決まったから
3　会社で残業しなければならないから
4　井上さんは知らない人だから

第 1 題

男子和女子正在公司對話，男子為什麼沒辦法去生日派對？

女：課長，明天有空嗎？

男：明天是星期五對吧？怎麼了嗎？

女：其實明天是井上的生日，大家決定下班後幫他開個生日派對。

男：原來是井上的生日啊！我不知道耶……可是抱歉，我去不了。

女：課長明天有其他事了嗎？啊！是加班嗎？

男：不是加班，我明天起要去美國出差三天。

女：啊～課長是明天要去出差嗎？

男：嗯！早上開會時突然決定的。

女：那就沒辦法了。

男子為什麼沒辦法去生日派對？

1　因為必須去開會
2　**因為突然決定要去國外出差**
3　因為必須留在公司加班
4　因為他不認識井上

解說　雖然對話中有聽到「残業」這個詞彙，但主要原因是突然要去國外出差才無法前往派對。所以答案是選項 2。

詞彙　お暇ですか 有空嗎｜実は 其實、實際上｜開く 舉辦｜予定 預定｜午前中 上午｜急に 突然

第5回

2ばん Track 5-2-02

男の子とお母さんが家で話しています。男の子はどうして先生に怒られましたか。

男：ただいま。

女：お帰り、あら、ひろし、何か元気ないよね。学校で何かあったの？

男：いや、別に…。

女：どうしたの？ いいから、言ってみなさい。

男：今日、先生に怒られたんだ…。

女：あら、どうして？ 友達とけんかでもしたの。

男：いや、違う…。

女：わかった、授業中騒いだんでしょ？

男：実は…、宿題忘れてさ…。

女：あれ？ 宿題なら、晩ご飯の前にやってたでしょ？

男：うん、そうだけど、宿題をかばんに入れ忘れたんだ。

女：あらら…。

男の子はどうして先生に怒られましたか。

1　宿題を持っていくのを忘れたから
2　学校で友達とけんかしたから
3　授業中に騒いだから
4　かばんを持っていくのを忘れたから

第 2 題

男孩和母親正在家裡對話，男孩為什麼被老師罵？

男：我回來了。

女：歡迎回來。嗯？阿廣，你好像很沒精神？學校發生什麼事了嗎？

男：沒有，沒什麼……

女：怎麼了？你先說出來看看啊！

男：我今天被老師罵了。

女：為什麼？跟朋友吵架了嗎？

男：不是……

女：我知道了，是在上課時吵鬧對吧？

男：其實是…我忘了作業……

女：嗯？作業不是晚餐前就寫好了嗎？

男：嗯！對啊！可是我忘記放進書包裡了。

女：哎呀呀……

男孩為什麼被老師罵？

1　因為忘記帶作業
2　因為在學校跟朋友吵架
3　因為在上課時吵鬧
4　因為忘記帶書包

解說　男孩被老師責罵的原因是忘記將作業放進書包帶去學校，並不是忘記帶書包去學校。要特別注意這點。

詞彙　別に　沒什麼｜怒る　怒斥｜けんかをする　吵架｜授業中　上課中｜騒ぐ　吵鬧｜入れ忘れる　忘記放進去

3ばん Track 5-2-03

男の上司と女の人が話しています。今度の社員旅行はどこへ行くことになりましたか。

男：松浦君、今年の社員旅行のことなんだけど、どうしようか。また、去年行ったところにしようかな。

女：去年行ったところは、ぽかぽか温泉でしたよね。

男：うん、けっこうよかったと思うけど、松浦君はどうだった？

女：私もよかったと思いますけど、ただ…。

男：うん？ どうした？ 何か問題でもあったの？

女：問題というか、社員旅行に行きたくないと言う社員がけっこう多いんです。

男：あ、そう？

女：ええ、休むための旅行なのに、上司と一緒で、かえって疲れるとか言ってるんですよ。

男：そうか…。上司と一緒だと、どうしても気をつかうからかな…。

女：ええ、それに最近の若い人は温泉より、ペンションかシティーホテルの方が好きなようです。

男：ペンション？ シティーホテル？ それじゃ、こうしよう。アンケートをとって社員旅行の場所を決めたらどうかな。

女：そうですね、それが一番いいと思います。

今度の社員旅行はどこへ行くことになりましたか。

1 温泉

2 ペンション

3 シティーホテル

4 まだわからない

第 3 題

男上司和女子正在對話，這次的員工旅遊決定要去哪裡？

男：松浦，今年的員工旅遊要怎麼安排？要再去去年我們去過的地方嗎？

女：去年去的是暖呼呼溫泉吧？

男：嗯！我覺得那裡挺不錯的，松浦，妳覺得呢？

女：我也覺得不錯，只是……

男：嗯？怎麼了？有什麼問題嗎？

女：不是那裡有問題，是有很多員工說不想去員工旅遊。

男：嗯？是嗎？

女：嗯！他們說原本是為了休息的旅遊，卻要跟上司一起，這樣反而更累。

男：這樣啊……跟上司一起去的話，無論如何都會有所顧慮的吧……

女：嗯！而且最近的年輕人比起溫泉，好像比較喜歡去民宿或城市飯店。

男：民宿？城市飯店？那不然這樣吧！用問卷調查來決定員工旅遊的地點吧？

女：嗯！我也覺得這個方法最好。

這次的員工旅遊決定要去哪裡？

1 溫泉

2 民宿

3 城市飯店

4 還不知道

解說 從對話中可以得知最後決定用問卷調查來決定員工旅遊的地點，所以答案是選項 4。

詞彙 上司 上司｜社員旅行 員工旅遊｜ぽかぽか 暖呼呼｜温泉 溫泉｜けっこう 相當｜かえって 反而｜どうしても 無論如何｜気をつかう 顧慮｜アンケートをとる 做問卷調查

4ばん Track 5-2-04

男の人と女の人が話しています。男の人はどうして手作りの義理チョコは女性の自己満足だと言っていますか。

男：何それ？ たくさん買い物したね。

女：うん、来週、バレンタインでしょう。それで自分でチョコレートを作ろうと思って。

男：え？ ユナちゃん確か本命の彼氏はいなかったよね。

女：まあね。でも知り合いのお世話になっている男性だったら、何人かいるよ。

男：なんだ義理チョコか。

女：ほら、手作りのチョコレートとかもらったら嬉しいでしょう。

男：それ、女の人の勘違いじゃない？ 僕もネットで読んだんだけど、義理チョコもらったって面倒だと思っている人もいるし、店で売っているチョコレートのほうがいいと思っている人もいるらしいよ。

女：え、そんなことないでしょう。

男：だから、そういうふうに考えるのが自己満足なんじゃない。

男の人はどうして手作りの義理チョコは女性の自己満足だと言っていますか。

1 大勢の女性は自分が作ったチョコレートの味に満足しているから

2 男性を満足させるには手作りのものが一番いいから

3 誰もが手作りの義理チョコが嬉しいとは限らないから

4 店で売っているチョコレートの方がおいしいと考える男性が多いから

第 4 題

男子和女子正在對話，男子為什麼說親手做的義理巧克力是女生的自我滿足？

男：那是什麼？買了這麼多東西？

女：嗯！下週就是情人節了嘛。所以我打算自己做個巧克力。

男：嗯？可是由奈，我記得你沒有真正的男朋友啊？

女：是啊！可是朋友當中有一些很照顧我的男子朋友。

男：原來是義理巧克力啊？

女：你看，男生如果收到手作巧克力，一定會很開心吧？

男：那是女人的誤解吧？我在網路上看過，有些人覺得收到義理巧克力很麻煩，而且也有人覺得店裡賣的巧克力更好。

女：才沒有那種事呢！

男：所以說妳那種想法就是一種自我滿足不是嗎？

男子為什麼說親手做的義理巧克力是女生的自我滿足？

1 因為大部分的女生都很滿意自己做的巧克力口味

2 因為滿足男性，親手做是最好的

3 因為不是每個人收到親手做的義理巧克力都會高興

4 因為很多男性認為店裡賣的巧克力比較好吃

解說 對話中男子提到「有些人覺得收到義理巧克力很麻煩，而且也有人覺得店裡賣的巧克力更好」，換句話說並不是每個人都喜歡收到親手做的義理巧克力。因此答案是選項 3。

詞彙 手作り 親手做｜自己満足 自我滿足｜確か 我記得、好像｜本命 本命、真命天子｜世話になる 承蒙照顧｜義理チョコ 義理巧克力｜嬉しい 高興｜勘違い 誤會、誤解｜面倒だ 麻煩｜大勢 許多人｜～とは限らない 不一定、未必～

5ばん Track 5-2-05

女の人と男の人がドラマを見ながら話しています。男の人はどうして「女の心と秋の空」だと言っていますか。

女：「男の心と秋の空」か。

男：何独り言を言ってるの。

女：このドラマの話よ。男性の主人公に彼女がいるのに、また好きな人ができちゃって、前の彼女とは別れようとしているの。

男：ふ～ん、でも、「男の心と秋の空」というより、「女の心と秋の空」だろう。

女：何言っているの。浮気をしているのは男のほうが多いわよ。

男：僕が言いたいのは、女が変わりやすいのは恋をする心だけじゃないという意味だよ。

女：えっ、何それ？

男：女性って感情もすぐ変わるだろう。嬉しかったり、悲しかったり。物事に対しても好きになったり嫌いになったり。

女：まあ、ある程度はね。

男の人はどうして「女の心と秋の空」だと言っていますか。

1 浮気をしているのは女性のほうが少ないから
2 女性はすぐ恋に落ちるから
3 物事に対する気持ちを正直に言うから
4 恋をする心も感情も変わりやすいから

第 5 題

男子和女子看著連續劇在對話。男子為什麼說「女人心就如秋天的天空」？

女：「男人心就如秋天的天空」啊！

男：妳在自言自語什麼？

女：是關於這部連續劇啊！男主角明明有女朋友了，卻又喜歡上別人，想跟之前的女朋友分手。

男：是喔～不過比起「男人心就如秋天的天空」，我倒覺得是「女人心就如秋天的天空」。

女：你在說什麼？出軌的明明就是男生比較多。

男：我想說的是女人的善變不是只有戀愛的心而已。

女：嗯？什麼意思？

男：女生的情緒也很多變啊！一下高興，一下悲傷，對事物也是一下喜歡，一下又討厭。

女：嗯！某種程度上是啦！

男子為什麼說「女人心就如秋天的天空」？

1 因為出軌的女生比較少
2 因為女生馬上就會墜入愛河
3 因為凡事都會老實說出心情
4 因為戀愛的心和情緒都很善變

解說 男子認為女人的善變不是只有戀愛方面，情緒上也是一下高興，一下悲傷。所以答案是選項 4。

詞彙 空 天空｜独り言 自言自語｜主人公 主角｜別れる 分手｜浮気をする 出軌、外遇｜恋をする 談戀愛｜感情 情緒｜変わる 改變｜悲しい 悲傷｜物事 事物｜程度 程度｜恋に落ちる 墜入愛河｜正直 老實、誠實

第5回

6ばん Track 5-2-06

男の人と女の人が話しています。男の人はどうしてお風呂に入ったほうがいいと言っていますか。

男：今日も疲れたな。早く帰ってゆっくりお風呂に入りたい。

女：私も。あ、でも木村さんって毎日お風呂に入るんですか。私はシャワー派ですけど。

男：そうなんだ。僕はお風呂派だよ。一日をリセットするのに、お風呂よりいいものはないような気がする。

女：確かに一日の疲れが取れますね。

男：まあ、それもそうだけど、僕はお風呂に入って一日を振り返りながら、その日にあったことを整理したりするんだ。仕事にミスがあったときは、こうすればよかったとか。これからのことはこうしたいとか。

女：へえ、いいですね。今は家が狭くて湯船がないけど、今度引っ越すときは、湯船のある広いところに引っ越そうと思います。

男：うん、そうしたほうがいいよ。

男の人はどうしてお風呂に入ったほうがいいと言っていますか。

1　仕事のことで反省したり、計画を立てたりすることができるから

2　お風呂に入っていると、全ての悩みが消えるから

3　後悔のない人生を生きることができるから

4　仕事のミスがなくなるから

第 6 題

男子和女子正在對話，男子為什麼說泡澡比較好？

男：今天也好累，好想快點回家慢慢泡個澡。

女：我也是。不過木村先生每天都會泡澡嗎？我是淋浴派的。

男：是啊？我是泡澡派的。我覺得想要重啟每一天，沒有比泡澡更好的方式了。

女：泡澡確實能消除一整天的疲勞。

男：對啊！而且我泡澡時還會回顧這一天，整理這一整天發生的事情。工作上有失誤時，也會想要是這樣做就好了之類的，以及今後想這麼做之類的。

女：哇！真不錯耶！我現在的家很小，沒有浴缸，下次搬家時我想搬到大一點有浴缸的地方。

男：嗯！這樣比較好喔！

男子為什麼說泡澡比較好？

1　**因為可以反省工作上的事，或是訂定計畫**

2　因為泡澡可以消除所有煩惱

3　因為可以過個沒有後悔的人生

4　因為工作就不會有失誤了

解說　男子認為泡澡時可以回顧、整理當天發生的事情。如果工作上有失誤還可以反思並計畫未來該怎麼做。因此答案是選項 1。

詞彙　**お風呂に入る** 泡澡｜**確かに** 的確、確實｜**疲れが取れる** 消除疲勞｜**振り返る** 回顧｜**整理** 整理｜**湯船** 浴缸｜**引っ越す** 搬家｜**反省** 反省｜**計画を立てる** 訂定計畫｜**後悔** 後悔｜**人生を生きる** 度過人生｜**無くなる** 消失、丟失

問題3　在問題3的題目卷上沒有任何東西，本大題是根據整體內容進行理解的題型。開始時不會提供問題，請先聆聽內容，在聽完問題和選項後，請從選項1～4中選出最適當的答案。

れい Track 5-3

男の人と女の人が映画を見て話しています。

男：映画、どうだった？

女：まあまあだった。

男：そう？ ぼくは、けっこうよかったと思うけど。主人公の演技もよかったし。

女：うん、確かに。でも、ストーリーがちょっとね…。

男：ストーリー？

女：うん、どこかで聞いたようなストーリーっていうか…。主人公の演技は確かにすばらしかったと思うわ。

男：そう？ ぼくはストーリーもおもしろかったと思うけどね。

女の人は映画についてどう思っていますか。

1　ストーリーも主人公の演技もよかった

2　ストーリーも主人公の演技もよくなかった

3　ストーリーはよかったが、主人公の演技はよくなかった

4　ストーリーはよくなかったが、主人公の演技はよかった

例

男子和女子看著電影在對話。

男：妳覺得這電影怎麼樣？

女：還可以啦！

男：是嗎？我覺得很好啊！主角的演技也不錯。

女：嗯……是沒錯。可是劇情有點……

男：劇情？

女：嗯！這個劇情好像在哪聽過一樣……不過主角的演技是真的很精湛。

男：是嗎？我覺得劇情也滿有趣的啊！

女子覺得電影怎麼樣？

1　劇情和主角的演技都很好

2　劇情和主角的演技都很差

3　劇情很好，但主角的演技很差

4　**劇情很差，但主角的演技很好**

解說　女子認為主角的演技很精湛，但劇情好像在哪聽過一樣，所以答案是選項4。

詞彙　まあまあだ 還好、尚可▶まあまあ 還可以 | 主人公 主角 | 演技 演技 | 確かに 確實、的確 | すばらしい 極好、極優秀

1ばん Track 5-3-01

男の人が話しています。

男：本日もニコニコスーパーにお越しいただきまして、誠にありがとうございます。野菜コーナーより、お買い得商品のご案内をお知らせいたします。本日は、北海道産じゃがいもが5キロ1500円、北海道産じゃがいもが5キロ1500円と、大変お買い得となっております。今夜のおかずに、いかがでしょうか。このほかにも多数お買い得商品をご用意いたしております。本日はニコニコスーパーをご利用いただきまして、誠にありがとうございます。

男の人は主に何について伝えていますか。

1 野菜売り場の位置案内
2 スーパーの利用案内
3 お買い得商品の案内
4 スーパーの位置案内

第 1 題

一名男子正在說話。

男：誠摯感謝各位今日蒞臨 NICONICO 超市。在此為您介紹蔬菜區的特價商品。今天北海道產馬鈴薯 5 公斤 1500 日圓，北海道產馬鈴薯 5 公斤 1500 日圓，真的相當划算。不妨買來作為今晚的配菜，其他還有很多好康商品可以挑選。感謝各位今日蒞臨 NICONICO 超市。

男子主要在表達什麼？

1 介紹蔬菜賣場的位置
2 介紹超市的使用方式
3 介紹特價商品
4 介紹超市的位置

解說 從對話可以得知男子是在介紹蔬菜區的特價商品，所以答案是選項 3。

詞彙 本日 今日｜お越しいただく 蒞臨｜誠に 實在｜お買い得商品 特價商品｜じゃがいも 馬鈴薯｜おかず 配菜｜いかがでしょうか 覺得如何？｜多数 多數｜用意 準備｜利用 使用、利用｜売り場 賣場｜位置 位置

2ばん Track 5-3-02

女の人と男の人が子供の宿題について話しています。

女：ああ、どうしよう。今日、夏休みが終わるのに、雅夫の宿題まだ終わってない。

男：なんでできなかったの。

女：2週間もアメリカのおばのところに行ってたでしょう。それからちょっと体調が悪くなったじゃない。

男：あ、そうだったよね。

女：今日徹夜しても間に合いそうにないし。宿題出せなかったら、それもはずかしいし。ああ、全部私の責任だわ。

男：何を言ってるんだ。どうしてそれが親の責任になるんだ。俺もちょっと夏休みの宿題が多いなとは思ったよ。先生に正直に話して、来年の夏休みの宿題はちゃんとできるようにしよう。むしろ失敗したことで来年の計画が立てられるようになったと思えばいいだろう。

男の人は子供の宿題についてどう考えていますか。

1 子供の宿題ができなかったのは本人の責任だ

2 計画を立てれば宿題はちゃんとできたはずだ

3 宿題ができなかった理由を、学校の先生に正直に伝えたほうがいい

4 これからも計画を立てなければ、宿題はちゃんとできないかもしれない

第 2 題

女子和男子正在談論孩子的作業。

女：啊啊！怎麼辦？今天暑假就要結束了，雅夫的作業卻還沒寫完。

男：為什麼還沒寫完？

女：我們不是去美國姑姑家 2 個禮拜嗎？那之後他身體不是有點不舒服嗎？

男：對喔！

女：今天熬夜也來不及了，要是作業交不出來也會很丟臉耶！啊啊！都是我的責任。

男：妳在說什麼啊？為什麼是父母的責任？我也覺得暑假作業有點多。誠實跟老師說，然後明年暑假再好好完成作業吧！不如把失敗想成是能為明年訂好計畫的一個契機。

男子對於孩子的作業有什麼想法？

1 孩子的作業沒寫完是本人的責任

2 只要訂好計畫應該就可以好好完成作業

3 應該要誠實告訴學校老師作業沒寫完的原因

4 如果以後不訂計畫，作業可能就無法好好完成

第5回

解說 男子的意思並不是說訂好計畫就可以好好完成作業，而是要誠實告訴學校老師作業沒寫完的原因。因此答案是選項 3。

詞彙 **おば** 姑姑、阿姨、舅媽｜**体調** 身體狀況｜**徹夜** 熬夜｜**間に合う** 來不及｜**はずかしい** 丟臉｜**責任** 責任｜**正直** 老實、誠實｜**むしろ** 與其～倒不如、寧可｜**失敗** 失敗｜**計画を立てる** 訂定計畫｜**本人** 本人｜**伝える** 告訴、傳達｜**これから** 今後

3ばん Track 5-3-03

女の人と男の人が第一印象について話しています。

女：明日から、新しい仕事始まるんだけど、どうすれば皆に好かれるかな。

男：そうだね。第一印象って何秒かで決まって、なかなか変わらないっていうから、大事だもんな。

女：そうね。やっぱり、見た目だよね。きれいな服とか明るい表情とか。

男：うん、どちらかと言うと、僕だったら服よりは表情かな。あと、大きな声でハキハキと挨拶をする人もいいね。

女：なるほど、それから笑顔を忘れないことだね。

男：うん、でもね。僕が考えている一番大事なことは話の内容だと思うんだ。もちろん笑顔できれいな服も大事だけど、話の中身がなかったり、話し方が丁寧じゃなかったら、その人の印象はあまりいい感じがしないね。

男の人は第一印象で一番大事なことはなんだと言っていますか。

1　笑顔ときれいな服
2　話の中身と話し方
3　見た目と話の内容
4　表情ときれいな服

第 3 題

女子和男子正在談論第一印象。

女：明天起我要開始新的工作了，我該怎麼做才能讓大家喜歡我呢？

男：這個嘛……第一印象會在幾秒鐘內決定，之後就很難改變，很重要的。

女：對啊！是不是還是看外觀啊？穿乾淨的衣服和開朗的表情之類的。

男：嗯！硬要說的話，我覺得表情比衣服重要。還有大聲且爽快打招呼的人也不錯。

女：原來如此，還有不能忘記笑容。

男：嗯！不過，我認為最重要的還是說話的內容。當然笑容和乾淨的服裝也很重要，但如果說話沒內容，講話口氣不禮貌，那個人給人的印象就不會太好。

男子認為第一印象最重要的是什麼？

1　笑容和乾淨的衣服
2　說話的內容和說話方式
3　外觀和說話內容
4　表情和乾淨的衣服

解說　根據最後的對話內容，男子認為真正重要的是說話內容和口氣。所以答案是選項 2。

詞彙　好く 喜歡｜第一印象 第一印象｜何秒 幾秒｜見た目 外觀｜表情 表情｜ハキハキ 爽快、乾脆｜挨拶 打招呼｜なるほど 原來如此｜笑顔 笑容｜中身 內容｜丁寧 有禮貌

問題 4　請看圖片並聆聽問題。箭頭（➔）指向的人應該說什麼？請從選項 1 ～ 3 中選出最適當的答案。

れい Track 5-4	例
朝、友だちに会いました。何と言いますか。	早上遇到朋友時要說什麼？
男：1　おはよう。	男：1　早安。
2　こんにちは。	2　午安。
3　こんばんは。	3　晚安。

解說　這是在早上與朋友見面打招呼的場景。對朋友或家人說「おはようございます」時，可以省略為「おはよう」。

詞彙　朝 早上 | 友だち 朋友 | 会う 見面

1ばん Track 5-4-01	第 1 題
会社を辞めることになりました。同僚に何と言いますか。	決定要辭職，要向同事說什麼？
男：1　お先に失礼いたします。	男：1　我先失陪了。
2　長い間、お世話になりました。	2　長期以來承蒙大家照顧了。
3　おじゃましました。	3　打擾了。

解說　選項 1 是自己比其他人早下班時的說法。選項 3 是拜訪某處後離開時的寒暄用語。

詞彙　同僚 同事

2ばん Track 5-4-02	第 2 題
知り合いの女性が荷物を持って歩いています。女性に何と言いますか。	認識的女子拿著行李在走路，要對女子說什麼？
男：1　荷物、重そうですね、お持ちしましょうか。	男：1　這行李看起來很重，我來幫妳拿吧！
2　荷物、重そうですね、持ってもらえますか。	2　這行李看起來很重，可以幫我拿嗎？
3　荷物、重そうですね、持っていただけませんか。	3　這行李看起來很重，可以請妳幫我拿嗎？

第5回

解說 看到女性拿著沉重行李時，男性通常會主動幫忙。「お＋動詞ます形（去ます）＋する」是謙讓語的用法，表示「我來做～」。所以答案是選項 1。而「～てもらえますか」和「～ていただけませんか」都是請求對方執行某個動作的表達方式。

詞彙 知り合い 熟人、朋友｜荷物 行李

3ばん Track 5-4-03

今、正確には2時ちょうどなのに、友達の時計は2時10分になっています。友達に何と言いますか。

男：1　その時計、10分もはやいよ。

　　2　その時計、10分も進んでるよ。

　　3　その時計、10分も遅れてるよ。

第 3 題

現在的正確時間為 2 點整，可是朋友的時鐘卻是 2 點 10 分，要對朋友說什麼？

男：1　那個時鐘走快 10 分鐘。

　　2　那個時鐘快了 10 分鐘。

　　3　那個時鐘慢了 10 分鐘。

解說 日語要表達時鐘走快和時鐘走慢時，分別是使用「時計が進む」和「時計が遅れる」。注意不是使用「はやい」或「おそい」。

詞彙 正確だ 正確｜時計 時鐘

4ばん Track 5-4-04

ちょっとした用事で訪ねた知り合いの家で、お茶を出してくれようとしています。知り合いに何と言いますか。

男：1　ちょっとおじゃましてもいいですか。

　　2　では日を改めてうかがいます。

　　3　すぐ失礼しますので、どうぞおかまいなく。

第 4 題

因為一點小事拜訪朋友家，對方正準備端茶，此時應該跟對方說什麼？

男：1　可以打擾一下嗎？

　　2　那我改天再來拜訪。

　　3　我馬上就要走了，請不用費心。

解說 「どうぞおかまいなく」是「請不用費心」的意思。「では日を改めてうかがいます」則是對方情況不方便時，表示「自己改天再來」的說法。

詞彙 用事 事情｜訪ねる 拜訪 ｜お茶を出す 端茶出來 ｜知り合い 熟人、朋友｜じゃまする 打擾、拜訪｜改める 再次、重新

問題 5　在問題 5 的題目卷上沒有任何東西，請先聆聽句子和選項，從選項 1 ～ 3 中選出最適當的答案。

れい Track 5-5	**例**
男：では、お先に失礼します。	男：那我就先告辭了。
女：1　本当に失礼ですね。	女：1　真的很沒禮貌。
2　おつかれさまでした。	2　辛苦了。
3　さっきからうるさいですね。	3　從剛剛就好吵。

解說　男子完成工作後說「お先に失礼します」，也就是「我先告辭了、我先走了」的意思，所以回答「辛苦了」是最適合的。

詞彙　先に 先 | 失礼 ① 告辭 ② 失禮 | さっき 剛才 | うるさい 吵鬧

1ばん Track 5-5-01	**第 1 題**
男：お客様、こちらで召し上がりますか。	男：客人，您要在這裡用餐嗎？
女：1　いいえ、ここで食べます。	女：1　不，我要在這裡吃。
2　はい、ここで召し上がります。	2　是的，我要在這裡用餐。
3　いいえ、持ち帰りです。	3　不，我要外帶。

解說　這是速食餐廳常見的表達方式。「持ち帰り」是「外帶」的意思。選項 2 是錯誤表達，敘述自己的行為不能使用尊敬語「召し上がる」。

詞彙　召し上がる「食べる（吃）」的尊敬語 | 持ち帰る 帶回去、外帶

2ばん Track 5-5-02	**第 2 題**
女：これ、お口に合うかどうかわかりませんが、どうぞ。	女：這個不知道合不合你的口味，請享用。
男：1　わあ、うまそうですね。	男：1　哇！看起來好好吃。
2　いや、もうわかってますよ。	2　不，我已經知道了。
3　ちょっとサイズが大きくないですか。	3　尺寸好像有點大耶！

解說　「お口に合う」是指「口味合適」。「お口に合うかどうかわかりませんが、どうぞ。」是向別人推薦食物時的說法，意思是「不知道合不合你的口味，但請嘗試一下」。

詞彙　うまい 好吃

3ばん Track 5-5-03

女：部長、鈴木様という方がお見えですが…。

男：1　なに？全然見えないよ。

2　あ、ここからもよく見えるよ。

3　こちらへ案内してくれ。

第 3 題

女：部長，有位鈴木先生來訪……

男：1　什麼？完全看不到啊！

2　啊！這裡也看得很清楚喔！

3　帶他來這裡。

解說　「お見えです」是「来る（來）」的尊敬語，表示「有人來訪」的意思。與視覺上的看見無關。

詞彙　**部長** 部長 | **全然** 完全（不）、一點兒也（不）| **案内** 帶路 | **～てくれ** 給我～（強烈的命令用法）

4ばん Track 5-5-04

男：このパソコン、使ってもいいですか。

女：1　あ、すみません、まだ仕事が終わっていないんですが…。

2　あ、すみません、もう仕事は終わったんですが…。

3　あ、すみません、まだ仕事はやっていないんですが…。

第 4 題

男：我可以用這台電腦嗎？

女：1　啊！不好意思，我工作還沒做完……

2　啊！不好意思，我工作已經結束了……

3　啊！不好意思，我工作還沒做……

解說　這是詢問是否可以使用電腦的問題，最合適的答案取決於當時的情況。另外也要特別注意「もう」和「まだ」的用法。

詞彙　**まだ** 還、仍舊 | **もう** 已經

5ばん Track 5-5-05

男：今日は私がおごりますよ。

女：1　そんなに怒らないでください。

2　いいえ、そんなわけにはいきませんよ。

3　木下さんは毎朝何時に起きますか。

第 5 題

男：今天我請客吧！

女：1　請不要這麼生氣。

2　不，這樣不行。

3　木下先生每天早上幾點起來？

解說　「おごる」的意思是「我請客」。類似說法是「ごちそうする」。一般而言不會故意占別人的便宜，所以要拒絕對方的提議時，可以使用「そんなわけにはいきません」。

詞彙　**そんなに** 那麼地 | **怒る** 生氣 | **毎朝** 每天早上 | **起きる** 起床

6ばん Track 5-5-06

女：どうしよう。終電、逃しちゃった。

男：1　タクシーで帰るしかないね。

　　2　逃したなんてもったいない。

　　3　まあ、仕方がないね。またがんばろう。

第 6 題

女：怎麼辦？錯過末班車了。

男：1　那就只能搭計程車回去了。

　　2　居然錯過了，太浪費了吧！

　　3　沒辦法，只好繼續加油了。

解說　因為錯過末班車，所以只能選擇搭計程車，因此答案是選項 1。

詞彙　終電 末班車 | 逃す 錯過 | なんて 竟然 | もったいない 可惜、浪費 | 仕方がない 沒辦法

7ばん Track 5-5-07

男：この番号、間違っているんじゃない。

女：1　今、何度も確認しています。

　　2　え？その番号は正しくなりませんか。

　　3　おかしいな。その番号で合っているはずなんだけどな。

第 7 題

男：這個號碼是不是有錯？

女：1　我剛剛確認好幾次了。

　　2　嗯？這個號碼錯了嗎？

　　3　真奇怪，照理說這個號碼應該是對的啊！

解說　「～はずだ」表示「應該～」的意思，所以從對話流程來看，選項 3 是最自然的表達。

詞彙　間違う 錯誤、弄錯 | 何度も 好幾次 | 確認 確認 | 番号 號碼 | 合う 正確、符合

8ばん Track 5-5-08

女：高橋さん、ご無沙汰しております。

男：1　あ、鈴木さんも来ていらっしゃいます。

　　2　あ、鈴木さん、お久しぶりです。

　　3　あ、鈴木でございます。

第 8 題

女：高橋先生，好久不見。

男：1　啊！鈴木小姐，妳也來了。

　　2　啊！鈴木小姐，好久不見。

　　3　啊！我是鈴木。

解說　「ごぶさたしております」是表示「久疏問候」的意思，當別人這樣說時，回答「好久不見」是正確的表達。「～でござる」是「～だ」的自謙語，可以翻譯為「是」。

詞彙　無沙汰 久疏問候、好久不見 | 久しぶり 好久不見

9ばん Track 5-5-09	第 9 題
男：つまらないものですが、どうぞ。	男：一點小東西，請收下。
女：1　そんなに気(き)を使(つか)わなくてもいいのに。	女：1　不用這麼費心啦！
2　いいえ、あまりつまらなくありませんでした。	2　哪裡！並不覺得無聊。
3　全然(ぜんぜん)、つまらないなんて。	3　怎麼可能會覺得無聊。

解 說 送禮物給別人時通常會說「つまらないものですが（一點小東西）」，來表示謙虛的態度。因此選項 1 的說法是正確的回應。

詞 彙 **つまらない** 微不足道的 ｜**気(き)を使(つか)う** 用心、顧慮｜**全然(ぜんぜん)** 完全（不）、一點兒也（不）｜**なんて** 表示驚訝或否定某說法

memo

JLPT 新日檢 N3 合格實戰模擬題

作　　者：黃堯燦 / 朴英美
譯　　者：林琬清
企劃編輯：王建賀
文字編輯：江雅鈴
設計裝幀：張寶莉
發 行 人：廖文良

發 行 所：碁峰資訊股份有限公司
地　　址：台北市南港區三重路 66 號 7 樓之 6
電　　話：(02)2788-2408
傳　　真：(02)8192-4433
網　　站：www.gotop.com.tw
書　　號：ARJ001600
版　　次：2024 年 12 月初版
建議售價：NT$579

國家圖書館出版品預行編目資料

JLPT 新日檢 N3 合格實戰模擬題 / 黃堯燦, 朴英美原著；林琬清
譯. -- 初版. -- 臺北市：碁峰資訊, 2024.12
面；　公分
ISBN 978-626-324-945-5(平裝)
1.CST：日語　2.CST：能力測驗
803.189　　113016146

商標聲明：本書所引用之國內外公司各商標、商品名稱、網站畫面，其權利分屬合法註冊公司所有，絕無侵權之意，特此聲明。

版權聲明：本著作物內容僅授權合法持有本書之讀者學習所用，非經本書作者或碁峰資訊股份有限公司正式授權，不得以任何形式複製、抄襲、轉載或透過網路散佈其內容。
版權所有．翻印必究

本書是根據寫作當時的資料撰寫而成，日後若因資料更新導致與書籍內容有所差異，敬請見諒。若是軟、硬體問題，請您直接與軟、硬體廠商聯絡。